SHERLOCK
셜록 : 크로니클

SHERLOCK
셜록 : 크로니클

스티브 트라이브 엮음

마크 게이티스 서문 | 하현길 옮김

비채

Sherlock: Chronicles
by Steve Tribe

Text copyright ⓒ Steve Tribe 2014
Foreword ⓒ Mark Gatiss 2014 All rights reserved.

This book is published to accompany the television series entitled Sherlock first broadcast by BBC One in 2010.
Sherlock is a Hartswood Films production for BBC Cymru Wales, co-produced with masterpiece.
Executive Producers: Beryl Vertue, Mark Gatiss and Steven Moffat
Executive Producer for the BBC: Bethan Jones
Executive Producer for masterpiece: Rebecca Eaton
Series Producer: Sue Vertue
First published in 2014 by BBC Books. BBC Books is an imprint of Ebury Publishing.
Ebury Publishing is a part of the Penguin Random House group of companies.

Korean Translation copyright ⓒ Viche 2015

셜록: 크로니클

1판 1쇄 발행 2015년 9월 25일 **1판 3쇄 발행** 2017년 2월 11일

엮은이 스티브 트라이브 **옮긴이** 하현길
펴낸이 김강유
편집 이승희 **디자인** 조명이
발행처 김영사
주소 경기도 파주시 문발로 197(문발동) 우편번호10881
등록 1979년 5월 17일(제406-2003-036호)
주문 및 문의 전화 031)955−3200 **팩스** 031)955−3111
편집부 전화 02)3668−3292 **팩스** 02)745−4827 **전자우편** literature@gimmyoung.com

비채 카페 http://cafe.naver.com/vichebooks **인스타그램** @drviche
트위터 @vichebook **페이스북** facebook.com/vichebook

ISBN 978-89-349-7206-8 03840 책값은 뒤표지에 있습니다.

비채는 김영사의 문학 브랜드입니다.

차 례

서문

마크 게이티스

전원을 헤치고 덜컹거리며 달려가는 열차에 앉아 있는 두 남자. 무슨 중대한 문제에 빠져 있는지 심각한 얼굴들이다. 아니면 형편없는 베이컨 샌드위치에 또다시 실망한 것일까?

돌이켜보면 까마득한 옛날처럼 느껴지는 이 광경은 카디프발 런던행 열차에 몸을 실은 나 자신과 스티븐 모팻의 모습이었습니다. 친애하는 독자 여러분, 바로 이곳에서 우리는 〈닥터 후〉로부터 제임스 본드와 황도*의 경사도가 변화하는 이유(이건 내가 잘못 기억하고 있는 건지도 모릅니다만)에 이르기까지 두서없고 산발적인 대화를 나누다가 마침내… 셜록 홈스를 들먹이게 되었습니다. 우리 두 사람은 공통적으로 열광하는 여러 대상이 있는데, 이 위대한 탐정과 그의 충실한 '보즈웰'을 사랑한다는 사실이 드러난 것이죠. 우리는 홈스가 등장한 무수히 많은 작품 속의 홈스를 다 사랑했습니다. 해머 프로덕션이 제작한 더글러스 윌머와 피터 커싱이 열연한 시리즈, 〈배스커빌 가의 사냥개〉에 다시 등장한 커싱, 역사적인 그라나다 시리즈에 등장한 위대한 제레미 브렛이 에드워드 시대를 열기를 불러일으키며 우리를 설레게 했고, 심지어 〈뉴욕의 셜록 홈스〉에 등장한 나이 든 로저 무어도 좋아했습니다. 하지만 그 무엇보다도 우리가 가장 높게 평가한 것은 빌리 와일더와 I.A.L. 다이아몬드가 우아하고도 감칠맛 나게 연기한 〈셜록 홈스의 사생활The Private Life of Sherlock Holmes〉과, 1930년대와 1940년대에 만들어져 정신 못 차릴 정도의 재미를 선사한, 바실 래스본과 나이젤 브루스 주연의 영화 시리즈였습니다. 이론상으로는 이 두 각색 사이에 공통점이라곤 거의 없었죠. 하나는 빈의 저명한 영화 제작자가 자신이 어렸을 때부터 사랑해온 홈스에게 쓴 연애편지와 같았고, 다른 하나는 한몫 잡아보겠다고 눈을 번득이던 영리한 영화사 간부들이 돈벌이를 목적으로 만들어낸 B급 영화였으니까요. 하지만 신기하게도 바로 그 영화들 어딘가에 우리가 활용할 수 있는 셜록 홈스와 닥터 왓슨의 정신이, 핵심적인 요소가 숨어 있었습니다. 즉, 아서 코난 도일 경이 가지고 있던 본래의 생각에 좀 더 접근하고 싶다는 욕구, 그리고 달라도 너무 다른 두 젊은이가 비현실적인 모험을 겪으면서 믿기 어려울 정도로 신뢰감이 깊은 친구가 되어간다는 생각을 복원하겠다는 욕구였습니다.

이 책에서 여러분은 우리가 셜록을 창안해내고 베이커 가의 사내들을 21세기로 데려온 과정들을 세세하게 만나게 될 것입니다. 전세계 시청자들의 주목과 충성심과 사랑을 불러일으키고, 주인공들을 슈퍼스타로 만든 시리즈를 제작한다는 게 힘들지만 얼마나 흥분되고 황홀하던지… 이것은 모험에 관한, 충성심에 관한, 피할 수 없는 위험에 관한, 머리 염색과 커다란 코트와 로맨스에 관한 이야기입니다. 이것은 뻔뻔스러움과 재미에 관한, 웨일스의 추운 겨울과 역시 웨일스의 따스한 환대에 관한, 샐리 아주머니**와 큰 개들과 건물에서 떨어지는 것에 관한 이야기입니다. 하지만 무엇보다도, 스티븐과 내가 그랬던 것만큼이나 셜록과 존을 사랑하게 되는, 헌신적인 전문가들로 이루어진 팀의 이야기이기도 합니다. 따라서 이 사랑스러운 책을 〈셜록〉의 제작에 참여한 모든 팀원들에게 바칩니다. 〈셜록〉은 우리 모두에게 인생이 뒤바뀌는 경험을 선물해주었습니다.

그리고 오늘도 우린 열차에서 머리를 굴리는 데에 최선을 다하고 있습니다.

2014년 9월
마크 게이티스

* 천구에서 태양이 지나는 경로
** 허드슨 부인 역의 우나 스텁스가 어린이 프로그램 〈워젤 거미지Worzel Gummidge〉에서 맡아 유명해진 역

1

전설적인 탐정의 모험

셜록

잘 차려입었군. 그것도 상당히 비싼 옷으로….

촬영! 스티븐의 재킷으로 줌인.

셜록

하지만 도시에 어울리는 옷차림은 아니군. 볼일이 있어서 카디프로 갔지만, 사업상 간 건 아니야.
미디어와 관련된 일인 것 같은데, 깜짝 놀랄 만한 어마어마한 일을 보러 가는 길이로군.

촬영! 마크를 넓게 잡는다.

셜록

머리 모양이며 앉아 있는 모습에서 성공의 냄새가 풍기고 있어. 이들은 자신들이 하는 게임에서
최고의 자리에 올랐고, 어떠한 아이디어도 실현할 만반의 준비가 되어 있군. 하지만 이들이
열차에 앉아서 나누는 대화는….

플래시백. 마크와 스티븐이 활발하게 이야기를 나눈다.

셜록

열정과, 창의성… 그리고 팬보이*. 그렇다면 이들은 미디어 전문가야. 카디프에 뭐가 있지? 금융회사?
제조업체? 아니, BBC 드라마 스튜디오가 있지. TV를 위한. 그래, 바로 그거야!

촬영! 마크의 손에 손때 묻은 페이퍼백 한 권이 들려 있다. 표지가 전부 보이지는 않고, '무슨무슨 연구'라는 단어만
살짝 보인다.

셜록

논쟁도, 의견의 불일치도 없고, 그저 열의만 넘쳐흐른다면? 아이디어 회의로군. 서로 공감하는 것에
대해 말하고 있다는 얘기지. 저런 열정의 배경에 무엇이 있을까? 어렸을 적 꿈꿨던 영웅? 모험소설?
조사調査? 수수께끼? 그러고 보니 저 페이퍼백은….

플래시백. 촬영! 마크의 손을 잡았다가 바로 손에 든 책으로 줌인.

셜록

소설책이야. 열쇠며 동전들과 함께 같은 주머니에 들어 있어서 약간 꼬깃꼬깃해졌군. 내 앞에 앉은 사람은
책을 이렇게 다룰 사람이 아닌데. 그렇다면 이 책을 여러 번 읽었다는 뜻이야. 그는 이 책을 여러 해, 아니
거의 수십 년 동안 갖고 있었어. 즉, 어렸을 때부터 좋아했다는 뜻이지. 그리고 그걸 다시 되살리고 싶고.
다음 부분은 아주 쉽군. 여러분도 이미 알고 있다고. 전화벨이 울리고 있어.

플래시백. 스티븐이 전화로 통화를 하고 있다. 띄엄띄엄 들리는 대화의 내용은 이렇다.
*"안녕, 수… 애들은 어때? 아, 걔가 그래? …그래, 아주 좋지. 다들 그 조각상을 좋아하잖아. 빌어먹을 이름이 없어서
좀 그렇지만… 아니, 지금 마크와 함께 돌아가는 중이야… 그래, 내 말 들어봐. 우리에게 아이디어가 하나 있는데…."*

---

*만화나 영화, SF, 게임 등에 광적으로 집착하는 남성 팬

셜록

수. 수가 누구일까? 스티븐은 아이들에 대해 물었으니 가족일 테지. 친구나 여동생일 가능성은 없어. 첫 번째로 던진 질문이 아이들에 관한 것이므로, 자신의 아이들이야. 당연히 수는 아내이고. 그런데 스티븐은 자신이 카디프에서 하고 있는 작업에 대해서 말하고, 수는 마크가 누구인지 알고 있어서 스티븐은 바로 새로운 아이디어를 언급하고 있어. 즉, 아이디어를 실현시킬 수 있는 자리에 있는 여자로군. 수는 스티븐의 아내인 데다 전문적인 동료이기까지 한 거야. 대리인? 편집자? 프로듀서? 스티븐이 수로 하여금 일을 진행하도록 만들려는 것으로 보아 프로듀서라고 가정해보자고. 이들의 굉장한 새로운 아이디어라는 게 뭘까?

플래시백. 마크의 책 뒤표지를 최대로 당겨서 촬영.
'…전설적인 탐정. 살인, 서스펜스, 수수께끼 같은 단서들, 음모와 복수의 강력한 결정체. 세계적으로 유명한 인물을 소개하는….'

셜록

'세계적으로 유명한 인물'. 수백만 명에게 잘 알려져 있으며 우상이 되는 인물. 현대화하고 새롭게 생명을 불어넣어 스크린에 올리고 싶은 누군가라면… 닥터 후? 로빈 후드? 멀린? 지킬? 아니, 이건 '전설적인 탐정'이야. 믿을 수 없을 정도로 영리하고, 통찰력이 있으며 인기 있는 인물…. 어떤 한 시대에 고정된 인물이 아닌, 원래의 시대를 벗어나 현재의 시청자들을 위해 다시 활동할 수 있는 탐정. 그리고 이들은 그 인물이 제대로 먹힐 거라고 확신하고, 실제로 전에도 그런 적이 있었어. 어떠한 시대, 어떠한 배경, 어떠한 매체 속에서도 제대로 활동할 수 있는 허구의 명탐정. 그렇다면 미스 마플이 틀림없는 것 같은데… 그런데 다들 알고 있었죠? 여러분 생각이 맞아요. 경찰은 아마추어에게 자문을 구하지 않는다는 것.

역동적인 슈퍼히어로

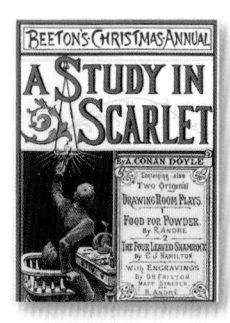

"마크 게이티스도 나도 셜록 홈스를 사랑한다는 이야기를 했어요." 〈셜록〉의 공동기획자 스티븐 모팻의 말이다. "그대로 다시 재현하는 건 재미없으니 지금의 현실에 맞춰서 발전시킬 때라고 생각했죠."

마크가 스티븐의 말을 확인했다. "우린 1940년대의 상황에 맞게 만든, 이단적이면서도 깜짝 놀랄 만큼 흥미진진하고 재미있는 셜록 홈스 영화들을 얼마나 사랑하는지에 관해서 이야기했습니다. 그리고 닥터 왓슨이 아프가니스탄에서 군 복무를 하다가 상이군인이 되어 영국으로 송환되었다고 나오는데, 승자가 없는 전쟁이 오늘날 또다시 벌어지고 있는 게 신기하다고 했어요. 순간적으로 반짝 떠오른 아이디어였고, 당연히 그걸 현대화해야 한다고 생각했죠. 그리고 우린 고개를 끄덕이며 홍차를 마셨고, 이러한 대화를 스무 번쯤 더 했

어요. 그리고 항상 누군가는 그 일을 할 것이라는 결론으로 이야기를 맺었죠."

"그리고 마침내 우린 그 생각을 뒤집었습니다." 스티븐이 말을 받았다. "'우리가 해야 해!' 이렇게 선언하고 언제나 그랬던 것처럼 수에게 운을 띄웠고, 수가 즉석에서 움켜쥐었죠."

〈미스터 빈〉 시리즈의 아홉 편을 감독한 수 버츄는 1991년부터 TV 프로듀서로 활동해왔다. 그녀는 〈병원Hospital〉, 〈김미 김미 김미Gimme Gimme Gimme〉, 〈디블리의 교구 목사The Vicar of Dibley〉를 포함한 다수의 시리즈와 단막극을 제작하거나 총괄 제작했고, 1999년에는 스티븐이 대본을 쓴, 희극적 요소가 있는 〈닥터 후Doctor Who〉의 특별판과 〈커플링Coupling〉에 출연하기도 했다. 수는 스티븐의 아내이기도 하다.

"수는 그때까지 셜록 홈스에 대해서 조금의 관심도 보이지 않았던 터라 흥미로웠습니다. 하지만 그녀는 끈질기게 졸라대며 우리가 셜록 홈스에 관한 모든 것들을 털어놓게 만들었습니다. 몬테카를로에서 점심식사를 할 때였어요. 물론 다른 용건으로 그곳에 간 겁니다. 아무 이유 없이 몬테카를로에서 점심만 먹진 않거든요."

'또 다른 이유'라는 건 세 사람이 모두 참석한 미디어상 시상식이었다. 그들의 TV 경력이 꽤 화려한 때였다. 마크는 1990년대 중반에 〈신사동맹The League of Gentlemen〉의 공동 집필가이자 연기자로 성공을 거둔 이후에도 20여 편의 시리즈에서 역할을 맡았고, 수많은 작품에서 안정되고 성공적인 집필 능력을 인정받았는데, 그중에서도 〈랜달 앤드 홉커크Randall & Hopkirk〉, 〈비뚤어진 집Crooked House〉, 〈애거서 크리스

티의 푸아로Agatha Cristie's Poirot〉가 대표작이다. 스티븐은 1989년의 〈무자비한 징병관들Press Gang〉로 처음 두각을 드러냈고, 이후 그의 경력은 〈농담은 그만하고Joking Apart〉, 〈분필Chalk〉, 〈지킬Jekyll〉과 〈틴틴의 모험The Adventures of Tintin〉으로 이어졌다. 두 사람은 〈닥터 후〉도 똑같이 좋아했고, 러셀 T. 데이비스가 2005년에 이 작품을 부활시켰을 때 첫 번째로 기여한 사람이기도 했다. 그처럼 TV에서 성공을 거둔 내력이 있었기 때문에 수많은 TV 관계회사 중 어떤 곳이든 골라잡아 〈셜록〉을 제작하자고 설득할 수 있었지만, 수가 그 일에 관심을 보이며 일이 정말로 시작된 것이다.

"그 몬테카를로 레스토랑의 냅킨을 지금도 가지고 있어요." 수가 그때를 회상하며 입을 열었다. "두 사람이 얘기를 나누는 동안, 난 그 냅킨에 체크할 것들을 적었죠. 이들 역에 적합한 배우는? 두 사람은 서로를 어떻게 부를까? 그들은 어디에 살까? 존은 결혼했을까? 그런 다음, 스티븐과 마크는 셜록 홈스에 관한 모든 것들을 말해줬어요…."

기초적인 사실

자문탐정인 셜록 홈스는 스코틀랜드의 의사이자 작가인 아서 코난 도일이 쓴《주홍색 연구A Study in Scarlet》가 1887년에 〈비튼의 크리스마스 연감Beeton's Christmas Annual〉에 실리면서 최초로 등장했다. 이후 코난 도일은 40년 넘게 홈스가 등장하는 세 편의 장편소설과 56편의 단편소설을 썼는데, 대부분이 〈스트랜드 매거진The Strand Magazine〉에 실렸다. 셜록이라는 인물과 그의 활약은 등장하자마자 큰 성공을 거뒀다.

"단순히 '히트를 쳤다'고 말하기엔 부족하죠. 초대박이었으니까요." 스티븐의 말이다. "사람들은 셜록 홈스에 사로잡혀 그가 실제 인물이라고 믿을 정도였어요. 그리고 도일은 허구를 사실처럼 보이도록 만드는 수법의 하나로, 홈스가 자신이 등장하는 소설을 부정적으로 평가하도록 해서 이 소설들이 사실일 거라는 생각에 힘을 실었죠. 이 소설들이 〈스트랜드 매거진〉에 실린다는 사실은 소설 자체에 언급되어 있습니다. 독자들은 이게 허구라는 걸 잘 알면서도 기꺼이 현실처럼 받아들였고, 완전히 허구로 만들어진 주소에 불쑥 찾

〈스트랜드 매거진〉에 실린 셜록 홈스 소설 원작(맨 왼쪽)과 BBC 북스가 출간한 최신판(위).

스티븐 모팻, 수 버츄, 그리고 마크 게이티스(왼쪽).

크라이테리언에서 전설적인 점심식사 중인 스티븐과 마크 (위 왼쪽).

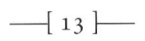

〈셜록〉 세트장에
걸린 에드거
앨런 포의 초상화(아래).

셜록 홈스의 모델인
조셉 벨(맨 아래).

아서 코난 도일 경
(맨 오른쪽).

아가 그를 볼 수 있다고 상상하는 걸 좋아했죠…".

도일의 소설이 어마어마한 성공을 거두자 주택금융조합은 베이커 가 221B에 해당할 법한 토지를 구매하고, 셜록 홈스에게 도착한 모든 편지에 답장을 쓸 사람을 실제로 고용했다. 하지만 그러는 동안, 해일처럼 몰려드는 이른바 '트위터'를 19세기에 미리 경험하고 진절머리가 난 도일은 1893년에 홈스를 죽여서 퇴장시키겠다고 마음먹었다.

"도일은 거리에서 분노한 여자에게 우산으로 찔리는 봉변을 당했어요."마크의 지적이다. "그리고 유행을 좇는 젊은이들은 애도의 뜻으로 모자에 검은색 띠를 둘렀고요."

셜록 홈스는 선풍적인 인기를 끈 바 있는 자신의 '선배'들을 빠른 속도로 무색하게 만들었다. "선배라고 부를 수 있는 사람들이 분명히 있었습니다."마크가 인정했다. "에드거 앨런 포가 두 편의 소설에, 특히 〈모르그가의 살인사건〉에 등장시킨 인물이 있는데, 바로 셜록 홈스의 원형原型이라고 할 수 있는C. 오귀스트 뒤팽C. Auguste Dupin이에요. 도일은 공개적으로 뒤팽에 대해서 언급하고 있어요. 어느 정도는 영향을 받았다는 사실을 인정할 필요가 있어서 그랬겠지만, 곧 자신이 만들어낸 인물을 시켜 뒤팽을 깔아뭉개버리죠!"

셜록 홈스는 벌떡 일어나 파이프에 불을 붙였다. "**뒤팽**과 비교하다니 분명 날 **칭찬하려는 뜻**인 줄은 압니다. 하지만 뒤팽은 형편없는 탐정입니다. 15분 동안 침묵을 지키며 **친구들의 생각**을 듣고 있다가 적당한 의견을 내며 끼어드는 방식은 **그럴듯하지만 얄팍하죠**. 그 또한 분석력이 뛰어난 천재임이 분명하지만, 포가 그려낸 것만큼 **경이로운 인물**은 아닙니다."

베이커 가에 위치한 〈셜록〉 세트장에는 셜록의 침실에 포의 사진을 걸어 경의를 표하고 있지만 마크는 오늘날 뒤팽을 기억하는 사람이 거의 없음을 지적한다. 도일이 훨씬 앞서 갔기 때문이라는 것. "도일은 그러한 아이디어를 가지고 조셉 벨과 함께한 자신의 경험을 이용하기 시작했죠. 벨은 진찰실로 걸어 들어오는 환자들을 지켜보는 것만으로 뭐가 문제인지를 즉석에서 진단하는 놀라운 능력을 가진 의사였어요." 아서 코난 도일은 의사인 조셉 벨을 보고 셜록 홈스를 창조해낼 영감을 얻었다고 언급하곤 했다. 벨은 실제로 에든버러에서 여러 건의 경찰 수사를 도왔다. 그런데 벨은 도일에게 이렇게 언급했다. "자네 자신이 바로 셜록 홈스이고, 자네도 그걸 잘 알고 있을 걸세."

마크는 도일을 놀라운 인물이라고 보고 있다. "도일은 살아가면서 상당히 다양한 방면에 흥미를 보였습니다. 의사이자 군인이었고 포경선의 선의였으며 심령론자였으니까…. 그는 몸집이 매우 큰 스코틀랜드인으로, 생김새는 닥터 왓슨과 아주 흡사했지만, 정신은 셜록 홈스의 것을 가진 인물이었어요. 소설 속에 등장하는 독창적이고 극적인 추리의 대부분은 그러한 경험에서 도출된 게 분명해요. 벨은 매우 좁은 분야만 경험했을 테지만요. 도일은 스코틀랜드의 그 지역에서 일하는 노동자들 즉 자신의 환자에 대해 잘 알았고, 이를테면 목재 저장소 등에서 일하는 노동자의 엄지에 문제가 생겼을 때 상처에 대한 모든 것을 추리해낼 수 있었겠죠. 그 추론으로부터 탐정이라면 어떻게 할지를 상상해냈다는 사실이 도일의 천재성을 보여줍니다."

스티븐은 여기서 한발 더 나아간다. "도일이 창조한 장르의 흥미로운 점은, 조금 이상하게 들리겠지만 'TV 시리즈'를 창안했다고 주장할 권리가 있다는 겁니다. 그는 〈스트랜드 매거진〉 같은 잡지가 일정한 간격을 두고 시중에 나오며, 단편소설과 연재소설이 나뉘어 있어 한 권의 책으로 몰두할 수 없다는 걸 파악하고는 이 두 가지를 합쳐 동일한 등장인물이 하나의 모험을 하는 게 좋겠다고 생각했어요. 그렇게 되면 한 권의 소설로 몰아 볼 수 있고, 소설 한 권에 대한 독자 수도 훨씬 늘어나는 데다가 매 회분을 소유할 필요도 없게 되죠. 아무 페이지부터 읽기 시작해도 되고, 어떤 순서로 읽어도 상관없게 된 겁니다. 결국 도일은 이렇게 함으로써 TV 시리즈의 원형을 창안하게 됐고, 연속되는 단편소설들로 이뤄져 있으며 전혀 새로운 사건에 대한 왓슨의 내레이션이 이어지고 동일한 인물이 등장하는 독자적인 소설을 창안한 첫 작가가 된 겁니다."

SIDNEY PAGET
1893

잔혹한 게임

셜록 홈스 시리즈가 영국과 미국에서 크나큰 성공을 거두었지만 아서 코난 도일은 자신이 창조해낸 인물을 얼마나 싫어하고 후회하는지 공개적으로 떠들어댔다. 적어도 홈스를 싫어하고 후회하는 척은 했다. 도일은 홈스를 자신의 문학적 재능이 빚어낸 하찮은 부분으로 여겼으며 자신의 역사적이고도 로맨틱한 소설과 시, 역사물, 심지어 오페레타로 더 기억되기를 바란다고 주장했다. 그는 재판의 오심에 저항한 열렬한 운동가로도 알려져 있고, 여러 국제적인 정치조직에도 가입해서 활동했다. 유명한 자문탐정이 그러한 활동에 별 관심을 보이지 않자 도일은 1893년, 대담한 일을 저질렀다. "이 짐승 같은 자를 죽일 수 있어서 하느님께 감사드립니다!" 도일은 홈스가 라이헨바흐 폭포에서 죽음으로 뛰어드는 단편소설《마지막 사건The Final Problem》을 끝맺으며 소리쳤다.

"도일은 홈스를 죽여 없앴으며, 되살릴 가능성은 전혀 없다고 되풀이해서 선언했죠." 스티븐의 말이다. "난 도일이 홈스를 무대 뒤에서 죽였기 때문에 그의 말을 믿을 수 없었어요. 홈스를 왓슨의 품 안에서 죽도록 해야 했는데 그렇게 하지 않은 거죠. 도일은 시신이 발견되지 않는다는 게 무엇을 뜻하는지 잘 알고 있었던 거라고요! 따라서 도일은 셜록 홈스가 돌아올 수 있도록 문을 활짝 열어놓았으며 잠시 동안 다른 일들을 하고 싶었던 겁니다. 과연 〈스트랜드 매거진〉에 실린 홈스의 귀환 원작은 공전의 히트를 기록했고, 도일은 그것 때문에 배가 아프게 됐죠. 한 달에 한 번은 반드시 작품을 써야 했으므로 어쩌면 정말로 아팠을지도 모르겠네요."

마크도 이에 동의한다. "도일이 마음에도 없는 말을 한 건 아니라고 생각합니다. 세월이 흐르면서 도일은 한 개인으로서, 작가로서, 기사 계급으로서, 또 종군기자로서 한층 더 흥미로운 일들을 경험하게 되었을 테고 홈스에 대한 생각도 좀 더 부드러워졌을 거예요."

"도일은 사실, 실제로는 홈스가 아무런 방해도 되지 않았다고 말했죠." 스티븐의 지적이다. "그게 새빨간 거짓말은 아닙니다. 도일의 내부에 있는 작가로서의, 이야기꾼으로서의 본성은 홈스 이야기를 쓴다는 게 얼마나 좋은지 잘 알고 있어서 놓아버릴 수 없었던 거예요. 때때로 홈스를 너무나 좋아하는 자기 자신이 싫어질 때도 있었겠지만, 셜록 홈스에는 정말이지 엄청난 활력과 유머가 깃들어 있어서 집필을 즐길 수밖에 없었을 겁니다. 어쩌면 도일은 자신이 소설에 등장하는 가장 출중한 인물을 창조해냈다는 것을 인지하지 못한 채, 진지한 정통 작가가 되어야 한다며 셜록 홈스를 너무 사랑해선 안 된다고 느꼈을지도 모르죠."

그래서 셜록 홈스는 8년의 공백 이후 새로운 모험과 함께 되돌아왔다. 1901년 8월부터 연재된 《배스커빌 가의 사냥개》는 세계적인 베스트셀러가 되었는데, 마

크는 그 이유를 이렇게 설명한다. "그것이 오늘날까지도 가장 유명한 소설로 남은 이유는 1902년에 있었던 충격 때문이죠. 이 소설이 성공을 거두자 미국인들이 새로운 소설을 써달라는 요청과 함께 오늘날의 기준으로 보아도 어마어마한 액수의 원고료를 제시했지만 도일은 결정을 잠시 미뤘습니다. 그러자 미국인들은 편당 6천 파운드라는 거금을 제시했는데, 1903년도의 시세로는 도저히 믿기 어려운 액수였고, 결국 도일도 '좋습니다'라는 회신을 보내게 된 겁니다. 이렇게 해서 도일은 가장 몸값이 비싼 작가가 되었죠."

"그리고 모두가 도일을 액면 그대로 최고의 작가로

받아들이게 되었습니다." 스티븐의 말이다. "도일이 (우리가 알고 있는 작가라는 사람들이 으레 그러듯) 전문적인 거짓말쟁이라는 사실에도 불구하고요. 도일은 자신이 셜록 홈스를 좋아하지 않는다고 주장하면서도 평생 그의 이야기를 썼으니까요."

사립탐정

〈스트랜드 매거진〉에 연재된 소설들은 훗날《셜록 홈스의 모험》이라는 작품집으로 만들어졌다. 출판사는 미술가인 월터 스탠리 패짓에게 삽화를 의뢰하려고 했지만 실수로 월터의 형인 시드니 에드워드 패짓에게 의뢰서를 보냈다. 또 다른 형제인 헨리 매리어트 패짓은 나중에 아니라고 극구 부인했지만, 시드니가 월터의 얼굴을 바탕으로 홈스를 묘사했다고 많은 사람들이 믿었다. "동생의 일거리를 슬쩍한 데 대한 보상의 일환이죠." 마크의 의견이다. "월터 패짓의 사진이야말로 셜

록 홈스의 모습 그 자체라니까요. 월터는 매우 잘생긴 남자였고, 홈스가 가진 매력의 상당 부분은 그 늠름함과 관련이 있는 것 같아요."

스티븐도 이에 동의한다. "월터 패짓이라는 모델이 없었다면 홈스를 연기한 바실 래스본이며 제레미 브렛, 베네딕트 컴버배치도 없었을 겁니다. 우린 셜록 홈

시드니 패짓이 묘사한 홈스의 얼굴은 (맨 위) 동생인 월터의 얼굴을 바탕으로 한 것 같다. (위) 패짓과 프레더릭 도어 스틸이 그린 삽화는 (위) 스크린에 등장한 셜록 홈스의 모습에도 영향을 미쳤다. (오른쪽)

스가 잘생겨야 한다는 사실을 액면 그대로 받아들였으니까요."

작품집 《셜록 홈스의 모험》은 미국 잡지 〈콜리어스 위클리Collier's Weekly〉에도 프레더릭 도어 스틸Frederic Dorr Steele의 삽화와 함께 연재됐다. "여기에서는 홈스가 약간 나이 들어 보여요." 마크의 말이다. "그것 또한 홈스의 모습은 이래야 한다는 우리의 생각에 영감을 줬죠. 몸이 탄탄하고, 양옆의 머리는 약간 희끗하며, 멋 들어진 코트에 모자를 쓴 실루엣을 드러내는 인물이 된 겁니다. 이렇게 셜록은 《주홍색 연구》에서 묘사된 첫 모습에서 진화했습니다."

> 그의 **키**는 **180센티미터**를 약간 넘었는데, 워낙 호리호리해서 훨씬 더 커보였다. 눈은 **예리하고** 남을 **꿰뚫어 보는** 듯했다. …그리고 그의 가느다랗고 매 같은 코는 전체적인 인상에 **빈틈없고 결단력 있는 분위기**를 불어넣었다. 두드러진 사각턱 또한 그가 **투지** 넘치는 남자임을 보여줬다.

《주홍색 연구》의 초판본에 삽화를 그린 도일의 아버지 찰스 앨터먼트 도일은 홈스의 얼굴에 턱수염을 선사했다. 스티븐은 이렇게 함으로써 세상 사람들이 알고 있는 '셜록 홈스의 모습'이 갖는 일관성에 최초의 실수'를 저질렀다고 지적한다. 패깃은 홈스의 얼굴에서 수염을 없애고 다른 인상을 부여했다. "이는 도일이 생각했던 홈스의 모습과는 사뭇 다른 것이었고, 소설 속에서는 여행모자라고만 했을 뿐 단 한 번도 언급되지 않았던 사냥모자를 씌워준 겁니다. 그게 셜록 홈스의 초기 이미지가 되었습니다."

《배스커빌 가의 사냥개》에서 다시 모습을 드러내기까지 8년간 활동을 중단했던 그 시기에 전형적인 홈스

의 이미지에 새로운 이미지가 추가됐다. 홈스가 이번에는 연극 무대로 복귀했는데, 초연에서 윌리엄 질렛이라는 미국인 배우가 셜록 홈스 역을 맡았다.

"이번에도 아주 잘생긴 배우였죠." 스티븐의 말이다. "기대했던 셜록 홈스의 모습과 아주 딱 맞아떨어진 겁니다. 사냥모자를 쓰고 해포석海泡石 파이프를 피우고 있었거든요. 해포석 파이프가 처음으로 등장한 것도 이때였죠." 연극 대본을 직접 쓴 질렛은, 도일의 소설 속 어디에서도 찾아볼 수 없지만 지금은 널리 알려진

유명한 문구에도 책임이 있다.

> 아, 이건 아주 **기초적인** 것이라네,
> 친애하는 친구여.

"엄청난 수익이 보장되는 상품을 묵살할 리 없는 도일은 셜록 홈스가 복귀할 때라는 걸 깨달았죠. 연극에서 큰 히트를 치고 막대한 수익을 올린 덕분에 《배스커빌 가의 사냥개》가 있게 된 겁니다. 실은 셜록 홈스를 죽여 없애지 않았다고 도일이 결국 인정한 것이죠." 스티븐의 말이다.

질렛의 연극은 1916년에 무성영화로 리메이크되었다. 이는 홈스가 등장하는 첫 영화도 아니었고 물론 마지막 영화도 아니었다. 1900년부터 1939년 사이에 수십 편의 영화판이 만들어졌기 때문이다. 그러다가

1939년 3월, 바실 래스본과 나이젤 브루스가 홈스와 왓슨 역을 맡은 〈배스커빌 가의 사냥개〉의 촬영이 시작되어 14편의 영화 시리즈로 이어졌다. 그 첫 번째 영화에 대해 스티븐은 이렇게 지적했다. "셜록 홈스를 현대의 세계로 옮겨놓은 것이 아니라 제1기의 셜록 홈스였을 뿐이에요. 할리우드가 빅토리아 시대를 배경으로 홈스를 찍은 첫 번째 영화였다는 겁니다. 하지만 이러한 참신함은 두 번째 영화까지만 유지됐죠. 스튜디오를 유니버설로 바꾸고 찍은 나머지 작품들은 줄어든 예산을 가지고 현대를 배경으로 돈벌이만을 위해 만들었습니다. 상영시간을 줄이고 빠르게 진행되는 영화였죠."

"대부분의 사람들은 영화를 이렇게 만든 건 옳지 않다고 했죠. 하지만 우린 그 영화들이 도일과 마찬가지로 기이함을 추구함으로써 얼마나 이단적일 수 있었는가에 흥분했습니다." 마크의 첨언이다.

두 사람은 빌리 와일더와 이지 다이아몬드가 1970년에 만든, 로버트 스티븐스가 홈스로, 콜린 블레이클리가 왓슨으로 등장하는 〈셜록 홈스의 사생활〉에서 받은 영향에 대해서도 동의했다. 마크는 이렇게 말한다. "무척 재미있으면서도 영화 전편에 걸쳐 우울한 기운이 흐르는 영화였어요. 우리의 〈셜록〉도 마찬가지라고 생각합니다. 그 영화는 히트하지 못했고, 대다수의 사람들은 좋은 영화이지만 흥행에는 실패했다고 받아들였죠. 하지만 그 영화의 대본이 너무나도 좋았기 때문에 우리 두 사람은 단 한순간도 잊지 않고 있었습니다. 그 영화에 발레리나가 홈스에게 자기 아이의 아버지가 되어달라고 부탁하는 다소 재미있는 장면이 나옵니다. 그러자 홈스는 이러한 곤경에서 빠져나오려고 자신이 게이라고 선언하고, 그 말을 들은 왓슨이 놀라 자빠집니다! 그리고 여자 스파이와 괴물 같은 악당 로흐 네스에 관한 다른 이야기도 있고요…. 정말이지 그 영화의 많은 부분이 우리의 〈셜록〉에 인용되었어요. 특히 그 게이 조크를 꽤나 잘 써먹었죠. 와일더와 다이아몬드는 셜록의 형인 마이크로프트라는 인물을 만들어내기도 했습니다. 마이크로프트는 위대한 추리력을 발휘하는 홈스 가문의 그렇고 그런 일원일 뿐만 아니라, 그 자신이 바로 영국 정부라는, 보다 강력하고 훨씬 위험한

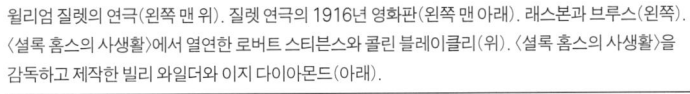

윌리엄 질렛의 연극(왼쪽 맨 위). 질렛 연극의 1916년 영화판(왼쪽 맨 아래). 래스본과 브루스(왼쪽). 〈셜록 홈스의 사생활〉에서 열연한 로버트 스티븐스와 콜린 블레이클리(위). 〈셜록 홈스의 사생활〉을 감독하고 제작한 빌리 와일더와 이지 다이아몬드(아래).

인물임이 드러나죠. 와일더와 다이아몬드는 홈스 형제의 관계를 상당히 껄끄럽게 만들었고, 디오게네스 클럽이 기본적으로 영국비밀정보부라는 힌트를 심어놓았습니다. 그 또한 무척이나 멋진 발상이라 우리는 그대로 받아들였어요. 사실 그 영화는 '탐정의 일'을 다룬 이야기가 아니었습니다. 그저 '탐정에 관한' 이야기였죠. 그게 매우 큰 차이였는데, 우리가 〈셜록〉에 대해서 항상 이야기한 게 바로 그것이었단 말입니다. 이건 탐정의 일을 다루는 시리즈가 아니라 탐정에 관한 시리즈여야 했습니다. 그의 삶과 그에게 일어난 일들, 사람들과의 관계를 다룬 시리즈죠. 그래서 〈셜록〉에서 한 주 동안 일어난 이야기만 할 수는 없었습니다. 이게 셜록에게, 그리고 존에게 무슨 의미가 있는지 파헤쳐야 했어요. 이게 셜록과 존의 삶을 어떤 형태로 바뀌게 했을까요?"

___ 몬테카를로에서 있었던 모든 일 ___

스티븐은 당시를 이렇게 회상한다. "우리 두 사람은 몬테카를로에 앉아 수에게 셜록 홈스에 관한 모든 것을 말했죠. 그때 우리는 딱히 시리즈를 제작하고 있는 것도 아니고, 뭘 해야 할지에 대한 아이디어를 많이 갖고 있는 것도 아니었으니 좀 생뚱맞기도 했어요. 알고 있는 것이라고는 도일과 그의 원작들, 그리고 그 안에 등장하는 인물들뿐이었으니까요."

"하지만 그게 그때부터 우리가 따랐던 모델이라는 건 틀림없습니다." 마크의 지적이다. "이야기를 하는 내내 마음이 두근거렸죠. 많은 아이디어가 쏟아져 나왔고, 현재라는 배경에서 대등하게 사용할 수 있는 것들을 찾기 시작했습니다…. 만약 셜록이 30대 초반의 나이로 활동한다면 파이프 담배를 피울 수 없겠죠. 나이에 걸맞지 않아 어색했을 테니까요. 그러면 그 문제는 어떻게 해야 하는 걸까? 따라서 도일이 생각했던, 파이프 담배 석 대를 피울 동안 심사숙고했던 문제가 우리의 작품에서는 석 장의 니코틴 패치를 붙이는 문제가 되었습니다. 그것들을 업데이트하려는 시도는 일종의 이단이었어요. 하지만 그 문제에 대해 생각할수록, 코난 도일의 후기 소설들이 1920년대에 출간되었으며 첫 번째 영화는 홈스와 왓슨이 여전히 활동하고 있

는 것처럼 만들어졌다는 걸 깨달았습니다. 홈스와 왓슨은 희미한 과거의 안개 속으로 사라진 게 아니라 그 시대 속에 살아 숨 쉬고 있었던 것이죠. 그렇게 될 때까지 여러 번의 각색과 빅토리아 시대의 검열로 인해 안개 속에 길을 잃은 듯 캐릭터가 희미해지는 수난을 당하긴 했지만 홈스와 왓슨의 우정이 워낙 환상적이었기 때문에 캐릭터 자체는 지속될 수 있었습니다."

스티븐은 이렇게 덧붙인다. "〈스트랜드 매거진〉에 실린 원작들이 갖는 매력 중 하나는 동시대를 아우른다는 점이었어요. '이 일은 1882년 9월 4일에 발생했다'와 같이 날짜를 붙여서, 사건이 언제 발생했는지와 극히 최근의 일이라는 걸 알려주었죠. 셜록 홈스의 서

재를 찾아오는 등장인물들은 왓슨의 소설을 읽었다는 사실을 언급하곤 했고요. 따라서 그들은 소설 독자들과 동시대의 사람일 수밖에 없었습니다. 모든 사람들이 빅토리아 시대에 살았기 때문에 다들 빅토리아 시대의 런던이 어떻다는 걸 잘 알고 있으니 도일은 소설 속에 날짜를 일일이 밝히지 않았어요. 세월이 흐름에 따라 시대적인 요인 또한 점차 사라진 셈이죠."

스티븐과 마크는 수와 두 번째로 점심식사를 함께하며 아이디어를 구체화했다. 이번에는 런던에 위치한 크라이테리언Criterion 레스토랑이 선정됐는데,《주홍색 연구》에서 닥터 왓슨을 셜록 홈스에게 소개하는 친구 스탬포드를 만나는 곳이 바로 크라이테리언이라는

〈셜록 홈스의 사생활〉에서 디오게네스 클럽을 조사하는 로버트 스티븐스와 콜린 블레이클리 (왼쪽 맨 위).

석 장의 니코틴 패치가 필요한 문제를 심사숙고하는 베네딕트 컴버배치 (왼쪽 아래).

베이커 가야.
괜찮다면 얼른 와줘.

SH

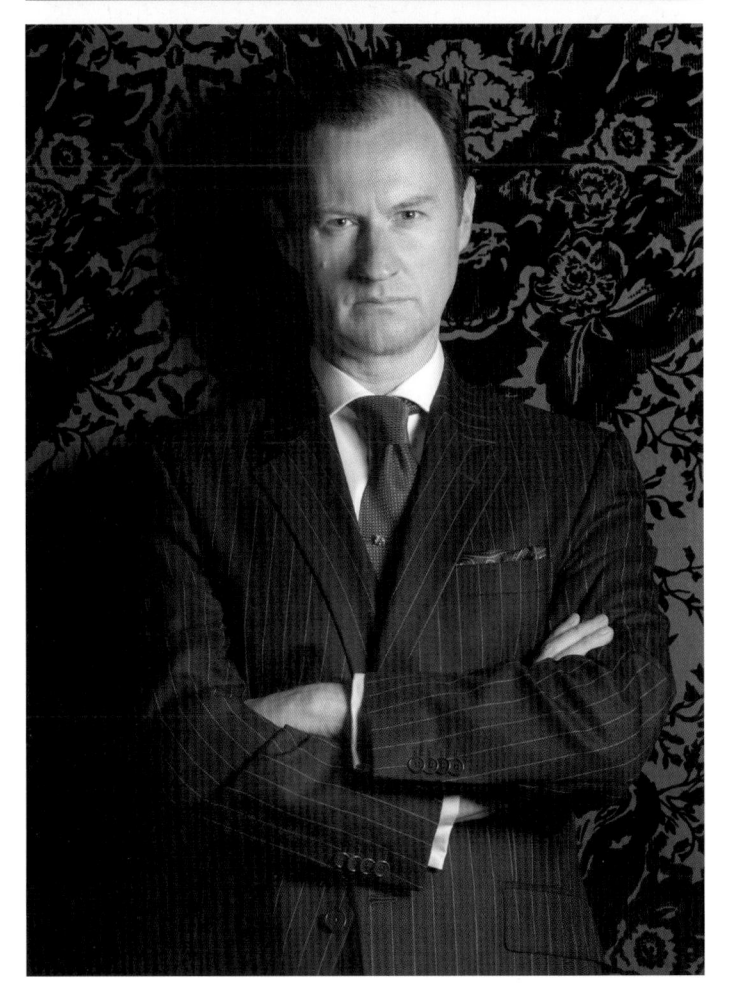

이유였다.

마크는 이렇게 말한다. "우리는 닥터 왓슨의 소설들을 좀 더 현대적인 방식으로 표현하기 위한 방법들에 대해 이야기를 나누었습니다. 그러다 내가 말했죠. '블로그를 이용하면 어때? 이건 블로그여야 한다고.'

바로 그 순간, 오늘날 그 가치를 다시 인정받는 것들이 있다는 사실을 깨닫기 시작했어요. 바로 '전보의 재발명'. 우리가 진정으로 원하는 건 서로에게 전보를 보내는 것이라는 걸 발견했죠. 그걸 '문자'라고 부르긴 하지만, 바로 그것이 우리가 선호하는 의사소통 방법이었습니다. 이유는 잘 모르겠지만 사람들은 서로에게 타이핑하는 걸 좋아합니다.

한때는 빅토리아 시대의 셜록 홈스를 찍어야 하는게 아닌가 하는 의문이 들기도 했습니다. 하지만 홈스가 여전히 시대적으로 관련이 있다는 걸 이해하고 나니, 현재의 세상에서 셜록 홈스가 무엇을 알고 싶어 하는지를 생각할 때 훨씬 더 가까이 다가갈 수 있겠다는 느낌이 오더라고요. 형이 정부 내에서 수상쩍은 일을하고 있는, 유별난 자격지심을 가진 괴이한 젊은이가 아드레날린 충만한 동료와 범죄사건을 해결한다… 이모든 게 원작에 다 들어 있죠. 우리가 빅토리아 시대를반영하는 원작들을 흠모하긴 하지만, 그것들은 박물관에 진열되어 사람들이 위대한 건축물에 접근하듯 언제든지 볼 수 있게 됐어요. 도일이 자신의 작품들에 대해서 생각했던 것과는 완전히 정반대의 상황이죠. 따라서 우린 빅토리아 시대의 안개를 싹 걷어내고 두 사람사이의 환상적인 관계에 초점을 맞추기로 했습니다. 그렇게 〈셜록〉을 만든 거고요."

두 사람 사이의 그러한 관계를 표현하는 가장 중요한 요소는 서로를 어떻게 불러야 할지를 결정하는 것이었다. "정말이지 어려운 문제였어요." 스티븐도 인정한다. "그걸 결정하는 일이야말로 말이 필요 없을 정도로 중요했죠. 결국 주인공들은 서로를 '존'과 '셜록'으로 불렀어요. 도일의 원작에서는 두 사람이 항상 홈스와 왓슨이라고 성姓을 불렀는데, 당시에는 지극히 정상적인 일이었죠. 하지만 현대의 런던에서 두 젊은이가 서로를 홈스와 왓슨이라고 부른다면 무슨 사립학교 출신처럼 보일 텐데, 정말이지 원하지 않았습니다.

지금 돌이켜봐도 정말이지 급진적인 아이디어였죠. 특히 '존'이란 이름이 어떻게 들릴지 이상하게 상상하기가 어렵더군요. 그다음에는 두 사람이 어떻게 대화를 나눌지에 대해서도 오랫동안 고심했죠. 마침내 우리가 대본을 써나갈 때 그 문제들은 아무런 장애물이 되지 않았어요. 두 사람이 요즘 젊은이들처럼 말할 수 있게 해준 일종의 해방이라고나 할까요? 그리고 셜록은 '기초적'이니 뭐니 하고 말하지 않아도 되게 됐으니… 일단 주변 상황이 정리된 후에야 셜록은 요즘 사람처럼 말하게 되었습니다."

"셜록이 마침내 요즘 사람처럼 말하는 방법을 찾았다고 생각했죠." 마크가 큰 소리로 웃었다. "하지만 우리는 원작의, 원작에 등장하는 인물의 성격 묘사에 관한 '문제의 커튼'을 막 열어젖혔을 뿐이었습니다. 원작에서는 두 사람의 대화가 실로 자연스러웠지만, 지금 우리의 눈으로 보기에는 고리타분할 수밖에 없었죠. 두 사람은 이제야 겨우 친구처럼 말하기 시작한 것입니다."

마크는 존 왓슨을 공동 주연으로 만들기 위한 또 다른 중대한 전략이 있었음을 시사한다. "우리의 프로젝트에서 막대한 부분을 차지하는 작업이었습니다. 프로그램은 〈셜록〉이라는 이름으로 방영될 테지만, 그럼에도 존의 역할을 두드러지게 만드는 게 무척이나 중요했어요. 수십 년 동안 수많은 각색들, 그중 몇몇 아주 훌륭한 각색들조차도 왓슨을 어떻게 처리해야 할지 잘 몰랐던 것 같아요. 소설을 읽을 때면 왓슨이 내레이션을 하고 있기 때문에 그의 존재를 알아차릴 수 있지만, 드라마로 만들어지는 순간 왓슨은 책 여백에 끄적거린 낙서로 전락해버리죠… 몇몇 각색에서 왓슨을 셜록처럼 만들려는 시도를 하긴 했습니다. 셜록 홈스에게 영향을 받기라도 한 것처럼 약간의 추리력을 선사했다고나 할까요. 하지만 우리는 왓슨을 훨씬 중요한 3차원적인 인물로 만들고자 했습니다." 그러한 접근법은 〈셜록〉 전반에 걸쳐 적용되었다. "예를 들어, 우리의 허드슨 부인은 다른 작품 속의 허드슨 부인들과는 달리 나름대로의 삶이 있어요. 배우 우나 스텁스를 캐스팅하는 데 많은 노력을 들였죠. 부인은 홍차 잔이나 들고 웃으며 드나드는 사람만은 아니었어요. 오히려 점점 성

파일럿 에피소드를 녹화하는 중(아래).

1944년에 상영된 〈셜록 홈스와 거미 여인〉에서의 바실 래스본과 나이젤 브루스(위).

왓슨은 분명 아드레날린 중독자였어요! 그는 항상 셜록 홈스가 새로운 사건이 벌어질 때까지 지루해했다고 말하곤 하는데, 왓슨 자신도 그랬던 겁니다. 왓슨도 홈스와 마찬가지로 사건을 간절히 원했던 거죠. 가슴이 설레고, 코트 주머니에 들어 있는 리볼버의 느낌을 사랑했던 겁니다!"

마크는 '현대전의 참전용사이며, 자신의 매력을 잃어버린 사내'에 대한 토론을 기억한다. "그런 사내의 곁에 사이코패스가 될 지경인 셜록을 놓아둔 거죠. 두 사람은 가장 적절한 시기에 서로를 만나고, 근본적으로 하나의 결합체를 이루게 됩니다. 이렇게 두 사람에게 경험할 수 있는 배경을 제시함으로써 역할의 크기가 거의 동등하도록 만든 것이죠. 〈분홍색 연구〉에서 마이크로프트가 '당신은 전쟁의 악몽에 시달리는 게 아니오, 닥터 왓슨, 전쟁을 그리워하는 것이지'라고 말하는 게 아주 중대한 순간이었습니다. 존 왓슨이 무엇을 참아왔는지, 그리고 왜 참아왔는지에 대한 모든 것을 설명해주기 때문이죠. 결국에는 존 왓슨에게 가치 있는 일이었으니까요."

스티븐은 이렇게 말한다. "존 왓슨도 중독된 겁니다. 그는 정신이 말짱하고 이성적이며 정상적인 사람으로 가장하고 싶어 하지만 모든 면에서 셜록만큼이나 나빴어요. 존은 셜록만큼이나 모험을 열망하고, 모험이 없을 때면 만만찮게 짜증을 냅니다. 셜록 홈스가 만난 수많은 사람들 중에서 그가 의지할 수 있다고 유일하게 선택한 사람이 존이라는 사실을 염두에 두시길 바랍니다. 천재의 판단 기준으로 볼 때, 존은 아주 뛰어난 사람입니다. 존이 최고의 두뇌는 아니지만, 셜록에게 필요한 게 또 다른 두뇌는 아니니까요. 셜록은 이 세상에서 가장 신뢰할 수 있고 유능하며 의지할 수 있는 인간이 필요합니다. 이야기의 시작에서 존은 자신의 삶이 끝장났고 모든 모험들은 다 흘러가버렸으며 자신은 이제 먼지 속으로 사라지려 한다고 생각합니다. 〈분홍색 연구〉는 '내게는 아무것도 일어나지 않아'라는 존의 대사로 시작되고 음악이 깔리죠. 그리고 전개를 지켜보는 우리는 이야기가 이제 막 시작됐으며 곧 벌어질 일은 이전에 일어난 모든 것들을 왜소해 보이게 만들 것임을 알게 됩니다."

장하고 진화하는 배경을 가지게 됐고, 그렇게 하는 게 아주 재미있었어요."

이전의 각색들이 닥터 왓슨이라는 인물을 다루는 데 어려움을 겪었다는 점에 스티븐도 동의한다. "사람들은 자주 왓슨을 무시하곤 했죠. 셜록 홈스의 원작에 충실한 자들이 반발하긴 했지만, 나이젤 브루스가 좀 똑똑한 면을 내보였어요. 브루스는 자신의 구두끈도 제대로 매지 못하는 어릿광대가 되는 걸 마다하지 않았죠. 하지만 그건 놀랍고 사랑스러우며 아주 우스꽝스러운 연기였고, 처음으로 바실 래스본과 동등한 입지를 확보한 겁니다. 어느 한쪽이 없다는 건 생각할 수도 없을 뿐더러 따분해지기도 했겠죠. 나이젤 브루스 없이 바실 래스본은 셜록 홈스가 아니었던 거죠. 콜린 블레이클리도 〈셜록 홈스의 사생활〉에서 코믹한 왓슨 연기를 멋지게 해냈는데, 홈스의 역할과 거의 맞먹을 정도였어요. 그래서 우리가 뭘 했느냐고요? 약간의 추리죠. 왓슨이 어떤 사람이었을지를 고민해본 겁니다.

제목: 셜록

발신: 스티븐 모팻
수신: 마크 게이티스
발신일: 2008년 3월 8일

맞아, 셜록에서 말이 좀 안 되는 부분이 있네. 최종적으로. 약간 모호한 부분이 있어서 가다듬고 있어. 그리고 초반부에서 범행을 저지르는 살인자의 모습을 보여줘야 할 것 같아.

스티븐

제목: 셜록

발신: 마크 게이티스
수신: 스티븐 모팻
발신일: 2008년 6월 4일

안녕, 스티븐
가이 리치가 '굉장히 파격적인' 현대판 셜록 영화를 감독할 거래! 그 대본을 얼른 입수하자고!
M x

제목: 회신) 셜록

발신: 스티븐 모팻
수신: 마크 게이티스
발신일: 2008년 6월 4일

동의!
자네가 괜찮다면 난 내가 쓴 대본으로 만족하고 있다네. 일단 진행 중인 콘티 문제에 반나절을 투입하고, 시작해보자고!

스티븐

제목: 셜록 허락이 떨어졌어!

발신: 수 버츄
수신: 마크 게이티스
발신일: 2008년 8월 3일 11:06

마크에게

스티븐과 난(아이들은 물론) 지금 그리스에서 휴가를 즐기고 있어. 엄밀히 말하면 아이들과 난 휴가 중이고, 스티븐은 방에서 대본을 마무리하려고 안달복달하고 있지!!!

어쨌거나 제인이 셜록의 첫 번째 에피소드를 찍은 파일럿에 관심을 보인다는 놀라운 소식을 들었어!!! 무슨 수를 써서라도 더 많은 대본을 써놓아야 한다는 생각이 들어맞은 게 놀라울 뿐이야.

아직 자세한 정보는 없지만, 우리가 돌아갔을 때 회의를 했으면 해. 듣기로는 제인이 한 시간짜리 작품으로 3월에 방영되길 바란다더라고. 날짜가 좀 빠듯한 것 같아 걱정이야. 방영되지도 못할 시험판이 아니라 가장 뛰어난 셜록을 보여주고 싶기 때문이지.

이게 정말 오랫동안 방영되는 시리즈의 첫 번째 작품이었으면 좋겠어.

사랑을 담아,
수

제목: 회신) 셜록 허락이 떨어졌어!

발신: 마크 게이티스
수신: 수 버츄
발신일: 2008년 8월 3일 11:14

수에게

대단해! 묘하기도 하고! 오늘 아침에 일어났을 때 '셜록에 관해서 언제 얘기를 듣게 될까?' 하고 생각했거든. 환상적이야. 다음 단계는?

난 촬영을 거의 끝냈고, 내일 유령 이야기들에 관해서 알아봐야 하겠지만, 8월에는 상대적으로 여유가 있어. 위대한 탐정에 집중할 수 있다고. 스릴 넘치는걸!

모든 걸 잘해냈고, 조만간 이야기해.

사랑을 담아
마크 x

제목: 셜록

발신: 마크 게이티스
수신: 스티븐 모팻
발신일: 2008년 9월 7일

안녕, 스티브.

새 대본이 아주 좋더군. 두어 가지 생각이 있는데… 전화해주겠어?
M x

제목: 회신) 셜록

발신: 스티븐 모팻
수신: 마크 게이티스
발신일: 2008년 9월 8일

자네 생각이 옳아. 대대적인 조사를 한 번 더 해야겠어.

수와 논의해서 내 스케줄을 조금씩 조정하고 있지만, 셜록 대본을 한 번 쉬어야 할지도 모르겠어. 자네도 스케줄을 조정할 수 있을 거라고 생각하지만, 이건 부분적으로는, 지난주에 두 개를 다시 읽어보고 나서 아주 엄청나다고 생각하기 때문이야! 정말 좋더라고.

곧 만나서 방영 시즌을, 사냥개를, 모리아티를, 얼룩끈의 비밀을 계획하고, 술을 맘껏 퍼마시고, 경찰관에게 술주정을 하자고.

이건 대박이 날 거야!

스티븐

BBC 드라마, BBC1에서 새로운 범죄수사 드라마 〈셜록〉 방영 발표

HARTSWOOD FILMS

BBC 웨일스 드라마, BBC1 그리고 **하츠우드 필름**은 아서 코난 도일의 원작을 현대물로 리메이크한 〈**셜록**〉을 방영한다고 발표했다. **베네딕트 컴버배치**(〈스타트 포 텐 Starter for Ten〉, 〈스튜어트 Stuart: A Life Backwards〉에 출연)가 새로운 셜록 홈스 역을, **마틴 프리먼**(〈오피스 The Office〉, 〈뜨거운 녀석들 Hot Fuzz〉에 출연)이 그의 충실한 친구인 닥터 존 왓슨 역을, 루퍼트 그레이브스(〈갓 온 트라이얼 God on Trial〉, 〈미드나잇 맨 Midnight Man〉에 출연)가 레스트레이드 경위 역을 맡는다.

이 드라마는 **스티븐 모팻**(〈닥터 후〉, 〈커플링〉의 작가)과 **마크 게이티스**(〈신사동맹〉, 〈닥터 후〉, 〈비뚤어진 집〉의 작가)가 놀라운 파트너십을 발휘하여 공동 기획하고, **수 버츄**(〈커플링〉, 〈컵 The Cup〉 제작)가 제작한다.

모팻이 쓴 60분짜리 에피소드가 2009년 1월에 촬영에 들어갈 예정이며, **코키 지드로익**(〈처녀 여왕 Virgin Queen〉, 〈블랙풀 Blackpool〉, 〈올리버 트위스트 Oliver Twist〉를 감독)이 감독을 맡는다.

〈셜록〉은 현재의 런던을 배경으로 한, 스릴 넘치고 속도감 있게 전개되는 범죄 드라마이다. 코난 도일의 원작에서 상징이 되는 세세한 부분은 그대로 유지되어, 그들은 같은 주소에서 살고, 같은 이름을 사용한다. 게다가 2009년의 런던 어딘가에서 모리아티가 그들을 기다리고 있다.

BBC 웨일스의 드라마 국장 **피어스 웬거**의 말이다. "우리의 셜록은 현재의 세계에서 활동하는 역동적인 슈퍼히어로이고, 자신이 범인이나 경찰보다, 사실은 다른 모든 사람들보다 훨씬 더 똑똑하다는 걸 증명하고자 하는 욕구에 의해 움직이는 오만하고, 천재적인 탐정이죠."

〈셜록〉은 BBC와 서로의 수익에 도움이 되는 관계를 쭉 이어오고 있는 하츠우드 필름이 제작한다. 제작한 작품으로, 〈커플링〉, 〈맨 비해이빙 배들리 Men Behaving Badly〉, 〈지킬〉이 있고, 최근에는 BBC2에서 방영된 〈컵〉이 있다.

스티븐 모팻은 이렇게 전했다. "홈스와 왓슨에 있어서 중요한 것들은 다 동일합니다. 사실, 코난 도일의 원작들은 프록코트와 가스등에 전혀 신경 쓰지 않았어요. 경탄할 만한 추리와 끔찍한 악당과 피가 얼어붙는 듯한 범죄를 다뤘을 뿐이죠. 불룩해 보이는 치마 속에 뭘 걸쳤는지 따위에는 단 한 줄도 언급하지 않았어요. 다른 탐정들은 사건에 연연해했지만, 셜록 홈스는 모험을 했습니다. 이것이야말로 다른 탐정들과의 차별점이라고 할 수 있죠. 마크와 저는 〈닥터 후〉 건으로 카디프행 열차를 타고 가는 오랜 시간을 이용해서 여러 해 동안 이 프로젝트에 관해서 이야기를 나눴습니다. 솔직히 말하자면, 하츠우드 필름의 수 버츄(아주 편리하게도 내 아내이기도 한)가 우릴 점심식사에 초대하고 일을 시작하도록 해주지 않았다면 지금도 이야기만 하고 있을 겁니다."

마크 게이티스는 이렇게 말한다. "스티븐과 저 자신을 비롯한 수백만 독자들이 코난 도일의 멋들어진 원작에 여전히 중독되어 있다는 사실이야말로 그 불멸성에 대한 증거이죠. 그것들은 전과 마찬가지로 여전히 팔팔하고 무시무시하며 스릴 넘치고 경이롭기까지 합니다. 우리 시대에 가장 완벽하게 홈스와 왓슨의 역할을 해줄, 베네딕트와 마틴을 주인공으로 하는 새로운 TV 시리즈가 만들어진다는 건 꿈이 이루어지는 것과 다를 바 없습니다."

수 버츄는 이렇게 덧붙였다. "스티븐과 마크는 셜록 홈스 이야기의 광팬이라서 그냥 놔두면 언제까지고 이야기만 할 것 같은 느낌이 들더라고요. 따라서 일부러 크라이테리언 레스토랑을 골라 점심식사에 초대했죠. 셜록과 왓슨이 만난 곳이라는 상징적인 의미가 있다는 걸 알고 있었고, 두 사람의 주의를 끌 수도 있겠다는 생각이 들었거든요! 생각대로 일이 잘 풀렸고, 그날 만남에서 전개된 모든 일이 정말이지 흥미진진했어요."

BBC 드라마 위원회의 조정관인 벤 스티븐슨과 BBC1의 조정관인 제이 헌트의 위탁을 받아 〈셜록〉은 2009년 1월에 웨일스와 런던에서의 야외촬영에 들어가게 된다.

〈셜록〉의 제작 총지휘자는 베릴 버츄, 마크 게이티스, 스티븐 모팻이다.

파일럿 에피소드의 비하인드 장면들(위).

아이디어가 모습을 갖추자 마크와 스티븐, 수는 BBC 웨일스의 드라마 국장 줄리 가드너에게 접근했다. "매우 정성을 들인 한 시간짜리 드라마가 있다고 하자, 줄리는 이렇게 말했죠. '현대판 셜록 홈스라고요? 좋아요.' BBC의 관점에서 볼 때는 셜록 홈스야말로 픽션에서 가장 인기 있는 인물인 데다 시대극에 비해서 비용도 훨씬 덜 드니 고민할 필요가 없었던 거죠. 우린 한 시간 동안 줄리에게 하고 싶었던 말만 쭉 늘어놨을 뿐입니다! 이런 미팅은 앞으로도 없을 겁니다. 우리가 만들어내고자 했던 걸 실제 행동으로 옮기는 여정에는 훨씬 많은 것들이 포함되어야 하겠지만, 줄리와 미팅한 날은 정말, 정말 사랑스러운 날이었어요."

스티븐은 이것이야말로 자신들의 작품이 인기작이 되리라는 걸 나타내는 또 하나의 조짐이라고 믿었다. "수가 바로 흥미를 보였다는 사실과 줄리 가드너가 즉석에서 예스라고 말했다는 사실은… 때가 됐다는 걸 의미하죠. 모든 이들이 현대판 셜록을 원했다는 걸 어떻게 알고 있는지는 모르겠어요. 이 시청자들은 이미 확보되어 있던 게 아니라 방송 첫날에 몰려든 겁니다. 시청자들은 이게 잘되리라는 걸 어떻게 알았던 거죠? 성공적인 쇼란 바로 그런 겁니다. 훌륭할 뿐만 아니라 적절한 순간을 타야 한다는 것. 사람들은 바로 지금 이걸 원하고 있어요."

60분짜리 〈분홍색 연구〉는 여섯 편으로 이루어진 시리즈의 첫 번째 에피소드로 예정되어 있었다. 하지만 선별된 시청자들에게만 선을 보이고 파일럿으로 수명을 다했다. 그 시청자들의 반응이 무척이나 흥미로웠다고 수가 지적한다. "사람들이 셜록과 존 둘 다를 좋아한다는 사실을 알아냈어요. 또한 우리가 레스트레이드와 경찰을 좀 멍청하게 만들 거라고 생각한다는 것도요. 우리의 의도는 전혀 그렇지 않았는데요. 그리고 시청자들은 모두 모리아티가 어디에 있는지를 알고 싶어 했어요! 심지어 원작 소설을 읽어보지 않은 사람들도 모

리아티라는 인물이 있다는 걸 알고 있었다니까요. 그들 중 어느 누구도 시대가 현대라는 걸 염두에 두지 않는 것 같았어요."

BBC의 반응은 한층 더 흥미로웠다. 바로 시리즈를 제작해달라는 요청이 들어왔는데… 예상외로 세 편의 90분짜리 시리즈로 제작해달라는 것이었다. "방송국에서 그걸 보고 정말 흐뭇해했죠." 마크의 회상이다. "그래서 우리에게 포맷을 변경해줄 것을 요청했어요!" 〈셜록〉은 일반적인 TV 드라마가 아닌 스케일이 훨씬 커진 TV 영화 미니 시리즈로 급작스럽게 변경됐다. 스티븐이 보기에 이러한

변화의 가장 큰 이점은 강력한 중심인물들과 발전해가는 그들의 관계가 사건들과 공존할 수 있게 된다는 것이다. "이 두 가지를 펼치려면 충분한 공간이 필요하죠. 파일럿 촬영분을 여기저기에 붙여 넣을 수는 없었습니다. 우린 훨씬 더 길어진 상영시간에 맞춰서 대본을 다시 작업해야 했죠."

그래서 모든 의도와 목적에 맞춰서 작업을 다시 시작했다….

파일럿 에피소드를 만들고 90분짜리 세 편의 시리즈를 만든다는 결정이 내려지기 전에, 드라마의 대본 작업에 참여하는 작가들에게 주지시키기 위해 스티븐 모팻과 마크 게이티스가 마련한 〈셜록〉 시리즈의 바이블이다.

셜록

"녀석을 결혼시키거나, 죽이거나, 원하는 건 무엇이든 해도 좋소."
이 말은 어떤 연극에서 홈스를 결혼시키는 것이 어떻겠느냐는 질문에 대한 아서 코난 도일 경의 답변이었다.

우리는 셜록 홈스를 사랑한다. 그는 우리가 알고 있는 어느 누구보다 뛰어나고 현명한 사내이며, 모든 문학 분야에서 가장 많이 촬영된 인물이다. 이 말을 한 번 더 반복해서 말할 가치가 있다. 모든 문학 분야에서 가장 많이 촬영된 인물… 드라큘라나 타잔이나 예수 그리스도보다 더 빈도가 높다. 그런데 왜 또 만드는 것일까?

그건 아주 뛰어나거나 좋거나 나쁘거나 그저 그런 수많은 각색과 해석을 통해 멋들어진 원작의 본질을 조금씩 잃어버렸기 때문이다. 셜록 홈스와 닥터 존 왓슨은 가장 있을 법하지 않은 동반자 관계를 형성하고 있으므로 가장 뛰어나다고 할 수 있다. 두 사람은 완전히 딴판이지만 서로를 존경한다. 그리고 그들이 살고 있는 세계는 모험이 넘치고, 위험의 경계를 넘나들며, 충격적인 악행이 벌어지는 곳이다.

따라서 우리의 임무는 빅토리아풍의 잡동사니로부터 홈스와 왓슨을 구해내는 것이다. 문자 그대로, 이 환상적인 인물들에게서 안개를 걷어내 다시 살도록 만들어주는 것이다. 그리고 그렇게 하는 가장 간단하고 효과적인 방법은 그들을 현재의 세계 속에 풀어놓는 것이다. 빅토리아 시대라는 고정된 시대 속의 인물이 아니라 코난 도일이 창조해낸 인물로서 그렇게 해야 한다는 뜻이다. 마찬가지로 원작 소설들이 처음 출간됐을 때의 홈스와 왓슨처럼 3차원적이고 현대적이어야 한다.

그러니 본질적인 것부터 시작하자. 그들을 셜록과 존으로 생각해보자. 사람들은 이제 더 이상 성娃을 부르지 않기 때문이다! 이렇게 부르는 게 이단적으로 들린다면… 좋다! 하지만 이건 주인공들과 그들의 모험을 새롭게 상상하는 훌륭한 방식이다.

파일럿을 만들면서 우리는 '현재'라는 배경이 가진 이점을 깨달았다. 이 드라마가 진정으로 역량을 발휘한 곳이 가장 첨단을 걷는 곳이었다. 그리고 어떤 이유에서인지는 몰라도 신기하게도 바로 그곳이 가장 셜록 홈스답게 보이도록 만들어줬다. 빅토리아 시대의 온갖 덫을 걷어내자 등장인물들의 특성이 진정으로 드러나는 것 같았다. 우린 끔찍한 덫을 놓치지 않고도 끔찍하기를 원한다. 예를 들어, 안개와 폭풍우가 몰아치는 밤은 진정 무섭기는 하다. 하지만 그게 몇 번이고 반복되면 우습게 보인다. 우린 원작과 똑같은 무시무시한 효과를 전혀 새로운 방식으로 얻고자 한다. 결과는 같지만 완전히 다른 수단을 통해서.

셜록

원작대로 오만하고, 자신이 원할 때는 얼음처럼 냉담하지만 까불고, 현대적이고, 재미있게 표현할 것. 매력적일 정도로 자신감에 차 있고, 스스로에게는 항상 만족한다. 자신이 셜록 홈스인 것을 좋아한다. 좀 괴상한 사람인 건 사실이지만, 절대 부끄러워할 줄 모르므로 그냥 받아들일 것. 무엇보다도 빅토리아 시대에서 동면에 들었다가 2009년에 깨어난 사람이 아니라는 걸 명심할 것. 그는 자신의 나이에 걸맞은 완전한 현대인이다. 셜록 홈스는 지금의 인간이다!

존

딱 부러지게 이해하긴 더 힘들지만 하나하나가 다 중요한 인물. 보기보다 터프하다. 분별 있고, 정신이 초롱초롱하며, 유능하다. 물론 셜록 옆에 서면 멍청해 보이긴 한다. 하지만 누군들 안 그렇겠는가? 하지만 존은 천재를 알아보고, 셜록에게 화를 내는 대신 그를 존경하는 굳센 정신과 신뢰를 가지고 있다. 군인 출신으로 근성이 있고, 용감하며, 지략가이고, 모험을 좋아하며, 정당한 곳에서 정당한 사람으로부터 지시를 받으면 지체 없이 행한다. 존을 이야기의 중심부에 놓고 다양한 곤경들이 초래하는 불합리, 위험, 공포를 자세히 서술하게 만들면 이야기에 생기가 돌게 할 수 있다. 도일은 두 편의 소설에서 홈스가 없는 상태에서 왓슨이 활약하도록 했지만 너무나도 평범하고 지루했을 뿐이다. 작가 여러분은 존을 통해서 모험을 살릴 필요가 있고, 역시 존을 통해서 셜록을 알 필요가 있다. 결국 빙 둘러서 하는 말이긴 하지만, 최대한 셜록과 존을 묶어두어야 한다. 존은 드라마에서 우리의 사람이고, 존 없이는 아무것도 할 수 없다는 걸 명심할 것!

허드슨 부인

자, 여기 또 하나의 변화가 있다. 부인은 보통 비실거리며 다소 짜증을 내는 여자로 그려지곤 했지만, 우리의 허드슨 부인은 따뜻하고, 어머니 같은 존재이다. 괴상한 하숙인들과 티격태격하는 면이 없잖아 있지만, 그들을 아들처럼 여기는 한편 거대하고 위험한 세상으로 나갔을 때는 무척 걱정한다. 부인은 상당히 나이가 들었고, 우린 그녀가 집안 살림 이상의 삶을 살기를 원한다.

레스트레이드

만약 셜록이 없었다면 레스트레이드 경위는 자신의 이름을 건 프로그램을 가졌을 것이다! 경위는 자신의 한계를 잘 알고 있는 극히 유능한 경찰관이다. 경위는 셜록이 정말 짜증스러운 녀석임에도 유능하다는 걸 잘 알고 있다. "평범한 사람은 오직 자신만을 알아보지만, 재능이 있는 사람은 천재를 알아본다." 따라서 레스트레이드는 재능이 있는 사람이다.

하지만 레스트레이드가 항상 꼭 등장해야 하는 건 아니라는 걸 명심할 필요가 있다. 다른 남녀 경찰관들이 이야기 전반을 통해 드나들어야 한다. 일부는 셜록의 방법에 호의적이지만, 다른 이들은 공개적으로 적대적이기도 하다. 앤더슨과 도노반, 몰리 후퍼와 같은 인물들이 셜록과 존의 세계에서 함께 활동할 가능성이 있는 인물들이다.

모험

우리가 구상한 시작점은 존 왓슨이 아프간 전쟁에서 부상을 당하는 것이었다. 다행스럽게도 오늘날에 우리가 치르는 전쟁과 동일한 것이다. 우리가 현재라는 걸 강조할 때마다 이 사실이 아주 도움이 되고 있다. 따라서 끝이 보이지 않을 정도로 많은, 세상을 놀라게 하는 셜록의 범죄 기록들은 인터넷과 PDF를 활용하여 접근한다. 코카인을 투약하는 셜록의 습성은 생각하는 데 도움이 되는 석 장의 니코틴 패치로 대신한다. 빅토리아 시대의 정보원들 대신에 런던 거리에서 셜록의 눈과 귀 역할을 해줄, 노숙자 재활 프로젝트인 〈빅 이슈〉 판매자들의 망을 활용한다. 〈스트랜드 매거진〉에 실린 닥터 왓슨의 연재소설 대신 존의 블로그를 활용한다. 그리고 이게 셜록을 유명하게 만든다. 이러한 대칭은 단순한 재미를 넘어서서 제대로 작동하기까지 한다!

따라서 극의 전개와 더불어 '다른 탐정들에게는 사건이 있지만, 셜록에게는 모험이 있다'라는 격언을 살려야 한다. 우리가 보기에 가장 신뢰가 가는 개작은 이단적으로 보이기는 하지만 1930년대와 40년대에 만들어진 바실 래스본과 나이젤 브루스 주연의 영화들이었다. 코난 도일의 정신에 충실했기 때문이다. 숨을 가쁘게 하고, 충격적이며, 빠른 속도로 진행되고, 스릴 넘치는 단편소설들은 신중하진 않았으나 드라이한 즐거움을 주었다.

원작의 좋은 아이디어를 최대한 도입하는 접근법을 활용하라. '다섯 개의 오렌지 씨앗'은 근본부터 아주 선정적인 아이디어로 채워져 있지만, 각색된 적은 거의 없었다. 그 중심이 되는 아이디어를 다른 형태의 모험에 몽땅 다 활용하는 방법은 없을까? 원작들을 잘 들여다보면 패턴이 보인다. 도둑맞은 문서, 훔친 보석, 변장, 사기, 과거의 무분별한 행동, 복수, 암호 등등… 이 모든 요소가 결합되어 우리가 알고 있는 셜록을 만들고 있으므로 기묘하고 멋들어진 것을 만들기 위해서 좋아하는 것은 무엇이든지 활용하라.

시리즈 1

우린 아주 드문 기회를 잡았다. 거의 대부분의 각색이 홈스와 왓슨이 편안하게 중년의 오랜 친구로 설정되어 있다. 반면, 우리의 셜록과 존은 처음부터 시작한다. 첫 번째 에피소드에서 셜록과 존이 만나고, 신체적으로만이 아니라 정신적으로 부상을 당한 존이 모험을 함께하는 과정에서 자신의 삶이 오롯이 기이한 사내와의 우정에 달려 있다는 걸 발견한다.

이러한 신선함을 가슴에 담고 우린 1시즌을 '셜록 홈스의 상승'이라고 생각하고 있다. 각각의 모험이 음침하고 말도 안 되는 것 같겠지만, 이 젊은이들의 인생에서 가장 좋고, 또 가장 복잡하지 않은 시기임을 반영해야 한다. 무섭고 위험하긴 하지만 두 사람이 힘든 상황을 잘 헤쳐나온 것을 표현해야 한다! 따라서 각각의 이야기가 진정한 재미를 반영해야 한다. 시리즈의 말미에 훨씬 더 어두운 시기가 다가왔음을 슬쩍 내비치는 형태를 구성하라.

에피소드들

유행을 선도하는 사우스뱅크 화랑. 웃고 있는 광대들로 꽉 들어찬 장난감 가게. 그리고 템스 강에서 끌어 올려진, 이쪽 귀에서 저쪽 귀까지 목이 갈라진 나체의 사내. 그 와중에 셜록은 왜 새롭게 발견된 베르메르의 작품이 위작이라고 생각하는 걸까? 그리고 오로지 '림퍼'라고만 알려진 체코 출신 암살자는 누구일까?

의문의 암호들이 런던 전역에 걸쳐 모습을 드러낸다. 활 모양의 구름다리 아래에 숨겨져 있고, 더러운 소호의 골목에 갈겨 쓰여 있다. 그런데 거대한 다국적 머천트뱅크 은행은 무엇을 걱정하는 걸까? 존경받는 기업은 오래전 중국의 '황룡당 Tong of Yellow Dragon'과 어떤 관련을 맺고 있는 것일까?

2

베이커 가의 사내들

주인공들의 캐스팅, 그들이 살 새로운 집 꾸미기,
그리고 두 번이나 진행한... 첫 번째 사건 수사

"어이, 괴짜"

"셜록에 딱 들어맞는 사람을 만났어요." 스티븐 모팻의 말이다. "수와 난 〈어톤 먼트 Atonement〉라는 영화에 출연한 베네딕트 컴버배치를 보았는데, 수는 그를 보 자마자 감이 잡힌 듯 완벽해 보인다고 말했죠.

마크도 베네딕트를 알고 있어서, 우린 이 문제를 논의 했고 모두 찬성했어요. 베네딕트가 대본 리딩을 마쳤 고, 리딩이 끝난 다음에는 이런저런 것들을 따지고 어 쩔 필요가 전혀 없었죠. 어느 누구도 베네딕트만큼 셜 록처럼 보이고, 셜록처럼 말하고, 셜록처럼 걷지 못할 것 같았으니까요."

"베네딕트의 어머니는 아들의 코가 셜록과 아주 달라 서 셜록이 될 수 없다고 말씀하셨다더군요." 수 버츄가 웃음을 터뜨리며 말한다. "처음에는 스티븐과 마크에게 아주 기본적인 질문들을 해댔죠. 누가 어디에 살고, 존 은 어떤 사람이며, 셜록은 어떻게 생겨야 하는지 등등을 요. 그랬더니 셜록은 키가 커야 하고, 마른 몸매여야 하 며, 코가 커야 한다는 답이 돌아오더군요. 그러고서 베 네딕트를 본 우린 그의 코가 크지 않았는데도 캐스팅을 한 겁니다! 아무도 베네딕트를 잘 알지 못했기에 그건 무척 특별한 일이었죠. 베네딕트는 깜짝 놀랄 만한 연기 를 하긴 했지만, 대중은 그가 누군지조차 잘 모르고 있 었으니까요. 하지만 첫 번째 에피소드가 방송되자 베네 딕트는 하룻밤 새에 스타가 됐습니다."

"내게 있어 셜록 홈스를 연기한 대표적인 인물은 바 실 래스본과 제레미 브렛이었어요." 베네딕트 컴버배 치의 말이다. "특히 브렛이 기준이었죠. 원작 소설을 브라운관에서 연속극으로 방송하도록 만든 청사진 이었어요. 따라서 셜록을 만드는 프로젝트에 대한 이 야기를 처음 들었을 때, 브렛의 연기를 어떻게 쫓아 가야 하나 하는 마음에 약간 의문이 들기도 했죠. 현 대판으로 만든다는 말을 듣고도 걱정이 되는 건 마 찬가지였어요. 그런데 대본을 읽는 순간, 그동안 꺼

림칙했던 모든 것이 완전히 사라져버렸죠. 스티븐 과 마크는 셜록을 21세기에 소환할 작업을 완벽하 게 해낸 겁니다. 난 셜록 홈스 소설을 읽으며 성장하 지도 않았고 스토리를 다 알지도 못하지만, 등장인물 과 장르에 대해서는 잘 알고 있었고, 대본을 읽어보 자 정말이지 셜록 홈스 숭배자들이 썼다는 것이 바 로 느껴졌습니다. 시리즈 1편을 만들기 시작했을 때 부터는 다른 연출을 지켜보거나 귀담아 듣지 않으려 고 무척 애를 썼어요. 대본이나 감독, 다른 연기자들 과는 다른, 뭔가 신선한 것이 되고 싶었던 거죠. 나중 에 그것들을 다시 찾아봤는데, 아주 흥미롭더군요. 〈셜록 홈스의 모험〉이 처음 TV에서 방송됐을 때의 제 레미 브렛을 지켜봤는데, 그의 침착성과 우아함, 믿을 수 없이 강력한 권위에 감명받았던 기억이 나는군요. 제레미는 거대한 존재감을 선사했고, 그의 눈동자 속 에 활활 타오르는 지적 능력을 볼 수 있었지만, 그와 더 불어 광기가 자라는 것도 볼 수 있었죠. 그리고 내가 셜 록이 되면서 표현하고 싶은 것이 제레미가 그리고자 했던 것, 즉 끊임없는 노력 덕분에 고성능을 발휘하는 사내라는 걸 알게 됐어요. 시리즈가 진행되어가는 과 정에서, 사실 셜록이 평범한 어린 시절을 보냈다는 걸, 셜록이 약간 다르다는 걸 사람들이 깨달을 때까지는 아주 평범했다는 사실을 여러분도 마주하게 될 것입니 다. 패짓의 삽화들은 아주 흥미롭고, 그 자체로서 아름 다우며, 매우 영향력 있고, 따라서 그 삽화들은 셜록 홈 스의 실루엣을 상징하는 본보기임과 동시에 홈스의 코 가 매부리코라는 걸 결정짓는 계기가 됐죠. 따라서 우 리만의 형태를 보여주어야 했어요…. 그렇다고 곧바

베네딕트 티머시 칼튼 컴버배치 1976년 7월 19일, 런던 해머스미스 출생

수상 경력

〈셜록〉으로 베스트 TV 탐정상 (내셔널 TV 어워즈, 2014)

가장 핫한 영화 스타상 (크리틱스 초이스 무비 어워즈, 2013)

올해의 영국인 예술가상 (브리타니아 어워즈, 2013)

〈프랑켄슈타인〉으로 남우주연상 (크리틱스 서클 시어터 어워즈, 2012)

〈셜록〉으로 미니 시리즈와 TV 필름 부문 남우주연상
　　　(새털라이트 어워즈, 2012)

〈셜록〉으로 남우주연상 (크라임 스릴러 어워즈, 2012)

크리틱스 초이스 TV 어워드가 뽑은 베스트 영화/미니 시리즈 상

〈셜록〉으로 남우주연상 (TV 크리틱스 어소시에이션 어워즈, 2012)

〈프랑켄슈타인〉으로 남우주연상 (로렌스 올리비에 어워즈, 2012)

〈프랑켄슈타인〉으로 남우주연상 (이브닝 스탠더드 시어터 어워즈, 2011)

GQ UK 잡지의 올해의 배우상 (2011)

〈셜록〉으로 남우주연상 (크라임 스릴러 어워즈, 2010)

〈지구 끝까지 To the Ends of the Earth〉로 미니 시리즈 부문 최우수연기상
　　　(몬테카를로 TV 페스티벌의 '황금 요정' 어워즈, 2006)

〈헤다 가블레르 Hedda Gabler〉로 최우수 고전연극 연기상
　　　(이안 찰스 어워즈, 2005)

〈호킹 Hawking〉으로 TV 영화 부문 최우수연기상 (2004)

영화에서의 역할(선별)

2014	〈호빗: 다섯 군대의 전투〉 스마우그 역
	〈이미테이션 게임〉 앨런 튜링 역
2013	〈제5계급 The Fifth Estate〉 줄리안 어산지 역
	〈호빗: 스마우그의 폐허〉 스마우그 역
	〈어거스트: 가족의 초상 August: Osage County〉
	리틀 찰리 역
	〈노예 12년〉 윌리엄 포드 역
	〈스타트렉 다크니스〉 칸 역
2012	〈호빗: 뜻밖의 여정〉 스마우그 역
2011	〈워 호스 War Horse〉 스튜어트 소령 역
	〈레커스 Wreckers〉 데이비드 역
	〈팅커 테일러 솔저 스파이 Tinker Tailor Soldier Spy〉
	피터 길럼 역
2010	〈내부고발자 The Whistleblower〉 닉 필립스 역
	〈써드 스타 Third Star〉 제임스 역
	〈네 얼간이 Four Lions〉 에드 역
2009	〈크리에이션 Creation〉 조셉 후커 역
2008	〈버레스크 페어리테일 Burlesque Fairytales〉
	헨리 클라크 역
	〈천일의 스캔들 The Other Boleyn Girl〉 윌리엄 캐리 역
2007	〈어톤먼트〉 폴 마샬 역
2006	〈어메이징 그레이스 Amazing Grace〉 윌리엄 피트 역
	〈스타트 포 텐〉 패트릭 왓츠 역

TV에서의 역할(선별)

2012	〈퍼레이즈 엔드 Parade's End〉 크리스토퍼 티전스 역
2010~2014	〈셜록〉 셜록 홈스 역
2010	〈반 고흐: 글로 그린 그림 Van Gigh: Painted with Words〉
	빈센트 반 고흐 역
2009	〈스몰 아일랜드 Small Island〉 버나드 역
	〈터닝 포인트 The Turning Point〉 가이 버제스 역
	〈마플: 위치우드 살인사건 Murder is Easy〉
	루크 피츠윌리엄 역
2008	〈더 라스트 에너미 The Last Enemy〉 스티븐 에자드 역
2007	〈스튜어트: 어 라이프 백워즈 Stuart: A Life Backwards〉
	알렉산더 마스터스 역
2005	〈브로큰 뉴스 Broken News〉 윌 파커 역
	〈지구 끝까지 To the Ends of the Earth〉 에드먼드 탤벗 역
	〈나단 발리 Nathan Barley〉 로빈 역
2004	〈호킹〉 스티븐 호킹 역
	〈던커크 Dunkirk〉 지미 랭리 중위 역
2003	〈40대 Fortysomething〉 로리 슬리퍼리 역
	〈스푹스 Spooks〉 짐 노스 역
	〈케임브리지 스파이 Cambridge Spies〉 에드워드 핸드 역
	〈심장박동 Heartbeat〉 찰스/토비 역
2002	〈무언의 목격자 Silent Witness〉 워렌 리드 역
	〈티핑 더 벨벳 Tipping the Velvet〉 프레디 역
	〈필즈 오브 골드 Fields of Gold〉 제레미 역

라디오에서의 역할(선별)

2013	〈네버웨어 Neverwhere〉 엔젤 이즐링턴 역
	〈코펜하겐〉 베르너 하이젠베르크 역
2011	〈톰과 비브 Tom and Viv〉 T.S. 엘리엇 역
2009~2014	〈럼폴 Rumpole〉 젊은 럼폴 역
2009	〈굿 이브닝〉 더들리 무어 역
2008~2014	〈캐빈 프레셔 Cabin Pressure〉 마틴 크리프 선장 역
2008	〈스펠바운드 Spellbound〉 닥터 머치슨 역
	〈채터튼: 더 알링턴 솔루션
	Chatterton: The Allington Solution〉 토머스 채터튼 역
	〈웰링턴과 전쟁에 At War with Wellington〉 웰링턴 공작 역
	〈라스트 데이즈 오브 그레이스
	The Last Days of Grace〉 GF 역
	〈필로우 북 The Pillow Book〉 타다노부 역
2006	〈악령 The Possessed〉 니콜라이 스타브로긴 역
2005	〈칵테일파티 The Cocktail Party〉 피터 퀴프 역
	〈일곱 여인 Seven Women〉 토비 역

연극에서의 역할(선별)

2011	〈프랑켄슈타인〉
2010	〈아이들의 독백 축제 The Children's Monologues Gala〉
	〈춤이 끝나고 After the Dance〉
2008	〈시티 The City〉
2007	〈방화범들 The Arsonists〉
	〈코뿔소 Rhinoceros〉
	〈적응기간 Period of Adjustment〉
2005	〈헤다 가블레르 Hedda Gabler〉
2004	〈해변의 여인 The Lady by the Sea〉
2002	〈로미오와 줄리엣〉
	〈뜻대로 하세요 As You Like It〉
	〈오, 이 아름다운 전쟁 Oh What a Lovely War〉
	〈사랑의 헛수고 Love's Labour's Lost〉
	〈한여름 밤의 꿈 A Midsummer's Night's Dream〉

삭제 장면

장면 전환 :

8 **내부. 런던 교외의 거리 — 낮**   8

폭우가 쏟아지고 있다.
스크린을 가로질러 문자가 타이핑된다.
4월 26일.

10대 후반으로 보이는 두 명의 젊은이가 폭우를 뚫고 우리 쪽으로 다가온다. 게리와 지미이다. 게리는 우산을 쓰고 있지만, 지미는 코트를 머리 위까지 끌어올리고 있을 뿐이다. 택시 한 대가 그들을 스쳐 지나간다. 지미가 택시를 불러 세우려고 하지만, 택시는 속도를 줄일 생각이 없다. 지미는 이제 그만 걸을까 말까 망설이며 쏟아지는 빗줄기를 바라본다.

지미
2분만 기다려줘.

게리
뭐라고?

지미
잠깐 갔다 올게. 엄마가 우산을 갖고 계시거든.

게리
내 걸 같이 쓰면 되잖아.

지미
(벌써 뒤돌아 달려가며) 2분이면 돼!

게리
(지미의 등 뒤에 대고 소리친다) 우산을 같이 쓴다고 해서 게이는 아니야.

장면 전환 :

몇 분이 흐른 후. 게리는 우산을 쓴 채 우울해하고 있다. 손목시계를 확인한다. 지미는 뭘 하는 걸까? 현관벨 소리가 들린다.

장면 전환 :

9 **내부. 지미의 집 — 낮**   9

지미의 엄마인 중년 여인이 문을 열자 여전히 우산을 쓰고 있는 게리의 모습이 드러난다. 비는 여전히 쏟아지고 있다.

게리
지미는 어디에 있죠?

지미의 엄마
너랑 함께 있는 줄 알았는데.

게리
우산을 가지러 간다고 했거든요.

지미의 엄마
아니, 개는 돌아오지 않았어.

제목: 셜록

발신: 수 버츄
수신: 스티븐 모팻, 마크 게이티스
발신일: 2008년 9월 26일

벌써 다다음 주가 촬영 시작이네. 베네딕트가 촬영 전, 다음 주에 우릴 만나러(그리고 아마도 대본 리딩까지 하려고) 온다고 했어. 스티븐, 당신이 월요일엔 바쁘고 대본 쓰느라 일주일 내내 매달려야 한다는 걸 알고 있어. 마크, 주중에 시간 좀 낼 수 있어? 밤에만 시간이 난다면 할 수 없지만, 베네딕트에게 대본 리딩을 부탁하려면 낮이 훨씬 좋을 것 같아서 그래.

정말 기대되지 않아?

수

제목: 셜록

발신: 마크 게이티스
수신: 스티븐 모팻, 수 버츄
발신일: 2008년 9월 28일

다들 안녕?

베네딕트가 아주 기대되는데! 난 다음 주 내내 눈코 뜰 새 없이 바쁜 관계로 아침에 만났으면 해(최대한 이른 시간이었으면 좋겠고, 그래야 제때에 원저 궁으로 돌아갈 수 있을 것 같아. 말하자면 그렇다는 뜻이지).

M x

제목: 셜록

발신: 스티븐 모팻
수신: 베네딕트 컴버배치
발신일: 2008년 9월 28일

하이, 베네딕트!

자네가 우리의 셜록이 된다는 것에 우리 모두가 얼마나 흥분하고 있는지를 알려주려고 간단히 몇 자 적어 보내네. 이번 프로젝트는 마크와 내가 기억할 수 없을 정도로 오랜 시간 동안(정확하진 않지만 거의 4년 동안) 꿈꿔왔던 것인데, 드디어 현실로 나타난다는 게 정말 기쁘기 짝이 없군. 베이커 가! 끔찍한 살인사건들! 그리고 어쩌면 닌자까지 있을 수 있다니! (일정 시점에 닌자가 등장해야 한다고 느끼고 있는 중이라네.) 말로 다할 수 없을 만큼의 즐거운 경험이 될 거야!

스티븐

로 사냥모자를 쓸 수도 없었어요. 난 단정한 올백 머리에 끌렸지만, 파일럿에서 온갖 형태의 머리 모양을 시도한 결과 흥분으로 들뜬 듯한 부스스한 곱슬머리로 정했습니다.

셜록 홈스를 처음 만나게 되는 장소는 영안실입니다. 어떻게 보나 특이한 장소이지만, 우리의 영웅을 처음으로 그곳에서 만난다면 더욱 특별할 수밖에 없겠죠. 셜록이 시체 운반용 부대 위로 몸을 숙이고 지퍼를

제목: 셜록

발신: 수 버츄

수신: 스티븐 모팻, 마크 게이티스

발신일: 2008년 12월 2일

셜록이 어떤 신문을 읽을까?

Sx

제목: 셜록

발신: 마크 게이티스

수신: 수 버츄, 스티븐 모팻

발신일: 2008년 12월 3일

셜록은 모든 신문을 다 읽는다고.

M x

열면 그의 얼굴 전체가 나타납니다. 마치 시신이 부대 밖으로 내다보듯 위아래가 뒤바뀐 얼굴이죠. 셜록은 시신인 당신이 본 얼굴이지만, 동정심이라고는 눈곱만큼도 없다는 걸 알 수 있을 겁니다. 하지만 연기하기에는 아주 좋은 장면이었죠.

> 난 20분 후에 **멍**이
> 어떤 형태로 드는지 **알고 싶어요.**
> **문자해줘요.**

　사람들은 맡은 역할을 소화해내기 위해 어떤 조사를 하는지 묻곤 합니다. 범죄병리학, 즉 절차와 범죄 현장에서 하는 일, 의학적인 지식이 수반된 현실적인 일들에 관심이 가는 건 사실이지만, 항상 소설에 적혀 있는 내용으로 돌아가곤 하죠. 셜록은 마음대로 사용할 수 있는 멀티미디어가 있고, 당신은 범죄 현장 시나리오와 법의학에 관한 모든 것을 가지고 있으니까요. 〈침묵의 목격자Silent Witness〉, 〈CSI〉, 〈크래커Cracker〉, 〈모스Morse〉 등 참고할 방송물도 무한히 많이 있고요. 하지만 셜록은 다르죠. 범죄 현장을 직접 살펴볼 수 있고, PDA와 컴퓨터를 능숙하게 사용하지만 직관적으로 '내러티브Narrative'에 연결하여 필요한 정보를 제일 먼저 확보하는데, 이는 어떠한 컴퓨터도 해줄 수 없는 일입니다. 이건 우리가 사랑하는 소설 속의 수많은 다른 탐정에게는 3부작 정도의 긴 시간을 들여야 가능하

겠지만 셜록이라면 눈 깜빡할 사이에 해치울 수 있는 일인 거예요. 그렇다고 해서 셜록이 항상 모든 걸 당장 해낼 수 있다는 뜻은 아닙니다. 극히 가까이 갈 수는 있지만 그마저도 처음부터 옳게 추측할 수 없는 어떤 것들이 있는 법이죠….

　흥미를 끄는 중요한 요인 중 하나는 셜록이 겪는 장애물이 무한하다는 겁니다. 그 장애물이란 원작과 마찬가지로 전통적인 것일 수도 있어요. 모리아티 같은 범죄 조종자일 수도 있죠. 하지만 현대적인 측면도 있을 수 있는데, 그게 아주 흥미롭습니다. 테러, 세균전, 폭탄이나 하이재킹이나 포위 상황 등등… 모든 계층이 부패로 물든 걸 보여주는 정치 드라마나 부패한 경찰 같은 내부의 암적인 존재를 그린 상황도 고려할 수 있겠죠…. 요즘은 훨씬 많은 화이트칼라 범죄가 발생하고 있어, 논리에 능한 셜록이 뛰어난 재능을 발휘할 수도 있습니다. 컴퓨터 바이러스의 확산이나 금융기관을 속이려는 시도의 배후에 누가 있는지를 추론하기 위해 셜록은 암호를 해독하고 수학적 패턴을 이해할 수 있

제목: 셜록 맞춤 의상

🔘 ▼ **발신:** 레이 홀먼

　　수신: 수 버츄, 스티븐 모팻, 마크 게이티스
　　발신일: 2008년 12월 3일

안녕, 여러분.
이번 일은 엄청나게 많은 옷을 갈아입게 하고 사진을 62장이나 찍은, 아주
오랜 시간이 걸린 작업이었지만 일일이 설명해서 여러분을 지루하게
만들 생각은 없어요. 베네딕트와 난 짙은 잿빛 검은색 코트를 입어야
한다고 생각했고, 그를 설득해서 독특한 질감의 재킷과 코트, 그리고 T
셔츠 위에 짙은 색상의 딱 맞는 셔츠를 입혔고, 마무리로 스카프를 두르는
게 어떨까 했죠. 코트는 항상 입는 것이고, 대본이 요구하는 것에 따라
변화를 주었으면 해요.

우린 정말 좋은 코트들을 시험 삼아 입어봤어요. 크롬비 제품인데,
하나는 구불구불하게 재단이 된 것(벨벳 깃이 달린 것인데, 이는 대체될
수 있어요)이고, 다른 하나는 방수가 되는 것입니다. 둘 다 검은색에
가깝고요. 옷차림에 대한 첫 아이디어가 아주 괜찮은 것 같은데, 당신들의
생각은 어떤지 알려주시죠.

Ray. x

제목: 셜록 맞춤 의상

🔘 ▼ **발신:** 레이 홀먼

　　수신: 수 버츄, 스티븐 모팻, 마크 게이티스
　　발신일: 2008년 12월 11일

안녕, 여러분.

베네딕트와 내가 아주 마음에 드는 옷을 찾아냈어요. 엄청난 인기가 있는
벨스태프 코트인데, 검은색 토끼털 깃을 붙였다 뗐다 할 수 있어요.
벤은 이걸 찾아내는 데, 그리고 입고 벗어보는 데 많은 시간을 쏟아가며
좋아하고 있네요. 레이.

겠죠…. 셜록의 현대판 적수들이 수없이 많지 않겠어
요?"

"동료라고?
자넨 동료를 어떻게 만드나?"

마음에 드는 이상적인 셜록을 정말 빨리 찾아낸 스티
븐과 마크, 수는 이제 두 번째 주인공을 찾아야 했는데,
이 일은 시간이 좀 더 오래 걸렸다. "우린 훌륭한 몇몇
배우를 만났어요." 수의 말이다. "하지만 마침내 이 두
사람을 함께 세워놓았을 때 비로소 이구동성으로 외쳤
죠. '음, 바로 이거야!' 실내에서 본 것에 불과하지만, 정
말 전기 충격 같았다니까요."

"우린 '키가 크고 작고', '마르고 둥글둥글하고'라는
말을 하곤 했어요. 모든 게 상대적이어야 했죠." 스티븐
의 말이다. "두 명이 다 키가 크고 이상하게 생길 필요
는 없잖아요? 두 사람은 서로 대비가 되어야 했다는 거
죠. 왓슨에 어울리는 수많은 사람과 인터뷰를 진행했

고, 그들 중 몇몇을 선별해서 베네딕트의 옆에 세워봤
는데 그럭저럭 어울리더라고요. 그러다가 마틴을 베네
딕트의 곁에 세우자 곧바로 셜록 홈스와 닥터 왓슨처
럼 보이는 거예요. 마틴은 평범한 것도 한 편의 시로 만
드는 사람입니다. 그는 평범하게 보이는 사람이고, 매
우 평범한 사람인 척하는 데에 전문가죠. 그리고 존 왓
슨은 아주 평범한 사람이고요. 마틴은 그걸 재미있고,
흥미롭고, 매력적인 것으로 만들 수 있지만, 닥터 왓슨
을 화려하게 표현하지는 않아요. 마틴은 닥터 왓슨을
전적으로 신뢰할 수 있고, 진실하게 만들죠. 그리고 마
틴이 연기하는 방식이 베네딕트의 연기 방향을 바꾸기
시작했어요. 베네딕트는 원래 생각했던 방식과는 약간
다르게 좀 더 재미있고, 좀 더 따스한 사람의 역할을 하
게 된 겁니다."

"존 왓슨에 맞는 연기자를 찾아내느라 아주 복잡한
과정을 거쳤습니다." 마크도 동의한다. "그건 신체적인
대비뿐 아니라 감정적으로도 대비가 되는 인물을 찾아

삭제 장면

15 <u>**외부. 스코틀랜드 지역의 옥상 — 낮**</u>   15

레스트레이드가 평평한 옥상에 있는 작은 문을 통해 걸어 나오며 담배에 불을 붙인다. 누군가가 듣고 있다는 걸 아는 듯, 가벼운 목소리로 말한다.

레스트레이드

사실 담배를 끊고 싶어. 파이프를 생각하고 있는데, 파이프가 담배보다 나은 게 뭐지?

음악이 깔리고 세련된 목소리가 멀리서 들려온다.

셜록

(멀리서) 턱암을 안겨주죠.

레스트레이드는 주위를 둘러보며 폭소를 터뜨린다. 키가 크고 마른 사내가 등을 돌린 채 옥상 끝에 서서 런던을 굽어보고 있다. 옆얼굴을 비춘다.

레스트레이드

오케이. 이번에는 내가 뭘 잘못한 건가?

셜록

유서가 없어요. 자살하겠다는 사전 징후도 없었어요. 한 번도 가본 적이 없는 낯선 곳에서 죽다니요.... 자살 방식이라고 보기 어렵죠.

레스트레이드에게 카메라 초점. 셜록이 서 있는 옥상 끝부분을 불안하게 힐끔 쳐다본다.

레스트레이드

...그렇군. 요즘은 어떻게 지내나?

---

17 <u>**외부. 공원 — 낮**</u>   17

마이크와 존이 각각 손에 커피를 들고 카푸치노 스탠드(더 크라이테리언 카푸치노 스탠드)에서 돌아선다. 마이크는 존의 지팡이로 눈이 향한다.

마이크

자네 괜찮은가?

존

그저 다리일 뿐인데, 뭐.

마이크

안 좋은 모양이군.

존

내 치료사는 이게 심리적인 문제라고 생각한다네.

마이크

자네 생각은?

존

총을 맞은 건 사실이니까.

두 사람이 테이블에 앉는다.

존

참, 자넨 지금도 바츠에서 근무하나?

마틴 존 크리스토퍼 프리먼 1971년 9월 8일, 햄프셔 주 올더숏 출생

수상 경력

〈호빗: 스마우그의 폐허〉로 남우주연상 (스텔라 어워즈, 2014)

〈호빗: 뜻밖의 여정〉으로 남우주연상 (스텔라 어워즈, 2013)

〈호빗: 뜻밖의 여정〉으로 공로상 (쇼츠 어워즈, 2013)

〈호빗: 뜻밖의 여정〉으로 남우주연상 (MTV 무비 어워즈, 2013)

〈호빗: 뜻밖의 여정〉으로 남우주연상 (엠파이어 어워즈, 2013)

〈셜록〉으로 TV 쇼 베스트 캐스팅 상과 드라마 시리즈 남우조연상
    (텀블러 TV 어워즈, 2012)

〈셜록〉으로 미니 시리즈/TV 부문 무비 베스트 캐스팅 상
    (PAAFTJ 어워즈, 2012)

〈셜록〉으로 남우조연상 (크라임 스릴러 어워즈, 2012)

〈셜록〉으로 TV 무비/미니 시리즈 부문 남우조연상
    (골드 더비 TV 어워즈, 2012)

〈셜록〉으로 남우조연상 (BAFTAs, 2011)

〈하드웨어 Hardware〉로 코미디 부문 남우연기상 (로즈 도르, 2004)

영화에서의 역할(선별)

2014	〈호빗: 다섯 군대의 전투〉 빌보 배긴스 역
2013	〈나는 신이다 The Voorman Problem〉 닥터 윌리엄스 역
	〈호빗: 스마우그의 폐허〉 빌보 배긴스 역
	〈세이빙 산타 Saving Santa〉 버나드 역
	〈스벵갈리 Svengali〉 돈 역
	〈더 월즈 엔드 The World's End〉 올리버 체임벌레인 역
2012	〈호빗: 뜻밖의 여정〉 빌보 배긴스 역
	〈허당 해적단 The Pirates! Band of Misfits〉 스카프를 두른 해적 역
2011	〈당신은 몇 번째인가요? What's Your Number?〉 사이먼 역
2010	〈와일드 타겟 Wild Target〉 딕슨 역
2009	〈스윙잉 위드 더 핑켈스 Swinging with the Finkels〉 앨빈 핑켈 역
	〈크리스마스 스타 Nativity!〉 폴 매든스 역
2007	〈야경 Nightwatching〉 렘브란트 역
	〈올 투게더 The All together〉 크리스 애시워스 역
	〈뜨거운 녀석들〉 런던경찰청 경사 역
	〈굿 나잇 The Good Night〉 게리 샬러 역
	〈데디케이션 Dedication〉 제레미 역
2006	〈브레이킹 앤드 엔터링 Breaking and Entering〉 샌디 역
	〈컨페티 Confetti〉 맷 역
2005	〈은하수를 여행하는 히치하이커를 위한 안내서 The Hitchhiker's Guide to the Galaxy〉 아서 덴트 역
2004	〈새벽의 황당한 저주 Shaun of the Dead〉 데클란 역
	〈콜 레지스터 Call Register〉 케빈 역
2003	〈러브 액츄얼리 Love Actually〉 존 역
2002	〈못 말리는 알리 Ali G Indahouse〉 리키 C 역
2001	〈팬시 드레스 Fancy Dress〉 해적 역

TV에서의 역할(선별)

2014	〈파고 Fargo〉 레스터 뉘고르 역
2010~2014	〈셜록〉 존 왓슨 역
2009	〈마이크로 멘 Micro Men〉 크리스 커리 역
	〈소년, 소녀를 만나다 Boy Meets Girl〉 대니 리드 역
2007	〈골동품 상점 The Old Curiosity Shop〉 미스터 코들린 역
	〈코미디 쇼케이스 Comedy Showcase〉 그렉 윌슨 역
2005	〈로빈슨 가족 The Robinsons〉 에드 로빈슨 역
2004	〈프라이드 Pride〉 플렉 역
2003~2004	〈하드웨어〉 마이크 역
2003	〈마지막 왕 Charles II: The Power and the Passion〉 섀프츠베리 경 역
	〈마거리 앤드 글래디스 Margery and Gladys〉 스트린저 경사 역
	〈빚 The Debt〉 테리 로스 역
2002	〈린다 그린 Linda Green〉 맷 역
	〈헬렌 웨스트 Helen West〉 스톤 형사 역
2001~2003	〈오피스 The Office〉 팀 캔터베리 역
2001	〈펍의 세계 World of Pub〉 다양한 역
	〈금녀 Men Only〉 제이미 역
2000	〈블랙 북스 Black Books〉 닥터 역
	〈록, 스탁... Lock, Stoc...〉 잡 역
	〈브루저 Bruiser〉 다양한 역
1999	〈배기가스 Exhaust〉 자동차 소유자 역
1998	〈픽킹 업 더 피시스 Picking up the Pieces〉 브렌단 역
	〈응급실 Casualty〉 리키 벡 역
1997	〈디스 라이프 This Life〉 스튜어트 역
	〈더 빌 The Bill〉 크레이그 파넬 역

연극에서의 역할(선별)

2014	〈리처드 3세〉
2010	〈클라이본 파크 Clybourne Park〉
2007	〈마지막 웃음 The Last Laugh〉

야 했기 때문이죠. 마틴 프리먼은 그런 골칫거리를 한 방에 날려버렸어요. 그는 환상적일 정도로 신뢰가 가는 연기자입니다. 존 왓슨은 전쟁에서 부상을 당한 채 귀국해서 이전의 자기 그림자에 갇혀 살고 있는 의사이자 군인입니다. 그리고 마틴이 그 연기를 환상적으로 해냅니다."

"우리 둘은 아주 달라요." 마틴의 말이다. "오랫동안 베네딕트와 그의 연기를 좋아했으며, 그와 함께 일할 수 있기를 기대하고 있었지만, 결과가 좋으리라는 보장은 없었어요. 그런데 정말 다행스럽게도 우리가 해낸 겁니다! 우린 서로 다른 점이 많은 연기자이지만, 둘 다 동일한 곳에 도달하기를 원한다고 생각합니다. 베네딕트가 셜록 역을 맡았다는 말을 들었을 때 셜록처럼 보이는 신체적인 특징을 가지고 있어서 아주 좋은 캐스팅이라고 생각했죠. 누구든 보는 순간 바로 셜록 홈스라고 믿게 될 테니까요. 게다가 수많은 대사를 재빠르고 너끈하게 소화해내는 사람이라 사람들을 황홀하게 만들 겁니다. 물론 그는 신이 아니라서 늘 완벽할 수는 없지만, 누구보다도 뛰어난 추론과 분석 능력을 가지고 있죠. 이전의 수많은 왓슨들은 내가 하고 싶지 않은 것들만 보여줬을 뿐 어느 누구도 내게 제대로 된 정보를 주지 않았어요. 나이젤 브루스와 바실 래스본이 어쩌면 내가 좋아하는 첫 번째의 왓슨과 홈스일지는 몰라도, 난 그들처럼 될 수도 없고 되어서도 안 된다는 걸 알고 있었어요. 갈팡질팡하는 왓슨이 아닌 그저 조수 노릇에만 그치지 않는 누군가를 연기할 기회를 갖는다는 건 정말 행복한 일이죠. 셜록이 주연이라는 건 당연한 일이지만, 내가 할 일도 아주 많습니다. 이기적인 관점에서 보자면, 난 좋은 일을, 지적인 일을, 활동적인 일을 정말 많이 하고 싶습니다. 난 도일의 원작 소설들을 정말 좋아하고, 그 모든 것이 우리가 하려는 것에 반영되리라고 보고 있지만, 원작의 왓슨으로부터는 의식적으로 아무것도 받아들이지 않을 겁니다. 난 코난 도일의 왓슨이 아닌, 스티븐과 마크의 왓슨을 연기해야 한다고 느끼기 때문이죠.

그렇다고 코난 도일의 무언가를 없애버리자는 이야기가 아닙니다. 코난 도일을 무시하려고 했다면 우린 이 자리에 없었을 테니까요. 하지만 좋은 대본을 위해

서라면 깨진 유리 위에라도 기어갈 기세였죠. 정말로 좋은 대본이었던 겁니다. 파일럿 단계에서도 내가 이전에 천 번이나 보고 들은 느낌이 드는 대본이 아니었습니다. 난 애초에 현대판 셜록 홈스라는 것에 약간 의문을 품고 있었죠. 현대의 대중문화라는 게 어떤 것인지 알고 있었기 때문이었어요. 자아만족을 위해 만들었다고 쉽게 치부해버리거나 시대착오적인 것으로 여겨질까 봐 그랬던 것이죠. 하지만 〈셜록〉은 자의식을 지나치게 드러내지 않고, 또 너무 현란하지 않은 방식으로 전개하려고 노력하고 있어요."

"우린 그들의 감시 상황을 ——— 업그레이드해야겠어요" ———

"존 왓슨이 상이군인으로 송환된 이후 그에게 벌어진 단 하나의 재미있는 일이죠." 스티븐의 말이다. "그것이야말로 그에게 결여된 것이고요. 재미있는 일이라곤 하나도 없던 존이 연구실의 사이코패스를 만난 겁니다. '그걸로 된 거죠'!"

수는 존이 셜록을 더 인간적으로 만든다고 보고 있다. "난 늘 디너파티의 셜록에 대한 이미지를 가지고 있었어요. 보통은 셜록을 보면 즐겁기 때문에 그가 디너파티에 참석하기를 원하겠지만, 셜록은 모든 사람에게 함부로 하고, 조심성이 없으며, 차려놓은 음식을 보고도 드러내놓고 타박할 여지가 있는 사람이에요. 존은 그러한 셜록을 다른 사람들의 구미에 맞게 만들 수 있죠. 그리고 마틴은 경이로운 연기자예요. 〈셜록〉에 출연하기 전까지의 마틴이 얼마나 좋은 연기자였었는지 다들 알고 있었는지 모르겠군요. 마틴은 존이라는 별난 존재에 대한 우리의 생각을 정리해줬고, 존 역을 아주 훌륭하게 소화해냈죠. 존이 셜록과 처음 만났을 때, 존은 바로 우리의 생각을 그대로 전달했던 겁니다. '오, 놀랍군', '정말 대단하군', '이렇게까지는 기대하지 않았는데…' 그리고 이러한 감탄은 시리즈 1을 진행하는 내내 이어졌어요. 시리즈가 진행되는 과정에서 우린 당연히 존을 '난 전혀 모르겠어'라는 말만 되풀이하는 멍청한 사내에서 벗어나도록 만들었습니다. 그렇게 하면서 셜록 때문에 놀라자빠질 다른 사람을 찾아내야만 했죠."

마틴은 존이 셜록을 만날 때면 그가 군대를 떠난 후 잊고 있던 것을 보게 된다고 믿고 있다. "살아가는 목적이자 추진력이고, 일어나 뭔가를 행하고 행동하는 남자가 되게 하는 흥분이죠. 그리고 〈셜록〉에서 존은 약간은 위험하고 조금은 소름 끼치는 일들을 완벽하게 돋보이도록 하는 인물을 발견합니다. 셜록은 존이 손쉽고 재빠르게 스릴을 즐길 수 있는 가장 좋은 방법인 셈이죠."

"존과 셜록은 놀라울 정도로 어울리지 않는 조합입니다." 베네딕트의 말이다. "두 사람은 너무나 특이한 커플이지요. 셜록의 두뇌는 추론의 원칙에 따라 작동하고 결정을 빨리 내립니다. 존은 행동하는 사내이고, 민간인의 생활로 돌아와서 자신의 인생에서 그러한 부분이 비어 있다는 걸 알아차리기 전까지는 굳이 알 필요가 없었긴 해도 스릴을 찾아나서는 사람입니다. 〈분홍색 연구〉에서 일어난 일은, 이처럼 특이하고 약간은 독불장군격인 재능을 가진, 법의 경계를 넘어서지만 선善을 위해 활동하는 누군가에 의해 내적으로 심하게 우울증을 느끼고 있는 사내가 깨어나는 것입니다. 셜록이 천재는 청중을 필요로 한다고 말하기도 했고 그걸 살인자들에게 적용하고 있지만, 여러분은 그게 셜록 홈스 자신을 뜻하는 것임을 잘 알고 있을 겁니다. 셜록은 진정으로 존의 도움과 의학적인 견해를, 그리고 행동하는

자신을 지켜봐줄 누군가를 원하고 있는 겁니다."

"두 사람은 정말 공고히 결속되어 있어요." 마크의 말이다. "두 사람이 처음 만나는 〈분홍색 연구〉의 장면을 보면 셜록이 지시를 내리고, 두 사람은 즉시 룸메이트가 되려고 하죠. 정말 스릴 있지 않나요? 그리고 아프간에서의 빼아픈 경험으로 분노에 차 있으면서도 존은 '노No'라고 하지 않아요. 그건 존이 강한 흥미를 느꼈기 때문이죠… **이 사람이 누구지…?**"

"보통 총괄제작자들이 세트장에 모습을 드러낼 때는 뭔가가 잘못됐거나 아주 중요한 날이기 때문입니다." 베네딕트의 설명이다. "하지만 수와 스티븐, 그리고 마크는 세트장에 너무 자주 나타나서 약간 혼란스러웠어요…. 그건 그들이 〈셜록〉을 정말 사랑하기 때문이었을 겁니다. 그들은 존과 셜록이 처음 만나는 장면을 찍을 때 꼼짝도 하지 않고 그곳에 있었죠."

"바츠에서 찍은 장면이 거의 없었다는 게 정말 이상하지 않아요?" 스티븐의 지적이다. "셜록 홈스와 닥터

삭제 장면

25   **외부. 기차역 — 낮**   25

택시 승차장의 대기 행렬. 행렬 중에서 제니퍼 윌슨이 발을 질질 끌며 걷고 있다. 위아래를 몽땅 분홍색으로 차려입은 그녀는 분홍색 커버를 입힌 아이폰으로 통화를 하고 있다.

제니퍼

한 시간 내로 그곳으로 갈게요. 정말로 간다니까요. 당신은 한잔 하고 있어요.

그녀가 행렬의 앞쪽으로 걸어 나오면서 프레임을 벗어나고, 화면이 검은색으로 페이드아웃.

다시 페이드온.

장면 전환 :

26   **내부. 로리스턴 가든스 — 낮**   26

알약 상자가 맨바닥에 놓여 있다. 잠시 그 광경을 비추다가… 이어 분홍색 손톱이 달린 손이 화면으로 들어온다….

샐리

(부르는 소리에) 가요!
(그녀는 멀어져가며) 셜록 홈스와는 떨어져 있어요.

샐리는 레스트레이드 쪽으로 향한다.

카메라가 생각에 잠긴 채 그녀의 등 뒤를 바라보는 존을 잡는다. 존이 크게 소리친다.

존

잘 있어요!

카메라, 심각하게 뭔가를 생각하고 있는 존을 잡는다. 존은 돌아서서 절룩거리며 거리를 따라 걷기 시작한다. 그러다가 뭔가가 눈길을 스쳐 고개를 든다. 존의 시각. 달빛을 받아 음영이 진 반대편 집 옥상 위에 셜록 홈스가 서 있다. 그는 자신이 위태로운 곳에 서 있다는 걸 의식하지 못하고 너무나 차분하다. 그는 한 손에 PDA를 들고 아래쪽의 거리를 자세히 살피는 것처럼 이쪽저쪽을 둘러본다….

카메라가 셜록을 올려다보는 존을 잡는다. 저 친구는 대체 뭘 하고 있는 거지? 하지만 존은 잠시 걸음을 멈추고 셜록의 모습에 매료되어 멍하니 올려다본다. 그러다가 전화벨 소리가 들린다. 존은 주위를 두리번거린다. 약간 떨어진 곳에 공중전화박스가 외로이 서 있고, 벨소리를 토해내고 있다.

존은 본능적으로 셜록이 전화를 걸었을 거라고 생각하며 올려다본다. 하지만 셜록은 여전히 먼 곳만 바라보고 있을 뿐이다. 그러다가 몸을 숨겨 시야에서 벗어나더니 어디론가 가버린다.

존은 돌아서서 걷는다. 카메라가 공중전화박스를 잡는다. 존이 벨소리를 무시하고 걸어가자 벨소리가 그친다….

크라이테리언 레스토랑에
있는 데이비드 넬리스트
(마이크 스탬포드 역)와
마틴 프리먼.
도일의《주홍색 연구》에서
왓슨은 이 레스토랑에서
스탬포드와 우연히 만나 결국
그의 안내로 셜록 홈스와
처음 만나게 된다.

왓슨이 실제로 처음 만나고, 셜록 홈스가 바로 그 자리에서 존이 아프가니스탄에서 이제 막 귀국했다는 걸 추론해내는 그 장면을 찍은 영상이 거의 없는 겁니다. 이걸 어느 시점에서는 찍어야 한다고 생각했지만, 우리가 최초로 찍고 싶었죠."

"소름이 돋았어요." 마크의 말이다. "하지만 거의 모든 각색이 두 사람의 관계가 오후 늦게 시작하는 것으로 잡은 게 정말 이상한 일들 중 하나였죠. 패턴이 성립되어 있었던 겁니다. 두 사람은 수년간 서로를 알고 지냈고, 아주 친밀한 친구이며, 허드슨 부인은 고객들을 위층으로 안내한다… 여러분은 그런 것들을 정말 찍고 싶을 겁니다. 하지만 이런 첫 번째 만남이 실제로 벌어지는 걸 지켜보면 소름이 돋지 않겠어요? 그리고 그들에게 남은 이야기가 무궁무진하다면 원작의 매뉴얼대로 자동적으로 진행되는 게 아니라서 더욱 재미있을 것 같았죠."

"그래서." 스티븐이 덧붙여 말한다. "이 병적으로 자기중심적이고 약간 자폐증이 있는 사이코패스와 비현실적으로 착실하고 근면한 군인이, 극단적으로 대조적이어서 평생 만날 가능성이 없는 사람들이 만나, 서로 존경하며 플랫을 함께 사용하는 것으로 끝이 나는 장면을 찍게 될 겁니다…"

"우린 이제 막 만났는데 플랫을 둘러보러 간다고요?"

〈셜록〉의 다음 촬영지는 당연히 세계적으로 유명한 런던의 베이커 가 221B였다.

수의 말이다. "처음에는 221B가 부두나 보수한 창고 내에 있는 현대적인 플랫이어야 하는지를 검토했어요. 하지만 곧 꼭 그럴 필요가 없다고 결론을 내렸죠. 런던 사람들은 지금도 빅토리아풍의 집에 살고 있어요. 그러니 항상 있던 곳에 221B를 그대로 두고 분위기만 현대적으로 바꾸는 게 그럴듯해 보였죠."

바로 이 시점에서 아웰 윈 존스가 등장한다. 아웰은 〈셜록〉의 세 개 시리즈 모두에서 미술 총감독을 맡았기 때문에 처음부터 제작에 관여하고 있었다. 그는 〈셜록〉의 미술 부문과 시리즈의 전체적인 시각을 담당하는 총책임자였다. 아웰은 2012년에 〈셜록〉에 대한 작업 공로로 BAFTA*를 수상했고, 지난 10년간 BBC 웨일스에서 방영되어 세간의 이목을 끈 〈닥터 후〉, 〈토치우드〉, 〈더 사라 제인 어드벤처〉, 〈베이커 보이스〉, 〈슈거타운〉, 〈업스테어스 다운스테어스Upstairs Downstairs〉, 〈위저드스 대 에일리언〉 등을 포함한 수많은 작품의 외관과 시각을 맡았다.

〈셜록〉 파일럿에서는 BBC 웨일스의 베테랑인 에드워드 토머스와 공동으로 디자인을 맡았지만, 〈분홍

아서 코난 도일 경의
《주홍색 연구》에서 발췌

(…) 그는 마부가 방으로 들어설 때 바쁘게 짐을 싸고 있었다.

"이 고리를 채울 수 있도록 손 좀 빌려주시오, 마부 양반." 홈스는 가방을 무릎으로 누르고 얼굴은 푹 숙인 채 말했다.

마부는 다소 못마땅한 표정을 지으며 앞으로 걸어 나와 짐 꾸리는 걸 도우려고 두 손을 가방에 올려놓았다. 바로 그 순간, 찰칵 하는 날카로운 소리와 함께 금속이 쨍그렁거리는 소리가 들리고, 셜록 홈스가 벌떡 일어섰다.

"신사 여러분." 홈스는 두 눈을 반짝이며 소리쳤다. "여러분께 이 녹 드레버와 조셉 스탱거슨의 살인범인 제퍼슨 호프 씨를 소개합니다."

아서 코난 도일 경의
《주홍색 연구》에서 발췌

"내겐 할 말이 무척이나 많아요." 우리의 죄수가 느릿하게 말했다.
"신사 여러분께 모든 걸 다 말씀드리고 싶군요."
"재판을 위해 보류하는 게 좋지 않겠어요?" 경위가 물었다.
"난 어쩌면 재판을 받지 않을지도 모릅니다." 호프가 대답했다.
"아, 그렇게 놀란 표정을 짓지 않아도 됩니다. 내가 생각하는 게 자살은 아니니까요. 선생님은 의사이신가요?" 호프는 내 쪽으로 날카로운 검은 눈을 돌리며 이런 마지막 질문을 던졌다.
"네, 맞습니다." 내가 대답했다.
"그렇다면 선생님 손을 여기에 올려보시죠." 호프는 씩 웃으며 수갑이 채워진 손목으로 자신의 가슴을 가리켰다.

난 그의 말대로 했다. 그리고 비정상적인 심장 박동과 그의 내부에서 벌어지고 있는 소동을 즉시 알아차렸다. 그의 가슴은 강력한 엔진이 내부에서 작동되는 허술한 건물처럼 쿵쾅거리며 떨고 있는 것이 느껴졌다. 방 안이 조용했기 때문에 그의 심장에서 전해오는 둔중한 윙윙거리는 소리를 들을 수 있었다.

"이건." 난 소리를 질렀다. "대동맥류가 아닙니까!"

스티븐 모팻의
〈분홍색 연구〉에서 발췌

셜록 (목소리로만)
누가 수많은 군중들 속에서 사냥을 하지?

탁! 탁! 허드슨 부인을 가까이 잡고 있던 카메라가 이제 부인의 어깨 너머로 움직였다가… 부인의 뒤쪽에 서 있는 사내를 잡는다. 사내를 비스듬하게 가로지르는 그림자로 인해 얼굴이 보이지 않는다. 하지만 사내의 목에 매달려 가슴에서 반짝거리는 배지를 클로즈업한다.

(…) 그러더니 뭔가가 순간적으로 화면에 잡힌다. 분홍색 핸드폰이다! (《잔혹한 게임 A Great Game》에서 사용됐던 것과 동일한 분홍색 아이폰 소품이다.)

다시 정상 속도로. 셜록은 그림자가 진 형체를 노려보고 있다. 무슨 일이 벌어지고 있는 거지??? 택시 운전기사가 휴대폰의 버튼을 누른다. 그러더니 돌아서서 계단을 내려간다.

스티븐 모팻의
〈분홍색 연구〉에서 발췌

셜록
이게 자백인가요?

택시기사
아, 네. 그리고 다른 것도 말씀드리죠. 지금 가서 경찰관들을 데려온다면 도망치지 않을 겁니다. 얌전히 앉아 있을 테니 날 체포하라고 하십시오. 약속하죠. (…)

셜록
목숨이 얼마 남지 않았군요. 내 말이 맞죠?

택시기사는 서글서글하게 미소 짓는다. 그는 자신의 머리를 손가락으로 톡톡 두드린다.

택시기사
동맥류예요. 바로 여기가요. 언제 숨이 꼴깍 넘어갈지 모르죠.

셜록
당신이 죽어가고 있다고 해서 네 사람을 살해했다는 거로군요.

택시기사
난 그 네 사람보다 더 오래 살았어요. 그게 동맥류를 앓고 있는 사람이 누릴 수 있는 최고의 재미죠.

색 연구〉를 다시 촬영한 시리즈 1에서는 단독으로 담당하게 된다.

　"두 사람이 '조용히 일할 수 있는 서재'를 만들고 싶었습니다." 아웰의 회상이다. "시청자가 그곳으로 찾아가서 함께 시간을 보내고 싶어 할 그런 곳 말입니다. 여러분이 직접 그곳으로 들어가 이것저것 만져보고 그곳에 있는 것들을 가지고 놀고 싶어 하는 곳에 두 사람이 자리 잡도록 하고 싶었던 겁니다. 셜록과 존이 재미있는 인물로 생각되게 만들 흥미로운 배경도 갖추기를 원했고요."

　"베이커 가의 인테리어야말로 모든 걸 올바르게 이해하는 데 아주 중요한 것이었죠." 마크의 말이다. "물건들로 빼곡하지만 지저분하지는 않은 장소를 원했어요. 여자의 손길이 닿지 않은 그런 어수선한 곳 말입니다. 두 사내가 사는 플랫이지만 따스한 느낌이 드는 곳이기도 해야 했죠. 따라서 우린 그 플랫이 안락하면서도 아늑하길 원했어요. 그저 새롭게 단장한 빅토리아풍의 세트장이 되는 건 절대로 원하지 않았죠. 파일럿에 있던 빅토리아 시대의 벽난로를 보다 현대적인

1950년대의 것으로 교체하기도 했어요. 셜록은 주방을 자신의 연구실로 완전히 바꿔버렸죠. 곰팡이가 집전체로 퍼져나가듯 홈스가 흥미를 보이고 집착하는 것들이 번져나가고 있었던 겁니다."

　방 안을 채운 가구와 내부 장식은 현대적인 느낌을 가지고 있지만, 수는 다음과 같이 지적한다. "사실 그건 현대적인 가구라기보다는 고급 가구들이었어요. 벽지도 현대적이었지만, 마치 그곳에 오랫동안 붙어 있던 것 같은 느낌이죠. 상당히 고전적이고, 대담한 것이지만 아주 여러 해 동안 그곳에 발려 있는 듯한 느낌이 드는⋯."

　아웰은 221B 스튜디오 세트장의 특이한 요소들을 자랑스러워한다. 그리고 마음의 걱정을 덜게 됐다. "그 유명한 소파 뒤쪽의 거실 벽지를 내가 어떻게 했는지 정확히는 아무도 모르는 것 같아요. 예를 들면, 에드 토머스가 스튜디오 안으로 걸어 들어왔을 때 그걸 슬쩍 쳐다보더니 고개를 저으며 이렇게 말하더군요. '아웰이 무슨 짓을 하고 있는지 제대로 알았으면 좋으련만!' 그리고 그 벽지를 정말로 좋아했던 폴 맥기건 감독조

베이커 가 221B

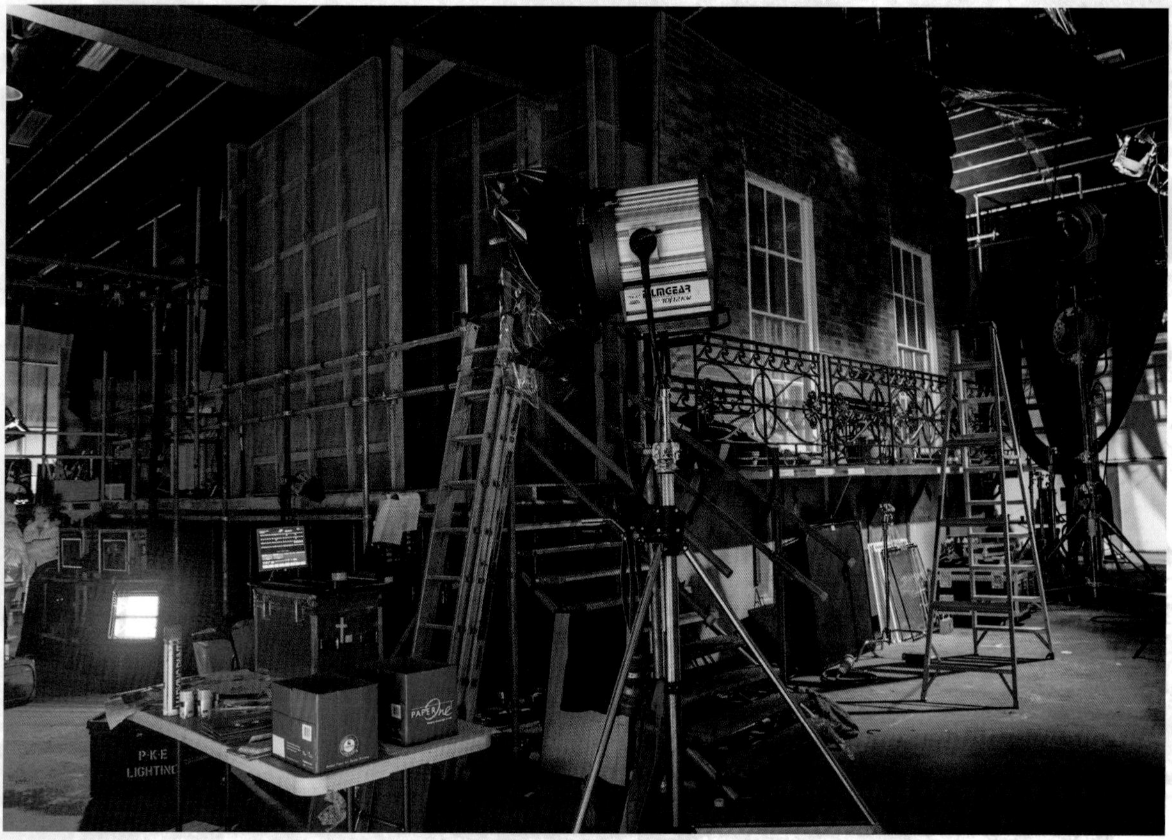

미술팀은 내부의 스튜디오 세트장에 필요한 실질적인 외벽을 제작했는데,
노스 고워 가 야외촬영장의 벽돌과 완전히 똑같이 만들었다.

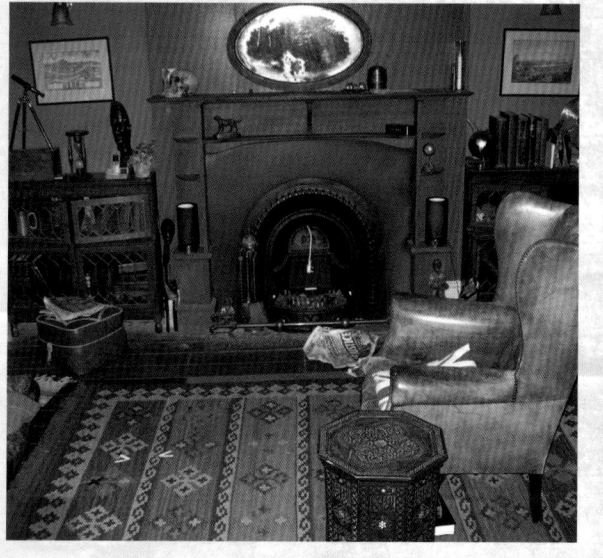

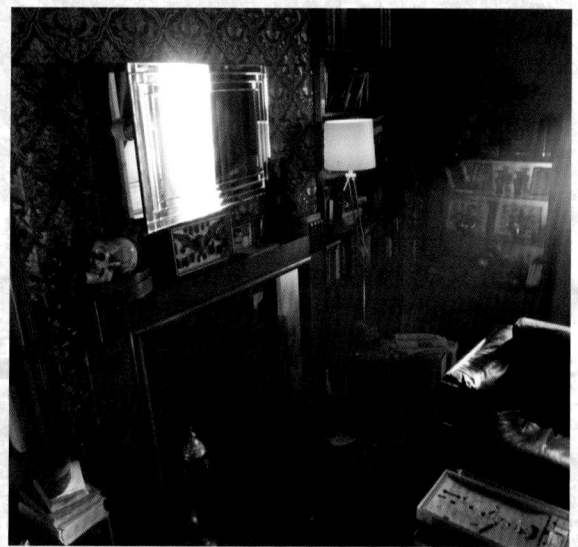

〈라이헨바흐 폭포〉에서 사용된 찻잔 세트는 알리 밀러가 디자인한 것이었다. 시리즈 3에서 허드슨 부인이 사용한 새로운 세트도 우연히 알리 밀러가 디자인한 것이었는데, 이는 아웰이 셜록콜로지Sherlockology 팬 웹사이트에서 이걸 봐달라는 요청을 받고 찾아낸 것이었다.

에피소드가 진행될수록 셜록의 '범죄 벽'에는 점점 더 많은 것들이 핀으로 꽂힐 텐데, 장면들이 순서에 따라 촬영되는 것이 아니므로 그 내용물들은 신중하게 계획되고 자리가 정해진 후 매 단계마다 기록되어야 했다.

런던의 노스 고워 가에
있는 221B의 외관
(위 왼쪽).
실제 베이커 가에 있는
셜록 홈스 박물관
(위 오른쪽).

차도 내게 연신 묻곤 했어요. '잘될 거라는 확신이 있어요?'

그러면 '음, 그래요… 아니, 확실히 모르겠어요'라고 둘러댔습니다. 하지만 난 〈셜록〉 협의회에 쭉 참석해 왔고, 지갑, 스커트, 드레스, 셔츠 등을 봐왔던 터라 똑같은 패턴을 유지하도록 했죠. 그게 여러 웹사이트를 비롯해 모든 것의 배경이 된 겁니다.

다양한 질감으로 내부를 마감하는 작업도 무척 즐거웠습니다. 런던에 있을 게 분명한 야외촬영지와도 조화를 이루어야 했습니다. 따라서 어떤 요소들은 외부의 모습에 따라야만 했죠….

"플랫 221B에 맞는 야외촬영지를 찾아내는 작업도 재미있었어요." 수의 말이다. "우린 진짜 같은 느낌을 원했죠. 창문과 문이 있어야 했고, 바로 옆에 카페가 있어야 했죠…. 베이커 가를 살펴봤지만, 그곳에서는 불가능했어요. 촬영할 수가 없었단 뜻입니다. 5차선 도로의 베이커 가 어디로 눈길을 돌려도 셜록 홈스 펍들과 박물관들로 꽉 차 있었거든요! 웨일스도, 브리스틀도, 런던도 다 둘러봤어요. 우리가 실제로 촬영하는 곳은

원래의 베이커 가와 그리 멀리 떨어져 있지 않은 곳입니다."

"우리의 베이커 가는 노스 고워 가에 있어요." 마크가 밝히는 사실이다. "그곳은 베이커 가처럼 보이는 동시에 문제점은커녕 장점만 갖췄죠. 마담 타소의 전시관에 들어가려고 애쓰는 수천 명의 관광객도 없었고, 아주 조용했죠."

조용했다고? "이전에는 그랬어요." 수의 말이다. "이제 런던에서 촬영을 할 때면 성대한 파티가 열리는 것처럼 보입니다. 팬들이 구름처럼 몰려드는 거예요. 그 사람들이 촬영한다는 걸 어떻게 알아내는지 모르겠어요. 그리고 아주 먼 곳에서도 많은 사람들이 찾아옵니다. 다들 아주 조심스럽게 행동하지만, 그래도 파티잖아요." 그리고 우린 나중에 몇 번의 〈셜록〉 길거리 파티에 참석하게 된다….

"여긴 범죄 현장입니다, 이곳이 오염되어서는 안 됩니다"

〈분홍색 연구〉에 필요한 또 다른 핵심적인 야외촬영지

는 셜록과 존이 제니퍼 윌슨의 시신을 검사하는 로리스턴 가든스의 집이었다. 스티븐의 대본에는 범죄 현장에 대해서 일반적인 지침만 제시되어 있었다.

"어둡고, 버려진 곳일 것. 낡거나 무너지진 않았지만 으스스하고 비어 있을 것… 어둡고 좁은 복도와 벗겨진 벽지… 먼지가 쌓여 더러워진 주방… 그것들을 둘러싸고 있는 방은 어둡고 칙칙하고 벽지가 벗겨져 있을 것. 그리고 한가운데의 화려한 분홍색이 돋보이도록 할 것." 아엘과 그의 팀원들은 작업에 들어갔다….

"손대기 전, 이곳은 매물로 나온 아주 좋은 집이었어요. 하지만 우리가 필요로 하는 건 살인 현장이었고, 이곳이 비어 있다는 걸 알기에 악당이 아무런 의심도 하지 않는 희생자를 데려갈 수 있고 다른 사람들의 눈에 띄지 않고 들어갈 수 있는 그런 곳이어야 했죠. 우린 시내로 가서 그럴듯한 분위기와 질감이 나도록 벽과 마루 등등을 훼손했어요. 여러분이 그곳으로 들어서는 순간, 귀신이 나올 것 같은 느낌이 들 겁니다. 파일럿을 찍을 때는 작은 규모로 작업했지만, 에피소드 1을 다시 찍었을 때는 좀 더 큰 규모로, 좀 더 많은 재미를 줄 수 있도록 작업하고 싶었죠."

〈셜록〉은 원래 60분짜리 에피소드들로 이뤄진 시리즈로 고안되었고 또 그렇게 발표됐는데, 당시의 BBC 드라마 국장이었던 제인 트랜터는 마크가 '드라마 제

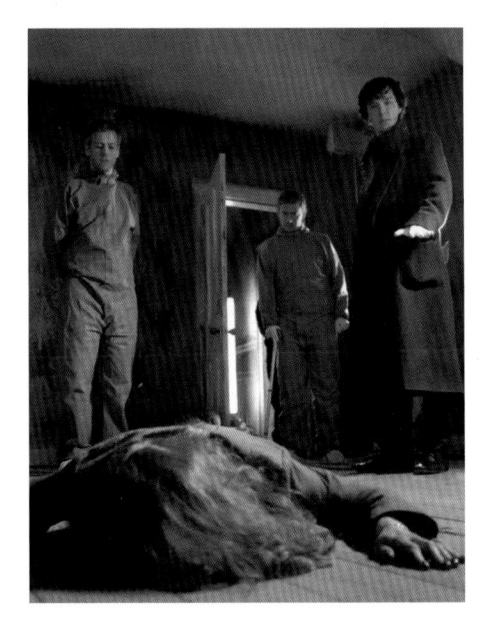

셜록 시리즈 I   분홍색 연구

47 내부. 존의 침실 — 밤   47

이전에 봤던 것과 동일한 따분한 방. 존이 들어온다. 책상으로 똑바로 걸어가서 서랍을 잡아당겨 열자 권총이 있다!

장면 전환 :

48 내부. 리무진 — 밤   48

존이 뒷좌석에 올라탄다. 여자는 존을 곁눈질로도 쳐다보지 않고 그저 자신의 블랙베리만 들여다보고 있다.

존

미안해요. 좀 처리해야 할 게 있어서요.

여자

권총은 제대로 가져온 거죠?

존

…예.

셜록 시리즈 I   분홍색 연구

54 외부. 베이커 가 — 밤   54

셜록

여기가 녀석의 사냥터야. 런던의 심장부인 바로 이곳이. 우린 이제 희생자들이 납치되었다는 걸 알고 있고, 그게 모든 것을 바꿔버렸어. 녀석의 희생자들이 모두 사람들로 바글거리는 곳이나 혼잡한 거리에서 사라졌기 때문이지. 그런데 어느 누구도 그들이 사라지는 모습을 보지 못했단 말이야. 희생자들은 전혀 모르는 사람과 함께 자신들의 삶에서 걸어 나갔고, 녀석이 준 독약을 목구멍으로 넘기는 바로 그 순간까지 녀석을 믿었던 거야. 녀석은 불가능한 일을 해치운 건데, 이것 하나만으로도 존경받을 만한 가치가 있어.

존

'남자'라면야 그렇겠지. 하지만 분홍색 여인은 '레이첼'이란 단어를 썼으니….

셜록

그래. 그게 아주 이상하단 말이야. 레이첼이 누군지를 알기 전까지는 머리를 굴려봐야 아무런 소용이 없어. 사실을 알기도 전에 가설을 세워서는 안 되는 법이니까.

셜록이 담벼락에서 훌쩍 뛰어내려온다.

셜록

그렇지만 생각! 생각을 해야지! 우리가 잘 모르면서도 믿는 이가 누구지? 어딜 가든 간에 눈에 띄지 않고 통과하는 사람이 누구지? 누가 북적이는 군중 속에서 사냥을 하는 걸까?

아웰 존스와 그의 팀원들이 로리스턴 가든스의 야외촬영지로 쓸 만한 곳을 물색하고 있을 때, 웨일스의 뉴포트에 있는 그 집은 매물로 나온 곳이었다.
"그곳은 흰색과 크림색뿐이었어요…. 복도는 온통 연한 미색이었고요. 우린 이곳을 모든 것이 떨어져 나가는 낡은 집으로 변화시켰죠.
그런 다음 원래의 모습으로 돌려놓아야 했고요. 따라서 하루 동안 모든 물품에서 마스킹테이프를 제거하고 에어리스 스프레이로 칠을 했어요.
맨 꼭대기에서 바닥까지 연한 미색으로 다 칠하는 데는 사흘이 걸렸고요. 일을 다 마쳤을 때는 우리의 도장공 반장인 스티븐 퍼지가
연한 미색이 되어 있더라고요. 그때 사진을 찍어놨어야 했는데!"

삭제 장면

83 내부. 대학 강의실 — 밤
셜록이 자신의 앞에 놓인 알약을 바라본다.

택시기사

내가 네게 아무런 해가 없는 병을 줬을까, 아니면 독이 든 병을 줬을까? 아무 거나 선택해도 돼. 넌 인정해야 할 거야. 수많은 연쇄살인범들이 있지만, 내가 그래도 좋은 쪽에 가깝다는 것을.

작을 위한 예산 중 마지막 남은 돈'이라고 묘사한 자금을 파일럿 에피소드를 만드는 데 할당했다. 코키 지드로익이 감독한 〈분홍색 연구〉의 파일럿은 2009년 1월에 촬영됐다.

바로 이때쯤 제인은 다른 곳으로 이동했고, 그녀의 후임으로 BBC 드라마 국장 자리를 차지한 사람이 벤 스티븐슨이었다. 벤은 90분짜리 에피소드 세 편으로 이뤄진 시리즈를 요구했다.

"벤의 요청에 모두 기뻐했고, 굉장히 자랑스러워했죠. 하지만 포맷의 변화는 우리가 수많은 일을 다시 해야 한다는 걸 의미했어요." 마크의 설명이다. "하나의 시리즈를 통틀어서 이야기를 어떻게 전개시킬 것인가 하는 것에 관해서 우리가 생각했던 바를 앞당겨야 했고, 모리아티에 관한 모든 것들을 훨씬 일찍 제시해야 했죠. 게다가 훨씬 대작이어야 한다고도 생각했습니다! 90분이라면 웬만한 영화의 상영시간이고, 일반적인 TV 연속극이 아닌 미니시리즈나 마찬가지이잖아요? 우린 여전히 〈분홍색 연구〉를 도입으로 시작하길 원했는데, 30분 정도의 이야기를 끝부분이나 중간 부분에 덧붙이는 것으로 해결되는 간단한 문제가 아니라는 걸 깨달았죠. 단순히 시간만 늘리는 것이 아니라 이야기 자체를 확장시켜야 했던 겁니다. 스케일이 훨씬 더 커져야 했던 거죠."

"우린 〈분홍색 연구〉를 가져다가 내용을 확장시키면서도 진행이 느려지지 않도록 해야 했습니다." 스티븐의 지적이다. "그 점이 우리의 마음가짐을 변화시키기도 했어요. 그중 아주 의미 있는 한 가지는, 파일럿에서 가장 돋보였던 장면들은 현재의 세계가 실제로 드러나 보였다는 것, 실제로 등장인물들을 둘러싸고 있었다는 걸 깨닫게 해준 겁니다. 약간 시험적인 분위기가 나는 부분이 있었을 수도 있죠. 어스름한 빅토리아풍의 벽을 배경으로 베네딕트와 마틴을 세워놓으면 현대적으로 업데이트되었다는 걸 알아차리지 못할 겁니다. 그때 모든 장면에서 오늘날의 셜록 홈스임이 드러나야 이 프로그램의 에너지가 치솟고 활기가 넘친다는 것을 깨달았어요. 그리고 우리의 221B 세트장이 전통적으로 꾸며진 듯해서 좀 더 현대적으로 바꿔야겠다는 생각을 한 겁니다."

"런던을 보여줌으로써 얻는 효과가 크다고 보고, 야외촬영장에서 더 많은 장면을 찍었습니다." 수가 덧붙였다. "그리고 메인스튜디오 세트장에도 변화를 줬어요. 출연자들이 걸어서 오르락내리락 하도록 만드는 중간 부분을 제거했죠. 방 하나를 더 만든 겁니다. 파일럿에서는 허드슨 부인이 샌드위치 가게와 그 위의 플랫을 소유하고 있었는데, 이제는 플랫의 주인 노릇만 하게 된 거고요."

"파일럿에 등장하는 위층 주방은 좀 이상했어요." 마크도 거든다. "원래는 카페의 일부라고 상정되어 있었거든요. 따라서 보통의 레스토랑 주방처럼 온통 스테인리스 스틸로 마감되어 있었는데, 이게 일반적인 가정의 주방으로 변신했다가 셜록이 자신의 실험실로 다시 뜯어 고친 겁니다. 아웰이 굉장한 작업을 해내긴 했지만, 파일럿에서는 괴상하게 보였습니다. 따라서 우

린 처음부터 다시, 가정적인 주방으로 가기로 결정했어요."

기술적인 면에서는 훨씬 큰 규모의 예산이 "훨씬 더 뛰어난 성능의 카메라에 투자됐어요." 수의 말이다. "파일럿 프로그램에서 투입 가능한 범위 내에서요." 그리고 카메라 전면과 후면의 인력은 파일럿 때의 스태프들이 거의 그대로 남아줬다. "떠난 사람도 두어 명 있지만, 팀원들은 대부분 똑같았고 작곡가도 똑같았어요. 새로운 촬영감독으로 스티브 로스를 받아들였고, 코키 지드로익이 감독을 할 수 없는 상황이어서 폴 맥기건이 새로운 감독으로 나섰죠."

폴 맥기건의 가장 의미 있는 공헌 중 하나가 즉시 시리즈 전체에 큰 영향을 미쳤다. "우리가 세 번째 에피소드인 〈잔혹한 게임〉을 편집하는 동안 스티븐이 〈분홍색 연구〉의 대본을 쓰고 있었기 때문에 가장 나중에 촬

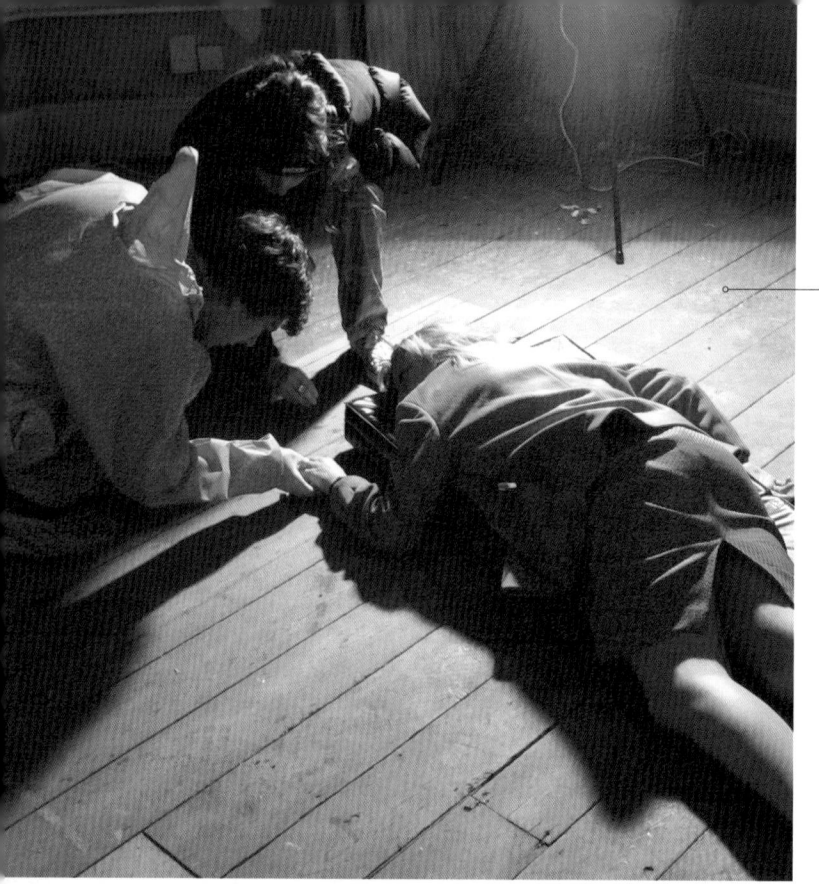

레스트레이드와 존이 **시선을 교환**한다. 레스트레이드는 이것에 익숙해져 있는지 **눈알을 굴리기만 한다.** 하지만 존은 한껏 **매료되어버렸다.** 도대체 셜록이 뭘 하고 있는 거지? 카메라가 셜록을 잡는다. 눈동자를 열심히 굴려가며 시신 쪽으로 걸어가는 세세한 부분을 하나도 놓치지 않는다. 셜록의 시각에서 카메라가 움직인다. **상세한 부분들**이 폭풍처럼 떠오른다. 아주 빠르게 클로즈업해서. 앞으로 펼쳐진 손을 클로즈업. 결혼반지와 약혼반지가 보인다. **유부녀**라는 단어가 맥박처럼 화면을 가로지른다. 순간적으로 나타나서 떠 있다가 희미해진다.

영했죠." 수의 말이다. "그런데 폴이 자신은 휴대폰을 클로즈업하는 방법을 쓰고 싶지 않다는 겁니다. 그래서 폴은 화면에 문자를 넣기 시작했죠. 스티븐은 〈잔혹한 게임〉에서 그걸 보고서는, 문자를 대본 작성의 도구로써 이야기의 흥미를 돋우기 위해 사용할 수 있겠다는 걸 깨달은 겁니다. 바로 첫 녹화에서 체득한 것을 발전시킨 셈입니다."

"살인하기에 좋은 아주 조용한 곳이로군"

원작 소설에서는 셜록과 택시기사 제프 호프가 221B에서 만나는 것으로 되어 있지만, 〈셜록〉에서는 장소를 바꿔 롤랜드 커 직업교육학교에서 이뤄진다. "시청자 여러분은 밖으로 뛰쳐나가 훨씬 덜 안전한 어떤 곳이기를 원할 겁니다." 스티븐이 단언한다. "파일럿에서 우린 이야기의 많은 부분을 존의 시각으로 보여주면서도 존이 무슨 일을 할지 모르는 베이커 가의 그 방에서 엄청나게 많은 시간을 소비했죠. 하지만 지금은 존이 셜록을 구하기 위해 안간힘을 쓰는 모습을 보여줄 수

아서 코난 도일 경의
《토르 브리지 사건》에서 발췌

해답이 없는 문제가 학생의 흥미를 끌 수 있을지는 모르지만, 일반적인 독자라면 대부분 짜증을 낼 것이다. 이렇게 끝이 나지 않은 이야기 중에 자신의 우산을 가지러 집으로 되돌아갔다가 그 이후로 세상 사람들의 눈에 보이지 않게 된 제임스 필리모어 씨의 경우가 있다.

아서 코난 도일 경의
《주홍색 연구》에서 발췌

(…) 이처럼 드러난 공간을 가로질러 피로 물든 시뻘건 글자체로 한 단어가 휘갈겨져 있었다.

RACHE.

"저것에 대해선 어떻게 생각하시죠?" 마치 서커스단의 흥행사가 자신의 쇼를 소개하는 듯한 분위기를 풍기며 형사가 큰 소리로 물었다. (…) "저건 글을 쓴 사람이 레이첼Rachel이라는 여자 이름을 적으려고 했는데, 그 사람이 남자인지 혹은 여자인지는 모르겠지만 단어를 다 쓰기 전에 저지를 당한 겁니다. 내 말을 명심하세요. 이 사건 수사가 종결되면 레이첼이라는 이름의 여자가 이 사건과 어떤 연관이 있다는 걸 알게 될 겁니다. 내 말이 우스운가 보군요, 셜록 홈스 씨, 당신이 매우 영리하고 똑똑할지는 모르지만, 결국에는 늙은 사냥개가 제일 뛰어난 법입니다."

(…) "독약이요." 셜록 홈스가 퉁명스럽게 말하고는 걸음을 옮겼다. "한 가지 더요, 레스트레이드." 홈스는 문 앞에서 돌아서며 덧붙였다. "'라허rache'는 독일어로 '복수'라는 뜻이오. 따라서 레이첼 양을 찾는답시고 시간을 낭비하지는 마시길."

스티븐 모팻의
〈분홍색 연구〉에서 발췌

샐리

교통부 차관인 베스 데븐포트의 시신이 어젯밤 늦게 그레이트 런던의 한 건축 부지에서 발견됐습니다. 예비조사에 의하면 자살인 듯하다고 합니다만, 우린 겉으로 보기에는 자살인 이 사건이 제프리 패터슨 경과 제임스 필리모어의 사건과 아주 흡사하다고 확신하고 있습니다. 따라서 이런 관점에서 앞으로는 이 사건들이 서로 관련이 있는 것으로 다루려고 합니다. 현재 수사는 진행되고 있지만, 레스트레이드 경위께서 질문을 받으실 겁니다.

스티븐 모팻의
〈분홍색 연구〉에서 발췌

앤더슨

저 여자는 독일 사람입니다. (…) 라허는 독일어로 복수를 뜻하는 것이고요. 저 여자는 우리에게 뭔가를 말하려고 했을 수 있습니다.

레스트레이드

저 여자가 독일 사람이라…?

셜록

당연히 독일 사람이 아니죠. (…) 저 여자는 분명히 휴대폰이나 전자수첩을 가지고 있을 겁니다. 거기에서 레이첼이 누군지 찾아낼 수 있겠죠.

레스트레이드

저 여자가 레이첼이라고 쓰고 있었다고?

셜록

저 여자가 독일어로 분노의 유언을 남기려고 했을까 봐요? 그건 아니죠. 당연히 레이첼이라고 쓰고 있었던 겁니다. 다른 단어일 리 없어요.

있게 된 겁니다. 그게 클라이맥스를 한층 더 큰 사건으로 만들었죠."

"대단원의 일부는." 베네딕트의 말이다. "누가 자신을 구해줬는지, 그게 무슨 의미인지, 그리고 그게 자신들의 관계에 어떤 의미가 있는지를 셜록이 깨달은 것이죠. 셜록은 이 침착한 사격에 대한, 도덕성으로 똘똘 뭉친 군대 경력이 있는 사내에 대한, 자존심과 원칙의 사내에 대한 윤곽을 그리기 시작하고, 존이라는 사내가 파트너이자 사건기록자이자 친구가 되리라는 걸 깨닫는 순간, 뺨을 얻어맞은 듯한 충격을 받게 됩니다. 따라서 이는 매우 중요한 순간이고, 자신을 구해준 사내가 유죄판결을 받도록 할 뻔하기도 한 것이고요."

마틴도 베네딕트의 말에 동의한다. "그게 아마 에피소드 내내 발전되어온 우정을 최종적으로 굳히는 것이었을 겁니다. 셜록은 이제 존이 평생을 함께할 협력자이자 세력이라는 걸 알게 되었어요."

스티븐은 이게 두 사람의 관계의 핵심이라고 보고 있다. "존 왓슨은 셜록 홈스의 생명을 여러 가지 방식으로 구해줍니다. 셜록은 존이 구해주지 않았더라면 사실 이 에피소드의 말미에 외로운 괴짜로 죽었을 겁니다. 여기에서 중요한 건 셜록이 다른 누군가를 높게 평가하는 걸 배운다는 거죠. 처음에는 셜록이 존을 일종의 습득물로, 일종의 애완동물쯤으로 여겼어요. 두 사람의 관계에 그런 요소가 어느 정도는 있죠. 존은 셜록이 영원히 살 수 없는 존재이고, 스스로 위험에 빠진다는 걸 상기시켜줍니다."

"당연히 그렇게 되어야죠." 마크의 말이다. "하지만 존은 셜록을 인간답게 만들어 불쾌해 보이지 않도록 하죠. 셜록은 다른 모든 사람들을 멍청하다고 생각합니다. 가장 친한 친구조차도 말입니다. 하지만 셜록의 친구는 셜록의 탁월한 정신에 대한 시금석이 되고, '굿모닝'이라는 인사조차 건넬 줄 몰랐던 사람에게 다른 사람들과 교제하는 방법을 알려줍니다."

"사내들이라면 으레 그렇듯이." 스티븐의 말이다. "한번 우정이 형성되면, 결코 변하지 않죠. 둘의 관계는 20년이 지나도 한결같을 겁니다. 두 사람은 서로에게 영원히 어떤 사이가 될 것인지를 즉시 알아차린 거죠."

"존과 셜록의 조합은 정말 환상적입니다." 베네딕트

의 말이다. "스티븐이 이번 대본에서 끌어낸 가장 큰 성취이자 진정으로 감동적인 것은 첫 번째 에피소드의 말미에 두 사내가 짧은 단어로 의사소통을 하는 현대적인 관계로 만들었다는 겁니다. '저녁은?', '배고파 죽겠어', '좋은 중국 식당이…'. 그것이야말로 21세기적이고, 독신남들을 잘 표현했으며, 매우 일상적입니다. 에피소드의 말미에 가서야 얻은 것이라 시청자 여러분은 두 사람이 좋을 때나 나쁠 때나 서로를 도울 것이라는 것을 믿을 겁니다."

3

집필 시간, 최적의 장소

암호와 모노그램, 첫 번째 초고에서부터 첫 번째 촬영까지…

"네가 좋은 레스토랑을 몇 군데 알고 있다고 말했어"

"〈셜록〉의 대본을 쓰기 위한 첫 브리핑에서는 최대한의 재미를 선사할 것을 강조했습니다. 마크 게이티스와 스티븐 모팻은 어렸을 때부터 셜록 홈스에 푹 빠져 있었죠. 두 사람이 만들어내는 세 편의 영상. 이 마니아 집단의 일원으로 초대받다니, 멋진 일이었죠.

바로 셜록 홈스 클럽이었어요. 브리핑에서는 스릴러가 아닌, 모험극을 집필해서 최대한의 재미를 줘야 한다는 점이 강조됐죠. 스티븐은 연신 이런 말을 했어요. 이건 모험극이기 때문에 생생하고 기묘한 모험을 만들어낼 수록 더 좋다. 그래서 난 사람들이 지붕을 건너뛰고, 철도 터널에서 석궁으로 싸우고, 곡예를 부리고, 벽을 타고 달려 런던의 은행들에 침입하도록 만들었죠…. 이런 건 다른 어느 곳에서도 쓸 기회를 잡지 못했던 것들이었어요."

〈셜록〉의 두 번째 에피소드에서는 작가팀에 스티브 톰슨이라는 새로운 이름을 추가했다. 스티브는 여러 시리즈의 대본을 썼는데, 〈닥터 후〉, 〈닥터스〉, 〈실크Silk〉, 〈업스테어스 다운스테어스〉가 대표작이다. 스티브는 상을 수상한 극작가이기도 한데, 첫 번째로 쓴 연극 대본인 〈데미지Damages〉로 2004년에 신인작가상인 마이어 휘트워스 상Meyer Whitworth Award을 수상했고, 이는 스티브를 〈셜록〉의 작가팀으로 합류시키게 한 첫 번째 업적이었다. 스티브의 두 번째 연극 대본은 2006년에 리처드 윌슨과 로버트 배서스트를 주연배우로 하여 런던의 부시 극장에서 초연된 〈휘핑 잇 업Whipping It Up〉이었다. 〈가디언〉지의 마이클 빌링턴은 이 연극에 '의회 원내총무 사무실을 향한 신랄한 풍자'라고 이름을 붙이고, '가능성이 실현되는 것을 볼 수 있어서 좋았다'라고 평했다.

"스티븐 모팻은 연극이 영화화됐을 때 〈휘핑 잇 업〉을 봤어요. 우린 그 후에 만났고, 스티븐이 날 저녁식사에 초대했죠. 마크 게이티스도 그곳에 있었어요. 그리고 당연한 일이겠지만, 우린 셜록 홈스의 원작 소설과 영화로 각색된 수많은 작품에 대해서 열띤 이야기를 나눴죠. 그런 다음 스티븐과 마크가 그걸 현대적으로 업데이트하자는 이야기를 꺼냈어요. 솔직히 말하자면, 난 대부분의 사람들과 똑같은 반응을 보였죠. '말도 안 돼!' 하지만 그들은 내게 대본 작업을 요청했고, 그렇게 환상적인 일자리를 얻었어요! 그리고 완성된 파일럿

원작의 홈스와 〈셜록〉의 홈스

아서 코난 도일 경의
《춤추는 인형 The Adventure of the Dancing Men》에서 발췌

"이 상형문자로 된 글들은 분명히 어떤 의미를 가지고 있습니다. 만약 이게 순전히 아무렇게나 그린 것이라면 의미를 파악하는 게 불가능할지도 모릅니다. 하지만 그 반대라면 체계적이라는 뜻이고, 그걸 속속들이 파헤칠 수 있다는 데는 의심의 여지가 없습니다. 하지만 이 샘플은 너무나 짧아 할 수 있는 게 아무것도 없습니다. 그리고 선생이 들려준 사실들도 막연해서 수사를 시작할 근거가 못 되고요. 그러니 선생이 노포크로 돌아가셔서 날카로운 눈으로 정찰을 하다가 이런 춤추는 인형들이 새롭게 나타날 때 똑같이 베껴놓기를 제안합니다. 창턱에 분필로 그려놓았던 인형들을 볼 수 없는 게 정말 안타깝군요. 근처에 낯선 사람이 들어왔는지도 은밀하게 조사해주십시오. 새로운 단서가 수집되면, 다시 이곳으로 와주시고요."

스티브 톰슨의
《눈 먼 은행가 The Blind Banker》에서 발췌

셜록

세상은 암호와 모노그램으로 돌아가지, 존…. 은행에는 100만 파운드에 달하는 보안시스템이 설치되어 있고, 네가 화를 냈던 카드리더기며, 암호학이 우리의 삶 어디에나 끼어들어 있단 말이야. (…) 하지만 이건 모두 컴퓨터가 만들어낸 것이지. 전자적인 암호란 말이야. 전자적으로 암호를 만드는 방법이라고. 이건 달라, 고전적인 장치지. 현대적인 해독 방법으로는 풀 수가 없어.

을 보고 나서는 홀딱 반하고 말았죠.

시작 당시에는 일이 어떻게 될지 누구도 예상하지 못했습니다. 프로그램이 확정될 때까지 시간이 좀 걸렸어요. 하지만 스티븐과 마크는 함께 일하기에 정말 수월한 사람들이었죠. 대다수의 TV 프로그램들은 엄청나게 많은 협의와 공동작업과 끝없는 회의를 요구합니다… 하지만 〈셜록〉을 하면서는 우리 세 사람이 레스토랑에 둘러앉아 우리가 좋아하는 것들에 대해서 잡담을 했습니다! 따라서 브리핑 같은 게 없었던 거죠(재미있어야 한다는 지시를 빼고서는요). 우린 일반적으로 서로에게 이렇게 묻는 것으로 시작합니다. '자네가 좋아하는 이야기가 뭐지?'

첫 번째 시리즈에서 스티브는 《셜록 홈스의 귀환The Return of Sherlock Holmes》 작품집의 세 번째 이야기인

《춤추는 인형》에 꽂혀 있었다.

　"《춤추는 인형》이 암호에 관한 것이어서 하고 싶었고, 실제로도 암호해독에 아주 관심이 많았어요. 2003년까지 수학 교사였거든요. 암호는 드라마에서 쓸 기회가 그리 많지 않고요. 따라서 〈눈 먼 은행가〉는 암호를 풀이하는 것과 관련된 것이고, 난 숫자와 데이터, 그리고 암호해독의 패턴으로 대본을 채울 수 있었습니다."

　이야기는 스티브의 대본에서 '국내에서 가장 큰 은행, 쇠와 유리로 만들어진 거대한 대성당… 시내에서 가장 최첨단이며 호화로운 새로운 빌딩'으로 규정한 것으로 시작된다. 이 건물은 이야기 속의 중국 '황룡당'과 강력하게 대비되는 현대적 이미지의 세트장인 것이다.

　"마크는 그것들을 결합하여 에피소드에 강력한 시각적인 맛을 부여하자고 제안했죠. 난 한동안 케임브

삭제 장면

설록 시리즈 I　　　　　　　　　　　　　　　　　　　　눈 먼 은행가

I　**내부. 박물관 — 골동품 전시실. 낮**　　　　　　　　　I

수 린
진흙층에 남겨진 침전물이 시간이 흐름에 따라 이렇게 아름다운 색을 만들어냈어요. 찻물로 씻겨온 진흙 찻잔 몇 개는 400년 전에 만들어진 것이죠.

어린 학생들이 그녀를 쳐다보고 있다. 수 린은 그 찻잔을 한 소년에게 건넨다. 소년은 조심스럽게 찻잔을 받아들고는 한 모금 홀짝 마신다.

수 린
지금 학생은 명 왕조의 위대한 장군이었던 담룬Dan Lun이 사용했던 잔으로 차를 마신 거예요.

세트장의 무수한 배경 장치는 외주제작을 맡기거나 미술팀에서 만들어내야 했다. 그들은 얼굴을 훼손하기 전에
윌리엄 섀드 경의 얼굴을 그려야 했고, 낙서 자체도 고안해야만 했다. 아웰의 팀이 디자인한 오리지널 작품들에는 CCTV 디스플레이가
포함되어 있을 뿐만 아니라 심지어 섀드 샌더슨 은행이 셜록에게 지불한 수표도 있었다.

삭제 장면

5 외부. 에디의 플랫. 밤   5

아일 오브 독스 지역. 새벽 1시.
택시 한 대가 아파트가 밀집해 있는 곳 밖에 정차한다… 도시의 고급
플랫으로, 플랫마다 개별적인 발코니가 딸려 있다. 한 사내가 택시에
서 뛰어내린다. 30대 초반의 에디라는 사내로, 가느다란 세로 줄무늬
가 들어간 양복에 빨간색 멜빵을 하고 있다. 누가 봐도 은행원이다. 택
시기사에게 20파운드짜리 지폐를 던진다.

택시기사

영수증을 드릴까요?

하지만 에디는 대답할 정신이 없다. 그는 지금 공포에 질려 있었다. 그
는 땀에 흠뻑 젖은 채 아파트로 달려가서 키패드를 두들긴다. 문이 열
린다. 그는 안쪽에서 빗장을 지른다.

6 내부. 에디의 플랫. 밤   6

핑! 엘리베이터의 문이 열린다. 육층이다. 에디가 엘리베이터에서 급하
게 빠져나와 주머니를 뒤지며 열쇠를 찾고는 자물쇠에 꽂아 넣는다.

에디

아, 정말! 얼른 좀 열려라.

에디는 숨을 헐떡이며 등 뒤로 문을 쾅 닫는다.

장면 전환:

문에 빗장을 지르고 체인을 건다. 뭔가를 찾으려는 듯 플랫 내부를 바
삐 돌아다닌다.

장면 전환:

에디의 플랫은 휑하다. 양피지 느낌이 나는 벽지의 벽들과 전혀 사용
한 것 같지 않은 주방이 있다. 가구는 없다. 도시에 사는 증권거래인의
삭막한 생활을 그대로 보여주고 있다.

에디는 주방 서랍에서 권총을 찾아낸다! 9밀리미터 반자동 권총
이다. 에디는 권총에 키스하며 안도감에 젖어든다. 그런데 갑자기
먼 곳에서 무시무시한 북 소리가 들려온다. 단조롭고 기계적인
음이다. 원시부족이 두들기는 것 같고, 으스스한 느낌이 든다. 에
디는 침실로 뛰어든다.

장면 전환:

침대가 없다. 매트리스뿐이다. 벽 모서리에 책이 산더미처럼 쌓여
있다. 그리고 여행가방이 하나. 창문은 열려 있다. 옅은 색상의 모
슬린 커튼이 나풀거린다. 북 소리는 여전히 거리에서 울려 퍼진
다. 에디는 문손잡이에 의자를 괴고 나서 매트리스 위에 벌렁 드
러눕는다. 북 소리가 그의 뇌를 파고든다. 영문도 모를 공포심이
스멀스멀 피어오른다.

리지의 피츠윌리엄 박물관에서 고대 중국의 예술품과
언어와 숫자 체계를 연구하며 보냈어요. 다른 상황에
서라면 절대로 할 수 없었던 이상한 세계를 조사했던
셈이죠. 그 단계는 마치 시험을 보기 위해 벼락치기 공
부를 하는 것과 거의 흡사했어요. 순식간에 도자기 찻
주전자의 전문가가 된 겁니다. 서커스와 서커스단의
공연은 즐겁기만 했고요.”

스티브는 연구가 끝나자 대본을 집필하기 시작했
다. “초고를 다 쓰고 나자 스티븐과 마크, 수 버츄와 함
께 여러 번의 기나긴 점심을 즐기면서 대본을 다듬었
죠. 그 당시에는 그게 아주 느긋하게 느껴졌어요. 원래
는 골머리를 앓는 과정이어야 하는데, 〈셜록〉에서는
'디저트를 주문할까?' 같은, 그런 분위기였단 말입니
다. 거의 공동 작업에 가까웠는데, 우린 끊임없이 아이
디어를 교환했고, 아무런 거리낌 없이 필요한 것들을
다른 곳에서 슬쩍하곤 했죠. 터져 나오는 웃음을 간신
히 참으면서요. 목소리를 낮추는 방법도 상당히 빠르
게 습득했습니다. 〈닥터 후〉나 〈셜록〉의 가장 비밀스럽
게 다뤄야 할 플롯을 레스토랑에서 논의할 때면 몰래
엿들으려는 사람이 있기 마련이니까요. 누군가가 플롯
전체를 슬쩍 녹음하려 드는 걸 너무나 쉽게 발견할 수
있었죠!”

“내가 셜록 홈스에 꽂힌 것은.” 스티븐 모팻의 말이
다. “다른 무엇보다도, 바로 그 추론이었어요. 그게 정
말 짜릿했거든요. 그 멋들어진 과정이 《네 사람의 서
명The Sign of Four》에 나오는데, 회중시계를 한 번 보
는 것만으로도 한 사내의 삶 전체를 추론해내죠. 우리
도 그와 흡사한 과정을 〈분홍색 연구〉에서 보여줬는
데, 회중시계의 현대판이라고 할 수 있는 휴대폰을 이
용합니다. 항상 몸에 지니고 있고 소지자의 성격을 반
영한다는 점에서 유사하니까요. 그러한 추론은 머리를
짜낸다고 해서 쉬사리 생각해낼 수 있는 게 아니라서
〈셜록〉을 집필하는 데도 정말정말 힘들었고, 많은 시
간을 할애했으며, 서로의 아이디어가 필요했습니다.
수가 〈눈 먼 은행가〉에 등장하는 일련의 멋들어진 추
론을 내놓았죠. 셜록이 반 쿤의 플랫을 쓱 둘러보는 것
만으로 그가 왼손잡이라는 걸 알아내는 겁니다. 나이
프에 발린 버터와 안락의자에 찍힌 홍차 자국의 위치

와 전화기 옆에 놓인 메모지를 보고서요…"

〈눈 먼 은행가〉에 등장하는 갱단은 암호를 이용하여 의사를 전달한다. 런던 주변의 전략적 요충지에 낙서로 위장한 상징들을 남긴 것. "암호는 책을 이용한 것입니다." 스티브 톰슨의 설명이다. "책을 이용한 암호는 수백 년 전부터 사용되어온 오래된 방법입니다. 책을 이용한 암호에서는 두 개의 숫자를 지정하는데, 각각 어떤 책의 특정한 페이지와 그 페이지에 있는 특정 단어를 가리키죠. 해독하려면 그 책이 무엇인지 알아야 합니다. 셜록은 궁리 끝에 모든 사람이 소유하고 있는 책이어야 한다는 걸 밝혀내죠. 난 감독이 등장하기 전에 보통 두세 가지의 초고를 써두고, 기술적

인 면이나 예산적인 면의 요구 등등을 충족시키기 위해 또 다른 두 편의 초고를 마련해둡니다. 따라서 총 대여섯 편의 초고를 준비하는 셈이죠. 일반적으로 대본을 수정하거나 다시 쓰는 건 어렵지 않지만 〈셜록〉은 베네딕트와 마틴의 다른 촬영 스케줄에 맞춰 작업해야 했기 때문에 일정이 아주 빡빡했어요. 스티븐이 곧잘 한 말인데, 어떠한 대본도 완전하게 마감된 적이 없었죠. 그저 때에 맞춰 전달됐을 뿐입니다."

—— **"런던에서 단 하룻밤만"** ——

"일반적으로 나는 촬영 첫날 아침에 현장에 들렀다가 떠납니다." 스티브 톰슨의 말이다. "현장에 모습을 드러

내고 모든 사람과 악수를 나눈 후에 대본에 문제가 있는지를 조심스럽게 물어보는 게 기본 예의거든요. 정말로 흥분되는 일이긴 하지만, 작가로서는 현장에 얼굴을 내미는 게 양날의 검과도 같은 일입니다. 기나긴 논쟁에 휘말릴 수도 있고, 그 자리에서 대본을 다시 써야 하는 일도 종종 있으니까요. 그러므로 전화기 앞에 앉아 어떠한 수정이라도 당장 처리할 수 있도록 컴퓨터를 켜놓고 준비하는 게 훨씬 낫다는 걸 알게 되었습

니다. 하지만 내가 야외촬영장이나 스튜디오를 방문할 때마다 유별난 일이 한 가지 있습니다. 런던의 택시기사들입니다. 행선지를 말하면, 기사들은 내가 무슨 일을 하는지 묻고 이어 내가 쓴 것 중에서 혹시 자신들이 본 게 있는지를 알고 싶어 하죠. 〈닥터 후〉는? '안 봅니다, 손님.'

〈업스테어스 다운스테어스〉는요? '본 적이 없어요, 손님.' 〈셜록〉은요? 기사들이 〈셜록〉에는 환장을 하더

군요. 그건 내가 이제까지 받았던 그 어떤 것보다 큰 찬사였죠! 기사들은 고군분투하면서 쓴 다른 작품의 대본에 아무 관심도 없었지만 〈셜록〉은 정말 사랑받았습니다. 물론 카디프에서는 다르죠. 전세계의 모든 프로그램이 이제 그곳에서 만들어지기 때문에 주민들은 TV에 관해서는 별로 관심이 없죠. 거의 모든 사람들이 동네 거리에서 촬영하는 TV 프로그램을 보고 있으니까요. 〈닥터 후〉가 거리 한쪽 끝에서 촬영되고, 〈셜록〉은 그 반대편에서, 〈응급실〉은 다른 모든 프로그램들이 사용하려고 줄을 서 있는 협곡이나 해변에서 촬영되고 있죠."

〈셜록〉은 BBC 웨일스의 작품이라서 대부분은 웨일스에서 촬영된다. 세트장, 특히 베이커 가 221B 세트장은 카디프의 북서쪽에 있는 트리포레스트 공업지구에 위치한 BBC의 어퍼 보트 스튜디오에 지어져 있

었다. 하지만 이제 그곳의 시설들은 카디프의 항만 구역에 위치한 BBC 드라마 빌리지 내의 로스 록 스튜디오가 문을 연 후 폐쇄되었다.

"우린 웨일스에서 최대한 많은 작업을 해두려고 합니다." 아웰 윈 존스의 말이다. "하지만 셜록 홈스가 런던과 뗄 수 없는 관계라서 우리도 런던에서 작업해야 할 부분이 있을 수밖에 없죠. 베이커 가 같은 거리를 그럴듯하게 만들어 카디프를 런던처럼 속일 수는 없으니까요. 우리는 런던을 좀 다른 방법으로 구현하려고 했지만, 지금도 시청자들은 그저 스케일과 친근감을 느끼려고 런던의 상징물과 스카이라인을 보고 싶어 합니다. 그러한 런던의 세트장을 설치하고 나니, 우리 팀은 런던과 잘 배합된 특정한 카디프의 건축 양식을 사용하기가 훨씬 쉬워졌죠. 따라서 독특한 현관 계단에 그 건축 양식을 적용할 수 있었어요. 그리고 카디프 스튜

7 내부. 지역의 슈퍼마켓. 낮   7

테스코 엑스트라에 있는 존이 채소를 고른 뒤 계산대로 다가간다. 쇼핑한 물품들을 셀프서비스 스캐너로 찍고 있다. 전자음이 차례차례 절차를 알려준다.

전자음

고객님의 물품들을 제공된 봉투에 넣어주세요.

15A **내부. 베이커 가 221B. 낮**   15A

셜록

말하자면 그렇다는 거야. 네 것을 추측해내는 데 1분도 채 걸리지 않았어. 포트 녹스 같지는 않더군.

존

내 패스워드를 추측해냈다고!?

셜록

마흔세 가지가 있지.

존

뭐라고?

셜록

패스워드의 유형이 그렇다는 거야. 너 같은 사람들이 일반적으로 사용하는 것들이.

존

그게 무슨 뜻이지? '나 같은 사람들'이라는 게.

셜록

평범하다는 뜻이지.

존

멍청했군. 바꾸는 게 낫겠어.

셜록

그래봤자 소용없어.

존

아니, 바꾸는 게 나을 것 같아.

셜록이 클릭해서 존의 블로그 페이지를 연다.

셜록

너, 블로그를 시작했더군.

존

(갑자기 경계하며) 서, 설마 그걸 읽었어?

셜록

'오만하다'고? 난 이전에 한 번도 이렇게 불려본 적이 없다구.

존

너의 멋진 점에 대해서도 몇 가지 적었단 말이야. 네가 좋은 레스토랑을 몇 군데 알고 있다고도 말했고.

셜록

'잘난 체하는 *pompous*'에는 'U'가 있어.

존

맞아. 고마워.

존은 셜록의 손에서 노트북을 낚아챈 뒤 얼른 덮는다.

존은 의자에 털썩 주저앉아 오늘의 메일을 검토한다. 수많은 청구서들.

장면 전환:

존

일자리를 알아봐야겠군.

THE PERSONAL BLOG OF

Dr. John H. Watson

🏠 You're are logged in as Shan   [Log Out] [Your dashboard] [Create a new post]

Tuesday   BLOG

"I've never tried to write a blog before. I guess that's what everyone puts at the start of theirs. I kept a diary when I was nine. Someone bought me one for Christmas from Smiths. Wrote up what I was doing every day. (who I fancied. What I watched on TV). Lasted until January the twelfth.

But this block isn't about me, really. It's about my flat mate. It's about Sherlock Holmes. The most arrogant, exciting, skilful, weird, infuriating, brilliant, imperious, pompos man I've ever met. (Also - he knows some good restaurants).

There is no puzzle, no enigma that my friend Sherlock cannot solve. (Mind you, that does little to alleviate the fact that he has turned being an arrogant tosser into an Olympic-level sport). Every day is an adventure. Every hour is like a chapter from boy's own annual. I'm bursting with so much excitement - so many stories - I just had to tell someone. So I'm telling this computer."

About me

I am an experienced medical doctor recently returned from Afghanistan.

My photos

My links

▶ (Barts) St Bartholomew's Hospital

아서 코난 도일 경의
《공포의 계곡 The Valley of Fear》에서 발췌

"아, 아, 그처럼 아주 나쁜 것만은 아니네. 암호로 된 메시지는 534라는 큰 숫자로 시작하지, 그렇지 않나? 우린 그걸 작업가설로 받아들여 534를 암호가 참고로 한 특정한 페이지라고 보잔 말이야. 따라서 우리의 책은 뭔가를 잔뜩 정리해놓은 게 분명한 두꺼운 책일 걸세. 이 두꺼운 책의 본질에 관해서 우리가 알고 있는 다른 특징이 뭐지? 다음에 적힌 게 C2로군. 자넨 이걸 어떻게 생각하나, 왓슨?"

"의심할 바 없이 2장 Chapter the second일세."

"결코 그럴 리 없네, 왓슨. 자네도 내 의견에 분명히 동의할 텐데, 페이지를 이미 알려줬는데 몇 장인지를 따로 알려줄 필요가 있을까? 게다가 534페이지에 가서야 2장이 있다면, 1장이 얼마나 긴지는 상상에 맡길 수밖에 없지."

"세로단 column이로군!" 내가 소리쳤다.

"아주 훌륭하네, 왓슨. 자넨 오늘 아침에 머리가 팽팽 돌아가는군. 이게 세로단이 아니라면, 내가 멍청한 것일 수밖에. 그렇다면 이제 두 개의 세로단으로 인쇄되고, 그 세로단 안에 293번째라는 숫자가 매겨진 단어가 있는 걸로 봐서 각 단이 상당히 긴 두꺼운 책을 머릿속에 그려보겠네. 우리가 이성을 활용해서 알아낼 수 있는 게 이게 전부일까?"

"안타깝지만 그런 것 같네."

"자넨 자신을 너무 과소평가하고 있네. 친애하는 왓슨, 한 번만 더 재치를 발휘해보게. 한 번만 더 묘안을 내보란 말일세! 만약 이 책이 주변에서 흔히 볼 수 없는 것이었다면, 이 친구가 내게 그 책을 보내줬을 걸세. 그 대신에 자신의 계획이 발각되기 전에 이 편지봉투 안에 단서를 넣어 보내려고 생각했단 말이야. 이 사람 자신이 편지에 그렇게 한다고 적어놓았어. 그건 이 사람 생각에 나 자신이 이 책을 찾아내는 데 아무런 어려움이 없으리라고 생각했다는 게 드러난단 말일세. 이 사람은 이 책을 가지고 있네. 그리고 나도 이 책을 가지고 있을 거라고 예상했단 말이지. 따라서 왓슨, 이건 아주 흔한 책이라는 거지."

"자네 말이 딱 들어맞는 것 같군."

"따라서 우린 두 개의 세로단으로 인쇄되어 있고 일반적으로 사용되는 두꺼운 책으로 수색의 범위를 좁힐 수 있네."

"성경이야!" 난 의기양양하게 소리쳤다.

"좋은 생각일세, 왓슨! 하지만 이렇게 말해도 되는지 모르겠네만, 아주 좋은 건 아닐세! 내가 아무리 똑똑하다고 찬사를 받는 몸이긴 하지만, 모리아티의 부하 중 한 명이 옆에 두고 있을 만한 책 이름을 딱 집어 말할 수는 없다네. 더군다나, 성경의 판본이 너무나도 많아서 이 사람도 두 권의 성경이 똑같은 페이지를 가지고 있다고는 예상하지 않았을 걸세. 따라서 이건 표준화된 책인 게 분명하네. 이 사람은 자신의 책 534페이지가 내 책에서도 534페이지일 거라는 걸 확실히 알고 있었어."

"하지만 그런 조건에 딱 들어맞는 책이 거의 없잖아?"

"자네 말대로일세. 바로 그게 우릴 구원해주는 것이지. 어떠한 사람이라도 소지할 가능성이 있는 표준된 책으로 수색의 범위를 좁힐 수 있으니까."

"브래드쇼 철도 여행 안내서로군!"

"그건 좀 문제가 있네, 왓슨. 브래드쇼의 어휘는 신경질이 날 정도로 간결하고 한정되어 있거든. 단어를 아무리 골라 쓴다고 해도 일반적인 내용의 메시지를 보내기에는 한계가 있을 수밖에. 브래드쇼는 제외해도 좋아. 안타깝지만 사전도 같은 이유로 인정할 수 없네. 그럼 무엇이 남지?"

"연감일세!"

"아주 훌륭해, 왓슨! 난 자네가 그걸 언급하지 않을 거라고 잘못 생각하고 있었네. 연감이란 말이지! '휘태커 연감'이 맞는지 확인해볼까? 일반적으로 사용되고 있고, 편지에 적힌 숫자 이상의 페이지가 있어. 세로단도 2단으로 되어 있고, 앞에는 어휘가 한정되어 있었으나, 내 기억이 맞는다면 뒤쪽으로 가면서 상당히 수다스러울 정도로 다양한 어휘가 사용되고 있지." 홈스는 책상 위에 놓여 있던 연감을 집어 들었다. "여기 534페이지의 2단은 영국령 인도의 무역과 자원을 다룬 꽤나 중요한 부분이로군. 단어를 받아 적어주게, 왓슨! 13번째 단어는 '마하라타'이네. 별로 그럴듯한 시작이 아니라서 좀 걱정이 되는데? 127번째 단어는 '정부'이네. 그럭저럭 의미는 통하지만, 우리나 모리아티 교수와는 별로 상관이 없어… 다시 한 번 말을 맞춰볼까? 마하라타 정부는 무슨 일을 하고 있는가? 아, 이런! 다음 단어가 '돼지 탈'이네. 친애하는 왓슨, 이래서야 아무런 뜻도 찾을 수가 없네. 이걸로 끝이란 말일세!"

스티브 톰슨의
〈눈 먼 은행가〉에서 발췌

셜록

그래, 숫자란 말이지. 그것들은 참조 번호야.

존

책의?

셜록

특정 페이지의. 그리고 그 페이지에 있는 특정 단어의.

존

그렇군. 그렇다면… '15'와 '1'이니… 그 뜻은….

셜록

15페이지를 펼쳐서 첫 번째 단어를 읽으면 돼.

존

오케이. 그래서? 메시지의 내용이 뭐지?

셜록

책에 따라 다르지. 두 번이나 같은 책일 리는 없어. 그게 책을 암호로 사용하는 것의 교활함이지. 무섭게 늘어나는 책들을 보라고.

셜록

이 두 사람 다 소유하고 있는 어떤 책일 텐데 말이야.

디오에서 우리의 세트장 내부 인테리어가 옥외 장면과 맞아떨어지도록 했죠."

"카디프에는 멋진 야외촬영지가 많습니다." 마크 게이티스가 덧붙인다. "버려진 낡은 극장 터, 창고들… 장대해 보이는 놀라운 장소들이 있다고 해서 베이커 가의 건축물들이라고 속일 수는 없어요. 런던에서 촬영하는 데는 아주 많은 비용이 들기 때문에, 촬영할 때마다 런던에서 3, 4일을 머물면서 최대한 많은 것을 찍어댔죠. 세인트 폴 대성당, 템스 강, 거킨 빌딩, 트라팔가 광장, 차이나타운… 이것들이 런던을 현대적이고 흥미진진한 도시로 만들어줍니다. 우린 셜록의 런던이 살아 숨 쉬고 스릴 넘치는 장소이길 원했으니까요."

하지만 런던은 카디프처럼 카메라 기사들로 빽빽이 채워져 있어서 촬영하기가 무척이나 힘들었다. 〈눈 먼 은행가〉에 필요한 섀드 앤더슨 은행의 장면을 시티 오브 런던의 타워 42에서 찍었을 때를 수 버츄는 이렇게 회상한다. "〈화이트 채플〉이 두 집 건너에서 촬영되고 있어서 수많은 차량들이 돌아다니고 있었어요. 어쩌겠어요. 우리 차례를 기다릴 수밖에요. 또 다른 중요한 문제는 행인들이 카메라를 바로 정면에서 바라본다는 것이었어요. 그래서 우린 노련한 카메라 기사처럼 변장하고 이리저리 흩어져서 촬영이 방해받지 않도록 했죠."

"런던은 아주 특이한 분위기를 가지고 있는 도시예요." 스티브 톰슨의 말이다. "그러니까 단 5분만이라도 런던에서 지내고 나면 이야깃거리가 무진장 많아지는 겁니다. 가로등과 우체통과 택시와 빨간 런던 버스 같은 소박한 것들이 생생한 신호를 보내기 때문이죠. 런던에서 보내는 며칠간의 시각적 효과가 중요한 까닭입니다. 특히 타워 42는 아주 놀랍죠. 그 크기와 규모에

SHERLOCK
JOHN exploring the railway track
There are a few homeless people on cardboard
beds. JOHN picks his way past them in the gloom,
trying not to look awkward.
JOHN

삭제 장면

셜록 시리즈 I

눈 먼 은행가

70 내부. 지역의 슈퍼마켓. 낮
70

박물관에서 나오며.

셜록

우린 수 린 야오와 접촉해야 해….

존

그녀가 지금도 살아 있다면야! 그 암호는… 녀석이 다음
타깃으로 그녀를 죽이려고 했다는 뜻이었어.

셜록

바로 그런 이유 때문에 녀석을 그 플랫에서 찾아낼 수
있었어. 녀석은 그녀를 기다리고 있었던 거지.

뒤에서 목소리가 들린다.

라즈

셜록!

그 목소리에 돌아서자 그곳에 라즈가 있다. 더러운 후드 티에
운동화 차림이다.

존

음, 이게 누구신가….

라즈

두 분이 좋아하실 만한 것을 찾아냈습니다.

셜록

그들이 여기에 있었어. 완전히 똑같은 페인트거든.
존, 철도 선로로 가줘. 동일한 색상을 찾아달라고. 이
언어를 해독하려면 더 많은 증거가 필요하단 말이야.

존

넌 어디로 갈 건…?

라즈 쪽으로 돌아섰는데 그는 다시 모습을 감췄다.

존

이런 것쯤은 예측할 수 있어야 했는데.

74 외부. 사우스 뱅크. 밤
74

존이 북쪽으로 난 철로를 탐색하고 있다. 판지로 만든 침대 위에
서너 명의 노숙자들이 있다. 존은 어둠 속에서 평범하게 보이려고 애
쓰면서 이들 사이를 지나가려고 한다.

존

음… 미안하지만 좀 지나가도 되겠소?

노숙자 한 명이 끙 하고 앓는 소리를 낸다. 위협적인 표정을 짓는다.

노숙자

여긴 내 자린데?

존

난 그 벽을 보기만 하면 돼요. 조금만 움직여주면 좋겠는데.

노숙자

5파운드야.

존

뭐라고요?

노숙자

날더러 좀 움직여달라며? 5파운드 내.

존

좋아요.

주머니를 뒤적거린다.

노숙자

10파운드야.

존

방금 5파운드라고 해놓고는?

노숙자

대답이 너무 빨랐거든.

장면 전환:

셜록은 계속 남쪽으로 가고 있다. 달빛을 받아 회색으로 빛나는 낙서
가 드러난다.

109 내부. 은신처. 밤

존

아, 내가 정말 그렇게 말했나? (한숨을 쉰다. 그녀는 미소를 짓고 있다.) 내가 흉내를 내고 있다고 당신을 설득해봐야 소용이 없는….

그녀는 자그마한 리볼버를 꺼내 존의 관자놀이에 갖다 댄다. 존이 몸을 꿈틀거린다.

오페라 가수

셜록 홈스… 내가 널 얼마나 좋아했는지 알아?

그녀는 휴대폰을 들어 자신이 찍은 사진들을 보여준다. 수십 장이나 되는 존의 사진이다.

오페라 가수

네 친구인 존이 아주 흥미로운 블로그를 쓰고 있더군. 난 매일 그걸 읽었어. 널 철저히 연구했지. 하지만 넌… 넌 너의 가장 헌신적인 팬에 대해서 아무것도 모르고 있군. (숨을 고르며) 난 샨이라고 해.

타악기 소리. 존은 몸집이 작은 여자를 멍하니 쳐다본다.

존

(깜짝 놀라며, 어리둥절한 표정으로) 당신이 샨이라고? '산'을 의미하는?

오페라 가수

(낭랑한 웃음을 터뜨리며) 샨은 중국어로 두 가지 뜻이 있어. 그것 말고도 '우아한 사람'이라는 뜻도 있단 말이야.

그녀는 자신의 휴대폰으로 인터넷을 서핑한다.

오페라 가수

'내 친구 셜록이 풀 수 없는 수수께끼나 퍼즐은 없다'라는데? 어디 정말 그런지 한번 시험해보자고.

그녀가 공이치기를 당긴다.

오페라 가수

(점잖고 가벼운 목소리로) 우린 세 번이나 너와 네 동료를 살해하려고 했어. 차이나타운의 플랫에서, 박물관에서, 그리고 오늘 밤 극장에서. 암살하려는데 정통으로 쏘지 않았다면 그게 무슨 의미일 것 같아?

오페라 가수

박물관에서 쏜 건 공포탄이었어. 그리고 수 린의 플랫에서 격투를 벌였을 때 쏜 것 또한. 네 동료는 안전하게 도망치도록 놓아줬던 거란 말이야. 우리가 너를 죽이려고 들었다면 언제든지 해치울 수 있었다고, 셜록 홈스. 우리네가 의문을 품도록 만들고 싶었을 뿐이야. (리볼버를 까딱거리며) 누군가를 직접 총으로 쏘는 게 아니라 사람들이 뭔가 특별한 것을 쫓고 있다고 생각하도록 만들려고 말이야. 우리가 찾고자 하는 걸 찾아내진 못했지만, 그건 중요하지 않아. 이제 냄새를 맡고 돌아다녀줄 개를 확보했으니까. 셜록 홈스, 당신 말이야.

그녀는 존의 머리에 코를 대고 살며시 냄새를 맡는다.

오페라 가수

고양이의 꼬리를 갉는 쥐새끼는 파멸을 불러들일 뿐이야.

존

중국의 속담인가요?

오페라 가수

(타악기 소리. 그녀의 미소가 사라진다.) 그걸 가지고 있나?

거대한 드라마가 있으니까요. 이 번쩍거리는 현대적 빌딩을 묘사하려고 여러 페이지를 할당해야 했습니다. 입지도 아주 완벽했고요."

내부. 섀드 샌더슨.

18일

셜록과 존은 내부에 있다.

최첨단의 광대한 아트리움*이다.

유리로 된 엘리베이터에,

내부의 창문에, 여러 개의 층에 자리한

거래소들. 모두 다 대담한 색깔인

빨강과 **파랑**으로 환히 빛난다.

(블룸버그의 뉴욕 본사처럼, 은행이라기

보다는 나이트클럽 같은 분위기이다.)

죽 늘어선 **디지털시계들**이

뉴욕과 런던과 도쿄의 시간을 알린다.

런던이 낮 12시임을,

홍콩이 밤 8시임을,

뉴욕이 오전 7시임을 알린다.

동시에. 은행원들이 전자감응 눈을 향해

자신들의 배지를 흔든다.

보안문이 활짝 열린다.

(이곳에서는 통행증이 없으면

화장실에도 갈 수 없다.)

존

우리가 **은행**에 간다고 자네가

말했을 때….

* 현대식 건물의 중앙 높은 곳에 지붕을 유리로 처리한 넓은 공간

INT. MUSEUM — ATRIUM/ENTRANCE. DAY
SHERLOCK and JOHN leaving. ANDY waiting
for them by the exit.

삭제 장면

121 내부. 박물관 — 골동품 전시실. 낮   121

중국 골동품 전시실. 황금색과 검은색으로 치장된 황후의 마네킹이
있다.

박물관 관장과 셜록과 존은 마네킹을 뚫어져라 쳐다보고 있다. 마네
킹의 복장은 여제女帝가 천 년 전에 결혼할 때의 모습과 완벽하게 똑
같도록 재현돼 있었다. 마네킹은 복장과 조화를 맞추려는 듯 녹색의
플라스틱 복제 머리핀을 꽂고 있다.

박물관 관장
측천무후입니다. 중국 제국을 통치한 유일한 여성이죠.
이 복장은 물론 모형입니다. 무후는 1,400년 전에 살았
던 사람이고요. 따라서 무후의 것으로 남아 있는 건 단
한 가지도 없습니다.

셜록
그걸 확신하는 겁니까?

박물관 관장
소문을 들으셨나 보군요. 중국인은 항상 새로운 공예
품들을 찾아내곤 하죠. 무후의 것이라면 어떠한 것이
라도 수백만 파운드의 가치가 있습니다.

셜록이 핀을 꺼낸다.

셜록
궁금한 점이 있는데, 이걸 어디 전시할 만한 곳을 찾
을 수 있을까요?

카메라가 빠지면서 눈을 크게 뜬 박물관 관장을 잡는다. 그녀는
핀을 보자마자 즉시 그 가치를 알아차린다.

122 내부. 박물관 — 아트리움/입구. 낮   122

셜록과 존이 떠나고, 앤디가 출구에서 그들을 기다리고 있다.

앤디
그녀가 거의 마지막으로 제게 한 말이, 가치가 있는 걸
제대로 알아보기 위해서는 열심히 살펴봐야 한다는 것
이었습니다. 전 그녀가 아주 상냥하다는 건 알고 있었
어요. 하지만 그처럼 용감하기도 하다는 건 정말 몰랐
습니다.

존이 쓴웃음을 지으며 앤디를 지나친다. 그러다가 다시 되돌아온다.

존
후원자들의 명단 말입니다... 박물관 벽에 있는. 어떤
기부를 해야 그곳에 이름이 올라가죠?

존은 앤디에게 SEB가 보내온 편지봉투를 건넨다. 앤디가 편지봉투를
개봉하자 그의 눈이 크게 떠진다.

앤디
이것만으로도 충분합니다. 어떤 이름을 원하시죠?

존
두 단어입니다.

앤디
당연히 그러시겠죠. '홈스와 왓슨'.

존
아, 아, 그게 아닙니다.

123 내부. 박물관. 낮   123

후원자들의 명단이 적힌 벽을 클로즈업.
'국립박물관에 귀중한 기증을 해주신 데 깊은 감사를 드리며...'
조각가가 끌을 이용하여 새로운 이름을 명단에 적어 넣는다.
'수 린 야...'

야외촬영장에서

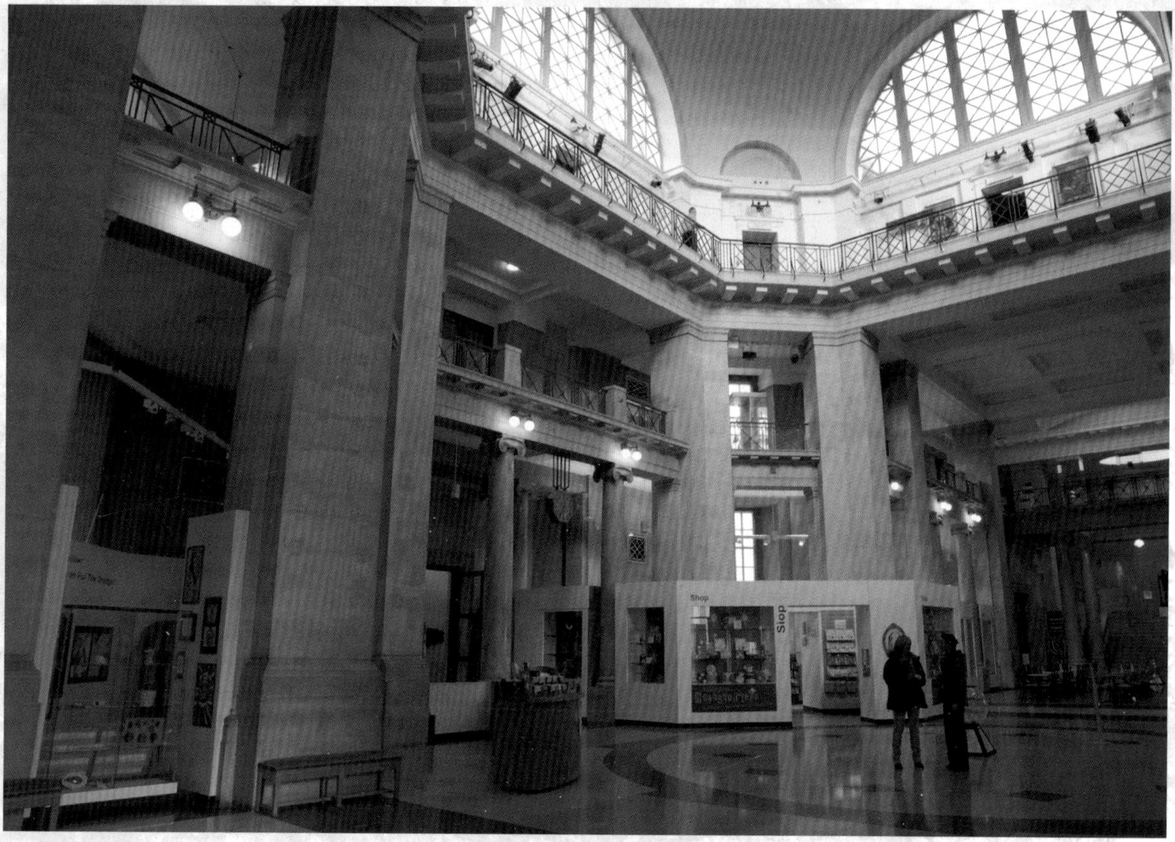

〈눈 먼 은행가〉의 배경으로 쓸 만한 장소를 정찰하는 동안에 감독과 야외촬영 감독이 찍은 사진들.
카디프에 있는 웨일스 국립박물관(위와 아래 왼쪽)과 스완지의 중앙도서관(아래 오른쪽).

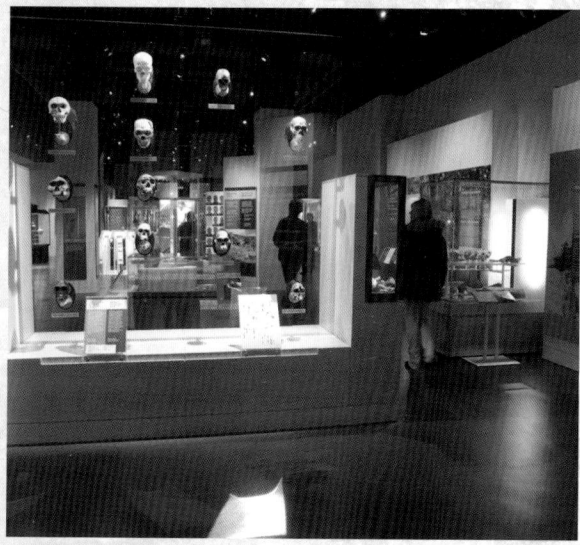

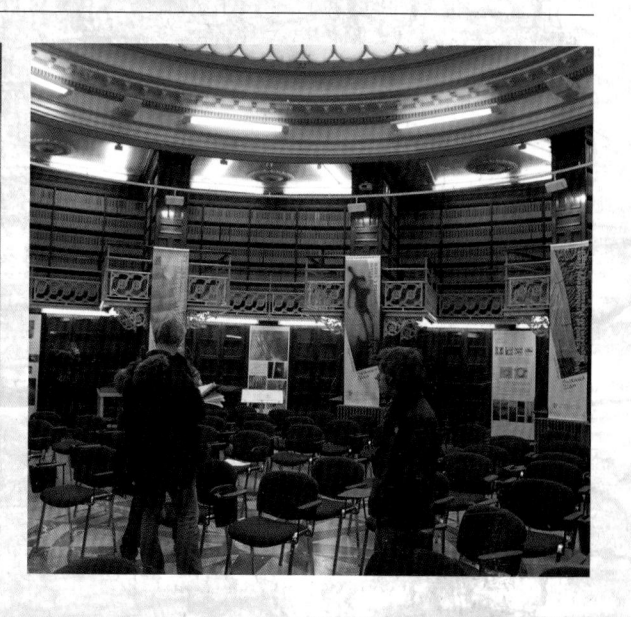

'러키 캣'으로 재단장한 뉴포트의 상점(맨 위)과 런던 비숍게이트에 위치한 스코틀랜드 왕립은행(아래).

게임이 시작되다

홈스의 감독과 편집, 그리고 모리아티 섭외…

"이거 꽤 재미있겠는데…"

"〈잔혹한 게임〉을 쓰는 게 아주 끔찍했죠." 마크 게이티스의 회상이다. "시리즈의 마지막 편이었기에 더욱 무시무시한 도전이었습니다.

처음 의도했던 대로라면 두 번째 에피소드가 될 뻔한 60분짜리 대본을 이미 써놓은 상태였어요. 베르메르의 잃어버린 그림과 그 그림을 셜록이 위작이라고 확신하는 것에 대한 내용이었죠. 원래의 60분짜리 포맷에서 셜록이 한 시간에 걸쳐 밝혀낸 것을 90분짜리 영화 길이의 에피소드에서는 10분으로 단축할 수 있었어요. 제일 좋았던 건 모든 일이 순식간에 일어날 수 있었다는 겁니다. 똑딱거리는 순간에 몸을 맡기면 되는 거죠."

시간을 재촉했던 또 다른 요인은, 시리즈 1의 마지막을 장식할 마크의 대본이 제일 먼저 제작에 들어갔고, 스티븐 모팻의 개막 에피소드를 마지막에 촬영하기로 되어 있어서였다. 이 두 가지 이야기의 키를 잡은 사람이 폴 맥기건이었는데, 그는 〈럭키 넘버 슬레븐Lucky Number Slevin〉, 〈갱스터 넘버원Gangster No.1〉, 〈푸시Push〉와 같은 영화로 화려한 수상 경력을 가진 유명 감독이었다.

"당시에 LA에서 일하고 있었는데, 에이전트가 전화를 해서 마크 게이티스와 스티븐 모팻, 그리고 수 버츄가 〈셜록〉이라는 BBC 프로그램 건으로 이야기 나누고 싶다고 했다더군요. 그래서 런던으로 갔죠. 그들은 이미 60분짜리 파일럿 에피소드의 작업을 다 끝냈는데, 시리즈가 이제 90분짜리로 바뀌게 되어서 모든 걸 다 다시 찍어야 한다면서요. 내가 관심을 보였느냐고요? 사실 당시에는 TV 작업을 거의 하지 않았어요. 미국에서 파일럿을 한 번 찍은 적은 있었지만, 대부분은 영화 작업을 했죠. 그들은 내게 파일럿을 보여줬고, 우린 그것에 대해서 오랫동안 이야기했어요. 60분은 충분하지 않았어요. 등장인물들에 대해 깊이 파고들 수

도 없고, 어떤 스타일을 추구하기에도 너무 짧은 포맷이거든요. 파일럿을 만든다면 등장인물만을 소개하는 것이 아니라 뭔가 이야기도 전하고 싶겠죠. 셜록은 그 자신의 엉뚱한 약점과 버릇 탓에 소개하기가 아주 까다롭기 때문에 제대로 보여주려면 시간이 필요합니다. 뿐만 아니라 에피소드 내에서 그럴듯한 이야기도 만들어내야 했죠. 그러므로 에피소드가 90분 분량으로 변경된 사실은 아주 중요했어요. 첫 번째 대본을 읽어봤을 때 생각하고 말고 할 여지가 없었죠. 최근에는 영화와 TV 사이의 간격이 많이 좁아졌습니다. 시청자들도 고화질 TV 프로그램에 익숙해지는 중이잖아요. 영화와 TV는 이제 기획과 제작에 대한 의욕 면에서 좀 더 동등해졌죠. 그런데 TV라서 좋은 점은 훨씬 더 긴 이야기를 보여줄 수 있고, 당연히 좋은 작가들을 끌어들인다는 것이죠. 영화에서는 감독이 왕이지만, TV에서는 작가가 왕이거든요. 게다가 대본이 만족스럽지 못한 영화를 막 끝낸 참이었습니다. 영화계에서 일하다 보면 때로는 내가 훨씬 나은 대본을 쓸 수 있을 것 같은 느낌이 들 때가 있어요. 그래서 대본을 보고 흥분이 될 때만 사람들과 작업하겠다고 스스로 결심을 했더랬죠. 그리고 이러한 이야기를 TV에서 해보겠다며 흥미를 보이자 마크와 스티븐과 수는 영화적 감성을 보여주고 싶다는 내 생각에 격려를 아끼지 않았어요. 내가 할 일은 그걸 보다 생생하게, 시각적으로 보여주는 것이었죠."

폴은 어렸을 때 코난 도일의 원작 소설에 대한 열혈 팬이었고, 이제 그것들을 다시 들춰볼 기회를 잡게 되었다. "셜록이 나오는 소설이라면 죄다 사 모아서는 여자친구에게 큰 소리로 읽어줬어요. 정말 재미있었죠.

도일의 좋은 점은, 언제 이야기를 긴박하게 끌어갈지를 잘 알고 있다는 것입니다. 소설은 아주 짧고, 거의 마지막 문단까지 아무것도 일어나지 않는 것 같다가 모든 게 한꺼번에 발생하죠! 소설들을 다시 읽으면서 이 장면들을 상상했던 기억이 또렷이 납니다. 소설에서 말미암은 상상력은 스크린에 표현된 어떠한 것들보다 훨씬 더 강력한 것이기 때문에 예전에 이것들을 바탕으로 만든 영화나 TV 시리즈에 영향받지 말고 나 자신이 상상한 세상을 다루는 것이 중요하다고 생각했죠."

폴의 생각은 시리즈가 제작에 들어가면서 순조롭게 반영되었다. "마크와 스티븐이 각각의 대본 집필에 열중하고 있을 때 나의 첫 작업은 아웰 윈 존스와 접촉하는 것이었고, 우린 힘을 합해 베이커 가 221B를 다시 디자인했습니다. (52~58쪽 참조) 어느 누구라도 221B를 로프트*나 현대적인 플랫으로 보지 않을 것이라고 생각했어요. 우린 미니멀리즘이나 최신형을 추구하는 사람이 아니었고, 그저 친숙하게 보이기만을 바랐어요. 우리 두 사람은 현대성이라는 게 강요되어서는 안된다는 데 생각을 같이 했고요. 카디프에서 야외촬영장을 섭외하기도 했는데, 카디프는 런던만큼 섭외할 만한 곳이 별로 없었어요. 큰 거리가 한 개밖에 없는 상황이라서요. 그래서 런던에서 야외촬영장을 조금 더 구해보기로 결정을 내렸죠. 수와 런던으로 가서 촬영

* 예전의 공장 등을 개조한 아파트

할 만한 곳을 찾아 나섰어요. 그들은 이미 노스 고워 가에서 베이커 가의 장면들을 촬영했고, 우린 그곳을 좀 더 자주 활용하고 더 노출시키기로 결정했죠. 난 런던이라는 중요한 등장물을 보는 걸 즐기고, 런던이 편협하게 느껴지는 걸 피하고 싶었어요."

마크의 대본에 의한 에피소드의 촬영이 시작됐다. "스티븐 모팻은 대본을 늦게 넘겨주기로 악명이 높은 사람이었어요." 폴의 의견이다. "스티븐의 입장에서는 그게 현명한 행동이죠. 마크의 대본을 먼저 작업했기 때문에 맛보기만 보여줄 수밖에 없었어요. 하지만 스티븐의 첫 번째 에피소드가 셜록이 누구인지, 그걸 우리가 어떻게 표현할지를 알려줄 것이라고 믿어야 했죠.

〈분홍색 연구〉의 초반 5분에 모든 걸 다 쏟아부었어요. 셜록의 시각, 문자, 정지 화면, 기자회견장에서의 '틀렸어, 틀렸어, 틀렸어' 등등…. 시청자들이 이후에는 편안한 마음으로 이 프로그램이 주는 의미를 받아들이길 바랐던 거죠. 이렇게 하고 〈잔혹한 게임〉을 찍고 나니 시리즈 2에 들어갔을 때는 셜록을 벌판 위의 소파에 앉혀놓았는데도 아무도 의문을 표하지 않더군요. 우린 대담해져야 하고 시청자들에게 말해야 합니다. '우리 프로그램은 바로 이렇다'라고요."

마크의 대본이 완성된 후의 작업에 대한 폴의 말이 이어진다. "휴대폰과 컴퓨터가 등장하는 장면이 아주

삭제 장면

3   내부. 루시의 집. 밤   3

아주 정돈이 잘된, 약간은 베이지색을 띠는 집. 웨스티라는 젊은이와 그의 여자친구인 루시가 TV를 보고 있다. 웨스티는 걱정거리가 있는지 정신이 산만해 보인다.

루시

괜찮아. 정말이야. 이게 네가 좋아하는 게 아니라는 걸 잘 알고 있어. 다음번에는 좀비 같은 게 나오는 걸 보자.

웨스티

뭐라고? 아, 그래.

루시

무슨 일이야, 자기? 자긴 항상 재미있었….

웨스티는 벌떡 일어서서 창문 쪽으로 간다. 오렌지색의 가로등 불빛이 그의 얼굴로 쏟아진다.

루시(앞에 이어서)

무슨 일이야? 웨스티?

웨스티

루시, 자기야. 나 잠깐 나가봐야겠어.

루시

뭐라고?

웨스티

누군가를 만나야 하거든. 중요한 일이야. 정말로.

루시

자기, 지금 농담하는 거지? 지금이 얼마나 늦은….

웨스티

택시를 탈 거야. 오래 안 걸려.

루시

뭐라고? 누굴 만나려는 건데?

웨스티

더 이상 기다릴 수 없어, 미안. 진작 해결했어야 했는데….

웨스티가 고개를 가로젓는다.

웨스티(앞에 이어서)

미안.

웨스티가 코트를 집어 들더니 되돌아와 루시에게 키스한다.

웨스티(앞에 이어서)

사랑해.

루시

웨스티!

웨스티

곧 돌아올게.

웨스티가 나가며 현관문이 쾅 하고 닫힌다. 루시는 홀로 남아 있다. TV 소리만 요란하게 울린다.

삭제 장면

19 내부. 베이커 가. 연구실로 사용하는 주방. 밤.   19

셜록이 현미경에 눈을 대고 몸을 숙이고 있다. 차가운 홍차가 들어 있는 세 개의 컵이 셜록의 옆에 줄지어 있다.

허드슨 부인(화면에는 보이지 않고 목소리만)

내가 왜 이렇게 애를 쓰는지 모르겠네.

셜록은 현미경에서 눈을 들지 않는다. 허드슨 부인이 새로운 찻잔이 놓인 쟁반을 들고 화면 안으로 들어온다.

허드슨 부인(앞에서 계속)

난 네 가정부가 아니란 말이야.

셜록이 갑자기 등을 펴며 의자에 몸을 기댄다. 두 눈에는 승리의 빛이 반짝거린다.

셜록

독약이군.

허드슨 부인

(목소리를 부드럽게 하며) 나도 알고 있어. 카페인이잖아. 캐모마일 차는 어때?

셜록

영리해. 아주 영리해.

허드슨 부인

도대체 무슨 말을 하는 거니?

존이 들어온다. 셜록은 아주 신이 나서 얼굴을 든다.

셜록

클로스트리디움 보툴리눔이야. 이 세상에 존재하는 가장 치명적인 독극물 중 하나지!

---

47 내부. 맨션. 낮.   47

라울이 홍차가 놓인 쟁반을 가지고 들어온다.

케니

고마워, 라울.

고양이가 라울의 발목에 매달린다.

케니(앞에서 계속)

당신의 사진사는 아직인가요? 무례하게 굴고 싶지는 않지만 서둘러야겠어요. 처리해야 할 장례식이 있고, 모든 일들을….

존

아, 아, 당연합니다. 아주 재미있는 구도가 될 것 같습니다. 그걸로 끝이죠. '코니의 남동생이 비극을 뒤로하고 새로운 삶을 시작하다'.

케니

아, 좋아요. 제목이 마음에 드는군요.

현관의 초인종이 울린다.

라울

실례하겠습니다.

존

사진사일 겁니다.

많다는 걸 알게 됐죠. 그게 우리에게 가장 중요한 전환점이었어요. 난 강경하게 말했죠. '이 작품은 내 스타일로 할 수 있을 때만 맡을 겁니다.' 휴대폰 화면을 찍을 수는 없다고요. 그건 엄청난 시간 낭비일 뿐일 겁니다. 휴대폰 화면이 어떻게 보일 거라는 것쯤 누구나 알고 있죠. 그리고 〈셜록〉이라면 훨씬 더 독창적이어야 하지 않겠어요? 내가 맨 처음 생각한 것은 어떻게 하면 시청자들을 셜록의 마음속으로 들어갈 수 있도록 하느냐는 것이었죠. 따라서 시청자 여러분은 우선 무대의 맨 앞에 앉아서 범죄 현장을 보게 되는 겁니다. 셜록이 추리하는 동안 셜록이 보는 걸 여러분도 보죠. 새로운 방식으로 열리는 장면을 말입니다.

난 그러한 방식으로 많은 작업을 했고, 작가들과 제작자들이 그 가능성에 흥분하도록 만든 겁니다. 그것이 작가들의 사고를 활짝 열어젖혀 다른 방식으로 집필할 수 있는 여지를 주었어요. 수많은 극적인 순간들이 전혀 극적이지 않은 휴대폰 화면이나 컴퓨터로 보여야 한다는 깨달음은 스크린에 직접 문자를 적어야 한다는 아이디어로 우릴 밀어붙였습니다. 스크린에 문자를 넣는 게 어떨지 고민할 필요가 없다는 걸 잘 알고 있었습니다. 실제로 어떤 구도로 넣을 것인가만 중요했어요. 그래서 촬영감독인 스티브 로스는 구도를 삼분할하여 촬영했죠.

3분의 1은 베네딕트나 마틴에게 할당하고, 3분의 2를 문자에 필요한 공간으로 구도를 잡은 겁니다. 문자는 나중에 필요에 따라 집어넣은 것이 아니라 처음부터 의도적으로 만들어놓은 것처럼 느껴지도록 화면의 상황에 따라 움직이기도 했죠. 〈분홍색 연구〉의 최종

Local News
Greenwich
Waterloo
Battersea

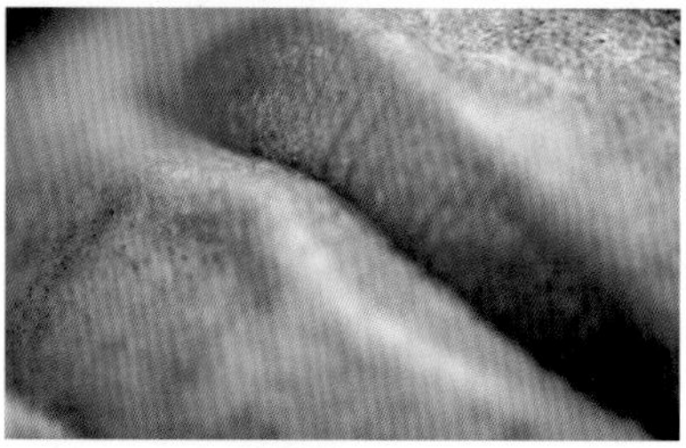

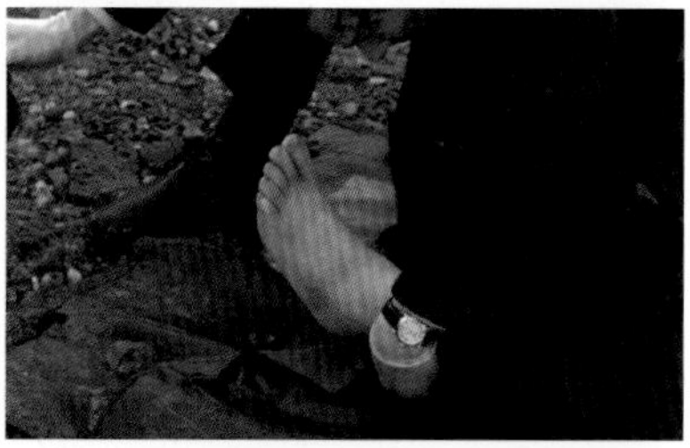

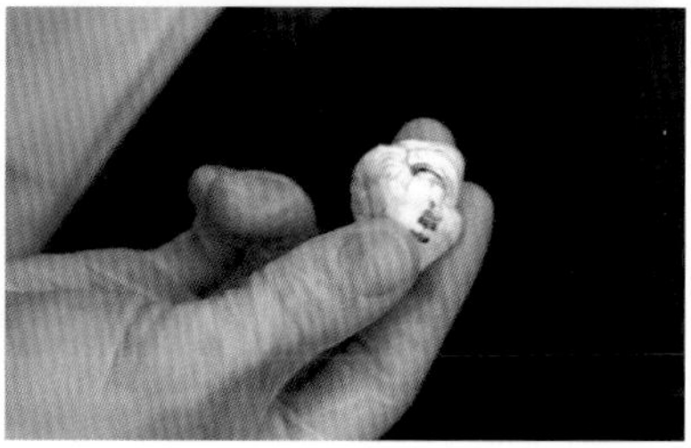

판을 봤을 때, 그리고 레스트레이드가 계단을 걸어 올라와서 셜록에게 '함께 갈 건가?'라고 묻는 초반의 장면을 봤을 때 우리가 정말 특별한 걸 가지고 있다는 걸 알게 됐죠. 첫 편집본에서는 사용된 음악이 너무나 우울했어요. 난 편집자인 찰리 필립스를 돌아보며 말했죠. '이 말이 셜록을 흥분하게 만들고 있는데, 우린 이 장면에서 큰 실수를 저질렀어! 음악이 영상을 뒷받침하도록 만들어야 했는데 말이야.' 그래서 그 음악을 상당히 긍정적인 음악으로 대체한 것이죠. 바꿔놓고 보니 정말 탁월한 선택이었어요. 죽음과 살인이 신나는 상황이 되는 작품을 이전에는 본 적이 없었기 때문입니다. 나중에 다른 사람들과 그걸 보면서 생각했죠. '정말 제대로 잘해냈어.'

〈분홍색 연구〉에서 런던을 가로지르며 택시를 추격하는 장면이 아주 재미있었어요. 이렇게 거창한 추격전이 달랑 네 줄로 설명되어 있었죠. 이 일을 어떻게 하룻밤 새에 해낼 수 있지? 우리가 〈잔혹한 게임〉을 만들면서 이런 장면에 대비할 만반의 준비를 해놓았기에 찰리 필립스는 〈셜록〉의 처음 세 시리즈 중에서 〈분홍색 연구〉, 〈잔혹한 게임〉, 〈벨그레이비어 스캔들 A Scandal in Belgravia〉, 〈배스커빌의 사냥개들 The Hounds of Baskerville〉, 〈빈 영구차 The Empty Hearse〉, 이렇게 다섯 편의 에피소드를 편집한 사람이다. 찰리는 "급한 일은 매일 찾아온다"고 말한다. "촬영한 것들은 오후 늦게 도착하고, 그걸 처리하는 데 밤을 꼴딱 새워야 하기 때문에 난 다음 날 아침에 작업을 시작하죠. 본질적으로 에피소드가 촬영되면 장면 하나하나를 작업합니다. 난 장면이 촬영된 순서대로 하루 동

안 촬영된 전체 분량을 요구하죠. 그런 다음 시간 순서에 따라 전부 시청합니다. 이렇게 하면 하루 동안에 있었던 일을 다 보게 되고, 클래퍼보드*의 전후에 있었던 잡담의 일부를 들을 수 있고, 각각의 장면을 찍으면서 무엇이 변화하고 있는지를 볼 수 있어 아주 유용합니다. 그들이 원하는 게 무엇인지를 분명히 알 수 있으니까요. 그리고 그러한 정보를 이용해서 감독이 정말로 원하는 것에 최대한 근접하게 장면들을 자르고 매우 빨리 조합할 수 있거든요. 〈셜록〉 이전에는 폴 맥기건과 함께 일해본 적이 없었지만, 수 버츄와는 몇

번 작업해본 적이 있어서 그녀가 이 일을 의뢰해왔어요. 수와는 두 편의 코미디를 함께했고, 스티븐 모팻의 〈지킬〉 에피소드 두 편의 시각효과를 담당한 적이 있어서 초기에는 바로 이런 개념으로 〈셜록〉을 만들려고 했었죠. 그런데 폴과의 인터뷰에서 폴의 의도가 무엇인지 이해가 가기 시작하더군요. 폴은 셜록이 존에게 무슨 일이 벌어지고 있는지를 설명하는 장면을 다시 보여줌으로써 셜록이 보고 있는 것을 훨씬 더 깊숙이 통찰할 수 있는 아이디어에 대부분의 시간을 할애했죠.

스크린에 번쩍 떠오를 상세한 것들을 얻

* 영화 촬영 시 장면 시작을 알리며 딱 부딪히는 판

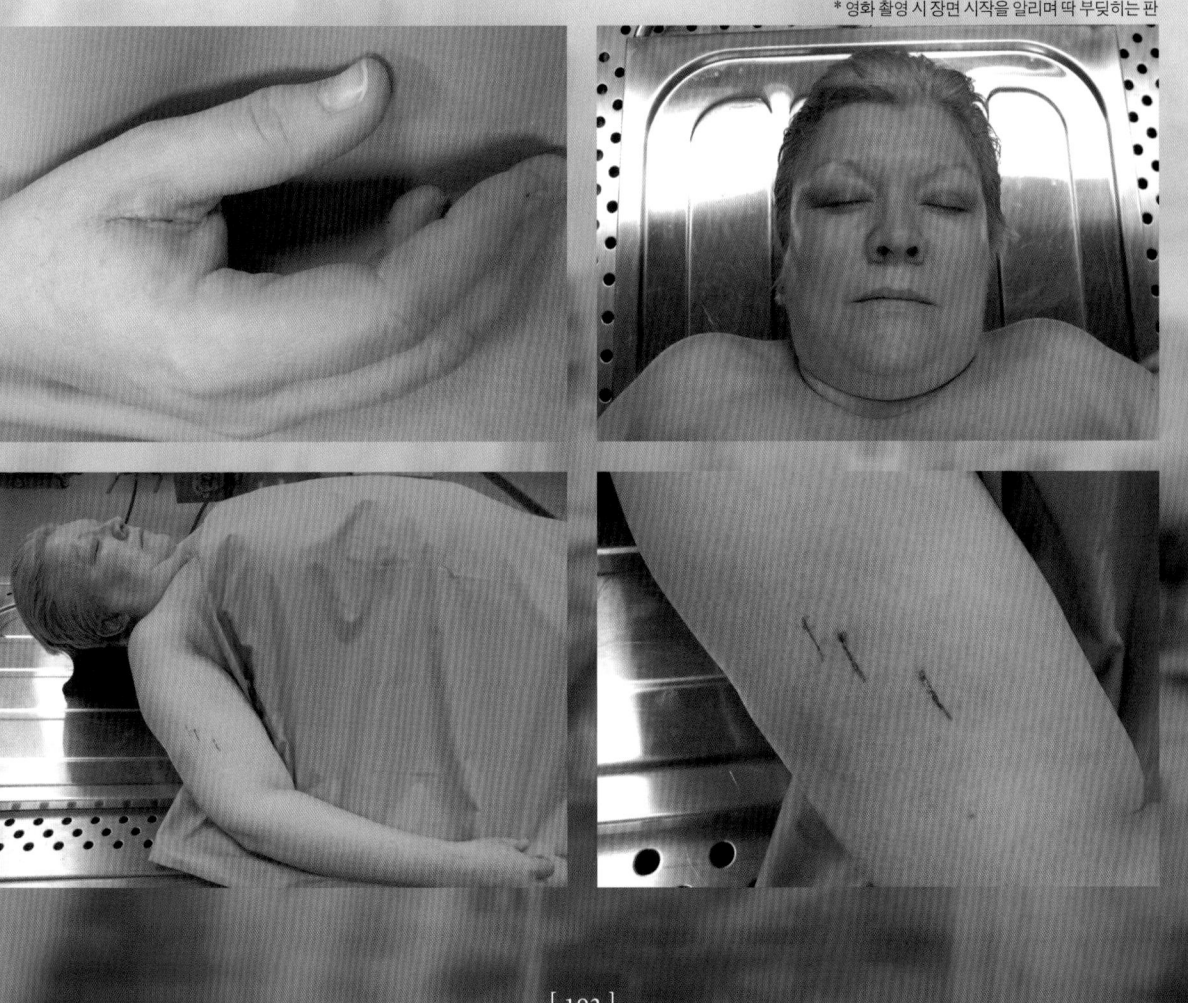

기 위해, 그리고 우리가 셜록의 시각에서 볼 수 있도록 스틸 카메라를 사용하는 것에 대해서도요. 그걸 처음 사용한 것은 〈잔혹한 게임〉에서였는데, 영안실의 시신 처리대 위에 누워 있는 코니 프린스를 세부적으로 보여줄 때였죠. 지금 돌아보면, 그때까지 우리가 만들었던 다른 장면들보다 세련된 것은 아니었어요. 크게 고민하지 않고 그 장면을 디자인했었으니까요.

〈잔혹한 게임〉은 촬영에 들어간 첫 번째 에피소드였고, 따라서 편집도 맨 처음 된 것이었고, 다양한 아이디어가 떠오른 것도 바로 그때였죠. 폴의 촬영감독인 스티브 로스가 정지 영상들을 결합하여 동영상을 제작하는 휴대폰 앱을 가지고 있어서 클래퍼보드를 치는 사람들 주위를 뱅뱅 돌며 그중 한 명의 사진을 몇 장 찍어서 동영상으로 만들었어요. 그리고 이러한 스톱모션을 계속 촬영하면서 내게 스틸사진을 주고

는 그렇게 동영상을 만들 수 있는지를 물었죠. 난 당연히 할 수 있다고 했어요. 스티브가 스틸사진들을 찍은 뒤 편집 소프트웨어에 집어넣어 움직이는 영상을 만들어낼 것이라는 것을 미리 알아차렸기 때문이죠. 그래서 스틸사진들을 함께 묶고 그들이 원하는 대로 속도를 조절했어요. 속도를 점차 올리다가 특정한 순간에는 딱 멈추도록 할 수 있게 된 겁니다. 폴은 가끔 내가 작업하는 모습을 보려고 찾아왔고, 그건 내 작업을 보고 돌아가서 좀 더 개선된 장면을 촬영한다는 뜻이었어요. 그리고 내가 급한 것들을 작업하고 있는데 폴이 '이렇게 촬영했으면 훨씬 좋았을 텐데…'라고 말하는 게 당연한 것처럼 여겨지는 사이가 됐죠. 이러한 작업이 초기의 성공을 이끌었어요.

〈잔혹한 게임〉의 대본은 시청자들이 존과 마이크로프트와 셜록 사이에 오가는 문자들을 제대로 보고 이해하기를 요구했어

요. 정확한 문자를 보여주기 위해 휴대폰을 잡은 클로즈업 장면이 서른다섯 개가량 필요했습니다. 하지만 폴은 그저 이야기를 전개할 목적으로 의미 없는 클로즈업을 잡으며 장면을 전환하는 걸 죽을 만큼 싫어했습니다. 카메라가 유기적으로 나타난 대상을 따라가며 자연스럽게 스크린을 가로질러 줌인할 수 있는 것들을 간절히 필요로 했습니다. 그런데 휴대폰으로는 그걸 우아하게 보이도록 만들 방법이 전혀 없었던 겁니다. 따라서 폴은 휴대폰 화면에 뜬 문자를 보여준다는 생각을 단호하게 거부했죠.

약 2주일 정도 촬영을 진행했을 때 내가 언제 그 장면들을 볼 수 있느냐고 물었어요. 장면들을 잘라내고 조합하는 데 그 장면들이 몽땅 빠졌으니까요. 그런데 폴이 그렇게 하지 않을 거라고 하더군요. '그냥 문자를 스크린에 적어 넣도록 하지.' 그 말

을 들은 난 살짝 겁이 났습니다….

첫 번째로 해본 건 존이 사망한 보안요원의 플랫에 있을 때 마이크로프트로부터 온 문자를 받는 장면이었죠. 폴은 아웰 윈 존스가 고안해낸 멋진 벽지를 배경으로 하여 플랫에 있는 마틴 프리먼의 장면을 찍은 것인데, 마틴을 한쪽에 세우고 벽지가 스크린의 오른쪽을 지배하는 구도였어요. 그리고 난 벽지에 문자를 수놓으면 어떨까 하고 생각했죠. 존이 자신의 휴대폰을 꺼내고 문자가 벽지에 나타나는 겁니다. 따라서 여러분은 문자가 실제로 벽지 위에 적혀 있는 것이 아니라 존의 머릿속에 들어 있는 것이라고 이해하게 되고, 바로 그게 폴이 원하는 스타일인 장면의 유기적인 부분이라는 것이죠. 그런 다음 존이 휴대폰을 치우고, 굳이 원한다면 문자 앞으로 걸어가서 그걸 지울 수도 있게 한 겁니다. 그러면 화면을 넓게 잡고 벽 위에 적힌 문자를 한층 더 작게 만들면 되죠.

그런 다음 난 다른 일들을 하기 시작했습니다. 문자를 허공에 매달고 카메라의 움직임에 따라, 예를 들면 존의 팔이 움직이는 것에 따라 이동하도록 해서 화면 구도에 있는 것처럼 보이도록 만든 겁니다. 그러자 이러한 장치들이 제대로 작동해서 하나의 스타일처럼 보이기 시작했죠. 폴은 우리가 문자를 집어넣을 수 있다는 걸 알고 있는 곳의 장면을 찍기 시작했고요. 그 대표적인 것이 셜록이 보낸 문자를 존이 침대에 앉아서 읽는 것인데, 폴은 존의 뒤쪽에 문자가 들어갈 수 있는 공간을 상당히 크게 남겨두고 촬영을 해주었어요.

그와 동시에 하나의 정지된 이미지에서 다른 것으로 전환되는 장면을 연구하기 시작했습니다. 조그마한 이미지를 따라가다가 지우거나, 아니면 사라지는 이미지 위에 들어오는 이미지를 보여주기 위해 지우는 걸 활용하는 방법들을 찾기 시작한 겁니다. 문자와 그 지우는 방법이 동시에 개발된 것이죠. 활자체는 한 가지만 이용했어요. 난 항상 내가 한 일들이 오프라인으로 편집한 다른 모든 것들처럼 다시 개조될 것이라고 예상하고 있었어요. 내 힘만으로는 완전한 품질의 것들을 만들어낼 수 없었으니까요. 난 우리가 그 스타일을 디자인했다고 생각했고, 그게 방해받지 않기를 원했던 겁니다. 그래서 피터 앤더슨 스튜디오를 끌어들여서 문자를 만들게 하고 문자가 통일된 활자체가 되도록 한 것이죠.

셜록이 〈분홍색 연구〉에서 여자의 시신을 최초로 수사하는 장면에서 문자를 더해가는 작업은 엄청나게 즐거웠죠.

폴은 일종의 크레인 위에 달린 '폴 카메라'를 사용했는데, 그는 그 카메라가 바닥을 통해 쭉 올라와 실내로 들어오도록 만들었죠. 그렇게 함으로써 시신의 반지를 둘러싼 문자들이 유연하게 흐르도록 만든 겁니다. 문자를 어떻게 배열하느냐가 아주 중요해졌기 때문에, 난 온라인 편집자인 프라임 포커스의 스콧 힌치클리프에게 이걸 완벽하게 복제해야 한다고 단단히 상기시켰어요. 이건 단순한 가이드라인이 아니라 절실히 원하는 거라고요. 스콧은 완벽

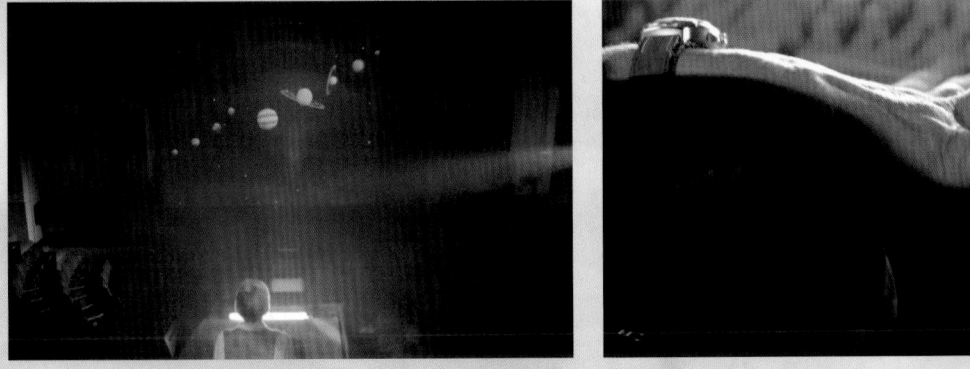

한 사람이었는데, 모든 것을 충실히 재현해줬어요. 그중 몇 가지는 말로 표현할 수 없을 정도로 복잡한 것이었는데요.

때때로 난 스크린에 시커먼 가장자리가 남지 않은 채 다른 이미지가 따로 움직일 수 있도록 원래의 화면 주변에 여분의 화면을 배치하곤 합니다.

내가 맡은 사운드 역시 보통은 완성도가 아주 높은 편입니다. 번쩍거리는 플라네타륨 천문관의 장면을 위해 편집 소프트웨어의 플러그인들을 활용해서 되감기는 기계들의 소음, 앞으로 빨리 돌리는 소음 등등을 만들어냈죠. 그러고는 카디프에 위치한 뱅 오디오에 넘겨줬어요. '미안, 자네들이 이걸 그대로 재현해줘야겠네' 하고 말하면서요."

〈셜록〉의 첫 번째 에피소드가 방송됐을 때, 시청자들과 비평가들은 문자가 나타나는 방식과 스타일의 참신성, 그리고 그 문자가 이야기의 전개에 간결하게 공헌하는 방식에 깊은 감동을 받았다. 하지만 많은 사람들은 그게 시각효과의 하나로서 나중에 들어간 것이라고 추측했지 편집 프로그램으로 만들어진 것이라고는 전혀 생각하지 못했다.

"그건 불가능했을 겁니다." 찰리의 단언이다. "나중에 작업을 했다고 하더라도 시각적인 특수효과로는 전체적인 이야기 전개에 맞추지 못했을 테니까요. 그 과정은 편집에서 다 처리되어야 하고 그걸로 끝이어야 했습니다. 사실 훨씬 더 많은 것들이 편집 과정에서 이루어졌죠. 난 오프라인에서 스토리 전개를 담당한 편집자 역할을 하기 이전에 문자와 시각효과와 화면들이 빙빙 돌아 날아다니는 장면들을 무리 없이 해낸, 온라인으로 마감 작업을 담당한 편집자로서의 전력이 있었으니까요. 그 작업을 단 한 번도 시각효과에 맡긴 적이 없습니다. 어떤 형태로든 항상 그 작업을 직접 했고, 원하는 결과물에 최대한 가까이 가도록 노력했죠. 따라서 나와 함께 일하는 사람이라면 자신의 일이 창의적인 과정이 아니라 내가 충실히 해낸 작업을 재현하는 과정이라는 걸 알게 될 겁니다. 〈셜록〉에서 작업한 경험은 인생에서 가장 멋진 일 중 하나였습니다. 그 일을 할 충분한 준비가 되어 있었거든요."

원작의 홈스와 〈셜록〉의 홈스

"내가 알고 있네." 난 소리를 치면서 소파 위에 흩어져 있는 신문들을 뒤적거렸다. "그래, 확실히 여기에 있구만! 캐도건 웨스트는 화요일 아침에 지하철에서 죽은 채로 발견된 젊은이일세."

홈스는 파이프를 입에 가져가려다가 멈추고 솔깃한 듯 벌떡 일어나 앉았다.

"이건 분명히 심각한 일이네, 왓슨. 내 형을 일상에서 벗어나게 하는 죽음이 평범한 것일 수는 없어. 도대체 형이 이 사건과 무슨 관련이 있는 걸까? 그렇게 특이한 점은 없었던 걸로 기억하고 있는데 말이야. 한 젊은이가 열차에서 뛰어내려 자살한 것처럼 보인 게 다인데… 강탈을 당하지도 않았기 때문에 폭력을 의심할 특별한 이유도 없고 말일세. 그렇지 않나?"

특이한 상황도 문제없이 처리할 수 있었어요. 어깨가 으쓱했죠. 그건 셜록의 마음을 통해서 하자는 아이디어였어요. 셜록은 일방통행로의 정지 신호가 켜진 곳에서 문제를 해결합니다. 그래서 5-D 카메라를 들고 밖으로 나가 모든 신호들을 기묘한 각도로 찍었죠. 그런 다음 바로 그날 밤에 셜록과 존이 소호를 헤집으며 밤새 뛰어다니도록 만들었습니다.

'그냥 계속 달리라구. 내가 나중에 편집할 테니까!' 그 장면은 훌륭한 스토리텔링과 정확한 임팩트를 가지고 있었습니다. 스토리텔링, 훌륭한 배우, 연기, 스크린에 뜬 문자, 그리고 셜록이 무엇을 어떻게 생각하는지를, 셜록에게 초인적인 힘을 부여하는 재빠른 사고思考

를 시청자에게 보여주는 것 등등의 모든 요소가 다 합쳐진 것이었죠. 그 점이 아주 마음에 들었습니다. 제대로 처리하지 못했다면 시청자들은 사기를 당했다고 느꼈을 테니까요. 시청자들은 셜록의 지적 능력에 흥분했고, 그걸 이해했죠. 영화에서의 지적 능력이란 감쪽같은 속임수일 때가 있습니다. '그 사람이 영리하다고는 하는데, 실제로 영리하게 구는 걸 본 적이 없다'라는 것이죠. 영화에서 그걸 보는 건 아주 만족스러운 일입니다. 찰리와 난 뛰어난 지적 능력을 보여주기 위해 편집 프로그램에서 많은 공을 들였습니다.

영화를 만드는 데 촬영분의 20퍼센트는 영화에 나오지 않는다고들 이야기 합니다. 빡빡한 스케줄과 신

경을 써주긴 했어도 넉넉하지 못한 TV 예산을 가지고는 TV에 내보내지도 못할 〈셜록〉의 장면을 찍느라고 며칠씩 허비할 수는 없는 노릇이죠. 우린 정말 최대한 빈틈없이 〈셜록〉을 만들려고 했어요. 우리 모두는 대본을 놓고 여러 번 이야기를 나눴죠, 주로 레스토랑에서요 (그러고는 우리가 말했던 것을 까맣게 잊어버리고 다시 레스토랑에 가면 똑같은 이야기를 반복했어요). 일단 촬영을 다 하고 편집을 하고 나면, 단순한 이유로 몇 개의 장면들이 잘려나갑니다. 마크와 스티븐은 그 점을 누구보다도 잘 이해하고 있죠. 그쪽에 도가 튼 대가들이었어요. 셜록 홈스를 잘 이해하고, TV 쪽 구조도 아주 잘 알고 있었죠. 여러분은 이 두 사람에게서 많은 걸 배울 수 있을 겁

아서 코난 도일 경의
《브루스 파팅턴 호 설계도》에서 발췌

"전문 기술 문서라는 게 뭐지?"

"아, 그게 핵심이지! 다행히도 그건 아직 알려지지 않았어. 그게 튀어나왔다면 기자들이 난리를 쳤을 게다. 이 가련한 젊은이가 자신의 주머니 안에 갖고 있었던 문서가 브루스 파팅턴 잠수함의 설계도였으니까 말이다."

마이크로프트 홈스는 이 사건의 중요성을 강조하기라도 하듯 엄숙한 태도로 이야기했다. 그의 동생과 난 기대감에 귀를 쫑긋 세웠다.

"너도 분명히 들어봤겠지? 모르는 사람이 없을 테니 말이다."

"그저 이름만 들어봤을 뿐이야."

"그것의 중요성은 아무리 강조해도 지나침이 없을 정도란다. 정부의 모든 비밀들 중에서도 최고 기밀에 속하는 것이었지. 네가 만약 그 설계도를 내게서 빼앗아간다면 해군은 브루스 파팅턴 잠수함의 작전 반경 내에서는 어떠한 전투도 불가능해질 정도니까. 2년 전에 막대한 액수의 자금이 예산에 슬쩍 반영되어 책정됐고, 그 기술의 독점권을 획득하는 데 사용됐지. 그 비밀을 지키려는 모든 노력이 취해졌지. 서른 개의 서로 다른 특허를 포함하고 있고, 각각의 특허가 전체를 작동하도록 하는 데 필수적인 엄청나게 복잡한 그 설계도는 무기공장과 붙어 있는, 도난방지 문과 창문이 장치된 은밀한 사무실의 대단히 정교한 금고 안에 보관되어 있었지. 어떠한 상황하에서도 설계도가 사무실 밖으로 나가지 못하도록 조치가 취해진 셈이었어. 해군의 잠수함 건조 책임자라고 하더라도 설계도를 참조할 일이 있으면, 자신이 직접 설계도를 보러 울위치의 사무실까지 가야만 했다.

그런데 런던 한복판에서 죽어 있는 하급 공무원의 주머니에서 그 설계도를 찾아내다니… 공식적인 관점에서 본다면 정말 끔찍한 일이지."

"하지만 정부 쪽에서 설계도를 회수했잖아, 형?"

"아니야, 셜록, 결코 그렇지 않아! 다 회수하지 못해서 그게 아주 큰 문제가 되고 있어. 울위치에서 빠져나간 설계도가 열 장인데, 캐도건 웨스트의 주머니에는 일곱 장만 들어 있었어. 가장 핵심적인 석 장이 없어진 셈이야. 도둑을 맞았을 수도 있고, 훼손됐을 수도 있겠지. 넌 이제 다른 일들은 당장 그만둬야 해, 셜록. 즉결심판소에서나 다룰 사소한 사건들은 싹 잊어버리란 말이다. 이건 아주 심각한 국제적인 사건이니 네가 꼭 해결해야만 한다. 캐도건 웨스트가 왜 설계도를 훔쳤는지, 사라진 석 장은 어디에 있는지, 웨스트가 어떻게 죽었는지, 그의 시신이 어떻게 해서 발견된 곳으로 옮겨졌는지, 악마가 어떻게 이 모든 걸 감쪽같이 해냈는지를 말이다. 이 모든 의문에 대한 해답을 찾아내면, 넌 조국을 위해 정말 훌륭한 봉사를 하게 되는 거지."

"왜 직접 사건을 해결하지 않지, 마이크로프트? 형도 나만큼은 할 수 있잖아?"

"가능이야 하겠지, 셜록. 하지만 이건 세세한 부분들을 확인해야 해결할 수 있는 사건이다. 네가 모은 정보들을 내게 다오. 그럼 내가 안락의자에 앉아 뛰어난 전문가의 의견을 네게 보내줄 테니. 이곳저곳으로 뛰어다니고, 철도 경비원들을 반대심문하고, 확대경을 눈에 대고 얼굴을 바닥에 대고 하는 것들은 내 전문 분야가 아니야. 아니, 너야말로 모든 의문을 싹 벗겨줄 수 있는 유일한 사람이다. 다음번에 발행되는 서훈敍勳 명단에 네 이름을 올리고 싶다면… "

마크 게이티스의
〈잔혹한 게임〉에서 발췌

마이크로프트

국방부는 새로운 미사일 방어 시스템을 구축하기 위해 노력해왔어. 브루스 파팅턴 프로그램이라고 불리는 것이지. 그리고 그 시스템의 설계도는 메모리스틱에 들어 있었고.

존

그건 그리 현명한 행동이 아니군요.

마이크로프트

(어깨를 축 늘어뜨리며) 그게 유일한 사본은 아니거든. 하지만 비밀로 유지됐던 것인데, 사라진 것이네.

존

(얼굴 표정이 밝아지며) 일급 기밀이었나요?

마이크로프트

아주 높은 수준이었지. 우린 웨스트가 그 메모리스틱을 빼낸 것으로 보고 있고, 그게 엉뚱한 사람의 손에 들어가는 위험을 감수할 수 없는 상황이네. 네가 그 설계도를 찾아줘야겠다, 셜록. 네게 명령을 내리도록 하진 마라.

셜록

형이 애쓰는 모습을 보면 좋을 텐데.

침묵이 흐르고….

마이크로프트

꼭 다시 생각해봐라.

마이크로프트는 살짝 이마를 찌푸리고, 턱을 만지작거리더니 존과 다시 악수를 나눴다.

마이크로프트(앞에서 계속)

잘 가게, 존. (강조하며) 곧 다시 볼 수 있기를 바라네.

니다. 우리에게 주어진 시간에 여유가 없다는 걸 잘 알고 있으니까요. 그래서 그들은 등장인물들이 오랫동안 독백하도록 내버려둘 생각이 없습니다. 셜록에게는 10페이지에 달하는, 작품의 원동력이 되는 신scene이 주어지는데, 모든 문장이 사용되고 리듬이 생기죠. 때로는 약간 길다 싶은 대본을 받기도 했는데, 난 최대한 그대로 받아들이려고 애를 썼어요. 사람들이 셜록이 많이 말하는 걸 듣고 싶어 하고, 셜록이 말하는 방식과 그가 말하는 리듬에 열광했기 때문입니다. 우린 베네딕트 컴버배치가 대사를 정말 빠르게 읊조리는 방법을 배우도록 했고, 따라서 베네딕트와 작가들 사이의 관계가 정말 중요했습니다. 베네딕트는 스티븐과 마크의 말들을 국어책 읽듯이 받아들이는 것이 아니라 충동적으로 내뱉는 방식으로 전할 수 있는 연기였습니다. 그게 작품을 물 흐르듯 자연스럽게 만드는 데 가장 큰 공헌을 했죠.

마틴 프리먼의 연기도 자랑스러웠습니다. 닥터 왓슨은 이제까지 한 번도 제대로 인정받지 못한 역할이고, 항상 갈팡질팡하는 바보 취급만 받아왔죠. 존 왓슨은 훨씬 더 힘든 역이고, 마틴의 연기가 그 역할을 제대로 표현했다고 생각합니다. BBC에 〈셜록〉을 처음 제시했을 때의 문제점은 주연배우를 아주 멋진 사내도 아니고, 적절하지 못한 말들을 해대며, 자기 자신만 알고, 우월 콤플렉스에 빠진 사람으로 소개했다는 것이었죠. BBC는 그 역을 맡은 연기자가 매우 불쾌해할지도 모른다고 걱정했고요. 그에 대한 우리의 대답은 마틴이 기본적으로 셜록을 지켜보는 우리의 역할을 연기한다는 것이었어요. 예를 들어 셜록이 실례되는 말을 하면, 존이 나서서 셜록에게 예의에 벗어난다고 할 수 있는 겁니다.

시청자들 또한 존을 통해서 자신들의 생각을 전할 목소리를 갖게 된 셈이었어요. 여러분은 시청자의 목소리를 갖게 되고, 그러한 역할을 하는 마틴이 적절한 때에 적절한 말을 할 것이라고 믿기에 셜록이 현재와 같은 인물이 되도록 놓아둘 수 있는 것이죠.

그리고 그게 등장인물들의 재미입니다. 두 사람 사이의 '케미', 블로그에 글쓰기, 셜록이 너무 나갔다고 느껴질 때 존 왓슨이 그런 적절한 말을 할 것이라는 이

마크 게이티스는 털어놓았다. "시리즈 1에서 내가 마이크로프트를 연기하는 걸 찍은 유일한 사진들이고, 나머지는 모두 비밀이었죠!"

마크 게이티스 1966년 10월 17일, 세지필드 출생

영화에서의 역할(선별)

2015	〈프랑켄슈타인〉 데트바일러 역
	〈우리 중의 배신자 Our Kind of Traitors〉 빌리 매트록 역
2006	〈스타트 포 텐〉 뱀버 게스코인 역
2005	〈리그 오브 젠틀멘스 아포칼립스 The League of Gentlemen's Apocalypso〉 다양한 역
2003	〈브라이트 영 씽 Bright Young Things〉 부동산 중개인 역

TV에서의 역할(선별)

2014	〈왕좌의 게임 Game of Thrones〉 타이코 네스토리스 역
2012	〈조지 젠틀리 경위 Inspector George Gently〉 스티븐 그로브스 역
	〈빙 휴먼 Being Human〉 미스터 스노우 역
2011	〈더 크림슨 페탈 앤드 더 화이트 The Crimson Petal and the White〉 헨리 래컴 주니어 역
	〈닥터 후〉 갠톡 역
2010~2014	〈셜록〉 마이크로프트 홈스 역
2010	〈달세계 최초의 사람들 The First Men in the Moon〉 케이버 교수 역
	〈워리드 어바웃 더 보이 Worried About the Boy〉 말콤 맥라렌 역
	〈미드소머 살인사건 Midsomer Murders〉 자일스 쇼크로스 목사 역
2009	〈애거서 크리스티의 푸아로〉 레너드 보인튼 역
2008	〈센스 앤드 센서빌리티 Sense and Sensibility〉 존 대시우드 역
	〈비뚤어진 집 Crooked House〉 큐레이터 역
	〈싸이코빌 Psychoville〉 제이슨 그리핀 역

2007	〈지킬〉 로버트 루이스 스티븐슨 역
	〈닥터 후〉 라자러스 교수 역
	〈버드나무에 부는 바람 The Wind in the Willows〉 래티 역
2006	〈피어 오브 패니 Fear of Fanny〉 조니 크래독 역
2005	〈펀랜드 Funland〉 앰브로스 차펠 역
	〈쿼터매스 익스페리먼트 The Quatermass Experiment〉 존 패터슨 역
2004	〈애거서 크리스티의 마플〉 로널드 호스 역
	〈캐터릭 Catterick〉 피터 역
2003~2005	〈나이티 나이트 Nighty Night〉 글렌 벌브 역
1999~2002	〈신사동맹〉 다양한 역
2001	〈랜달 앤드 홉커크〉 라지 경위 역
	〈스페이스드 Spaced〉 요원 역

연극에서의 역할(선별)

2013	〈코리올라누스 Coriolanus〉
2012	〈55일 55 Days〉
	〈모병관 The Recruiting Officer〉
2010	〈크리스마스 메시지 Season's Greetings〉
2007	〈내 어머니의 모든 것 All About My Mother〉
2005	〈신사동맹이 네 뒤에 있다 The League of Gentlemen Are Behind You〉
2003	〈예술 Art〉
2001	〈신사동맹〉

앤드류 스콧 1976년 10월 21일, 아일랜드 더블린 처치타운 출생

수상 경력

〈셜록〉으로 남우조연상 (IFTA 상, 2013)

〈셜록〉으로 드라마 시리즈 부문 최우수 남우조연상
 (영국 아카데미 TV 상, 2012)

〈남자와 차를 탄 소녀 A Girl in a Car with a Man〉로 런던 극장 협회의
 작품상 (로렌스 올리비에상, 2005)

〈아리스토크래츠 Aristocrats〉로
 시어터고어스 초이스 상 (2005)

〈시신들 Dead Bodies〉로 남우주연상 (IFTA 상, 2003)

영화에서의 역할(선별)

2014	〈지미스 홀 Jimmy's Hall〉시머스 신부 역
	〈프라이드 Pride〉게틴 역
	〈로크 Locke〉도날 역
2013	〈남자들만의 여행 The Stag〉데빈 역
2012	〈방파제 Sea Wall〉알렉스 역
2010	〈사일런트 씽스 Silent Things〉제이크 역
	〈체이싱 커다즈 Chasing Cotards〉하트 엘리엇 힌우드 역
2009	〈안톤 체호프의 결투 Anton Chekhov's the Duel〉 라레프스키 역
2003	〈시신들〉토미 맥간 역
2001	〈난 담뱃가게 아가씨였다 I Was the Cigarette Girl〉팀 역
2000	〈노라 Nora〉마이클 보드킨 역
1998	〈스위트 바렛 이야기 The Tale of Sweety Barrett〉대니 역
	〈라이언 일병 구하기 Saving Private Ryan〉해변의 병사 역
1997	〈드링킹 크루드 Drinking Crude〉폴 역
1995	〈코리아 Korea〉에이먼 도일 역

TV에서의 역할(선별)

2010~2014	〈셜록〉짐 모리아티 역
2013	〈데이트 Dates〉크리스천 역
2012	〈타운 The Town〉마크 니콜라스 역
	〈희생양 The Scapegoat〉폴 역
	〈블랙아웃 Blackout〉댈리언 비반 역
2011	〈디 아워 The Hour〉애덤 르 레이 역
2010	〈개로우의 법 Garrow's Law〉존스 대위 역
	〈레논 네이키드 Lennon Naked〉폴 매카트니 역
	〈포일의 전쟁 Foyle's War〉제임스 데브러 역
2008	〈악의 없는 작은 거짓말 Little White Lie〉배리 역
	〈존 애덤스 John Adams〉윌리엄 스미스 대령 역
2007	〈핵 기밀 Nuclear Secrets〉안드레이 사하로프 역
2005	〈커터매스 익스페리먼트〉버논 역
2004	〈영화 속의 내 인생 My Life in Film〉존스 역
2001	〈밴드 오브 브라더스〉존 '카우보이' 홀 일병 역

연극에서의 역할(선별)

2011	〈황제와 그리스도교도 Emperor and Galilean〉
2010	〈수탉들의 싸움 Cock〉
	〈삶의 설계 Design for Living〉
2008	〈방파제〉
2006	〈버티칼 아워 The Vertical Hour〉
	〈죽어가는 도시 Dying City〉
2005	〈남자와 차를 탄 소녀〉
	〈아리스토크래츠〉

해 등등이 이 드라마를 만들어가는 핵심인 겁니다. 그게 내가 가장 자랑스러워하는 것이고요. 존을 여러분이 가장 좋아하는 등장인물로 여기는 것은 바로 그가 시청자이기 때문입니다."

"난 네게 전화번호를 줬어, 혹시 네가 전화할지도 ――― 모른다고 생각했거든" ―――

폴이 〈셜록〉 제작에 참여했을 때 주연으로 선정된 두 사람은 거의 대부분 조연으로 등장하고 있었다. 그리고 그들은 여전히 또 한 명의 중요한 인물을 캐스팅해야 했다. "난 앤드류 스콧의 오디션을 보는 자리에 있었어요. 감독이 흥분하는 걸 보고 오디션이 효과적이었다고 생각했고, 나도 정말 흥분했죠. 모리아티는 콧수염을 배배 꼬는 악당일 것이라고 생각하기 쉽지만, 그렇다면 이 드라마의 성격과는 맞지 않을 게 뻔했어요…."

"모리아티는 배후인물로 어디엔가 있을 것이라는 느낌을 제외하고는 정확히 어떤 인물인지 아직 구체화된 상태가 아니었습니다. 셜록이 이 사람을 마지못해 높게 보기는 하지만 모리아티가 자신의 이름을 말하고 자신이 누구인가를 밝히기 전까지는 우린 모르고 있었던 겁니다…." 마크 게이티스의 회상이다. "60분짜리 에피소드들로 진행하는 처음의 구상에서는 끝부분에 이르러 셜록이 상당히 많은 범죄들(전부는 아니지만)의 배후에 범죄조직을 만든 누군가가 있다고 의심하게 된다는 정도의 아이디어만 있었죠. 그러다가 거의 마지막 부분에서 셜록이 모리아티를 만나지만 그의 정체는 모른다는 구상이었어요. 〈잔혹한 게임〉을 처음 만들었을 때는 두 사람이 서로의 이메일 주소를 교환하고, 여러분은 'JimMoriarty@gmail.com이로군' 하는 장면만 보고 그것으로 끝나는 것으로 되어 있었습니다.

그런데 세 편의 90분짜리 에피소드로 변경되고 나서는 즐거움을 살짝 미뤄두는 문제에 대해서 논쟁을 벌여야만 했어요. 시청자들을 감질나게 만들기 위해 어느 정도까지 사실들을 밝혀나갈 것인가? 세 편의 영화에 해당되는 미니 시리즈로 결정되자, 갑자기 좀 더 큰 목표를 갖게 됐죠. 그래서 앞의 두 편에서 모리아티에

M_THEY CANNOT TRACE THIS BACK TO ME

M_그들은 저에게까지 손을 뻗칠 수 없습니다

대한 감질 나는 힌트를 제공한 이후에 〈잔혹한 게임〉에서 등장시키기로 결정했습니다."

"모리아티에 대한 다른 해석이 수없이 많았지만, 그것들을 무시하기로 마음먹었습니다." 앤드류 스콧의 말이다. "소설을 통해 모리아티에 대해 약간은 알고 있었지만, 에이전트가 전화로 모리아티에 대해서 처음 말을 꺼냈을 때 제작진이 원하는 모리아티의 모습이 사실 어떤 것인지 몰랐어요.

연기자로서 등장인물을 어떻게 연기할 것인가에 대한 어느 정도의 비밀은 있는 법입니다. 난 나 자신이 모리아티가 악당이 아니라고 느끼는 유일한 사람이라고 가정했죠. 인간의 악행을 연기할 순 없었어요. 오히려 모리아티를 제대로 된 인간이라고 봐야 했습니다. 나름대로 모리아티가 어떨 것이라는, 마음속에 그런 일종의 형상을 가지고 있었지만, 그걸 털어놓을 생각은 없었죠. 자신이 맡은 배역에 대해서 털어놓기 시작하

면 역할이 위험스러울 정도로 축소될 가능성이 있거든요. 모리아티가 워낙 무서운 인물이라서 그의 배경이 무엇인지 모른다는 이유도 일부 있긴 했고요. 모리아티가 문학 작품에 등장하는 수많은 악당들의 표본이었기 때문에 그자의 본질에 해당하는 것부터 다시 시작해야 했죠. 모리아티를 표현한 정말 뛰어난 대본을 이용해서요. 다른 누군가의 연기를 모방하지 않고 나 자신의 내부에 있는 어두운 면을 들여다봤죠. 따라서 여러분은 모리아티의 취약한 면과 젊은이다운 면을 보고 있는 겁니다.

난 베네딕트와 동갑이기 때문에 그게 먹힐 거라고, 또 시청자들이 내 얼굴에 익숙하지 않은 것도 도움이 되리라 생각했어요.

처음에 몇몇 사람들은 '아니야, 난 이렇게 생긴 모리아티를 원하지 않아'라고 생각했겠지만, 여러분은 이것이 우리 나름의 방식이라는 신념을 용기 있게 밀고

아서 코난 도일 경의 《머스그레이브 가의 의식문》에서 발췌

내 친구 셜록 홈스의 성격 중 때로는 별나다고 생각되는 부분이 있었다. 사고할 때는 그 누구보다도 깔끔하고 질서정연하게 굴며, 옷을 입을 때는 점잖고 단정하게 차려입으려고 하면서도, 생활 습관은 어수선하기 짝이 없어 함께 하숙하는 동료를 항상 심란하게 만든다는 점이었다. 나 자신도 그 점에서는 남을 흉볼 입장은 아니었다. 아프가니스탄에서 험하게 뒹굴어본 적도 있어서 타고난 보헤미안의 기질이 최고조에 달해 의사라는 신분에 걸맞지 않게 다소 느슨한 편이 되어서였다. 하지만 내게는 한계라는 게 있었다. 시가를 석탄통에, 담배를 페르시아 슬리퍼의 앞코에 넣어두고, 답장을 보내지 못한 편지를 벽난로 위 목조 선반의 한복판에 잭나이프로 꽂아둔 사람을 보면, 그래도 내가 낫다고 우쭐한 기분이 들기 시작했다. 게다가 난 권총 사격 연습은 당연히 야외에서 하는 취미 생활이라고 항상 생각하고 있었다. 그런데 홈스가 벌이는 기행奇行 중 하나는, 방아쇠가 민감한 권총과 100발 들이 복서* 탄약통을 가지고 안락의자에 앉아서 총알구멍으로 만들어진 맞은편 벽의 애국적인 V.R.**을 더욱 정교하게 다듬는 것이었다. 그런다고 해서 우리 방의 분위기나 겉모습이 나아지지는 않을 것이라는 생각이 강하게 들었다.

* 밑바닥 중앙에 뇌관이 있는 실탄 중의 하나 ** 빅토리아 여왕

아서 코난 도일 경의 《다섯 개의 오렌지 씨앗 The Five Orange Pips》에서 발췌

홈스가 무릎 위에 놓인 백과사전의 책장을 넘겼다. "아, 여기 있군." "쿠 클럭스 클랜. 소총의 공이치기를 뒤로 잡아당길 때 나는 소리를 흉내 내서 만든 기이한 이름이다. 끔찍하기 짝이 없는 이 비밀조직은 미국 남북전쟁이 끝난 후에 남군의 몇몇 전역군인들이 결성했고, 이어 급속도로 미국 전역으로 퍼져나갔다. 특히 테네시, 루이지애나, 캐롤라이나, 조지아, 플로리다 지부가 유명하다. 정치적인 목적을 위해 조직의 힘을 사용했는데, 주로 흑인 유권자에게 테러를 가하거나 자신들의 취지에 반대하는 사람들을 살해하거나 주 밖으로 추방하는 일에 주력했다. 이 단체는 표적이 된 상대방에게 폭력을 행사하기 전에 다소 이상야릇하기는 하지만 능히 알아차릴 수 있는 형태로 경고를 보냈다. 어떤 지역에서는 떡갈나무 잎이 달린 잔가지를, 또 어떤 지역에서는 멜론 씨앗이나 오렌지 씨앗을 보냈다. 이걸 받은 사람은 즉시 기존의 방식을 바꾸겠다고 공표하거나 주 밖으로 도망쳐야만 했다. 경고를 무시한 사람은 예외 없이 기이하고 급작스러운 죽음을 맞이했다. 조직력이 워낙 완벽하고, 수단이 워낙 체계적인지라 이 단체에 맞서고서도 목숨을 건진 사례나 테러를 가한 범인을 색출하는 데 성공했다는 기록은 찾아보기 어렵다."

마크 게이티스의 〈잔혹한 게임〉에서 발췌

탕! 탕! 탕! 세 발의 총소리가 들린다. 셜록이 리볼버로 벽에 총을 쏘고 있다. 셜록은 벽에 '미소 짓는 얼굴'을 새겨놓는데, 이제 두 눈과 입에 해당하는 총알구멍이 생겼다. 문이 벌컥 열리며 존이 구르듯이 들어온다. 바깥의 어둠을 배경으로 해서.

존

너 도대체 무슨 짓을 하고 있는 거야?

셜록

지루해.

존

뭐라고?

셜록

지루하다니까….

탕!

셜록(앞에 이어서)

지루하다고….

탕!

셜록(앞에 이어서)

지루하단 말이야. 악당들은 다 무얼 하고 있는지 모르겠어. 내가 악당이 아니라는 걸 다행으로 알아야지.

존

그래서 벽에다 대고 화풀이를 하는 거야?

셜록

벽은 이런 일을 당해도 싸.

마크 게이티스의 〈잔혹한 게임〉에서 발췌

휴대폰 목소리

새로운 메시지가 한 개 있습니다.

그들은 귀를 바짝 기울이며 듣는다. 휴대폰에서 소리가 들린다. 삡. 삡. 삡. 삡. 삡.

존

이게 다야?

휴대폰을 클로즈업. 사진 한 장이 다운로드 된다.

셜록

아니, 그게 아니야.

사진을 클로즈업. 아무 장식품도 없는, 텅 빈 플랫의 내부가 보인다.

레스트레이드

이걸로 도대체 뭘 알아낼 수 있다는 거지? 부동산 중개인의 사진 한 장과 시간을 알리는 빌어먹을 삡 삡 소리만 가지고!

타악기 소리.

셜록

(심각한 목소리로) 이건 경고입니다.

존

경고라고?

셜록이 레스트레이드의 손에 있는 휴대폰을 잡아챈다.

셜록

(이제야 알겠다는 듯) 몇몇 비밀조직들은 마른 멜론 씨앗을 보냈어요. 오렌지 씨앗을 보낸 곳도 있고요. 다섯 번의 삡 삡 소리는… 이런 일이 또다시 벌어질 거라는 걸 경고하는 겁니다.

나가면 되는 겁니다. 그런 확신이 있다면, 시청자들은 그 인물에게 확실히 동요하지요. 따라서 난 이 인물이 이단적이고 민감하며 모든 능력을 갖추고 있다고 믿어야 했고, 여러분은 그 인물이 옷을 입는 방식이라든가 다른 사람들을 다루는 방식을 슬쩍 알려주며 관심을 갖게 됩니다. 우리는 그 인물이 아침식사로 무엇을 먹는지, 어렸을 때 큰 상처를 입었는지 어쨌는지까지 알 필요는 없겠죠. 그런 것이 도움이 된다고 생각하지 않으니까요. 하지만 촬영된 장면들 중 〈라이헨바흐 폭포 사건〉의 법정 장면에서 경비원이 모리아티의 주머니에서 추잉 검을 꺼내는 장면을 무척 좋아했어요. 그게 모리아티의 장난기와 성적인 면을 진정으로 들여다볼 기회가 되었습니다. 모리아티를 볼 기회가 별로 없었고 그가 다른 사람들과 함께 있는 장면을 보기 힘들었기 때문에 모리아티를 그려낸 아주 멋들어진 방법이

었어요. 그래서 조연들 중 한 명과 짧은 미팅을 가졌고, 이처럼 친숙한 만남을 통해 대화를 나누었죠.

〈셜록〉이 방영되자마자 성공을 거두는 이례적인 현상이 발생했어요. 시청률이라든가 비평가들의 반응이라는 점에서만이 아니고 사람들이 즉각적으로 이 프로그램에 대한 사랑을 보여줬다는 겁니다. 이런 일은 그 누구도 경험해보지 못했을 겁니다. 어떤 프로그램이 시청자들의 마음으로 파고드는 데는 보통 많은 시간이 걸리는 법이죠.

하지만 〈잔혹한 게임〉이 방영됐을 때는 사람들은 온통 〈셜록〉에 대해서 이야기하고 있었어요. 수많은 시청자들이 생겼다는 뜻이었고, 모든 사람들이 사랑한다는 뜻이었죠. 고작 두 편의 에피소드가 방영되었을 뿐인데! 난 시리즈의 마지막 10분 동안 모리아티로 등장하면서 그러한 열기에 찬물을 끼얹은 게 아닌가 무척

아서 코난 도일 경의
〈주홍색 연구〉에서 발췌

홈스의 무식함은 그의 지식만큼이나 놀라웠다. 현대 문학, 철학, 정치에 대해서는 거의 아는 것이 없었다. 내가 토머스 칼라일의 말을 인용하자, 홈스는 아주 순진한 표정으로 칼라일이 누구인지, 그리고 뭘 했는지를 물었다. 하지만 내가 정말로 깜짝 놀랐을 때는 그가 코페르니쿠스의 이론과 태양계의 구조에 대해서 무지하다는 것을 우연히 알게 된 날이었다. 19세기에 살고 있는 문명인이 지구가 태양의 주위를 돌고 있다는 사실을 모른다니 도저히 이해할 수 없었다.

"깜짝 놀란 모양이군." 놀란 표정을 숨기지 못한 날 쳐다보며 홈스가 미소를 지었다. "난 지금 알게 된 사실을 잊어버리려고 최선을 다할 생각이네."

"잊어버리려고 최선을?"

"내 말을 들어보게." 홈스가 설명했다. "난 인간의 두뇌가 원래 비어 있는 작은 다락방 같은 것이라고 생각하고 있네. 그리고 우린 직접 선택한 가구들로 그 안을 채워야 하는 것이지. 바보는 오다가다 잡은 모든 것들을 채워 넣으려 하다 보니까 정작 쓸 만한 지식은 밀려나버리거나 기껏해야 수많은 다른 것들과 뒤얽혀서 제대로 집어내지 못하게 되는 법일세. 그런데 숙련된 사람은 자신의 다락방에 뭘 채울지 아주 신중하게 선택하지. 자신의 일을 하는 데 도움이 되는 꼭 필요한 연장만 선별할 것이고, 그것만 해도 적지 않은 숫자일 텐데도 완벽하게 정돈한단 말일세. 작은 다락방의 벽들이 탄력적이라서 무한정 늘어난다고 생각하면 오산이지. 이에 따라 새로운 지식을 더할 때마다 이전에 알고 있던 무엇인가를 잊어야만 하는 법이네. 따라서 쓸모없는 사실이 유용한 지식을 밀어내지 않도록 하는 게 무엇보다도 중요하단 말일세."

"그렇다고 태양계까지 몰라서야 되나!" 내가 항의했다.

"그게 도대체 나와 무슨 상관이 있단 말인가?" 홈스가 짜증을 내며 내 말을 잘랐다. "우리가 태양의 주위를 돌고 있다고 했나? 우리가 달의 주위를 돌고 있다고 해도 나나 내가 하는 일에는 하등의 차이가 없단 말일세."

마크 게이티스의
〈잔혹한 게임〉에서 발췌

셜록 (블로그의 내용을 읽는다)

칭찬을 받아서 우쭐해졌느냐고? (블로그의 내용을 불과 몇 초 만에 꿰뚫어본다. '셜록은 모든 사람과 모든 사물을 불과 몇 초 만에 꿰뚫어본다. 하지만 뭔가에 대해서는 얼마나 완벽하게 무식한지 그저 놀라울 따름이다.'

존

아, 아, 잠깐, 난 그런 뜻이….

셜록

'완벽하게 무식하다'고 해놓고 그걸 좋은 뜻으로 썼단 말이야? 이봐, 난 수상이 누구인지에 대해서는 아무런 관심도 없어. 또 누가 누구랑 잤는지도….

존

또는 지구가 태양의 주위를 돈다고 하는 것도?

셜록

아, 그것도 마찬가지야. 그런 건 중요한 게 아니야.

존

중요하지 않다니! 이건 초등학교에서 다 배우는 거란 말이야! 어떻게 그걸 모를 수가 있어?

셜록

설령 배웠다고 하더라도 아마 삭제해버렸을걸?

존

삭제하다니?

셜록

내 말 좀 들어봐….

셜록은 가느다란 손가락으로 자신의 관자놀이를 톡톡 두드렸다.

셜록(앞에 이어서)

이게 내 하드디스크야. 유용한 것을 이곳에 집어넣을 때만이 의미가 있는 것이지. 정말로 유용한 것 말이야. 일반적인 사람들은 자신의 두뇌를 온갖 쓰레기로 가득 채우고 있지. 그러니 중요한 것에 접근하는 게 불가능한 거야. 내 말 이해하겠어?

존

하지만 태양계 정도는 꼭…!

셜록

도대체 그딴 게 뭐가 중요하다는 거지? 그래, 우리가 태양의 주위를 돈다고 하자고! 만약 우리가 달 주위를 돈다면… 아니면 곰 새끼처럼 정원 주위를 돌고 또 돈다고 해서 무슨 차이가 있어? 정말 중요한 건 일하는 것뿐이라고. 일이 없으면 내 두뇌는 썩어버려. 그 말을 꼭 네 블로그에 올려놓으라고. 아니, 세상 사람들이 네 의견을 더 이상 억지로 보지 않게 하는 것이 더 나을 것 같군.

이나 두려웠어요. 내 일은 시청자들을 놀라게 하는 것이었습니다. 나 같은 사람과 악한 속성을 연결짓지 않고 마음 놓고 있었을 사람들을 깜짝 놀라게 하는 게 내 역할이죠.

〈잔혹한 게임〉이 처음 전파를 탔을 때, 난 올드 빅* 에서 연극 리허설을 하던 중이라 누구에게도 출연 사실을 말할 수 없었어요. 모든 연기자들과 사람들이 〈셜록〉에 대해서 말하고 있더군요. '당신, 그것 봤어? 끝내주던데. 환상적이야.' 그리고 난 보지 못한 것처럼 가장하고 있어야 했고요. 그러다가 월요일에 극장으로 들어서니 영국 여배우 매기 맥카시가 다가와 이렇게 말했죠. '당신이… 모리아티더라구… 웅?! 어쩜 감쪽같이?!' 스릴 넘쳤다고 열정적으로 말해주는 연기자를 만나다니 기분 좋은 일이었어요.

이 에피소드에는 이야기를 전달하는 굉장한 감각이 있었죠. 누가 어떻게 될지, 그가 어떤 사람으로 되어갈지… 제작진은 오디션을 볼 목적으로 임시 대본을 작성했어요. 난 당시 연극에 참여하고 있어서 곧 무대에 올라가야 할 입장이었죠. 그런데 이 임시 대본과 함께 내일 오디션에 참석해달라는 이메일을 받은 겁니다. 그건 이 시리즈에서 모리아티가 처음으로 공식적인 등장을 하는, 기이하고도 환상적인 대화가 벌어지는 〈잔혹한 게임〉의 마지막 부분인 수영장 장면이었죠.

'네 녀석의 심장을 꺼내 태워버리겠어.' 아주 끔찍한 장면이 상상되지 않나요? 사람들이 누군가를 판단할 때 이와 같은 대사 한 줄 때문에 그들의 평소의 삶을 반드시 반영하는 게 아니라는 걸 느끼는 게 아주 중요하죠. 난 시청자들이 나에 대해서 어떻게 생각하든 간에 어떤 장면에서도 편안한 기분을 느낄 수 없을 거라는 점을 알기를 바랐습니다."

* 셰익스피어 연극으로 유명한 런던의 레퍼토리 극장

"난 예전에 베드민스터에 살았어요." 마크 게이티스의 말이다. "우리가 〈잔혹한 게임〉에서 활용했던 수영장과는 약 5분 정도 떨어진 거리였죠.
난 그 수영장에서 수영하곤 했어요. 이게 만일 나의 생애를 다룬 저급한 전기 영화였다면 이런 일이 있었다는 걸 믿기 어려웠겠죠.
내가 1991년에 브리스틀에 있는 이 수영장에서 수영했는데, 훗날 바로 이곳에서 〈설록〉을 찍고 있다는 사실을… 말도 안 되는 일이죠."

〈잔혹한 게임〉에서 사용할 야외촬영지를 정찰하면서 찍은 사진들 중에서.
런던의 배터시 역(왼쪽 페이지 아래의 오른쪽)과 런던의 템스 강변(맨 위), 런던에 위치한 옥소 타워(아래).

세트장에서 폭탄이 터진 베이커 가를 촬영한 사진(위)과 코니와 케니 프린스의 집으로 단장한 세트장의 일부(아래 왼쪽),
'잃어버린 베르메르' 전시장을 찍기 위한 세트장(오른쪽 페이지 맨 위 왼쪽)과 '잃어버린 베르메르' 그림 원본(오른쪽 페이지 아래).

〈잔혹한 게임〉을 찍는 팀원들의 스케줄 (위).

5

새롭고 섹시한

스캔들과 조연들…

"여러분!
또 한 편이 나온답니다!"

"아무도 신경 쓰지 않았어요." 폴 맥기건이 단정한다. "우리가 웨일스와 런던에서 첫 번째 시리즈를 촬영하고 있을 때, 우린 거리로 나선, 그저 그런 또 하나의 촬영팀일 뿐이었죠. 아무도 베네딕트 컴버배치를 알아보지 못했어요."

2010년 1월부터 4월까지의 일이었다. 그로부터 1년이 조금 더 지난 2011년 5월에, 2010년 7월과 8월에 방송된 〈셜록〉의 엄청난 성공에 힘입어 후속작으로 시리즈 2가 제작되기 시작했고, 그 즉시 여러 가지의 새로운 시련이 닥쳐왔다.

"그건 형만 한 아우 없다는 '후속작 증후군'이 덮쳤을 때였죠." 폴의 말이다. "전작이 엄청나게 성공한 후 후속작을 만들게 되면 전작의 성공 자체가 엄청난 부담이 되는 겁니다. 전작과 비교되는 정도가 아니라 그것의 위에 서야 한다는 기대 때문이죠. 아, 물론 세 편의 에피소드밖에 되지 않기 때문에 정말 세심하게 검토되어야 한다는 점도 있었고요. 미국에서는 23편의 에피소드들로 이뤄진 시리즈를 만들지만, 영국에서는 고작 세 편만을 만듭니다. 따라서 한 편 한 편이 똑같이 뛰어나야 하는 겁니다. 게다가 각각의 에피소드는 90분짜리 영화 한 편에 해당하는 것이고, 한 편의 에피소드를 겨우 22일 만에 마쳐야 했죠. 이전에 〈빅터 프랑켄슈타인〉을 65일 동안 찍었던 것과 비교해보세요. 영

화도 그렇고 각각 다른 특성이 있긴 합니다. 더 많은 시각, 더 많은 엑스트라들, 더 많은 예산 등등. 또 하나, 찍는 장면 하나하나가 영화적일 것을 강력하게 요구하죠. 하루에 한 장면 이상을 찍어야 한다는 제한은 여전히 있었습니다. 어떤 날에는 베네딕트의 대사가 너무 많아서 하루에 일고여덟 페이지를 찍어야 했고요. 하루에 다 하기에는 너무나 많은 양이었죠."

두 번째 시련은, 수많은 팬들이 지켜보는 가운데 야외촬영을 해야 한다는 것이다. "팬들을 거리에서 만날 때는 정말 걱정이 됩니다." 폴의 말이다. "연기자의 입장에서는 연기하기가 힘들고, 감독의 입장에서는 촬영하기가 힘듭니다. 하지만 〈셜록〉의 팬들은 잘 협조해줬어요. 정말 존경스러울 따름이에요."

〈셜록〉 시리즈를 시작한 사람이 이번 제작에도 모습을 드러냈다. 이 프로그램의 시각 언어를 이미 확립해놓아서 모든 팀원들은 새로운 아이디어를 위해 머리를 맞대고 있었다. 특히 셜록과 아이린이 히치하이커가 어떻게 사망했는지를 추론할 때 스튜디오 세트장의 등장인물들(그리고 가구)이 야외촬영장의 플래시백과 합쳐지는 두어 장면에 관한 아이디어를 집중적으로 개발했다. 폴이 첫 번째 시리즈에서 선구자적으로 사용했던 '셜록의 시각' 테크닉에 영감을 받아 스티븐 모팻의 대본은 이 장면들을 양식화되고, 꿈결처럼 표현할 것을 요구했다. 그런데 폴은 그보다 한발 더 나아가기를 원했다…

"가볍게 만든 트릭은 침대였어요." 폴이 미소를 지으며 말한다. "난 원래 사진 쪽에 더 많은 관심을 가졌던

Sc.	LOCATION	D/N	CAST	ACTION PROPS	GENERAL PROPS	DRESSING	MAKES/ GUNS	SFX/ S
2 6PT	INT. 221B BAKER STREET	DAY	SHERLOCK MARRIED COUPLE	LAWYER'S BUSINESS CARD		SOME EXTRA DRESSING FOR THE CHANGE OF TIME DURING THIS SC.		
2 6PT	INT. 221B BAKER STREET	DAY	JOHN SHERLOCK BUSINESS MAN	JOHN'S NOTEPAD AND PEN??? OR IS HE TYPING ON LAPTOP??		SOME EXTRA DRESSING FOR THE CHANGE OF TIME DURING THIS SC.		
2 6PT	INT. 221B BAKER STREET	DAY	JOHN SHERLOCK GEEKY YOUNG MAN	JOHN'S NOTEPAD AND PEN??? OR IS HE TYPING ON LAPTOP??				
2 6PT	INT. 221B BAKER STREET	DAY	JOHN SHERLOCK	JOHN'S LAPTOP				
2 6PT 9	INT. 221B BAKER STREET	DAY	JOHN SHERLOCK	JOHN'S LAPTOP				
4 9B	INT. 221B BAKER STREET	DAY	JOHN SHERLOCK	JOHN'S LAPTOP				
						EMPTY PIZZA BOXES, DIRTY COFFEE CUPS CLUEDO BOARD SKEWERED TO WALL WITH A KNIFE DRESSING FOR INT. FRIDGE		
5 14	INT. 221B BAKER STREET	M	MRS HUDSON PHIL SHERLOCK	BAG OF THUMBS			BAG OF THUMBS	CRASH
6 15	INT. 221B BAKER STREET	DAY	SHERLOCK PHIL					CRASH JUDO M
7 89	INT. 221B BAKER STREET	M	MYCROFT SHERLOCK JOHN MRS HUDSON	CLEANING STUFF FOR MRS HUDSON BREAKFAST +REP FOR JOHN AND SHERLOCK SHERLOCK'S MOBILE MYCROFTS MOBILE NEWSPAPER - SHERLOCK SHERLOCK'S VIOLIN	NEWSPAPERS			PRAC
8 89	INT. 221B BAKER STREET	DAY	SHERLOCK PHIL	SHERLOCK'S LAPTOP				
28 CONT. 25	EXT. COUNTRY ROAD		CARTER YOUNG POLICEMAN JOHN	JOHN'S LAPTOP? LAPTOP BAG?	SOCO GEAR FOR SA'S POLICE GEAR FOR SA'S	OUTLINE OF BODY SOCO GEAR TENT POLICE TAPE		
26 CONT. 27	INT. 221B BAKER STREET	DAY	SHERLOCK	SHERLOCK'S BEDSHEET SHERLOCK'S LAPTOP				
30PT CONT. 29	INT. 221B BAKER STREET	DAY	SHERLOCK PHIL MRS HUDSON PLUMMER 2X MEN IN SUITS	SHERLOCK'S BEDSHEET SHERLOCK'S LAPTOP	EAR PIECES FOR THE SUITED MEN???			
8 29			SHERLOCK PHIL MRS HUDSON PLUMMER 2X MEN IN SUITS	SHERLOCK'S BEDSHEET SHERLOCK'S LAPTOP SHERLOCK'S CLOTHES... - pt 4)	EAR PIECES FOR THE SUITED MEN???			TI CL
21 40	INT. 221B BAKER STREET	DAY		ACTION PROPS	GENERAL PROPS	DRESSING	MAKES/GUNS	

모든 에피소드의 대본에는 각각의 장면을 세세하게 분석해서 설명하는 부분이 있다…. 정말 꼼꼼하게!

사람이었어요. 예전에 뮤직비디오에서도 한 번 했었는데, 다시 하기로 마음먹었습니다. 대니 하그리브스와 그의 특수효과팀이 만든 공기침대 절반을 가지고 진짜처럼 만들었죠. 정말 간단했어요. 좋은 아이디어는 간단한 법이죠. 시각 언어를 통해 문제를 창의적으로 해결할 수 있게 되었습니다. 그게 작가들에게도 영감을 불어넣어 〈스캔들〉을 만들 때 스티븐은 머리를 싸매가며 온갖 문자들을 써내려갔어요. 스티븐이 '비행기가 등장하는 이 거대한 장면을 자네에게 보내려고 하네'라고 하면, 우린 그걸 능히 해낼 수 있게 됩니다! 맨 처음 시작할 때는 없었던, 이야기 전개를 위한 또 다른 획기적인 시각 도구를 갖게 된 셈이죠. 이제 우린 두 개의 시각적인 도구를 소유하고 있는 셈입니다. 셜록의 독자적인 시각만이 아니라 그것을 문자로 해석하는 도구를 갖게 된 것이죠."

이제 이전 장면으로 **플래시백**,
하지만 **셜록의 시각**으로.
필은 자신의 차 운전대를 잡고
차의 시동을 걸려고 애쓴다.
그는 **정지화면.**

이제 셜록은 필을 지나쳐 걸어간다
(**사실은** 여전히 아이린의 방에서
어슬렁거리며 그녀에게 말을 하고
있지만, **시각적으로는** 플래시백
가운데서 걷고 있다).

셜록이 하이커와 겹쳐지며
역시 **정지된다.** 그는 하늘을
노려보는 것처럼 서 있다.

그리고 셜록은 정지되어 있는
하이커의 **뒤쪽**에서부터 걸음을
옮긴다(사실은 여전히 아이린의
방에서 어슬렁거리고 있지만,
화면에서는 플래시백에 **못 박혀** 있다).

여전히 **소파**에 앉아 있는
아이린 쪽으로 장면을 전환한다.
그런데 이제는 소파가 **벌판**의
한복판에 놓여 있다. 그녀 너머로
차 안에 앉아 있는 필을 볼 수 있다.

이번에는 운전대 앞에 앉아 있는
사람이 필이 아니라 셜록이다.
셜록은 약간 **멍하고**
혼란스러워 보인다.
화면이 약간 **비틀리고 뒤틀려** 있다.
꿈을 꾸는 듯한 모습.
그리고 셜록이 마지막으로
어슬렁거리며 지나간 곳을 이번에는
아이린이 차지하고 있다.

셜록
난… 난….

아이린을 클로즈업. 이제 좀 더 **스타일
리시한** 아이린이 **어둠**에 둘러싸여 있다.

아이린 애들러
쉿 아무 일도 아니에요.
(셜록의 뺨에 키스하며) 당신 코트를
돌려주려는 것뿐이에요.

"우린 그의 두뇌 속에
장착되어 작동을 멈추게 하는
온갖 장애물을 마주한다"

"내 생각에는 셜록이 가장 두려워하는 것이 통제력의
상실인 것 같아요." 베네딕트 컴버배치의 의견이다. "시
리즈 2에선 그런 예가 두 가지 있습니다. 하나는 〈배스
커빌의 사냥개들〉에 나오는 독안개이고, 다른 하나는
〈벨그레이비어 스캔들〉에서 아이린 애들러가 셜록을
마취시켰을 때죠. 셜록이 가장 두려워한 상황이었는
데, 그건 자신이 누군가의 지배하에 놓여 정신을 차렸
을 때 무슨 일이 벌어졌는지, 그리고 자신이 무슨 짓을

했는지 전혀 모른다는 게 공포로 다가온 것이었어요. 셜록이 통제력을 잃은 장면을 연기할 때 무척 즐거웠습니다. 시청자의 입장에서는 등장인물의 자신만만함이 한 풀 꺾일 때 엄청난 스릴을 선사하는 법이거든요. 아이린 애들러가 셜록을 마취시켰을 때 난 그 장면을 나약한 사람처럼, 자신의 마약 중독 문제와 연결해서 아주 취약한 사람이 된 모습으로 연기하고 싶었습니다. 셜록을 제대로 표현해내는 가장 좋은 방법이 현재의 모습에서 진화하는 한편 지속적으로 셜록의 맹점이 무엇인지를 탐구하는 것이니까요. 셜록이 인간적인 약점과 무엇인가를 배우는 능력 혹은 무능력을 보여줄 때 우리가 진정으로 셜록에게 다가갈 수 있다고 생각합니다."

〈벨그레이비어 스캔들〉은 노출이 심한 장면이 포함되어 있는 것으로 꽤나 유명하다. "버킹엄 궁에서의 장면들은 환상적이죠." 베네딕트의 말이다. "마이크로프트와 셜록의 가정사에 처음으로 밝은 빛을 보여주고, 이들 형제가 그저 머리만 뛰어난 천재들이 아니라 가족도 있고 집도 있다는 것을 보여주니까요. 마이크로프트가 등장하면 두 사람은 낄낄거리며 웃고 떠드는 학생들처럼 변하고, 그들의 모든 어린 시절을 아주 간결하게 보게 되는 겁니다. 셜록이 침대 시트 한 장만을 몸에 돌돌 감은 채 버킹엄 궁 한복판이라는 터무니없

셜록 시리즈 2   벨그레이비어 스캔들

I   **내부. 수영장 — 밤**   1

셜록
(휴대폰을 바라보며) 누군가가 자네에게 더 나은 제안을 했나?

짐
아, 걱정하지 말게. 적당한 때가 올 거야. 자네와 내가 함께 해결할 문제가 있으니까. 그게 무엇인지 아나?

셜록
무척 흥분되는군.

짐
큰 거야. 가장 좋은 것이고. 최후의 문제이지. 그리고 웃기는 것은 내가 이미 그것에 관해 자네에게 말해줬다는 점이야. 내가 또 연락하겠네, 셜록. 하지만 그리 빨리는 아니고.

그러고서 짐은 돌아서서 그냥 뚜벅뚜벅 멀어져간다. 자신의 휴대폰에 대고 말을 하면서.

짐
네가 장담한 대로 정말 가지고 있다면 널 부자로 만들어주마. 하지만 그렇지 않다면, 네 놈을 저세상으로 보내주도록 하지….

〈벨그레이비어 스캔들〉의 시작 장면은 당연히 시리즈 1의 손에 땀을 쥐는 마지막 장면을 해결해야만 했다. 그건 〈셜록〉이 12개월도 더 지난 상황에서 베드민스터에 있는 브리스틀 사우스 수영장으로 되돌아가야 한다는 걸 의미했다. 30미터짜리 수영장을 품고 있는 그 건물은 1931년에 건설되었고 2등급으로 등록되어 있는데, 잉글리시 헤리티지*는 이곳을 '국가적으로 중요하고, 특별히 관리하는' 곳으로 정의하고 있다. 이와 같은 정의가 건물의 건축 양식과 기본 골격을 훼손하지 못하게 보호하고 있지만, 브리스틀 시 위원회가 실내장식을 새로 하는 것까지 제지하진 못한다.

"우리가 〈잔혹한 게임〉을 찍었을 때 그곳에 있는 건 아무것도 건드리지 않았어요." 아웰 윈 존스의 회상이다. "포스터들이 붙어 있었고, 촬영하는 동안에 그것들을 그대로 제자리에 놓아뒀었죠. 그랬는데 1년 후에 시리즈 2의 야외촬영장을 탐색하려고 그곳으로 돌아갔다가 그곳 전체가 새롭게 단장된 걸 발견한 겁니다. 포스터들은 몽땅 다 사라지고, 벽에는 페인트가 발려 있고요…. 따라서 우린 〈잔혹한 게임〉 때와 똑같도록 모든 걸 바꿔야만 했죠. 포스터와 장식들을 만들어야 했고(아래), 촬영이 끝난 다음에는 모든 걸 복원시켜야 했습니다." 그와 같은 예기치 못한 작업은 참고할 만한 사진이 없다는 사실 때문에 더욱 힘이 들었다. "우린 모리아티의 정체가 비밀에 묻혀 있기를 바랐기 때문에 수영장 장면의 사진을 단 한 장도 찍지 않았습니다."

* 영국의 역사적인 건축물 및 기념물 보호 단체

삭제 장면

7   내부. 바츠 병원의 복도 — 낮   7

셜록과 존이 샐리 도노반의 안내를 받으며 복도를 걸어온다. 젊은 경찰관 한 명이 반대 방향으로 그들을 지나친다.

젊은 경찰관

(존에게) 그리스인 통역사가 정말 좋더군요.

샐리 도노반

맞아, 정말 좋았지.

44   내부. 버킹엄 궁 — 그랜드 룸 — 낮   44

마이크로프트

당연히 그렇지 않다. 그들은 모두 돈 때문에 사람들을 몰래 감시한단다.

셜록

뭐, 틀린 말은 아니네.

존

하지만 그건 셜록, 네가 원하는 것이잖아… 난 이곳에서 뭘 하고 있는 건가요?

시종무관

나도 궁금해하고 있소, 마이크로프트.

마이크로프트

내 동생은 자신의 분야에서 천재입니다. 하지만 이번 사건에는 양심을 가진 천재가 필요합니다. 이건 내 동생이 통상적으로 외부에 위탁하는 분야죠.

존

아이구, 맙소사. 내가 지미니 크리켓* 이로군요.

홈스 형제가 동시에 폭소를 터뜨린다. 형제간에 유대감이 형성된 보기 드문 순간이었다.

마이크로프트

사실, 그게 그런 대로 잘 먹히긴 했지.

셜록

잘 먹혔지. 그렇지 않아?

시종무관

(날카로운 목소리로) 우리에겐 예정된 시간표가 있는 것 아니오?

마이크로프트

아, 물론이죠.

마이크로프트는 가방에서 봉투를 꺼내고, 봉투 안에서 사진 한 장을 뽑아든다. 그 사진을 셜록에게 내민다.

마이크로프트

이 여자에 대해서 뭘 알고 있니?

46

46   내부. 버킹엄 궁 — 그랜드 룸 — 낮

카메라가 셜록을 잡고 있는 가운데 존에게 사진을 휙 날린다. 홍차를 홀짝 거리고 있던 존은 사진을 놓칠 뻔한다.

셜록

하지만 아주 매력적인 건 분명하군. 존, 셔츠 앞섶을 좀 닦아야 겠어. 이 여자가 누군데?

는 환경에 등장했을 때 두 사람의 관계가 구체화되도록 한 것은 정말 멋진 연출이었죠."

그리고 '그 여자'가 있었다…. "아이린 애들러는 자신이 원하는 것을 얻기 위해 세상에서의 자신의 위치를, 그리고 여자로서의 자신의 지위를 이용하는 방법을 알았어요. 그녀는 셜록과 마찬가지로 명석했고, 사랑과 애정, 섹슈얼리티, 매력과 지적인 능력을 계산적으로 사용할 줄 아는 사람입니다. 아이린은 셜록을 속이고, 셜록은 두 사람이 사랑 게임을 벌이는 동안에 어느 정도 그녀에게 빠지게 되죠. 하지만 셜록은 그 게임이 어떤 것인지 확실히 알아차리고 초기부터 감시하기 시작합니다. 그건 셜록이 아이린을 만났던 최초의 순간부터 명확한 일이고, 적어도 셜록이 아이린을 샅샅이 훑어보고 그녀의 벌거벗은 몸에서 의심스러운 것을 아무것도 발견하지 못해서 그런 것은 아니었어요."

> 눈만 동그랗게 뜨고 있는 셜록의 모습에서 우린 처음으로 그의 두뇌 **작동을 멈추게 하는 엄청난 장애물**이 나타났음을 알게 된다. 아이린 애들러가 완전히 **벌거벗은** 채로 그의 앞에 서 있기 때문이다. (주의. 이 장면은 가족시간대에 방송될 예정이다. 우린 아이린이 벌거벗었다는 걸 알고 있지만, 보지는 못한다. 셜록처럼 우리도 항상 **눈길을 돌리려고** 애쓴다.)

"두 사람이 처음 만났을 때 경이로웠던 것은." 라라 펄버의 말이다. "악명 높은 셜록 홈스가 교구목사로 가장해 찾아왔고, 아이린은 어디 한번 해보라며 마음먹은 것이죠. 아이린은 자신의 '전투복'을 입음으로써 셜록의 게임을 물리쳐버립니다. 바로 그게 셜록으로 하여금 난생처음으로 다른 사람에 대해서 아무것도 해독할 수 없는 아주 사랑스러운 순간을 만들어내죠.

---

* 피노키오를 나무인형에서 사람이 되도록 멘토가 되어준 귀뚜라미

그것이 셜록의 강한 흥미와 함께 마음을 끌어당기는 거고요.

촬영하기에 특별히 곤란한 장면은 아니었어요. 최소한의 촬영팀이 동원됐고, 폴 맥기건은 우리가 아무것도 보여주지 않는다는 것과 그 장면의 존재 이유에 대해 정중하게 미리 말해 주었습니다. 그저 매우 특별한 방식으로 촬영하는 사례였을 뿐이었죠. 그리고 여섯 시간 이후에 촬영이 끝났고요!"

"그리 오래 걸리지는 않았어요." 폴의 회상이다. "난 라라에게 이렇게 말했죠. '하루 종일 걸릴 수도 있고, 한 시간 반 정도 걸릴 수도 있다. 그건 전적으로 당신에게 달려 있다.' 사실, 처음 그 대본을 읽었을 때, '이걸 도대체 어떻게 해야 하지?' 하고 고민했습니다. 불안해서 잠을 잘 수 없을 지경이었죠. 나체라는 것 때문이 아니라 나체 장면을 찍는 온갖 조잡한 장면을 다 봤기 때문이었어요. 엉덩이에 크림을 발라놓고 그 위에 작은 체리들을 얹은 후에 색소폰을 불도록 한 장면도 기억하고 있다니까요…. 그 장면을 머릿속에서 몰아내기가 쉽겠어요? 세트장에 도착하는 순간까지도 이 장면을 어떻게 찍을지 여전히 결정을 내리지 못하고 있었어요. 크림이 잔뜩 묻은 엉덩이 뒤에 숨는 것보다는 좀 더 자연스럽게 느껴지는 뭔가를 하고 싶었던 겁니다! 그걸 올바른 방식으로 촬영하기 위해서는 나에 대한 라라의 믿음에 매달려야 했죠. 난 카메라맨에게 눈길을 피하기만 하라고 말했습니다. 그건 '크림이 잔뜩 묻은 엉덩이 뒤쪽의 이 선까지 물러서'라는 지시보다는 훨씬 쉬웠을 겁니다. 그건 연기자들을 제약하지 않고 카메라의 움직임도 제약받지 않는다는 걸 의미했죠. 그리고 라라가 '오케이, 이제 옷을 다 벗을게요'라고 승낙하는 것만 남은 셈이었어요. 라라는 용감했고 결과물도 훌륭했습니다. 그녀는 카메라의 위치를 잘 파악했고, 카메라를 잘 인식해주었죠. 촬영에 들어가자마자 올바른 촬영 방법을 알았던 겁니다. 춤을 추는 것처럼 아주 매끄럽게 진행된 결과 누드가 아닌 드라마 그 자체로 기억될 수 있게 되었습니다."

아니나 다를까 영국의 언론들은 출연자 캐스팅과 팀원 선정 때보다 훨씬 더 들끓었고 성가시게 물고 늘어졌다. "BBC가 가족시간대에 선정적인 장면을 방송

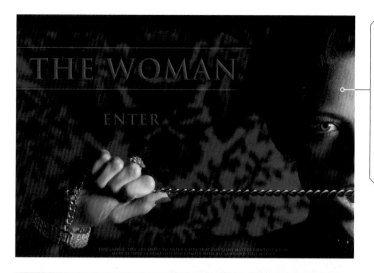

함으로써 비난을 받고 있다'라고 주장한 신문은 '셜록과 밤 9시 이전의 나체 사건'이라는 까칠한 헤드라인을 달았다.

세 사람이 트위터에 불만을 터뜨림으로써 BBC로 하여금 한 번 더 녹화테이프를 돌려보고 하츠우드 필름을 더 철저히 검증하라고 촉구하는 계기가 됐다고 신문은 밝혔다… "가장 재미있었던 것은," 수 버츄의 말이다. "신문들이 불만이 제기되고 있다고 주장하는 모든 사진들을 실었다는 사실이었어요. 그리고 그 사진들을 한 컷 한 컷 확인해도, 당연히 아무것도 보이지 않았죠. 라라는 놀라울 정도로 용감했고, 그 모습은 아름다웠습니다."

"그 여자가 하는 일을 부르는 여러 가지 이름이 있지"

"누굴 아이린 애들러로 캐스팅할지 논의하고 있을 때의 일입니다." 수의 말이다. "라라를 전혀 모르고 있었는데, 그녀의 에이전트의 요청으로 대본을 보냈죠. 라라는 테이프를 만들어 보내줬고, 우린 그걸 지켜보면서 몇 가지 코멘트를 달았어요. 그런 후 라라가 오디션을 보러 왔죠."

"또 다른 BBC 시리즈의 촬영을 막 끝마친 때였어요." 라라의 회상이다. "그리고 LA의 집으로 돌아가는 비행기를 타고 있었죠. 비행기를 타고 있던 중에 〈셜록〉의 대본을 읽었는데 바로 이런 생각이 들더라고요. '오디션을 보고 싶으니 당장 비행기를 돌려!' 집에 도착하자마자 얼른 두세 장면을 테이프에 담아 보냈더니 하츠우드는 아주 친절한 답장을 보내줬어요. '만나고 싶으니 이쪽으로 와주시겠어요?'"

라라 펄버　1980년 9월 1일, 에식스 주 사우스엔드온시 출생

영화에서의 역할 (선별)

2014	〈엣지 오브 투모로우 Edge of Tomorrow〉 카렌 로드 역	
2011	〈랭귀지 오브 어 브로큰 하트 Language of a Broken Heart〉 바이올렛 역	
2010	〈레거시 Legacy: Black Ops〉 다이앤 쇼 역	

TV에서의 역할 (선별)

2014	〈플레밍 Flemming〉 앤 오닐 역
2013~2014	〈다빈치의 악마 Da Vinci's Demons〉 클라리스 오르시니 역
2013	〈스킨스 Skins〉 빅토리아 역
2012~2014	〈셜록〉 아이린 애들러 역
2012	〈커밍 업 Coming Up〉 아네트 역
2011	〈스푹스〉 에린 왓츠 역
2010~2012	〈트루 블러드 True Blood〉 클로딘 크레인 역
2010	〈특별한 관계 The Special Relationship〉 인턴 역
2009	〈로빈 후드 Robin Hood〉 이사벨라 역

연극에서의 역할 (선별)

2014	〈집시 Gypsy〉
2012	〈바냐 아저씨 Uncle Vanya〉
2008	〈퍼레이드 Parade〉
2006	〈마지막 5년 The Last Five Years〉

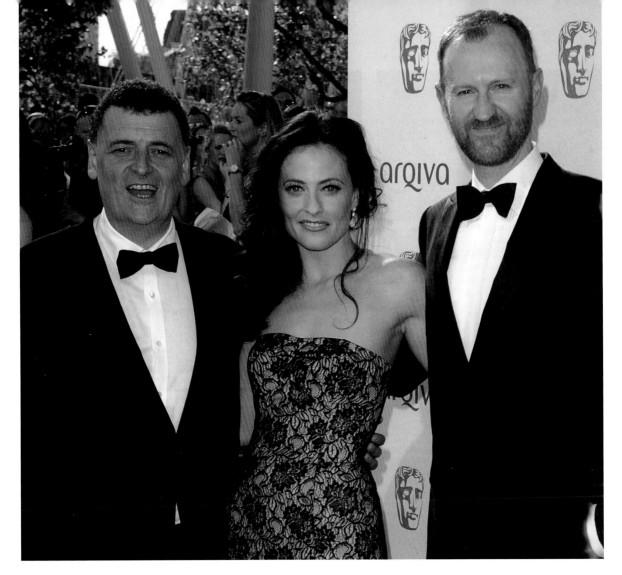

BAFTA에서
스티븐 모팻과
마크 게이티스와
함께한 라라 펄버.

하지만 이제 막 10시간 30분의 여행을 마친 데다 내 편의를 위해 비행 스케줄을 짜줄 항공사가 없다는 걸 잘 알고 있었죠. 캐스팅 감독인 케이트 로즈 제임스와 이야기를 했는데, 마크와 스티븐과 수가 내게 몇 가지 코멘트를 하고 싶다고 그러더군요. 난 이렇게 말했죠. '뻔뻔스럽기는 하지만 그 코멘트를 지금 줄 수 없을까요? 앞으로 여덟 시간의 여유가 있으니 그 코멘트를 바탕으로 데모 테이프를 다시 만들 생각이거든요. 그러고도 여전히 캐스팅 대상 명단에 남아 있다면 연락을 주시고, 그럼 내일 아침 첫 비행기를 타도록 하죠.' 그리고 다음 날 아침 7시에 비행기를 타달라는 전화를 받았어요. 72시간이 채 지나지 않아 다시 발길을 돌려 런던으로, 베네딕트와 스티븐과 수와 모든 사람들이

있는 곳으로 돌아온 셈이죠. 급작스럽게 현실이 되었다고나 할까요. 그런 다음 베네딕트와 좋은 미팅을 가졌고, 몇 장면의 대본을 리딩했는데 아주 호흡이 잘 맞았어요. 다음 날 아침, 아이린 역에 캐스팅됐다는 말과 함께 대본 리딩 모임이 다음 주 월요일에 있다는 연락을 받았죠. 모임에 참석할 준비를 하고 있는데 마틴이 BAFTA의 상을 수상했고, 〈셜록〉이 에미상에 지명됐다는 소식이 알려져서, 〈셜록〉에 대한 모든 사람들의 신뢰와 열정이 하늘을 찌를 듯했어요. 대본 리딩을 하러 방 안으로 걸어 들어갔을 때 앞으로의 5주가 내 인생에서 가장 좋은 시간이 될 것이라고 예감했죠.

아이린 애들러를 연기하는 데 가장 큰 도전은 그녀가 왜 그런 일들을 하는지 이해하는 것이었어요. 아이

린은 그냥 사람을 조종하는 것도 아니고, 이기적인 것도 아니며, 철저한 자기도취자도 아니거든요. 그녀는 사실 문제가 있고, 약간 이성을 잃은 듯하고, 때론 취약하기도 하죠. 따라서 그녀의 그렇게 강건하고 강력한 가면이 언제 벗겨지는지를 결정할 수 있다는 게 무척 흥미로웠어요. 셜록이나 아이린이 정말 그런 의도를 품고 말을 한 것인지 확실히 알 방법은 없어요. 두 사람 중 하나라도 솔직해지는 순간 취약해질 위험성이 있기 때문이죠. 내가 셜록을 저녁식사에 초대해서 그의 손

을 잡는 장면이 있는데, 셜록은 사실 내 맥박을 재고 있었던 겁니다. 아주 분위기 있는 장면인데, 그게 진지한 것인지, 장난인지, 놀리는 것인지, 조종하는 것인지 딱 잘라 말할 수 없죠. 그러다가 두 사람 사이에 가장 솔직해질 수 있는 순간 즉 셜록이 암호를 해독하는 순간을 보게 되는 겁니다. 그리고 아이린은 얼른 정신을 차리고 자신이 게임을 하고 있는 것이라고 둘러대죠…. 셜록의 인생에 등장하는 각각의 여인들은 이야기를 이끌어가기 위해 설정된 것이지만, 모두 셜록을 사랑한다

는 공통점이 있어요. 몰리와 허드슨 부인, 아이린 애들러만 보더라도 그들이 뭔가가 고장 난 이 사내에게 빠져 있고 순순히 받아들이고 있다는 걸 알 수 있을 겁니다."

52 내부. 버킹엄 궁 — 그랜드 룸 — 낮   52

셜록
이런 추리야 식은 죽 먹기죠. 누구의 사진입니까?

시종무관
여왕 폐하께 아주 소중한 사람이오.

셜록
가족, 친구, 먼 친척 중…?

시종무관
그런 정도로만 알아줬으면 하오.

셜록
익명의 고객이자 익명의 희생자라… 내가 눈을 가린 채 수사를 하는 게 도움이 될까요?

존
우리에게 말해줄 수 있는 게 없는 겁니까?

마이크로프트
말해줄 수야 있네. 젊은 사람이지. (잠시 머뭇거리다가) 젊은 여성이고.

셜록
…존, 그 찻잔이 갖고 싶어?

존은 찻잔을 들었다가 입으로 가져가지 못하고 얼어붙어 있었다. 그는 이제야 찻잔을 조심스럽게 내려놓았다.

시종무관
이 사진들이 공표되면 선생의 주변에서 볼 수 있는 모든 것들에 커다란 재난과 다름없는 충격을 가져오게 될 것이라는 게 우리의 견해요. 우릴 도와줄 수 있겠소, 홈스 씨?

셜록
어떻게요?

66 내부. 아이린의 침실 — 낮

케이트
어떤 옷을 입으실 건가요?

아이린 애들러
내 전투복.

케이트
운이 좋은 사람이군요.

현관의 벨소리가 들린다.

케이트
그 사람인가요?

아이린 애들러
분명히 그럴걸?

케이트
그런데 벨을 울려요? 이 사람은 우리가 곱게 안으로 모실 거라 생각하나 보죠?

아이린 애들러
우릴 설득할 수 있는 방법이 있다고 생각하는 게 분명해. 가서 무슨 일인지 알아봐줘.

아서 코난 도일 경의
《보헤미아 왕가의 스캔들 A Scandal in Bohemia》에서 발췌

"사실을 간추려 말하면 이렇소이다. 약 5년 전 바르샤바에서 꽤 오랫동안 머무른 적이 있었는데, 그때 이름을 널리 날리던 여류 모험가 아이린 애들러를 알게 되었소. 그대들도 분명히 들어본 이름일 것이오."

(…) "어디 좀 볼까!" 홈스가 말했다. "1858년 뉴저지 출생. 콘트랄토 가수. 음… 라 스칼라 극장 출연, 바르샤바 황실 오페라단의 프리마돈나… 그래! 오페라 무대에서 은퇴… 하! 현재 런던에 거주. 과연 그렇군! 전하, 보아하니 전하께서는 이 젊은 여성과 남녀 관계로 얽혀서 낯 뜨거운 편지를 몇 통 주고받았는데 이제 그 편지들을 되찾고 싶으신가 보군요?"

"바로 그렇소. 그런데 그걸 어떻게…."

"혹시 비밀 결혼을 하셨습니까?"

"하지 않았소."

"법적인 서류나 증명서 같은 게 있습니까?"

"없소이다."

"그렇다면 이해할 수가 없군요. 이 젊은 여성이 협박이나 다른 목적으로 편지를 내민다고 해도 그게 진짜라는 걸 어떻게 증명하겠습니까?"

"필적이라는 게 있잖소."

"위조라고 우기면 되죠."

"내 전용 편지지에 쓴 거란 말이오."

"도난당했다고 우기면 됩니다."

"나 자신의 봉인을 찍었소."

"모조품이라고 하면 되고요."

"내 사진도 있단 말이오."

"샀다고 하면 되죠."

"둘이 같이 찍은 사진인데도 말이오?"

"아, 이런! 그게 큰 문제로군요! 전하께서 아주 경솔한 행동을 하셨습니다."

"푹 빠져서 정신을 잃었던 모양이오."

"심각한 화를 자초하셨네요."

"난 그때 황태자였을 뿐이오. 나이가 어려서 철이 없었던 게지. 지금도 내 나이가 서른밖에 되지 않으니…."

"사진은 회수해야 합니다."

"손을 써봤지만 실패했소."

"전하께서 돈을 내서라도 사야 합니다."

"그 여자는 팔려고 하지 않을 것이오."

스티븐 모팻의
〈벨그레이비어 스캔들〉에서 발췌

시종무관

여왕 폐하께는 음… 골칫거리가 하나 있소이다.

마이크로프트

극도로 미묘하고 잠재적으로 범죄의 가능성이 있는 문제가 곧 사람들에게 알려질 판이야. 이런 어려운 상황에, 사랑하는 동생인 네 이름이 떠오르게 된 것이란다….

마이크로프트는 가방에서 봉투 하나를 꺼내고, 봉투에서 사진 한 장을 빼낸다. 그 사진을 셜록에게 건넨다.

마이크로프트

이 여인에 대해서 무엇을 알고 있니?

사진을 클로즈업. 눈이 번쩍 뜨일 정도로 아름다운 여인의 얼굴이다.

셜록

아는 게 하나도 없어. …이 여자가 누구지?

마이크로프트

아이린 애들러. 직업적으로는 '그 여자'라고 알려져 있지.

존

직업적이라뇨?

마이크로프트

이 여자가 하는 일을 부르는 여러 가지 이름이 있지. 지배자 노릇을 하길 좋아한다는군. (…) 닥터는 뭐라고 부를지 모르지만, 성적으로 야단맞기를 즐기면서 기꺼이 돈을 지불하려고 드는 사람들에게 그런 유흥을 제공하고 있다네.

셜록의 얼굴을 클로즈업. 혐오스러운지 이마를 찌푸리고 서류를 되집어서 테이블 위에 내려놓는다.

셜록

이 애들러라는 여자가 문제가 되는 사진들을 가지고 있는 모양이군요.

시종무관

단번에 알아내는군요, 홈스 씨.

셜록

그리 어려운 문제가 아니니까요. 누구의 사진인가요?

시종무관

여왕 폐하께 아주 중요한 사람이오.

셜록

사진이 몇 장이나 됩니까?

마이크로프트

상당한 양인 것 같아.

셜록

애들러 양과 이 젊은 여성이 사진에 함께 등장하나요?

마이크로프트

맞아, 그렇단다.

셜록

꼴사나운 모습들이 다양하게 찍혀 있다고 봐야겠군요.

마이크로프트

상상할 수 있는 모든 형태라고 봐도 될 게다.

침묵이 흐르고, 그들은 어떤 상황인지를 머릿속에서 정리하고 있다….

시종무관

이 사진들이 공표되면 선생의 주변에서 볼 수 있는 모든 것들에 커다란 재난과 다름없는 충격을 가져오게 될 것이라는 게 우리의 견해요. 우릴 도와줄 수 있겠소, 홈스 씨?

셜록

어떻게요?

시종무관

의뢰를 받아들이겠소?

셜록

무슨 의뢰 말입니까? 이 여자에게 돈을 지불하시죠. 그것도 듬뿍이요. 애들러 양이 이 여자의 이름을 들먹이는 날이면 난리가 날 테니까요.

"후퍼 양이 울음을 터뜨리면서
방을 뛰쳐나갔어요"

"아이린 애들러를 시리즈에 포함시키기로 하고 대본을 집필하고 있을 때 언론에서는 그녀가 꼭 그렇게 연기해야 하는지를 놓고 온갖 논쟁이 벌어지고 있었습니다. 엉덩이를 꼭 드러내야 하느냐 하는 것들 말이죠. 난 그런 것에 전혀 관심이 없었어요." 〈셜록〉에서 몰리 후퍼 역을 맡고 있는 루이즈 브릴리가 큰 소리로 웃음을 터뜨린다. "내 관심은 〈셜록〉에서 '그 여자'와 다른 여자들 사이의 대비라는 아이디어였죠. 라라는 정말 아름답고 무척 매혹적이잖아요? 아이린 애들러는 남자들의 환상이죠. 붉은 입술에 매끄러운 피부, 아름답고 균형 잡힌 얼굴, 멋들어진 고양이 눈을 한 여자이니 남자들이 푹 빠질 수밖에요…. 그리고 하찮은 몰리는 쥐라고 봐야죠. 몰리는 여러분과 함께 소파에 앉아 〈셜록〉을 시청하는 여러분의 친구인 겁니다. 그저 평범할 뿐이지만, 정말 멋지지 않나요!

몰리는 원래 키가 작고, 재미있고, 사랑스러운 인물로 설정되었을 거라고 봅니다. 당시에는 몰랐지만, 원래 몰리는 첫 번째 에피소드에만 등장하는 것으로 구상되었다더군요. 그런데 스크린에서 베네딕트와 나 사이가, 그리고 몰리와 시청자들 사이가 좋게 작용해서 이후에도 나오기로 결정됐고요. 계속적으로 등장하는 새로운 인물을 창조하려는 의도는 아니었겠지만, 등장인물은 성장하는 법입니다. 여러분은 시리즈를 통해 몰리가 성장하는 과정을 구분할 수 있고, 몰리가 두 번째 시리즈에서 얼마나 중요한 역할을 하게 되는지 보게 되겠죠. 몰리가 실제로 유기적인 방식으로 성장하는 것 같은 느낌이 든다니까요."

수 버츄가 루이즈의 말에 동의한다. "몰리는 첫 번째 시리즈의 첫 번째 에피소드에서 립스틱 조크를 보여줄 수단으로 등장시켰어요. 계속적으로 등장시킬 계획이 전혀 없었던 겁니다. 하지만 우린 루이즈 브릴리를 사랑했고, 스티븐과 마크는 그녀를 위한 대본 작업을 즐겼어요. 그렇게 해서 루이즈가 원작에는 없지만 〈셜록〉에서는 지속적으로 등장하는 첫 번째 인물이 된 거죠.

몰리와 셜록 사이에는 아주 중요한 관계가 있어요. 셜록은 몰리를 믿고 있고, 그녀는 셜록을 이해하려고

원작의 홈스와 〈셜록〉의 홈스

아서 코난 도일 경의
《배스커빌 가의 사냥개 The Hound of Baskervilles》에서 발췌

"감사하다고 말씀드려야겠습니다." 셜록 홈스가 말했다. "몇 가지 흥미로운 점을 보여주는 사건에 관심이 가도록 만들어주셔서요. 당시에 이 사건을 다룬 몇몇 신문들의 논평을 읽긴 했지만, 바티칸 카메오 사건에 완전히 몰두해서 모든 관심을 교황 성하께 두고 있었던 터라 영국에서 발생한 몇 가지 흥미로운 사건을 놓치고 말았죠. 이 기사가 알려진 모든 사실들을 담고 있다고 하셨죠?"

스티븐 모팻의
〈벨그레이비어 스캔들〉에서 발췌

셜록은 이마를 찌푸린 채 머리를 굴리다가 결국 그게 무엇인지 알게 된다. 그러곤 금고 문 쪽으로 손을 뻗는다.

셜록

바티칸 카메오!

셜록의 외침을 듣고 그게 무슨 말이냐며 궁금해하는 존의 얼굴이 클로즈업된다.

아서 코난 도일 경의
《그리스인 통역사 The Adventure of Greek Interpreter》에서 발췌

"…난 여러 해 동안 런던에서 으뜸가는 그리스어 통역사였고, 호텔계에서는 꽤나 이름이 알려져 있습니다."

스티븐 모팻의
〈벨그레이비어 스캔들〉에서 발췌

자신의 컴퓨터에 열심히 타이핑을 하고 있는 존의 어깨 너머로 셜록이 짜증스러운 얼굴로 쳐다보고 있다.

셜록

그리스인 통역사라, 그게 뭐야?

시간을 들이죠. 몰리는 셜록을 깊이 사랑하지만, 세 개의 시리즈를 거치는 동안 어떤 시점에서 마음이 변하게 됩니다. 그녀는 홈스가 함께하지 않을 것이라는 걸 깨닫고, 셜록과 아주 흡사해 보이는 남자친구에게로 마음을 돌리게 됩니다. 하지만 몰리는 아주 강한 성격의 인물이고, 시리즈 3에서는 이전보다 훨씬 강한 모습을 보입니다."

루이즈는 몰리의 역할에 대해서 시청자들이 보지 못하는 셜록의 단면을 보여주는 것이라고 생각하고 있다. "시리즈 2는 셜록의 인간적인 면을 무척이나 많이 다루고 있어요. 셜록은 시리즈 2의 마지막 부분에 이르러 인간적이라는 걸 곧 알아볼 수 있을 정도로 많은 변화를 보이는데, 그 여정에서 몰리가 중요한 역할을 하죠. 셜록이 '미안해'라고 처음으로 말하는 건 몰리한테고, 마틴 프리먼은 그걸 전혀 모르고 있다가 갑자기 깨닫는 멋진 연기를 선보입니다. 존 왓슨을 통하는 것들이 있듯이 시청자들에게는 몰리를 통하는 방법이 있는 것이죠. 여러분은 그녀를 통해 셜록의 무언가를 얻게 될 겁니다."

셜록

…이 여자의 **화장**과 **옷차림**으로 미뤄보아 오늘 밤에 그 남자를 만나는 게 확실해. 자신의 입과 가슴 크기를 감추려고 애쓴 흔적이 역력하거든.

셜록은 말하면서 꾸러미를 집어 들어 힐끗 본다.

그리고 이제 셜록이 **부끄러워하는** 모습을 최대한 클로즈업하다가 **화면이 멈춘다.** 라벨에는 셜록이라고 적혀 있다. 가슴 아픈 침묵이 흐른다. 다들 다른 사람의 눈길을 피한다. 다들 **열차가 곧 충돌할 것 같은** 느낌을 감지했기 때문이다.

마침내 마음이 상해서 **눈물이 그렁그렁한** 몰리를 클로즈업.

사랑하는 셜록에게
몰리가 사랑을 담아 xxx*.

* 키스를 뜻하는 약자

몰리

당신은 항상 그런 **가슴 아픈** 말들을 쏟아내요. 매번 그렇게 **야속하다고요.** 언제나, 언제까지나….

두 사람의 상황이 격돌하며 더욱 악화되고 있다. 이제는 그 누구도 셜록을 볼 수 없다.

셜록을 클로즈업. 그리고 셜록조차도, 아마도 평생 처음으로 자신이 **잘못했다는 걸 느끼고 있었다.** 셜록은 주위의 사람들을 힐끔 쳐다본다. 하지만 아무도 도움의 손길을 내밀지 않는다. 그러고는 그곳을 떠나려 하지만, 그렇게 하지 않는다. **셜록은 이것보다 더 잘할 수 있다!** 마음을 단단히 다잡는다. 하지만….

셜록

미안해요. **날 용서해줘요.**

존, 허드슨 부인, 레스트레이드…. 그저 멍하니 바라본다. 뭐라고? 처음 들어본 소리인데, 뭐라고 한 거지?

루이즈 브릴리 1979년 3월 27일, 노샘프턴셔 주 보짓 출생

영화에서의 역할 (선별)

2013	〈딜리셔스 Delicious〉 스텔라 역
2011	〈베스트 엑조틱 메리골드 호텔
	The Best Exotic Marigold Hotel〉 미용사 역
2010	〈루빈 가족의 재결합 Reuniting the Rubins〉 미리 루빈스 역

TV에서의 역할 (선별)

2014	〈리퍼 스트리트 Ripper Street〉 닥터 아멜리아 프레인 역
2013	〈브라운 신부 Father Brown〉 엘리노어 나이트 역
2012	〈찰스 디킨슨 쇼 The Charles Dickens Show〉
	넬리 트렌트/스크루지/타이니 팀 역
2011	〈런던 특수수사대 Law & Order: UK〉 조앤 비커리 역
2010~2014	〈셜록〉 몰리 후퍼 역
2008	〈호텔 바빌론 Hotel Babylon〉 클로이 맥코트 역
2007	〈그린 Green〉 아비 역
2006	〈메이요 Mayo〉 범죄 현장의 경찰관 해리엇 '아노락' 테이트 역
2005	〈잉글리시 하렘 The English Harem〉 수지 역
	〈황폐한 집 Bleak House〉 주디 스몰우드 역
2002~2004	〈응급실〉 록산느 버드 역

연극에서의 역할 (선별)

2014	〈미스 줄리 Miss Julie〉
2012	〈트로이의 여인들 The Trojan Women〉
	〈생일 Birthday〉
2011	〈검찰관 Government Inspector〉
2008	〈바냐 아저씨〉
2007	〈리틀 넬 Little Nell〉
2006	〈끝난 뒤 After the End〉
2005	〈아카디아 Arcadia〉
2001	〈슬라이딩 위드 수잔 Sliding with Suzanne〉

　"이게 꼭 잔인함을 보여주는 코미디일 필요는 없죠." 루이즈의 말이 계속된다. "그런 부분이 약간 있기는 하지만요. 〈분홍색 연구〉에서 내가 한 일은, 셜록과 사랑에 푹 빠졌지만 그걸 표현할 방법이 없는 평범한 여자의 이야기를 말하는 것이었어요. 어떻게 해야 셜록이 반응을 보이는 여자가 되는지를 몰랐던 거죠. 그래서 머리를 짜내 립스틱을 바르고는 셜록에게 커피 한잔하자고 한 겁니다. 그것이 어떻게 시청자들의 미소를 자아내는지 보이는 것 같아요. 많은 것들이 걸려 있다면 누군가에게 뭔가를 하자고 하는 게 무척이나 어려울 수 있다는 느낌 때문이죠.

　베네딕트에게는 기계와 인간이라는 두 가지 측면을 내보이는 아주 뛰어난 재능이 있어요. 베네딕트가 셜록을 연기하는 모습을 처음 본 것은 파일럿을 찍기 위한 대본 리딩에서였어요. 그와 마틴이 테이블의 상석에 앉아 있었는데, 팡파르 같은 것도 없이 바로 시작하더군요. 그러자 두 사람의 완벽한 궁합으로 실내에 훈훈한 기운이 감돌았죠. 모든 사람들의 눈이 휘둥그레졌고, 특별한 무언가가 일어났던 겁니다. 베네딕트는 훌륭한 동료였고, 내가 등장하는 장면의 상당수가 그와의 투샷인지라 정말 황홀할 정도였죠. 베네딕트는 매 장면 다른 연기를 선보입니다. 그게 자신감 있는 연기죠. 그렇지 못한 연기자라면 비슷한 톤의 연기를 몇 번이고 반복했을 테죠. 편집 과정에서 어떻게 될지 몰라 두려워하니까요. 베네딕트는 서로 다른 질감의 연기를 훌륭히 소화해냈고, 제작진은 편집 과정에서 그걸 발견하는 겁니다."

"허드슨 부인이 베어커 가를 떠난다고?
___ 영국이 폭삭 내려앉을 일이군" ___

"원작 소설에서는 셜록 홈스와 닥터 왓슨이 집주인이기도 한 가정부를 두고 있었는데, 그녀는 머핀을 가져다주면서 방을 드나들 뿐 큰 역할을 하지 않아서 하녀처럼 보였어요." 스티븐 모팻의 지적이다. "오늘날에는 존재하지 않는 일이라 〈셜록〉에서는 여주인이 있긴 하지만, 원작의 느낌을 그대로 살려서 두 사람이 여주인을 가정부처럼 대하는 겁니다. 두 사람은 그녀가 끊임없이 식사를 챙겨주고 자신들을 돌봐주기를 기대하죠. 그녀는 진정으로 어머니 같은 역할을 하지만, 때때로 자신이 가정부가 아니라 플랫의 소유자라는 걸 지적하기를 즐깁니다."

"그녀는 지금까지 등장한 허드슨 부인 중에서 가장 말이 많은 사람입니다." 수의 생각이다. "그녀는 자신의 마음을 잘 알고 있고, 예절에 어긋나는 걸 받아들이

허드슨 부인이 주방에서 얘기한다.

허드슨 부인
동생을 그런 위험한 곳으로 보내는 건 **수치스러운** 일이야. 뭐니 뭐니 해도 믿을 건 **가족**뿐이라고, 마이크로프트 홈스!

마이크로프트
아, 이젠 그만 **하세요,** 허드슨 부인!

셜록 (화를 벌컥 내며) 마이크로프트!
존 (화를 벌컥 내며) 이봐요!

노기가 가득한 두 사람의 눈길을 보고 마이크로프트는 자신이 **선을 넘었다**는 걸 깨닫는다.

마이크로프트
(허드슨 부인에게) 사과드립니다.

허드슨 부인
받아들이지!

셜록
형 말이 좀 지나치긴 했지만, 제발 **조용히 하시라고요.**

지 못하죠… 제작진이 〈벨그레이비어 스캔들〉에서 그녀가 221B를 떠나야 하는지를 말하고 있을 때, 셜록은 그럴 가능성을 고려하고 있지 않았어요. 전혀요. 오히려 철저하게 보호했죠. 허드슨 부인은 이제 〈셜록〉에서 엄청나게 중요한 인물이 되었고요."

라라 펄버는 우나 스텁스의 역할이 가져다준 효과

우나 스텁스 1937년 5월 1일, 하트퍼드셔 웰린가든시티 출생

영화에서의 역할(선별)

2007	〈엔젤 Angel〉 미스 도슨 역
1969	〈죽음이 우릴 갈라놓을 때까지 Till Death Us Do Part〉 리타 역
1967	〈미스터 10퍼센트 Mister Ten Per Cent〉 레이디 도로시아 역
1965	〈리자를 위한 세 개의 모자 Three Hats for Lisa〉 플로라 역
1964	〈멋진 인생 Wonderful Life〉 바바라 역
	〈바지선의 선원 The Bargee〉 신부 들러리 역
1963	〈여름휴가 Summer Holiday〉 샌디 역

TV에서의 역할(선별)

2013	〈미도트의 서 The Tractate Middoth〉 미스 체임버스 역
	〈스탈링스 Starlings〉 몰리 역
	〈커밍 업〉 신시아 역
2012	〈국립극장 라이브 National Theatre Live〉 미시즈 알렉산더 역
2011	〈쓸쓸한 옛날 식료품점 The Bleak Old Shop of Stuff〉 굿 스펠링 아주머니 역
2010~2014	〈셜록〉 허드슨 부인 역
2009	〈인지니어스 Ingenious〉 그랜샤 역
	〈베니도름 Benidorm〉 다이애나 위든 역
2007~2009	〈양치기 개 미스트 이야기 Mist: Sheepdog Tales〉 펀 역
2006	〈애거서 크리스티의 마플: 잠자는 살인 Sleeping Murder〉 이디스 파젯 역
	〈이스트엔드의 사람들 EastEnders〉 캐롤라인 비숍 역
2005	〈캐서린 테이트 쇼 The Catherine Tate Show〉 캐롤 앤과 어슐라 역
2004	〈폰 트랩 함장에게 푹 빠지다 Von Trapped〉 캐스 무건 역
2003	〈토박이 Born and Bred〉 조이 역
2000	〈응급실〉 존 밴빌 역

1998~2000	〈꼴찌 마녀 The Worst Witch〉 미스 뱃 역
1998	〈미드소머 살인사건 Midsomer Murders〉 셀리나 제닝스 역
1996	〈윙스 더 레거시 Wings the Legacy〉 페이 역
	〈델타 파 Delta Wave〉 길리 피전 역
1995~1997	〈심장박동 Heartbeat〉 앤시아 카울리
1995	〈겉치레하기 Keeping Up Appearances〉 미시즈 무디 역
1989	〈다루기 어려운 일 Tricky Business〉 미시즈 브리즈 역
	〈모리스 마이너의 경이로운 자동차 Morris Minor's Marvellous Motors〉 미시즈 플러그 역
1987~1989	〈워젤 거미지 다운 언더 Worzel Gummidge Down Under〉 샐리 아주머니 역
1985~1986	〈아플 때와 건강할 때 In Sickness and In Health〉 리타 역
1985	〈행복한 가족들 Happy Families〉 수녀원장 역
1981	〈죽음이 우릴 갈라놓을 때까지〉 리타 역
1979~1981	〈워젤 거미지〉 샐리 아주머니 역
1979	〈펄티 타워 Fawlty Towers〉 앨리스 역
1971	〈홈스의 라이벌들 The Rivals of Sherlock Holmes〉 케이티 해리스 역
1966~1974	〈죽음이 우릴 갈라놓을 때까지〉 리타 역
1960	〈거니 슬레이드의 이상한 세상 The Strange World of Gurney Slade〉 공원의 소녀 역

연극에서의 역할(선별)

2012	〈에밀과 탐정들 Emil and the Detectives〉
	〈한밤중에 개에게 일어난 의문의 사건 The Curious Incident of the Dog in the Night-Time〉
2005	〈공동체의 기둥 Pillars of the Community〉
2004	〈돈 카를로스 Don Carlos〉
2001	〈스타 퀄리티 Star Quality〉
1986	〈만화의 비밀스러운 삶 The Secret Life of Cartoons〉
1977	〈오 미스터 포터 Oh Mr Porter〉
1972	〈카워드의 커스타드 Cowardy Custard〉

에 대해 이러한 찬사를 보낸다. "셜록이 전혀 모르는 사람을 대하듯 허드슨 부인에게 버릇없이 구는 순간이 몇 개 있는데, 허드슨 부인이 셜록을 너무나 사랑하기에 그녀의 얼굴에 어리는 고통의 표정을 볼 수 있습니다. 난 그녀가 매일 아침에 냉장고를 열다가 정체 모를 뭔가를 발견하고는 '이러니 셜록이지' 하고 대수롭지 않게 말하고 넘어가는 그녀의 유머를 사랑합니다. 우나는 사랑할 수 없는 사람을 사랑하도록 도와주는 인물이에요. 허드슨 부인과 셜록 사이에는 아주 끈끈한, 부모 자식 같은 관계가 형성됩니다."

셜록이 허드슨 부인에게로 걸어 간다. 부인의 한쪽 소매를 조심스럽게 올리자 팔뚝에 **반점**이 몇 개 나 있다. **팔이 단단히 붙잡혔을 때** 난 손가락 자국들이었다. 이제 셜록의 손가락이 부인의 블라우스가 **찢어진** 곳으로 향한다. 셜록의 손가락이 다정하다 싶을 정도로 조심스럽게 움직인다. 허드슨 부인은 아주 **험한 대접을** 받았고, 사시나무 떨듯 **떨고 있다.**

닐슨
이 여자는 아무것도 모르는 것 같더군.
하지만 넌 내가 무엇을 묻고 있는지
아는 것 같은데,
그렇지 않나, 홈스 씨?

셜록이 닐슨을 찢어발길 듯이 노려본다. **차디찬 푸른색 레이저** 같은 눈길이다.

셜록
분명히 알고 있지.

닐슨에게 카메라 고정. 그리고 이제 여러 개의 단어가 닐슨의 주변을 맴돌기 시작한다. 경동맥. 갈비뼈. 두개골. 허파. 눈. 목. 동맥. 단어들이 닐슨의 몸 여러 곳에서 모습을 드러낸다. 셜록 홈스는 **표적을** 고른다.

"난 휴가 중일세, 믿을 수 있겠나?"

"셜록은 레스트레이드를 멍청이라고 여기고 있어요." 스티븐이 단언한다. "하지만 우린 아주 빠른 시간 내에 레스트레이드가 현명한 사람이고, 아주 좋은 경찰관이라는 걸 알게 되죠. 레스트레이드는 자신보다 현명한 사람을 알아볼 정도로 현명합니다. 원작 소설에서 왓슨이 평범한 사람은 자신보다 더 뛰어난 사람을 알아보지 못하지만, 재능이 있는 사람은 천재를 알아본다고 말하는 대목이 있어요. 레스트레이드는 천재를 알아보는 재능 있는 사람이고, 사건을 해결하기 위해 셜록이 퍼붓는 비난과 모욕을 묵묵히 견뎌낼 준비가 되어 있습니다. 자신의 능력 밖의 사건이 발생하면, 레스트레이드는 극히 소수의 사람들만이 그 사건을 다룬다는 걸 알고 스스로 물러설 때를 알 만큼 영리한 것이죠."

"레스트레이드는 훌륭한 경찰관입니다." 수 버츄의 말이다. "셜록이 없더라도 그는 정말 훌륭한 경찰관이 됐을 겁니다. 어떤 면에서 레스트레이드는 셜록에게 일종의 경호원이라고 할 수 있어요. 그는 곤경에 빠질 때마다 셜록에게 달려가지만, 셜록이 곤경에 처했을 때도 여지없이 모습을 드러내니까요. 레스트레이드는 셜록을 이해하는 사람 중 하나입니다. 그리고 루퍼트 그레이브스는 레스트레이드에게 생명을 불어넣고 있어요. 〈벨그레이비어 스캔들〉의 크리스마스 장면에서 셜록이 레스트레이드에게 그의 아내가 여전히 체육선생을 만나고 있다고 말했을 때, 루퍼트는 레스트레이드의 얼굴에서 모든 것이 다 드러나도록 혼신의 연기를 펼치죠. 여러분은 모든 일이 잘 풀리고 있다고 생각한 순간 아내가 여전히 불장난을 하고 있다는 걸 알게 되는 그의 모습을 생생히 마주합니다."

마크도 동의한다. "우린 경찰이 멍청하다는 생각을 벗어나려고 무척이나 고생했어요. 엄청나게 많은 곳에서 그렇게 표현했고, 이전의 영화들에서는 레스트레이드 경위가 아예 두뇌가 없는 것처럼 묘사됐으니까요! 우리의 관점은 레스트레이드가 스코틀랜드 지역에서는 가장 뛰어난 형사이지만, 셜록 홈스는 아니라는 것입니다. 원작 소설에서는 레스트레이드가 '당신이 좋은 편이라는 게 정말 다행이오, 홈스 씨'라는 취지의 말을 자주 합니다."

루퍼트 그레이브스 1963년 6월 30일, 서머싯 주 웨스턴 슈퍼 메어 출생

수상 경력

〈클로저 Closer〉로 아우터 크리틱스 서클 특별상 수상 (1999)
〈친밀한 관계 Intimate Relations〉로 남우주연상 수상 (몬트리올 월드 필름 페스티벌, 1996)
〈칼과 폴 Different for Girls〉로 최우수작품상 수상 (몬트리올 월드 필름 페스티벌, 1996)

TV에서의 역할(선별)

2014	〈터크스 케이커스 제도 Turks and Caicos〉 & 〈쏠팅 더 배틀필드 Salting the Battlefield〉 스털링 로저스 역
2013	〈화이트 퀸 The White Queen〉 스탠리 경 역
2012	〈비밀국가 Secret State〉 펠릭스 더렐 역
	〈닥터 후〉 리델 역
2011	〈천국에서의 죽음 Death in Paradise〉 제임스 라벤더 역
	〈스콧과 베일리 Scott & Bailey〉 닉 새비지 역
	〈민감사건 Case Sensitive〉 마크 브레서릭 역
2010~2014	〈셜록〉 레스트레이드 역
2010	〈새로운 기술 New Tricks〉 에이드리언 레빈 역
	〈싱글 파더 Single Father〉 스튜어트 역
	〈런던 특수수사대〉 존 스미스 역
	〈루이스 Lewis〉 알렉 픽먼 역
	〈월랜더 형사 Wallander〉 알프레드 하더버그 역
2009~2011	〈개로우의 법〉 아서 힐 경 역
2009	〈마플: 주머니 속의 죽음 A Pocket Full of Rye〉 랜스 포테스큐 역
2008	〈하느님 법정에 서다 God on Trial〉 모르데카이 역
	〈심야의 사나이 Midnight Man〉 대니얼 코스그레이브 역
	〈워킹 더 데드 Walking the Dead〉 존 개럿 대령 역
	〈재는 재로 Ashes to Ashes〉 대니 무어 역
2007	〈Mr. 후아유 Death at a Funeral〉 로버트 역
2005	〈웨이스트 오브 셰임 A Waste of Shame〉 윌리엄 셰익스피어 역
	〈스푹스〉 윌리엄 샘슨 역
2003	〈마지막 왕 Charles II: The Power and the Passion〉 버킹엄 공작 조지 빌리어즈 역
	〈포사이트 가 이야기: 셋집 The Forsyte Saga: To Let〉 젊은 졸리언 포사이트 역
2002	〈포사이트 가 이야기〉 젊은 졸리언 포사이트 역
2000	〈너와 같은 아가씨를 Take a Girl Like You〉 패트릭 스탠디시 역
1996	〈와일드 펠 저택의 세입자 The Tenant of Wildfell Hall〉 아서 헌팅던 역
1994	〈사격 개시 Open Fire〉 데이비드 마틴 역
1987	〈포춘스 오브 워 Fortunes of War〉 사이먼 보울더스톤 역

2010	〈메이드 인 대거넘 Made in Dagenham〉 피터 홉킨스 역
2009	〈굿 타임스 아 킬링 미 The Good Times Are Killing Me〉 렉시 역
2007	〈대합실 The Waiting Room〉 조지 역
	〈브이 포 벤데타〉 도미닉 역
2002	〈익스트림 오피에스 Extreme Ops〉 제프리 역
2000	〈세상에서 가장 슬픈 유혹 Dreaming of Joseph Lees〉 조셉 리스 역
1999	〈클레오파트라 Cleopatra〉 옥타비우스 역
1996	〈칼과 폴〉 폴 프렌티스 역
	〈친밀한 관계〉 해럴드 거피 역
	〈인노선트 슬립 The Innocent Sleep〉 앨런 테리 역
1991	〈천사들이 가기 두려워하는 곳 Where Angels Fear to Tread〉 필립 헤리톤 역
1988	〈브렌다의 이중생활 A Handful of Dust〉 존 비버 역
1987	〈모리스 Maurice〉 알렉 스커더 역
1985	〈전망 좋은 방 A Room with a View〉 프레디 허니처치 역

연극에서의 역할(선별)

2006	〈무죄임이 밝혀진 사람들 The Exonerated〉
2004	〈무언극 Dumb Show〉
2003	〈보잘 것 없는 여인 A Woman of No Importance〉
2002	〈엘리펀트 맨 The Elephant Man〉
2001	〈진실을 외쳐라: 어둠 너머에서 들려오는 목소리 Speak Truth to Power: Voices from Beyond the Dark〉
2000	〈관리인 The Caretaker〉
1999	〈클로저〉
1998	〈얼음장수의 왕림 The Iceman Cometh〉

영화에서의 역할(선별)

2012	〈패스트 걸스 Fast Girls〉 데이비드 템플 역

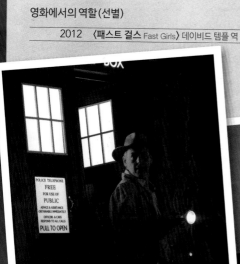

제작팀을 위해 또 다른 에피소드에 사용될 장소를 정찰하다. 아이린 애들러가 거주하는 집의 외부배경이 된,
런던의 이튼 스퀘어(위)와 〈벨그레이비어 스캔들〉에 필요한 여러 곳의 야외촬영장소를 제공해준 배터시 발전소(아래).

버킹엄 궁 장면을 찍을 때 사용된 골드스미스 홀의 응접실(위의 왼쪽)과 마이크로프트가
스피디의 가게에서 존과 만났던 장면을 찍은, 노스 고워 가의 카페(위의 오른쪽). 마이크로프트의 집(아래).

아이린 애들러가 거주하고 있는 곳의 내부는 뉴포트에서 찍었다. 그런 후에 세트장 일부가 재구성되어
셜록과 아이린이 하이커의 죽음에 대해서 논의하는 장면을 찍기 위해 웰시의 전원 지역으로 이동했다.

6

개의 공포

사냥개들, 시각효과, 그리고 컴퓨터 CG 영상…

"공포, 셜록 홈스가 겁을 먹었다"

"그건 공황발작이었어요." 베네딕트의 말이다. "물론 실제로 인식 작용을 엉망으로 만들고 두려움에 빠지도록 만든 건 향정신성 안개였죠. 하지만 대다수의 사람들에게는 극심한 공황발작이 일어나는 것처럼 보였을 겁니다.

그리고 그건 신체 내부에서 벌어진 것이 아니라 분노와 적의로 가득 찬, 말로 표현된 것이었죠. 어떤 면에서는 재미있기도 했지만, 정말 오금이 저릴 정도였습니다."

〈배스커빌의 사냥개들〉의 작가인 마크 게이티스는 사냥개를 처음 목격한 셜록의 모습을 다음과 같이 묘사한다. "셜록이 위기에 처한 순간이었죠. 모든 것을 합리적으로만 설명하려고 드는 사람이 불가능해 보이는 뭔가와 마주하는 장면이라니, 정말 해보고 싶었어요. 그

일을 겪고 난 후 셜록은 존에게만이 아니라 자신에게까지 자신이 여전히 합리성을 추구하는 사람이라는 걸 증명해야 하죠. 셜록이 추리를 무기로 활용하도록 고안한 사람은 스티븐이었어요."

"그게 바로 셜록이 이야기 속으로 들어가는 방식입니다." 마크의 말이 계속된다. "셜록은 그걸 볼 수 없도록 되어 있었지만 사실은 봤던 건데, 그걸 어떻게 설명해야 할까요? 셜록이 워낙 명석해서 이야기를 간단히

셜록

(갑자기 화를 벌컥 내며)

나에게는 **아무런 문제가 없어!**

알겠어? **그걸 증명해주길**

원하는 거지? 응?

셜록은 미친 듯이 주위를 둘러본다.

셜록(앞에 이어서)

우린 개를 찾고 있어. 맞지? **아주 큰 개**

를 말이야! 그게 자네의 멋들어진

가설이잖아. Cherchez le chien!*

기발해. 좋아. 그러자구!

우린 어디서부터 시작해야 하지?

셜록은 실내를 쭉 훑어본다.

화려한 점퍼를 입은 사내(40대,

초라한 모습)가 **말쑥하게 차려입은**

여인(60대)과 조용히 식사를 하고 있다.

셜록(앞에 이어서)

…저 사람들은 어때?

그들 주위로 문자가 폭발하듯

떠오른다. 상처. 닳아빠진.

신발 뒤축. 낡은. 시동키. 푸딩.

결혼반지. 보석류. 싸구려. 털.

무릎 높이.

셜록(앞에 이어서)

…**감상적인** 미망인과

현재 **실직** 상태인 어부 아들?

대답은 '맞다'야.

* 개를 수색하라, 라는 뜻의 프랑스어

셜록 시리즈 2   **배스커빌의 사냥개들**

22 내부. 배스커빌. 업무용 복도. 낮.   **22**

희미하게 불이 밝혀진 복도. 완전한 정적이 유지되는 공기 속에 소독제 냄새가 풍긴다. 라이언스가 모습을 드러내고 셜록과 존이 바로 뒤에 바짝 붙어 따른다.

존

자주 나갈 수 있겠군. 배스커빌에서는 그렇지 않나?

라이언스

사실 그렇지도 않습니다. 잠수함에서 복무하는 것과 약간 비슷하거든요. 신선한 공기를 마시자고 매번 부상하지는 않으니까요. 긴장을 해소할 수 있는 식당이 있긴 합니다. 그런데 잘 아시겠지만, 그곳에서는 '라이언 킹'만 골백번도 더 틀어줘서 좀 아쉽지만요.

그들은 문 하나를 지난다. 셜록은 그곳에 끼워져 있는 둥그런 유리판을 유심히 살핀다.

셜록의 시점. 또 다른 흰색 실험복을 걸친 과학자가 유리로 된 탱크 곁에 서 있다. 수술 마스크도 쓰고 있다. 실내는 표백이라도 한 듯 새하얗다. 현미경과 컴퓨터 모니터들이 사방에 있다.

숫자들로 이뤄진 황금색 장식무늬가 전화선을 따라 스크린을 절반으로 나누고 있다.

셜록과 존과 라이언스는 스크린의 이쪽에 서 있다. 반대쪽에는 어떤 여자가 등을 보인 채 수화기를 집어 든다.

42 외부. 배스커빌. 검문소. 밤.   **42**

라이언스 상병이 빠른 속도로 기지 쪽으로 달려온다. 그는 보초를 서고 있는 헌병에게 고개를 끄덕인다.

헌병

안녕하십니까?

…그리고 자신의 신분증을 갖다 댄다. 빕!

라이언스가 기지 내로 들어설 때 뭔가가 눈길을 끈다. 멀리 황무지 쪽에서 불빛이 번쩍거린다. 그는 이마를 찌푸리다가 안으로 들어간다.

셜록 시리즈 2   **배스커빌의 사냥개들**

34 외부. 그림펜. 헨리의 집. 밤.   **34**

셜록과 존이 헨리의 집으로 통하는 가로수 길을 따라 걷고 있다.

셜록

(경마 정보지인 〈레이싱 포스트〉를 뒷주머니에 꽂고 있다.)
너도 그거 봤지? 넌 내기로 위협하는 그런 치에게서 정보를 끌어내는 능력이 있잖아. 내가 그 사람에게 1천 파운드를 준다고 했더라도 그렇게나 많이 말해주진 않았을 거라고!

헨리의 집은 예상외로 웅장하다. 매우 낡고, 당장이라도 허물어질 것 같은 온실에 매우 현대적으로 증축된 건물이 붙어 있다(건물에는 파티오 문*과 보안등이 있다). 두 사람은 여기저기가 허물어지고, 식물들이 웃자란 온실을 지나 현관문으로 향한다. 셜록은 초인종을 누르고, 자신의 손을 존에게 내민다.

존

아니, 내가 가지고 있을 거야.

셜록

그럴 순 없지. 그건 진짜 내기가 아니었어.

존

넌 내게 빚진 거야.

셜록

내가?

존

그렇다니까.

문이 열리고 헨리가 얼굴을 내민다.

헨리

왔군요. 어서 들어와요.

그들은 문을 지나….

* 정원이나 발코니로 통하는 미닫이로 된 큰 유리문

아서 코난 도일 경의
《배스커빌 가의 사냥개》에서 발췌

"…경찰 조사에서 배리모어가 한 가지 잘못 진술한 게 있습니다. 배리모어는 시신 주변의 땅에 그 어떤 흔적도 없었다고 진술했죠. 아무것도 보이는 게 없었다고요. 하지만 전 봤습니다. 시신에서 약간 떨어져 있긴 하지만, 새로 난 분명한 흔적을요."

"발자국이었습니까?"

"발자국이었습니다."

"남자 것이었나요, 아니면 여자 것이었나요?"

닥터 모티머는 잠깐 동안이지만 우릴 이상하다는 듯이 쳐다보더니 속삭이는 듯한 목소리로 대답했다.

"홈스 씨, 그건 거대한 사냥개의 발자국이었습니다!"

그 말을 듣는 순간, 온몸이 부르르 떨렸다는 걸 고백해야겠다. 의사 선생의 목소리에는 우리에게 한 이야기를 본인 스스로가 깊이 믿고 있다는 것을 보여주는 오싹함이 담겨 있었다.

홈스는 흥분해서 몸을 앞으로 쑥 내밀었다. 두 눈이 강력하고 매섭게 빛났는데, 그건 홈스가 무언가에 매우 흥미를 느낄 때 나타나는 그런 눈빛이었다.

"선생이 그걸 보셨다고요?"

"눈앞에 있는 홈스 씨를 보는 것만큼 똑똑히 봤습니다."

"그리고 아무에게도 말하지 않았고요?"

"말해봤자 무슨 소용이 있었겠습니까?"

"다른 사람들은 왜 아무도 그걸 보지 못했죠?"

"그 발자국은 시신에서 약 20미터쯤 떨어져 있어서 관련이 있다고 생각하지 않았을 겁니다. 저도 그 전설을 몰랐다면 똑같았을 겁니다."

"황무지에는 양치기 개가 많지 않나요?"

"많이 있기야 하죠. 하지만 양치기 개의 발자국이 아니었습니다."

"발자국이 아주 컸다고 하셨죠?"

"엄청나게 컸습니다."

마크 게이티스의
〈배스커빌의 사냥개들〉에서 발췌

헨리
하지만 발자국은 어쩌고요?

셜록
아마 어떤 짐승 발자국이겠죠… 그러니 아무 일도 아닙니다. 데번으로 돌아가세요. 크림 티는 내가 사죠.

셜록은 다시 일어서서 그 자리를 떠난다.

헨리
홈스 씨… 그건 거대한 사냥개의 발자국이었단 말입니다!

갑자기 멈춰 서는 홈스의 뒤통수에 카메라가 고정된다. 이제 그가 천천히 돌아선다. 이제 홈스가 흥미를 보이며 헨리를 빤히 쳐다본다.

셜록
다시 한 번 말해주시죠.

헨리
짐승 발자국을 발견했는데… 컸어요, 정말로요….

셜록
아니, 그게 아니라 방금 한 말 그대로요. 했던 말을 토씨 하나도 바꾸지 말고 그대로 해주세요.

헨리에게 카메라가 고정된다. 어리둥절한 표정으로 눈치를 본다. 똑같이 당혹해하는 존과 눈길을 교환한다. 존이 말을 하라는 듯 고개를 끄덕인다.

헨리
홈스 씨… 그건 거대한 사냥개의 발자국이었단 말입니다!

잔뜩 긴장한 채 눈을 반짝거리는 셜록에게 카메라가 고정된다.

셜록
…사건을 맡도록 하죠.

끝낼 우려가 있었기 때문에 그가 현장에 있지 않도록 할 필요가 있었죠."

"이야기의 구조를 바꿀 필요가 있었어요." 스티븐 모팻도 같은 의견이다. "도일의《배스커빌 가의 사냥개》에서는 홈스가 거의 끝부분까지 다트무어에 모습을 드러내지 않죠. 여러분은 도일이 홈스를 그렇게 오랫동안 무대에 등장시키지 않은 이유를 알 겁니다. 홈스가 등장하는 재미를 끝내려고 했기 때문이죠. '자넨 유령 개를 봤던 것이 아니라 개를 데리고 다니는 사람을 봤던 걸세.'〈셜록〉에서는 셜록이 현장에 있는 게 판돈을 더 키우게 되죠. 합리성을 그 어느 것보다 앞세웠던 사람이 유령 개를 목격하고 정말로 겁을 먹게 됐으니까요. 그동안 자신이 확신했던 것들이 몽땅 수포로 돌아가게 된 겁니다."

"원작에서는." 마틴 프리먼이 지적한다. "왓슨이 런던을 떠나 다트무어로 가고, 오랫동안 혼자만 와 있다고 여기며 지내게 됩니다.〈셜록〉에서는 두 사람이 함께 있는 쪽을 택했죠. 셜록과 존은 함께 지옥을 경험하고 죽을 만큼 강한 두려움을 절반으로 나눕니다."

___ 원작의 사냥개와 〈셜록〉의 사냥개 ___

◆ 원작 소설에서는 잠재적인 희생자가 헨리 배스커빌 경이다. 러셀 토비가 연기하는, 헨리 경에 해당하는 현대판 인물인 헨리 나이트는 작위는 상실했지만, 성姓이 나이트*여서 체면치레를 했다.

◆ 홈스의 가장 유명한 인용문 중 하나는 '불가능한 것들을 모두 다 제거하고 남아 있는 게 있다면, 그것이 아무리 믿기 힘든 것이라 할지라도 진실임에 틀림없다'이다. 원래는《네 사람의 서명》에서 읊조렸던 것인데, 현대판에서는 바로 이곳에 약간 변형된 형태로 자리를 잡는다.

◆ 도일의 소설에서는 배리모어가 배스커빌 저택의 집사이고, 처남에게 랜턴으로 신호를 보내는 모습을 왓슨에게 들킨다. 처남은 헨리 셀던이라는 자로, 다트무어 교도소를 탈옥한 죄수였다. 셀던 역시 독자들의 눈길을 다른 곳으로 돌리기 위한 커다란 미끼였다.

◆ 마크 게이티스는 황무지에서 번쩍거리는 불빛이라는 요소는 차용했지만, 그 불빛이 "셀던 씨, 또다시 해냈군요"라는 숨 막히는 감탄사와 함께 어둠 속에서 흔들거리는 자동차에서 흘러나온 것으로 처리한다. 셀던 씨가 '카섹스'에 열중하고 있었던 것이다. "전편을 통틀어서 하나쯤 있었으면 하는 농담이죠!" 마크 게이티스의 말이다.

*Knight 기사

"난 우리가 밤에 어떻게
___ 자는지 모르겠는데, 당신은?" ___

"솔직하게 말하자면." 감독인 폴 맥기건이 털어놓는다. "편안하게 일할 수 있는 지역을 약간 벗어나 그곳으로 향했습니다. 런던이나 런던 주변이 아닌, 상당히 먼 곳에서 사건이 일어난 유일한 에피소드여서 불안감을 느꼈죠. 이 에피소드는 셜록 홈스의 모험 중에서 대표작인 만큼, 흥분이 되기도 했지만, 심리적인 압박도 컸습니다."

무엇보다도 〈배스커빌의 사냥개들〉은 에피소드들 중에서 시각효과를 가장 많이 사용한 작품이었다. "보통 때라면." 폴의 말이다. "다른 사람들에게 의존하지 않겠지만, 이 작품에서는 CG 영상에 의존할 수밖에 없었죠. 이런 장면들을 도대체 내가 어떻게 만들어내

겠습니까? 우선 시각효과 팀을 닦달했습니다! 하지만 시행착오였어요. 보통 영화를 만들 때면 촬영 전에 미리 장면들을 시각화해보고, 시험적으로 그려보고, 모든 것을 개념화하는 시간을 충분히 가지지요. 하지만 이 작품에서는 수많은 핵심 장면들이 근본적으로 텅 비어 있는 프레임이었던 겁니다. 물론 줄거리에 해당하는 스토리보드를 가지고 있긴 했지만, 이게 실제로 어떻게 보일지는 몰랐습니다. 그래서 좀 낯설게 느껴지는 영역을 받아들였습니다. 무척이나 힘든 작업이었다는 뜻이죠. 지금도 사냥개의 악몽을 꾸고 있습니다. 이 끔찍한 이야기를 영상으로 표현하는 게 엄청난 압박으로 다가왔던 겁니다."

사냥개를 조심하라!!

A	B	C		
CONSTRUCTION		LIFT BASKERVILLE - NEWPORT		
DECORATE	STUDIO SET	STUDIO SET	STUDIO SET HENRY'S	HENRY'
SET	EXT. BASKERVILLE CHECKPOINT AND COMPOUND INT. CORRIDOR BASKERVILLE - NEWPORT	BASKERVILLE - NEWPORT	BASKERVILLLE - NEWPORT	HENR'
STRIKE		EXT. BASKERVILLE - HIRWAUN BASKERVILLE CORRIDOR - HIRWAUN	BASKERVILLE - HIRWAUN	BARRY CONTR
NOTES		CONSTRUCTION NEED TO GET LIFT OUT OF HIRWAUN AND INTO NEWPORT TODAY LANDROVER - STUDIO ON WRAP		LIGHTS
	MONDAY	**TUESDAY**	**WEDNESDAY**	
DATE	30-May	31-May	01-Jun	
HOURS	08:00-19:00	15:00-02:00	15:00-02:00	16:00
	NEWPORT	???	???	DAR'
LOCATION	INT. BASKERVILLE LAB 9 INT. CCTV IMAGE INT. BASKERVILLE BASEMENT INT. BASKERVILLE PIPE ROOM	EXT. GRIMPEN STREET / HENRY'S INT. HENRY'S HOUSE	INT. HENRY'S HOUSE	EXT.
CONSTRUCTION		STRIKE LIFT - NEWPORT		
DECORATE				
SET	STUDIO SET HENRY'S HOUSE	STUDIO SET HENRY'S HOUSE	STUDIO SET	STU'
STRIKE		BASKERVILLE - NEWPORT		HENR'

미술팀이 만든, 〈배스커빌의 사냥개들〉의 시각 자료들. H.O.U.N.D. 프로젝트에서 밥 프랭클랜드의 보존용 사진을 찍기 위해 클라이브 맨틀이 가발을 쓴 모습(맨 위). 미술팀에서 만들어낸, 헨리 나이트의 아버지를 살해하는 장면에서 클라이브 맨틀이 분장한 또 다른 모습(아래 왼쪽). 미술감독의 세트장 설치와 이동 스케줄(아래 오른쪽).

___ "장기적인 부작용도 있나요?" ___

'끔찍한 이야기를 영상으로 표현하는' 폴 맥기건의 개념에 가장 결정적인 역할을 한 사람들은, 런던에 자리 잡고 있는 시각효과 및 애니메이션과 디자인 전문 스튜디오인 '더 밀' 팀이었다. 오스카 상을 수상한 〈글래디에이터〉를 포함한 수많은 유명 영화 작품과 더불어 '더 밀'은 이미 BBC 드라마에도 참여하여 〈닥터 후〉, 〈토치우드〉, 〈더 사라 제인 어드벤처〉 등 수많은 작품에서 실력을 발휘하고 있었다. 그들의 작업은 〈셜록〉의 시리즈 2에서 컴퓨터 그래픽으로 배스커빌의 사냥개를 만들어냄으로써 절정을 이뤘다.

〈배스커빌의 사냥개들〉에 참여한 VFX팀은 열다섯에서 스무 명으로 구성되어 있었는데, 시각효과 감독인 장 클로드 디구아라가 이끌고 있었다.

"우리가 가지고 있는 모든 자원을 이 에피소드에 쏟아부었죠." 장 클로드의 말이다. "우린 모형제작자 한명, 화가 한명, 조명장비 담당자 한명, 동화 작가 세명, 조명팀 하나, 대여섯명의 합성 담당자, 촬영 환경에 맞도록 설비를 설치하는 추적팀 하나로 구성되어 약 스무명이 함께 일했어요.

첫 번째로 중요한 일은 콘셉트를 파악하는 것이죠. 폴 맥기건이 자신의 비전이 무엇이고, 자신이 어떠한 것을 보길 원하는지를 논의하기 위해 콘셉트 아티스트를 찾아왔어요. 그러한 과정은 여러 단계에 걸쳐 행해졌고요. 처음에는 사냥개의 몸에서 불이 일어나게 하자는 말이 있어서 악마적이고 유령처럼 보이는 짐승을 만들었지만, 폴이 달가워하지 않았어요. 폴은 아주 사실적으로 보이는, 악몽에서나 볼 수 있는 끔찍한 개를 원했던 겁니다. 그래서 사악하게 보이는 근육질의 개를 만들기 시작했고, 그게 좀 더 커 보이면서 훨씬 위협적으로 보이도록 한 겁니다."

당시에 '더 밀'의 영화와 TV 부문 상무이사였던 윌 코헨의 말이다. "〈셜록〉에서 여러 가지 놀라운 면들을 발견하게 될 겁니다. 만약 매우 사실적으로 보이는 핏불을 보면 이게 진짜라고, 그냥 개라고 생각하게 될지도 모릅니다. 그런데 그게 환각이었다는 사실이 중요하기 때문에 기형적인 면과 체구를 더 강하게 전달할 필요가 있었죠. 하지만 숲속에서 체구가 크다는 걸 전

달하는 일이 쉽지 않았고, 사냥개가 항상 등장인물들과 떨어진 곳에 있어서 한층 더 어려웠습니다. 크기를 빗댈 대상이 나무뿐이라면 얼마나 큰지 표현하기가 어려운 법이니까요."

"그러한 문제 때문에 우린 떠밀리다시피 다음 디자인으로 나아가야 했죠." 장 클로드도 같은 의견이다. "실험실에서 나왔을 수도 있다는 점 때문에 이 사냥개가 프랑켄슈타인처럼 조각조각으로 잘렸을 거라고 설정한 겁니다. 그래서 그 사냥개의 온몸에 상처와 흉터를 만들어서 최대한 소름 끼치게 보이도록 했습니다."

"우리끼리는 이 사냥개를 '프랑켄하운드'라고 불렀어요." 윌의 말이다.

사냥개의 모습을 스크린에 실제로 구현한다는 콘셉트가 이 에피소드를 제작하는 초기 단계에서 이미 구상되어 있었을지는 몰라도 실제로 구현된 것은 몇 달이 지나, 촬영하고 나서 작업하는 동안 CG 영상이 만

들어지고 난 이후였다. 야외촬영장에서 촬영팀은 밤낮으로 숲 지대의 텅 빈 부분들만 열심히 찍어대고 있었다. 거의 비어 있는 부분들만….

"컴퓨터로 만들어진 괴물이 있는 경우, 카메라팀은 괴물이 있는 배경 장소와 그 괴물이 움직이는 형태를 처리하는 일이 무척이나 까다로워집니다. 이 사냥개는 꽤나 천천히 움직이는 소름 끼치는 괴물이기 때문에 카메라맨이 그 움직이는 속도를 볼 수 있도록 누군가가 그 장면에 들어와 걷도록 했어요. 카메라팀은 그 사람의 걸음을 좇으며 각각의 장면을 필름에 담죠. 그런 다음 우리가 사람을 지우고 실제 장면을 찍은 겁니다."

많은 것이 괴물의 특성에 달려 있다. 어떤 작품에서는 신축성이 좋은, 민망한 녹색 '쫄쫄이'를 입은 연기자가 장면을 가로질러 가면서 괴물의 움직임을 흉내 낸다. 의상이 녹색이어야 특수시각효과팀의 컴퓨터들이 나중에 녹색을 CG 영상으로 대체할 수 있기 때문이다. 〈배스커빌의 사냥개들〉에서는 세세한 움직임을 보이

며 장면을 가로질러 가지 않아도 되어서 녹색 의상은 필요하지 않았어요. 하지만 배우들과 카메라들의 시선 방향을 잡을 필요가 있어서 연기자의 가슴에 작은 녹색 등을 달아야 했죠."

2006년에 '더 밀'은 〈닥터 후〉에 사용될 늑대인간을 만들어냈는데, 처음 제작한 완전한 CG 괴물들 중 하나였다. 당시에는 컴퓨터로 완벽한 털과 모피를 만들어내는 데 기술적인 한계가 있었고, 예산도 제한이 있었다. 하지만 불과 5년 후에는 30만 개의 털이 박힌 괴물을 만들어냈고, 또 그로부터 1년 후에는 300만 개의 털이 박힌 괴물을 만들어낼 수 있었다. "성능이 업데이트된 소프트웨어 덕분에 1년 전에 30만 개의 털을 그렸던 것보다 훨씬 빨리 300만 개를 그렸다는 뜻입니다." 월이 그 비밀을 밝힌다. "털이나 모피를 세밀하게 만들면 또 다른 차원이 펼쳐지며, 자금이 약간 더 들어가게 됩니다. 어깨를 나란히 하고 달리듯 기술면에서의 진보와 동시에 기술적인 기량도 진화하고 있지요. 그리고 이로 인해 사실적이고 살아 있는 것처럼 보이는 근육 위에 피부를 부드럽게 펼칠 수 있게 된 거고요."

"다들 사냥개가 털이 텁수룩한 개로 보이지 않길 바랐습니다." 장 클로드가 덧붙인다. "따라서 우린 너무 많은 털을 그려 넣지 않았어요. 제작진은 사냥개가 근육질이고 무섭게 보이기를 원했습니다. 이러한 기술적인 진보에 따라 우리는 먼저 뼈대를 그려놓고, 실제로 근육이 있는 곳에 근육을 그려 넣을 수 있게 됐죠. 지방이 있는 곳과 움직이는 곳, 근육이 불거지는 곳 위에 피부를 한 겹 넣게 된 겁니다. 따로 덧붙일 수 있는 요소들이 무수히 많아진 것이죠. 괴물의 겉모습만큼이나 그 내부의 뼈대나 근육에도 신경을 쓰게 됐다는 뜻입니다."

사냥개에 대한 기존의 콘셉트. 거대하고, 사실적으로 보이며, 흉폭하고, 근육질이며, 핏불 스타일의 괴물. 이 콘셉트는 전체의 촬영 단계를 거쳐 모형을 제작할 때까지 계속 사용되었다. 편집하는 과정에서, 사냥개가 연기자들과 떨어져 있기 때문에 몸집이 얼마나 큰지를 전달할 방법이 없다는 게 분명해졌다. 디자인을 다시 해서 초자연적이고 악마와 같은 분위기를 풍겨 커다란 몸집과 악몽의 느낌을 낼 수 있는, 프랑켄슈타인 스타일이면서 난도질당했다가 재결합된 실험실의 사냥개가 탄생되었다.

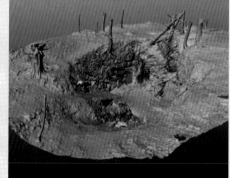

애니메이션을 만드는 절차는, 세트장에서 수집된 자료를 활용하는 추적 카메라의 장면과 촬영 전에 미리 만들어놓은 구렁의 라이더* 스캔으로 시작됐다. 이는 평탄하지 않은 유기적인 환경 때문에 스튜디오에서 '눈만으로는' 재현하기 힘든 정확한 기하학적 구조를 잡아내기 위해 사용되었다.

* 레이저 발사로 반사되는 빛을 모아 3차원적인 입체를 구성하는 장비

괴물은 기본적인 도구들과 툭 불거진 근육이 꿈틀거리는 효과를 얻기 위해 플러그인 한 가지를 사용해 마야Maya 프로그램에서 만들어졌다.
사냥개는 근육 덩어리라는 느낌을 주기 위해 기본적인 변형 도구들을 이용해서 살을 긁어내거나 붙였다. 정교하고 세밀한 부분들은 매우 사실적이고 고해상도인
피부 감촉을 얻는 데 필수적인 도구인 마리Mari에서 만들어낸 색상으로 머드박스Mudbox 프로그램에서 색을 입혔다.

마크 게이티스는 사냥개가 에피소드 내내 거의 몸을 숨기고 있어 시청자들에게 아주 잠깐이라도 보이고 싶어 했다.
그래서 우리 팀은 최후에 극적으로 등장했을 때 강력한 임팩트를 줄 수 있도록 연기와 나무들을 이용해서 사냥개의 모습이 드러나는 시기를 늦췄다.

카디프에서 가까운 포레스트 파 전원공원의 세 마리 곰 동굴 Three Bears Cave은 구렁 장면들을 찍기에 딱 들어맞는 으스스한 배경을 제공했다(위).
'실제의' 사냥개를 죽인 것처럼 연기하도록 설득하는 중(아래).

음식이 맛있기로 유명한 '크로스 키스' 식당을 찍는 데 사용된, 베일 오브 글러모건 주 세인트 힐러리에 있는 부시 여관의 안팎을 보여주는 정찰 사진들(위 왼쪽과 아래), 촬영을 하는 도중에 찍은 후속 사진(위 오른쪽).

배스커빌 연구소의 외관을 찍는 배경이 된 머서티드빌의 디네보르 암스 LNG 저장소(위)와
뉴포트에서 찍은 내부(아래).
"그 사진은 정말로 커다란 쥐의 사진입니다." 마크 게이티스의 말이다. "〈배스커빌의 사냥개들〉의 연구실 장면에서 사용된 표본 중 하나죠."

배리모어 소령의 집무실(맨 위)과 그림펜에 있는 헨리 나이트의 집(아래 왼쪽).
〈배스커빌의 사냥개들〉의 촬영에 들어가고 며칠 후 2011 BAFTA 상 최우수 남우조연상을 받은 마틴 프리먼(아래 오른쪽).

7

흥미로운 소통의 순간들

대결, 음악, 그리고 폭포를 향해서…

SHERLOCK
HOLMES

"최고의 형사가
수사하고 있습니다"

레스트레이드 경위는 셜록이 좋은 편이라고 생각할지도 모르지만, 그의 동료들도 그렇게 생각하는 것은 아니다. 〈셜록〉이 시리즈 2까지 진행되는 내내 레스트레이드의 부하들은 자문탐정을 의심하는 태도를 보였고, 그러한 모습은 〈라이헨바흐 폭포〉에서 셜록의 명성을 훼손함으로써 절정에 달했다.

"셜록은 레스트레이드를 깔보는 듯한 태도로 대하고, 레스트레이드의 아랫사람들은 모두 다 그보다 못한 대우를 받죠." 마크 게이티스의 지적이다. "레스트레이드는 여러 해 동안 셜록을 알고 지냈고, 경찰관들은 셜록에 대해서 점점 더 분개하는데, 특히 앤더슨과 도노반이 그 정도가 심했죠. 샐리 도노반은 당연히 셜록이 범죄자일 수도 있다고 생각합니다."

"앤더슨은 자신이 셜록 홈스만큼 똑똑하다고 생각합니다." 앤더슨 역을 맡은 조나단 아리스의 말이다. "말도 안 되는 소리죠. 그렇다고 앤더슨이 멍청하기만 한 건 아닙니다. 그는 뛰어난 법의학자이고, 시리즈가 진행됨에 따라 셜록도 그 점을 분명히 인식하고 존중하죠. 하지만 앤더슨의 입장에서는 법의학과는 동떨어진 셜록이 믿기 힘든 추리를 척척 해내는 걸 보고 자존심이 무척이나 상했으리라고 봅니다. 그건 완전히 마술 같은 영역으로, 앤더슨이 도달할 가능성이 전혀 없는 방식이었으니까요. 시리즈의 출발점에서부터 우린 셜록과 앤더슨이 모두 범죄 현장에 있는 모습을 보게 됩니다. 〈분홍색 연구〉에서 셜록이 마법을 부릴 수 있도록 법의학팀이 자리를 피해줘야 하고요. 앤더슨은 당연히 짜증도 나고 부끄럽기도 할 겁니다. 앤더슨과 그의 팀원들은 그 어떤 것으로도 현장을 더럽히지 않도록 모두 범죄 현장에 투입된 경찰관들이 당연히 입어야 할 종이 재질의 옷과 덧신을 신고 있어요. 그런데 셜록은 평상복을 입은 채 그냥 쳐들어와서 먼지와 세

균을 아무 데나 마구 뿌리고 과학 장비의 도움을 받지 않고도 희생자가 어디로 들어와서 어디로 가려고 했는지, 그리고 여행가방 한 개가 없어졌다는 것까지 추리해내는 겁니다···.

시리즈 1에서는 셜록이 연속적으로 앤더슨을 모욕하고, 그러는 동안 앤더슨은 셜록이 사건 현장인 방 안에 실제로 있었다고 생각하게 되죠. 앤더슨은 셜록의 추리력에 감탄하지 않고, 셜록에게 뭔가 잘못된 점이 있다고 믿게 됩니다. 시리즈 2의 마지막 부분에서 앤더슨과 도노반은 셜록을 점점 더 의심하고, 결국 셜록을 벼랑 끝으로 모는 장본인들이 되고 맙니다···."

> ### 앤더슨
> (문간에서) 그게 **끝이야.** 그들이 어디에서부터 이곳으로 왔는지 알 수 없다고. 어쨌거나 **아무것도** 말해주는 게 없다는 말이지.
>
> ### 셜록
> 맞아, 앤더슨. 아무것도 없긴 해. 남자의 **신발 사이즈와 키, 보폭**과 **걷는 속도**를 제외하고는 말이지.

비네트 로빈슨 1981년 요크셔 주 리즈 출생

TV에서의 역할(선별)

2014	〈천국에서의 죽음 Death in Paradise〉 로렌 캠피시 역
2013	〈여형사 베라 Vera〉 코린 프랭크스 역
	〈어시스턴스 Assistance〉 제니 역
2010~2014	〈셜록〉 샐리 도노반 경사 역
2009	〈워털루 로드 Waterloo Road〉 헬렌 호프웰 역
	〈호프 스프링즈 Hope Springs〉 조시 포리트 역
2008	〈패션 The Passion〉 미나 역
2007	〈닥터 후〉 아비 레너 역
	〈최강의 명의 Doctors〉 케이티 워터스 역
	〈허슬 Hustle〉 티나 역
	〈파티 애니멀 Party Animals〉 케리 역
2006	〈최강의 명의〉 멜라니 역
2005	〈응급실〉 크리스티 에반스 역
2004	〈블루 머더 Blue Murder〉 안드레아 역
	〈머피의 법칙 Murphy's Law〉 에이미 역
2003	〈비트윈 더 시트 Between the Sheets〉 트레이시 엘리스 역
2000	〈닥터스 캐스 Doctors Cath〉 비커스탭 역

영화에서의 역할(선별)

2011	〈파우더 Powder〉 한나 역
2006	〈이매진 미 앤드 유 Imagine Me & You〉 지나 역
2005	〈베라 드레이크 Vera Drake〉 자메이카 소녀 역

연극에서의 역할(선별)

2011	〈햄릿〉
	〈텐더 네이팜 Tender Napalm〉
2009	〈다커 쇼어 Darker Shores〉
2008	〈전쟁과 평화 War and Peace〉

조나단 아리스 1971년생

TV에서의 역할(선별)

2014	〈더 게임 The Game〉 앨런 몬태그 역
2013	〈화이트 채플 White Chapel〉 점원 역
2012	〈핍 쇼 벤 Peep Show Ben〉 프렌더가스트 역
	〈실크 Silk〉 닥터 리암 킹 역
	〈관광객들 Sightseers〉 이언 역
2011	〈새로운 기술 New Tricks〉 데이비드 크롤리 역
2010~2014	〈셜록〉 필립 앤더슨 역
2010	〈작은 집 The Little House〉 닥터 맥패든 역
	〈스푹스〉 아지즈 에이벡 역
	〈빙 휴먼〉 뉴스 프로 진행자 역
2009	〈아이디얼 Ideal〉 리치 역
2008	〈월랜더 형사〉 알빈손 역
	〈마법사 멀린 Merlin〉 매튜 역
	〈본키커스 Bonekickers〉 제프 그린우드 역
	〈마거릿 대처: 핀치리로 가는 먼 길 Margaret Thatcher: The Long Walk to Finchley〉 스탠리 소워드 역
2007	〈우리 가족 My Family〉 미스터 채닝 역

영화에서의 역할(선별)

2013	〈더 월드 엔드 The World's End〉 그룹 리더 역
2010	〈걸리버 여행기 Gulliver's Travels〉 릴리퍼트의 과학자 역
2009	〈브라이트 스타 Bright Star〉 미스터 헌트 역
2008	〈플로리스 Flawless〉 보일 역

연극에서의 역할(선별)

2005	〈세일즈맨의 죽음 Death of Salesman〉
1995	〈페임: 더 뮤지컬 Fame: The Musical〉

"타워 힐에서 놀아보자고"

셜록을 벼랑 끝에서 밀어버리는 일은 작가 스티브 톰슨과 새로운 감독 토비 헤인즈의 손에 맡겨졌다. 토비는 2003년에 단편영화인 〈알 보울리 찾기Looking for Al Bowlly〉로 감독으로 데뷔했고, 그 이후에는 〈커밍 업〉, 〈홀리오크Hollyoaks〉, 〈엠아이 하이MI High〉, 〈홀비 블루Holby Blue〉, 〈스푹스: 코드 9Spooks: Code 9〉, 〈빙 휴먼〉, 〈파이브 데이즈Five Days〉 같은 TV 작품을 감독했다. 2009년에 BBC 웨일스의 〈닥터 후〉팀은 스티븐 모팻이 대본을 쓰고 맷 스미스가 열한 번째 닥터로 나오는, 2부로 이루어진 마지막 회를 감독해달라고 토비를 초대했다. 토비는 그것에 이어 2010년 크리스마스 특집과 다음 해에 이어지는 시리즈의 개막작을 감독했다.

"2010년 크리스마스 직전에 〈닥터 후〉 에피소드를 몇 편 마친 참이었어요." 토비의 회상이다. "그때 〈셜록〉을 감독하는 데 관심이 있느냐고 묻는 전화를 받았죠. 처음에는 대답이 얼른 안 나오더라고요. 폴 맥기건과 같은 급으로 활약한다는 생각에 흥분이 되기도 했지만 겁이 나기도 했으니까요. 시리즈 1을 감독한 폴은 TV가 보여줄 수 있는 것을 모조리 다 보여주었습니다. 이른바 '초대박'이었죠. 따라서 이 할리우드 감독에게 창피를 당하는 게 아닌가 하고 약간 걱정이 됐죠. 그런데 그건 상당히 멀리 떨어진 훗날의 일로, 다음 해의 시리즈가 시작되기 전까지는 넉 달 정도가 남아서 오스트레일리아에서 개인적인 시간을 좀 갖기로 했습니다. 그리고 바로 그곳에서 2월 말에 〈셜록〉의 감독을 맡기로 결정한 겁니다. 닥터 후는 어렸을 때부터 사

랑했고 항상 작업해보고 싶은 인물이었던 터라 성인이 되어 그 작품의 일부가 되어 정말 흥이 났었죠.

내게 셜록 홈스는 또 다른 TV 영웅이어서 어렸을 때는 그에게 푹 빠져 있었습니다. 원작 소설도 다 읽었고, TV로는 제레미 브렛이 열연한 홈스에, 라디오는 클라이브 메리슨의 홈스에 열광했었죠. 이 성실한 영웅을 정말 사랑하지만, 어떤 면에서는 우주를 누비는 천재로부터 지구에 발을 붙이고 살아가는 천재인 셜록 홈스에게로 갑작스런 비약이 있어 좀 망설였다고나 할까요? 일단 결정을 내리고 나니 기분이 좋아지더군요.

그런 다음 샌프란시스코에서 열리는, 만화책과 과학소설 및 영화를 모아놓고 즐기는 '원더콘WonderCon' 축제에 갔습니다. 난 닐 게이먼과 함께 패널의 일원이었고, 그와 함께 〈닥터 후〉의 새로운 시리즈가 출발한다는 걸 홍보했죠. 그곳에는 3천 명가량의 관객들이 있었는데, 다음 작품이 무엇이냐는 질문을 받았을 때 내가 〈셜록〉이라고 대답하자 관객들이 완전히 열광의 도가니에 빠져버린 겁니다! 사람들의 반응을 보자 이 작품이 정말 특별하다는 것을 깨달았죠.

하츠우드는 처음에 내가 어떤 에피소드를 담당할지 확정 짓지 않았고, 난 사냥개 이야기를 정말 하고 싶었어요. 그게 셜록 홈스 스토리의 결정판일 뿐만 아니라 호러물의 요소를 갖추고 있었고, 난 호러물의 팬이었으니까요. 더군다나 〈닥터 후〉를 이미 감독해봤던 터라 사냥개 이야기가 감독으로서의 나의 감성에 잘 맞을 거라는 걸 알고 있었죠. 그러던 중 제작진이 내가 감독할 작품은 〈배스커빌의 사냥개들〉이 아니라 시리즈의 마지막 편인 〈라이헨바흐 폭포〉라고 알려줬는데, 그건 전혀 생각을 해보지 않았던 것이었죠.

또 다른 요소는 〈셜록〉이 90분짜리로 영화와 같은 포맷이라서 TV 드라마로는 나의 첫 작품이고 매우 매력적이라는 것이었어요. 한 달 만에 영화 한 편을 찍는다는 건 무척이나 벅찬 일이었는데, 특히 대본의 초고만 본 데다 내용이 무척이나 어마어마하니 그럴 수밖에요. 3막에 아무렇지도 않게 자동차 추격전을 적어 넣은 대본을 보면 공포에 질리지 않겠어요! 예산과 일정이라는 면에서 TV 식의 접근을 해야 하기 때문에 복도의 같은 부분이라도 가능한 한 모든 각도

아서 코난 도일 경의
《마지막 사건》에서 발췌

"그렇게만 된다면, 왓슨, 내가 헛되게만 살아온 게 아니라고 감히 말할 수 있을 걸세." 홈스가 말했다. "설혹 나의 탐정 경력이 오늘 밤에 끝난다고 하더라도 침착한 마음으로 지난날을 되돌아볼 수 있을 거야. 런던의 공기는 내가 있음으로 해서 좀 더 달콤해졌지. 지금까지 1천 건이 넘는 사건을 해결하면서 내 능력을 나쁜 편에 서서 사용한 적은 단 한 번도 없네. 최근에는 우리 사회의 인위적인 상태에서 초래된 피상적인 문제들보다는 대자연이 마련해준 문제들을 연구하고 싶다는 마음이 들긴 했었지. 유럽에서 가장 위험하고 능력이 있는 범죄자를 체포하거나 제거해서 나의 경력에 정점을 찍는 날, 왓슨, 자네의 기록도 마침내 끝이 날 걸세."

아서 코난 도일 경의
《마지막 사건》에서 발췌

"저, 혹시." 난 서둘러 다가가며 물었다. "그 여자분의 상태가 더 악화된 건 아니겠죠?"

그의 얼굴에 놀라는 표정이 떠올랐다. 눈썹이 가볍게 떨리는 것을 보는 순간, 난 심장이 덜컥 내려앉는 것 같았다.

"이 편지를 쓰지 않았군요?" 난 주머니에서 편지를 꺼내며 물었다.

"호텔에 아픈 영국 여인이 있지도 않겠고요?"

"당연히 없죠!" 그가 소리쳤다. "그런데 우리 호텔의 마크가 찍혀 있네요! 아, 선생님들께서 떠난 후에 들어온 키가 큰 영국 남자가 쓴 게 분명합니다. 그 사람이 말하길…."

하지만 호텔 주인의 설명을 기다릴 여유가 없었다. 난 공포에 질린 채 벌써 마을길을 내달려 조금 전에 내려왔던 좁은 길을 다시 뛰어 올라갔다.

아서 코난 도일 경의
《프라이어리 스쿨 The Adventure of the Priory School》에서 발췌

"아주 중요합니다!" 우리의 방문객이 두 손을 번쩍 처들었다. "홀더니스 공작의 외아들이 유괴되었다는 소문을 듣지 못했습니까?"

"뭐라고요! 얼마 전까지 장관이었던 분 말입니까?"

"바로 그분입니다. 우린 언론에 알려지지 않도록 최선을 다했지만, 간밤의 〈글로브〉 지에 소문이 실리고 말았죠. 그래서 당신도 이미 알고 계시리라 생각했던 겁니다."

스티브 톰슨의
〈라이헨바흐 폭포〉에서 발췌

셜록

전부 사실이야. 키티가 나에 대해서 쓴 모든 게 다. 내가 모리아티를 만들어냈어. 난 가짜야. 모든 사건들도, 그 추리들도 다. 신문에서 말한 게 다 맞아. 레스트레이드에게 전해. 허드슨 부인이랑 몰리에게도. 아니, 들으려고 하는 모든 사람들에게 다 말해주란 말이야. 잘 먹고 잘 살려고 내가 모리아티를 만들어냈다고. 그렇게 똑똑한 사람이 있을 리 없지. 네 뒷조사를 했다고. 우리가 만나기 전에. 너에게 깊은 인상을 줄 뭔가를 찾아냈어. 이건 속임수야. 마술처럼 속임수를 쓴 거라고. 안 돼. 움직이지 마. 그 자리에 그대로 있어. 내게서 눈을 떼지 말고. 날 위해서 해줄 게 있어. 이 통화 말이야. 이게 어떤 면에서는 내 유서야. 네가 유서를 작성해줬으면 해.

스티브 톰슨의
〈라이헨바흐 폭포〉에서 발췌

그가 현관문에 서자 허드슨 부인이 워크맨이라고 적혀 있는 작업복을 입고 자신의 플랫 문간에 모습을 드러낸다.

허드슨 부인

닥터 왓슨! 심장이 떨어질 뻔했어.

존

그런데….

허드슨 부인

이제 다 잘된 거지? 경찰과의 문제 말이야. 셜록이 다 처리했겠지?

공포의 표정이 짙게 드리운 존에게 카메라가 고정된다.

존

오, 하느님 맙소사.

존은 문을 활짝 열어둔 채 밖으로 튀어나간다.

스티브 톰슨의
〈라이헨바흐 폭포〉에서 발췌

셜록

납치 사건이야.

레스트레이드

루퍼스 브릴, 주미대사일세.

존

(당혹한 표정으로) 그분은 워싱턴에 있을 것 아닙니까?

레스트레이드

그분이 아니라 자식들일세.

존

뭐라고요?

레스트레이드

(서류를 보며) 맥스와 클로데트인데, 일곱 살과 아홉 살이네.

도노반이 그들에게 사진 한 장을 보여준다. 천사 같은 아이들이다.

레스트레이드(앞에서 계속)

그 애들은 세인트 올데이츠에 있네.

도노반

서리 주에 있는 상류층의 기숙학교예요.

로 잡아 사용해야 하죠. 대본은 112페이지나 됐는데, 일반적으로는 대본 한 페이지당 1분의 분량을 상정합니다.

그리고 대본들은 시리즈 1의 연장선상에서 작성되기 때문에 그 장면들을 살리는게 굉장히 두렵기도 하고요. 대본을 보기만 해도 '이건 절대로 불가능하다'라는 생각이 절로 들 겁니다. 하지만 그런 대본들을 잘 살펴본 뒤 가능한 방법을 찾아내는 게 감독의 일이죠.

촬영은 무척 재미있었지만 편집은 힘들었습니다. 보통은 5주면 되는데 7주나 걸렸을 정도였어요. 우리가 한 편집의 초점은, 사건이 더 해결되지 않을 것처럼 보이게 만들어서 해결이 한층 더 인상적이도록 만드는

것이었죠. 편집자인 팀 포터는 그러한 요구에 부응하는 환상적인 작업을 해냈어요. 찰리 필립스는 폴 맥기건이 감독한 에피소드들의 편집자였는데, 어떤 면에서는 폴이 내 어깨에 올라앉아 날 지켜봤던 것처럼 찰리는 팀의 어깨에 올라앉았죠. 팀과 난 위대한 멘토들을 배경 삼아 능력을 키우려고 했던 겁니다. 우린 신문들이 뱅글뱅글 돌아가는 장면이 필요했고 그걸 일찌감치 논의하긴 했지만, 그런 장면이 너무 많이 필요할지도 모른다고 생각하고 포기했어요. 하지만 에피소드를 다 결합했을 때 그 장면이 정말로 필요하다고 여겨서 편집 과정에서 촬영에 사용된 미술팀의 신문들을 이용했습니다."

셜록 시리즈 2 　　　　　　　　　　　　　　　　　　　　라이헨바흐 폭포

2　외부. 화랑/택시. 낮 　　　　　　　　　　　　　　　2

화랑에서 거리로 나온다….

> **셜록**
>
> 고성능의 소시오패스야. 기억하지, 존? 난 '부디'라는 말도 '고마워요'라는 말도 하지 않아. 그런 것들은… 행동을 구속하는 구태의연한 말일 뿐이라고.

> **존**
>
> 소시오패스라는 건 알겠어. '고성능'은 언제 발휘되는 거지?

자신들이 쓴 기사를 정리하기 위해 떠나는 기자들에게 고개를 끄덕인다.

> **존(앞에서 계속)**
>
> 저 사람들을 보라구. 작성한 기사를 정리하려고 떠나는 거야.

> **셜록**
>
> 나도 알아.

> **존**
>
> 너에 대해서 쓴 기사를 말이야.

> **셜록**
>
> 그래서?

곤란한 표정을 지으며 기자들을 쳐다보는 존에게 카메라가 고정된다.

> **존**
>
> 지켜보라구. 그게 다야, 그냥 지켜만 보란 말이야.

셜록 시리즈 2 　　　　　　　　　　　　　　　　　　　　라이헨바흐 폭포

24A　내부. 보물관. 낮 　　　　　　　　　　　　　　24A

유리 상자가 박살 나 있고, 바닥에서는 유리 조각이 반짝거린다. 이제 '출입금지' 테이프가 둘러쳐지고, 과학수사팀이 증거를 확보하기 위해 들어선다. 셜록과 존, 레스트레이드는 테이프 밖에 서서 그저 지켜보기만 한다.

> **레스트레이드**
>
> 이렇게 될 수는 없네. 저 유리는 그 어떤 것보다도 단단하거든.

> **셜록**
>
> 어쩌면요.

셜록의 눈이 무엇인가를 포착하고 재빨리 움직인다.

셜록의 시점. 박살 난 유리 조각들 사이에서 반짝거리는 다른 조각, 짐의 다이아몬드에 줌인.

> **셜록(앞에서 계속)**
>
> (레스트레이드를 향해 돌아서며) 녀석은 어디에 있죠? 어디로 데려간 겁니까? 난 모리아티를 원한다고요!

> **레스트레이드**
>
> 음… 모리아티도 자넬 찾고 있으니 피장파장이군.

삭제 장면

36 내부. 베이커 가 221B. 밤   36

베이커 가로 돌아온다. 카메라들이 찰칵거리는 소리를 낸다. 문이 쾅 닫힌다. 허드슨 부인이 머리를 쑥 내민다. 새 옷 차림에 아주 대담한 화장을 하고 있다. 지금까지 봤던 것 중에서 가장 매력적인 모습이다.

허드슨 부인

너희들을 TV에서 봤다. 존이 아주 멋지게 보이더구나.

셜록

립스틱 발랐어요?

허드슨 부인

창문으로 날 찍을지도 모르잖아. 셰리주 한잔하지 않겠니?

존과 셜록은 휘파람을 불고 허드슨 부인을 지나쳐 터덜터덜 계단을 올라간다.

49 내부. 베이커 가 221B. 낮   49

짐

배워두라고. 내가 셜록 홈스, 자네 덕분에 추락을 경험했잖아. 내가 빚을… 졌단 말이야.

밖에서 사람들의 목소리가 들린다. 셜록이 창밖을 내다본다.
셜록의 시점. 레스트레이드가 자신의 경찰차에서 내려 달려온다. 존도 함께 달려온다. 돌아보니 짐이 사라졌다. 주방의 전등이 흔들거리고, 침실 문이 쾅 닫힌다. 뒷문으로 나가 비상구로 내려간 것이다. 레스트레이드가 문을 박차고 달려 들어오고, 존이 그 뒤를 따른다.

레스트레이드

모리아티는…?

셜록이 고개를 가로저으며 사과를 집어 든다. 모리아티가 칼로 세 개의 글자를 새겼다. 'IOU*'.

54 내부. 디오게네스 클럽. 낮   54

존

셜록의 스머프들이 다 곤경에 처했나요? 군인 인형은 다 부서졌고요?

마이크로프트

자네가 셜록을 보호하길 원한다는 건 잘 알고 있네. '분노에 찬 운명의 돌팔매질과 화살의 공격'으로부터 말일세. 의사의 기질 때문인 것 같네만… 아니면 다른 이유 때문인지도 모르지. 뭔가 약점이 있거나 영웅 숭배 같은….

존

말씀 다 끝난 겁니까?

존이 떠나려고 일어선다.

마이크로프트

우린 둘 다 어떤 일이 닥쳐올지 알고 있네, 존. 모리아티는 강박 관념에 사로잡혀 있어. 유일한 적수를 파멸시키겠다고 맹세했단 말일세.

대본을 맡은 스티브 톰슨이 공동작업 과정에서 나오는 포부를 드러낸다. "스티븐과 마크가 시리즈 전반을 구상하고, 그런 다음 날 초대했죠. 그들이 찾아와서는 《보헤미아 왕가의 스캔들》과 《배스커빌 가의 사냥개》와 《마지막 사건》을 할 예정인데, 난 세 번째 것을 쓰게 될 거라고 하더군요. 셜록이 표면적으로 죽는 가장 중심이 되는 작품이니 아주 중요한 의뢰였죠. 우선 원작 소설을 읽고 그중 일부를 따내는 겁니다. 우린 항상 모든 책들과 셜록 홈스의 다른 각색에서 일부를 빌려 쓰고 있었습니다."

〈라이헨바흐 폭포〉에서 모리아티가 재판 받는 장면은 중요한 소스 중 하나인, 바실 래스본이 홈스로 등장하는 두 번째 영화인 〈셜록 홈스의 모험〉을 오마주한 것이다. 영화에서는 모리아티가 살인 혐의에 대한 무죄 선고를 받은 후에 런던탑에서 왕관의 보석을 훔치는 것으로 전개된다. 〈셜록〉 팀은 짐 모리아티가 런던탑 안으로 침입하는 걸 묘사하는 데 새로운 문제에 직면한다.

"대본은 이미 완성되어 있었어요." 스티브의 말이다. "그런데 촬영에 들어가기 2주 전에 탑에서 촬영할 수 없다는 통보를 받았죠. 내규에 여왕 폐하의 소유물이 도난당하는 것을 보여줄 수 없다고 규정되어 있었나 봅니다."

"런던탑에 근무하는 사람들은 원래 협조할 생각이었어요." 토비가 스티브의 말에 동의한다. "촬영에 대해서 아주 호의적이었으니까요. 그래서 정찰도 나갔던 거고요. 직원들은 왕관의 보석이 소장된 워털루 병영 주위도 보여줬습니다. 그래서 내가 한마디 했죠. '모리아티가 왕관의 보석을 훔치는 곳으로 아주 좋은데요.' 장교 한 명이 묻더군요. '뭐라고 했습니까?', '아, 모리아티가 왕관의 보석을 훔치려고 침입할 거라고요.', '이런! 그렇게는 안 되겠습니다.' 런던탑 구내에서 차량 추격전을 벌이는 것은? 문제가 없다. 왕관의 보석을 훔치는 것은? 고려할 가치도 없다. 따라서 런던탑은 갑자기 출입금지 지역이 됐고, 결국 촬영은 카디프 성에서 이루어지게 된 겁니다."

---

* 빚을 졌다는 뜻

"거미줄 한복판에서 기다리는 거미"

"촬영 첫날에는 모두의 이목이 집중되어 있었죠." 스티브의 회상이다. "베이커 가 221B에 있는 앤드류 스콧과 베네딕트 컴버배치의 장면인데, 두 사람 다 대본의 자기 역할을 제대로 해내고 있었어요."

"마크와 스티븐은 셜록 홈스가 등장하는 다양한 영화들을 내게 보여줬어요." 토비의 말이다. "그런데 《녹색 옷을 입은 여인The Woman in Green》에 모리아티가 베

제목: 녹색 옷을 입은 여인

발신: 스티븐 모팻
수신: 토비 헤인즈
발신일 2011년 6월 4일 08:52

이건 우리가 너무나도 사랑하는 래스본과 모리아티가 만나는 장면이고, 우리의 작품에서도 따라하는 장면일세. 그냥 우리의 생각이니 꼭 그대로 할 필요는 없지만, 어쨌든 난 이 장면을 좋아하네. 계단을 올라가는 것과 바이올린 소리만은 꼭 살려주면 좋겠군. 고전적인 방식을 자네가 좋아한다면 래스본과 헨리 대니얼(모리아티)의 대면 장면도 꽤나 그럴듯하다네.

스티븐

제목: 회신) 녹색 옷을 입은 여인

발신: 토비 헤인즈
수신: 스티븐 모팻
발신일 2011년 6월 4일 09:26

좋아요. 와이파이에 연결하자마자 이 영화를 보도록 하죠. 난 우리 에피소드에 실린 계단과 바이올린 장면을 좋아하고, 아주 멋지게 작업을 한 것 같습니다. 짐 모리아티가 이곳에서도 탑에서와 마찬가지로 아주 잠시 동안… 얼굴 없는 사악한 존재로 보이도록 모든 걸 다 했으니까요 (ㅠㅠ!).

그런데 이 장면이 오마주인 줄은 정말 몰랐는데요!

이건 와이파이가 되지 않아 통신비를 들여 보내는 겁니다.

제목: 회신) 녹색 옷을 입은 여인

발신: 스티븐 모팻
수신: 토비 헤인즈
발신일 2011년 6월 4일 09:28

너무 오마주에 집착하지 말고, 스토리텔링의 좋은 부분만 참고해주게.

이커 가의 집으로 들어오는 이 환상적인 장면이 있는 겁니다. 대본으로야 〈라이헨바흐 폭포〉에서 그 장면을 그대로 따라하면 됐지만, 화면에서는 또 다른 문제죠. 그래서 모리아티의 발이 계단을 올라가는 장면으로 처리했습니다.

난 나름대로의 스토리보드를 준비했고, 긴장감을 한껏 고조시키고 싶었어요. 누구나 거북하게 느낄 수 있도록 대상을 최대한 클로즈업해서 잡았습니다. 그건 대본의 여덟 페이지에 해당하는 비중이 큰 장면이었는데, 그날 또 다른 장면들을 찍기로 되어 있었죠. TV에서는, 일이 많은 날에는 대본의 여섯 페이지를, 일이 적은 날에는 세 페이지를 찍는 게 보통입니다. 그런데 촬영 첫날부터 엄청난 작업을 한 겁니다. 여덟 페이지에 달하는 이 장면뿐만 아니라 셜록과 존이 신문을 보는 장면에다가, 어쩌면 목이 매달린 마네킹 장면까지 찍어야 할지도 몰랐으니까요. 하지만 그래야 하는 이유도 잘 알고 있었죠. 사실 그날 모든 걸 끝내진 못했어요. 폴 맥기건이 전화해서 이렇게 말하더군요. '계속 집중하라고. 필요한 장면을 확실히 얻어야 하네. 얻었다는 확신이 들 때까지 꼼짝도 하지 마.' 폴은 친절하게 알려준 것이지만, 그로 인해 훨씬 더 조바심이 난 겁니다! 그 에피소드를 찍는 동안 가장 큰 영향을 미친 사람은 폴이었어요.

앤드류 스콧은 아주 재미있는 연기자입니다. 안 해본 역할이 없었고, 항상 새로운 역할에 도전하죠. 그러니 모든 역할이 다 다를 수밖에 없어요. 몇몇 장면에서는 오페라에 나오는 곡을 노래하기도 하는데, 정말이지 정신을 차릴 수 없었어요. 앤드류는 새로운 역할에 자신을 밀어붙입니다. 그와 함께 일할 수 있어 행복했지만, 동시에 단단히 각오해야 하죠.”

“모리아티가 장난기 많은 사람이라는 사실이 무척

이나 중요합니다." 앤드류의 단언이다. "모리아티는 재미있는 사람이라 시청자들을 위해서만이 아니라 그를 위해서도 엄청난 재미가 있어야 하죠. 시청자들은 모리아티와 함께 마음껏 웃어야 하는 겁니다." 앤드류는 〈벨그레이비어 스캔들〉에서 모리아티가 등장한 거리의 장면들을 좋은 예로 인용한다. "모리아티가 빅벤을 향해 라즈베리를 훅 부는 장면은 런던을 배경으로 찍었기 때문에 재미있었습니다. 촬영 첫날, 우린 그처럼 공개된 장소에 있느라 등장인물이 누구인지를 사람들이 다 알아본다는 걸 피부로 느낄 수 있었어요. 등장인물이 사람들의 마음속에 얼마나 박혀 있는지를 깨달았던 겁니다. 스티븐과 마크가 정말 아끼고 아껴서 늘 배경으로만 존재하도록 했기 때문에 화면에 등장한 시간이 거의 없었음에도 모리아티가 가지고 있는 영향력이 놀랍기만 했습니다. 모호하게 던지는 위협이 사실적으로 드러날 때보다 훨씬 더 무서울 수 있다는 걸 분명히 보여주는 대목이었죠."

앤드류는 왕관의 보석 장면도 좋아한다. "절대적인 혼란을 초래할 수 있는 심각한 일들이 행해질 때조차 모리아티는 그 일들을 심각하게 받아들일 필요가 없다는게 〈셜록〉의 매력이죠. 그 장면에서 춤을 추는 게 너무나 당연하다고 느껴졌다니까요. 제작진이 그 장면에서 '도둑 까치 서곡'을 삽입시키려고 했다는 걸 전혀 모르고 있었지만, 그 음악을 삽입하자 그야말로 환상적이었습니다."

"음악은 필수적인 요소죠." 마크 게이티스의 언급이다. "음악이 들어가지 않을 때 음악이 얼마나 중요한지를 알게 됩니다. 음악이 제대로 전달되면 온몸이 짜릿할 정도로 만족스럽죠. 악보를 따라 환상적인 여행을 떠남과 동시에 감정도 고조됩니다. 〈셜록〉 같은 스릴러에서는 장대하면서도 영화적인 사운드를 기대했어요."

"세트장에서는 대화가 없는 장면들이 이어지는 경우에 연기자들을 도와주고 어떤 일들이 벌어지려는 곳으로 안내하기 위해 음악을 재생하곤 합니다." 토비의 말이다. "우린 모리아티가 대담한 절도 행각을 벌이는 신에서 로시니의 도둑 까치 서곡을 사용하려고 생각했죠. 난 항상 대본이 하나의 이미지를 갖도록 하는데, 이

셜록 시리즈 2   라이헨바흐 폭포

56A **외부. 베이커 가. 낮**   56A
존과 셜록이 경찰차에 올라탄다.

셜록
마이크로프트는 어떻던가?

존은 당황한다. 셜록이 그걸 어떻게 알았지? 냄새인가….

셜록(앞에서 계속)
가죽 광택제. 오래된 위스키. (거리를 가리키며) 형이 새로운 이웃들에 대해 물어봤겠군.

존
넌 이미 알고 있었어.

셜록
난 벌건 대낮에 네 개의 커튼이 쳐져 있다는 걸 알고 있었어. 그러니 '누가 그 커튼 뒤에 있을까?' 하는 게 흥미로울 수밖에.

존이 위를 쳐다본다. 거리 쪽의 네 개의 플랫 창문에 분명히 커튼이 쳐져 있다. 커튼을 올려보다가 이마를 찌푸리는 셜록을 카메라가 더 가까이 잡는다. 뭔가 다른 게 있다! 벽 한 부분에 낙서가 되어 있다. 낙서에 섞여 있긴 하지만 자세히 들여다보면 세 개의 글자가 분명히 보인다. I.O.U. 카메라가 셜록을 잡고, 이 글자를 보고 눈을 번쩍이며 감탄한다.

셜록(앞에서 계속)
드디어 시작하려나 보군!

존
잘못 들었는데, 뭐라고?

셜록
아무것도 아니야. 아무것도.

셜록 시리즈 2   라이헨바흐 폭포

83 **내부. 스코틀랜드 지역. 사건이 발생한 지역의 수사본부. 밤**   83
어둠. 도노반이 컴퓨터 앞에 앉아 있다. 클로데트 브릴이 찍힌 CCTV 테이프를 살피고 있는 중이다. 화면에서 셜록이 방 안으로 들어오자 여자애가 비명을 지르기 시작한다. 계속되는 비명… 클로데트가 비명을 지르는 얼굴에서 화면이 정지한다. 그리고 문에서 노크 소리가 들린다. 앤더슨이 들어온다.

앤더슨
자기가 보낸 문자를 받았어.

도노반
자기가 꼭 봐야 할 게 있어.

〈셜록〉에 삽입된 음악은 로시니나 바흐나 비지스의 곡이 아니라, 영화와 TV 음악에서 막대한 업적을 쌓고 상도 수상한 작곡가인 데이비드 아널드와 마이클 프라이스의 작품이다. 마이클의 이름은 〈라이트필즈 Lightfields〉, 〈미스터 스팅크 Mr Stink〉, 〈판타스틱 피어 오브 에브리씽 A Fantastic Fear of Everything〉, 〈더 인비트위너스 무비 The Inbetweeners Movie〉에 올라가 있으며, 데이비드는 다섯 편의 제임스 본드 영화와 〈인디펜던스 데이 Independence Day〉, 〈리틀 브리튼 Little Britain〉의 사운드트랙과 2012 런던 올림픽의 개막식 음악으로 잘 알려져 있다.

"첫 번째로 할 일은 주제곡과 그에 맞는 인물을 만들어내는 것이었죠." 데이비드의 회상이다. "이 작업은 영화와 제작진이 만들고 있는 인물과 관련이 있어요. 그래서 스티븐과 수, 마크와 함께 여러 차례 논의를 거친 후에 마이클과 난 〈셜록〉의 음악을 정의하는 공통점을 찾아냈죠. 전자음, 합성음, 고전적인 오케스트라, 밴드, 재즈… 어떤 쪽으로 접근하게 될까요? 우선 음악의 바탕을 찾아야 했죠. 따라서 최초의 단계는 접근 방법 자체를 발견하는 것이었어요. 우린 파일럿 에피소드를 함께했고, 모든 게 분명해졌습니다.

주인공들부터가 매우 달랐어요. 셜록은 수수께끼 같은 사람으로, 뛰어난 천재성 속에 스스로 영웅으로 여기는 심리도 갖고 있는 고성능 소시오패스, 혹은 경계성 소시오패스입니다. 그는 심각한 사람들과 섬뜩한 사람들한테서 벌어지는 문제를 해결하는 걸 좋아합니다. 그러면서 어느 정도 흥분을 느끼죠. 따라서 우린 시청자들이 셜록의 결단력과 재능을 즐길 수 있도록 셜록에게 음악적 특색을 부여했습니다. 현재 진행되는 것이 장엄하고, 중요하고, 위험하긴 하지만 그와 동시에 아름답고 엉뚱한 것으로 느껴지도록 말이죠.

어떤 면에서는 존 왓슨에게 접근하는 게 훨씬 어려울 수도 있어요. 아프가니스탄에서 돌아온 군의관이라는 입장은 다소 공감가는 부분이 있으면서, 셜록이 자신의 가설을 던지고 그 반응을 보는 단순한 표적판 이상의 사람이니까요.

존은 자신의 역사와 인생을 가지고 있고, 나름대로의 의혹과 감정도 가지고 있

죠. 그래서 존이 전쟁 경험을 생생하게 회상하는 도입 부분부터 바로 현실세계에서 공감할 수 있는 뭔가를 만들고 싶었습니다.

감독과 제작자들은 우리가 음악을 녹음하기 전 데모 테이프를 듣고 싶어 합니다. 녹음 단계로 들어가기 전에 고칠 게 있으면 미리 수정하려고요. 따라서 우린 수많은 음악을 미리 녹음했죠. 악기 연주부터 신디사이저며 샘플 모음집을 이용한 것들까지 가리지 않고요. 그것들은 결국 배경 음악으로 활용되고, 그 위에 진짜 악기나 오케스트라가 연주하는 것을 녹음하게 되죠. 장면에 맞는 템포로 연주할 수 있도록 연주자들이 쓰고 있는 헤드폰에서는 우리가 녹음한 것과 동일한 빠르기의 '클릭 트랙'이 흘러나옵니다. 그렇게 함으로써 음악이 화면과 맞아떨어지는 거죠. 예를 들면, 셜록이 화면의 한쪽에서 걸어 나와 다른 쪽으로 가 주위를 둘러본다면, 그게 몇 초나 걸렸고 몇 프레임인지를 알게 되는 겁니다. 연주자들은 그 속도에 맞춰 연주하는 것이고요."

마이클 프라이스는 실황 녹음 연주 준비가 몹시 힘들고 복잡하다고 지적한다. "전혀 과장이 아닙니다. 세 편의 90분짜리 에피소드에 대한 작업을 하는 데 각 에피소드마다 상당한 양의 음악이 필요하기 때문에 빠르게, 정말 빠르게 곡을 써야 했죠. 모든 사람들이 연주할 수 있도록 종이 위에 엄청난 양의 음표를 그려야 했단 말입니다! 이건 정말로 팀원들의 노력이 있어야 가능한 일이죠. 작곡팀의 모든 사람들이 쏟아부은 헌신과 노력은 정말 막대한 것이었습니다. 데이비드와 난 조수, 프로그래머, 오케스트라용 편곡자와 일반 편곡자들과 함께 일했죠. 연주자들을 불러들이기 전에 한

작곡가 데이비드 아널드

점의 오류도 없도록 확실히 하기 위해서 정말 열심히 일했고요. 그런 후에 일들을 척척 해치우면서 스튜디오에서도 부산을 떨게 됩니다. 빠른 시간 내에 놀라운 일을 해내는 거죠. 난 지휘를 하고 있어서 내 헤드폰에서는 '클릭 트랙'이 흘러나오고, 연주에 참여한 악기 소리만이 아니라 내게 무엇을 할 것인지 지시하는 조정실 사람들의 목소리도 들어야 하죠. 그건 항상 즐거운 일이었어요. 필름에 담긴 영상에는 연주자들의 모습이 전혀 보이지 않지만, 난 바로 눈앞에서 연주자들을 보고 있고, 다양한 기술적인 정보들도 얻고 있으니까요."

"일단 연주자들을 참여시키면." 데이비드의 말이다. "음악이 살아나기 시작하고 진정한 인격을 갖게 됩니다. 그리고 음악이 들리는 방식과 시청자들이 프로그램을 인식하는 방식에 크나큰 차이를 초래할 수 있죠."

마크도 그의 말에 동의한다. "그건 아주 커다란 차이를 만듭니다. 우리가 셜록 홈스를 바이올린과 연결시켜 생각하기 때문에 특히나 현악기는 특별한 이미지를 갖죠. 데이비드와 마이크는 〈셜록〉

에 꼭 들어맞는, 환상적이며 강력한 주제곡을 작곡해줬습니다."

"난 작품에 항상 수많은 음악들을 사용합니다." 토비의 말이다. "감독으로서의 일은 시청자들에게 폭넓은 호소력을 가져다주고 그 안에 들어 있는 인간적인 요소를 드러내는 데 도움을 주는 것이죠. 등장인물이 어떤 상태에 있느냐를 이해하고 정교한 카메라 워크를 통해 그걸 완성하는 겁니다. 여러분이 지나친 감상에 빠지지 않으면서 정서적인 영향을 받도록 말이죠. 그리고 음악이야말로 그런 일을 하는 데 핵심적인 요소고요. 스티븐 프리어즈 감독은 영국 국립영화학교에서 나의 지도교수였는데, 그가 가르쳐준 중요한 점들 중 하나가 재능이 다른 사람들이 자기 일을 하고 있는 걸 방해하지 말라는 것이었죠. 자부심을 가져야 하는 건 사실이지만 다른 사람들을 방해하지 않는 유연성도 있어야 한다고 했습니다."

삭제 장면

셜록 시리즈 2

라이헨바흐 폭포

100

100 내부. 플랫. 밤

짐(앞에서 계속)

때리지 마. 내게 손가락 하나 갖다 댈 생각 하지 말라구!

셜록

됐어. 그만해. 당장!

짐이 겁은 먹었지만 놀랐다는 시선으로 셜록을 멍하니 쳐다본다.

짐

맙소사, 당신, 이게 모두 사실이라 생각하나 본데? 정말 미친 거 아니야?

키티

자신이 좋은 사람으로 보이게 아주 나쁜 악당을 만들어낼 정도로 미쳤죠. (존에게) 닥터 왓슨, 그 문제에 대해서 생각 해보라고요. 최악의 적수? 범죄자의 우두머리? 당신에게 이게 사실처럼 보이나요? 이 모든 걸 꾸며낼 수 있는 유일 한 사람이 누구죠?

카메라가 잠시 비틀거릴 뻔한 존을 잡는다. 그런데… 짐이 그 틈을 타서 복도를 내달려 욕실로 뛰어들고는 문을 쾅 닫는다. 셜록이 짐의 뒤를 다급하게 쫓아간다. 욕실 문이 잠겨 있다! 발로 한 번, 두 번 찬다. 문이 활짝 열린다. 짐이 사라졌다. 존이 창문을 향해 뛰어가려 는 걸 셜록이 막는다.

셜록

녀석에게는 지원군이 있을 거야.

키티

셜록 홈스, 당신, 이거 알아? 똑바로 보니 당신 속이 다 들여다보여. 당신은… 역겹다고.

셜록은 아무 대꾸도 하지 않고 그녀 곁을 뛰어 지나 간다!

셜록 시리즈 2

라이헨바흐 폭포

107E 외부. 바트의 옥상. 낮.

107E

셜록

속셈이 너무 빤히 들여다보이더군. 존은 빼주게나.

짐

그걸 알아차렸나?

셜록

제발!

짐

음… 그냥 우리 둘이서만 있고 싶었거든. 방해하는 사람 없이. (씩 웃으며) 다 자네가 자초한 일이라는 걸 아나? 내가 한 일이라고는 아주 작은 실 하나를 잡아당긴 것뿐이라고. 억울한 모든 일은 다 자네가 만들어냈단 말이야. 난 그저 그 불똥이 자네에게 떨어지도록 살짝 건드렸을 뿐이라고.

셜록

아직은 네가 이긴 게 아니야.

짐

아니라고?

셜록

아니. 난 여전히 내가 결백하다는 걸 증명할 수 있어. 네가 신분을 위조했다는 걸 증명할 수 있단 말이야….

짐

자네가 자살하는 게 훨씬 수월할걸?

음악이 그 무지막지한 행위에 안성맞춤인 것처럼 보이
더군요."

___ "이번엔 바츠 병원의 옥상이야" ___

"언제, 어느 때가 논란의 소지가 있는 흥미로운 순간
인가? 줄거리를 논의할 때마다 항상 찾는 것 중 하나
가 이 질문에 대한 해답입니다." 스티브 톰슨의 말이다.
"월요일 아침에 출근했을 때 모든 사람이 관심을 가지
고 이야기하는 게 무엇일까? 사실 셜록의 '죽음'이야말
로 우리가 궁극적으로 내세우려고 한 순간이었죠. 그
의 죽음이 엄청난 충격을 줄 거라는 걸 알고는 있었지
만, 그게 얼마나 엄청날지는 예측하지 못했던 겁니다.
이 장면이 방송되고 몇 달이 지난 후에 몇몇 학교를 방
문할 기회가 있었는데, 그때마다 쏟아지는 질문이 '셜
록이 어떻게 다시 살아나는 건가요?'였어요. 그리고
〈타임〉과 〈가디언〉이 운영하는 웹페이지에서 다들 셜
록이 어떻게 살아났는지를 밝혀내려고 토의가 벌어질
줄은 꿈에도 생각하지 못했죠. 온라인에서 논의되는
것들 중 몇 가지가 나름 그럴듯했고, 한두 개는 아주 뛰
어나서 미리 만들어뒀던 대본에 약간 덧붙였어요."

　제작진이 이미 구상했던 대본은 마크 게이티스가
주선해서 마술사 데런 브라운을 비롯한 그의 팀원들과
논의해서 나온 것이었다. "수와 토비, 마크 그리고 나는
착각을 만들어내는 거장들과 마주 앉아 우리가 어떻게
그 장면을 찍을지 말해달라고 했죠."

　"대본을 읽었을 때." 토비의 회상이다. "이렇게 말했
어요. '셜록은 죽었어. 빠져나올 방법이 없다고.' 그리
고 촬영 방법에 대한 해결책을 고민했고, 따라서 셜록
이 줄을 매고 뛰어내리는 스턴트가 필수적인 요소가
되었습니다. 셜록이 존을 믿게 만든 것처럼 난 시청자
들이 믿도록 만든 겁니다. 데런 브라운과 그의 팀원들
은 건물에서 뛰어내리고도 살아남는 스턴트를 우리에
게 보여줬죠. 그건 아주 간단했어요. 떨어지는 걸 감출
수 있을 정도로 큰 플래카드가 있으면 되니까요. 그래
서 그 건물의 일부를 모호하게 보이도록 하는 작업이
중요했습니다."

　초기에 대본을 작성할 때 셜록은 다른 건물에서 뛰
어내리기로 되어 있었다.

"셜록이 건설 중인 '더 샤드'*에 있다가 자살하는 것처럼 보이도록 뛰어내리는 것으로 에피소드가 잠정적으로 끝날 예정이었어요. 셜록은 더 샤드의 옆에 지어 올린 비계 위에 떨어지고, 시신 하나가 비계로부터 떨어지는 것으로요. 하지만 더 샤드만 한 크기의 빌딩에는 비계가 없었습니다. 들어갈 수 있다고 해도 문제가 없는 건 아니었죠. 절반쯤 지어진 건물에 들어갈 경우, 촬영팀의 안전 문제가 불거질 거라는 걸 잘 알고 있었거든요. 또한 스턴트맨에게 뛰어내리라고 하면 죽을 게 뻔했고요. 엄청나게 많은 양의 CG, 영화 〈어벤져스〉 수준의 CG가 없다면 대역을 써도 방법이 없었던 겁니다. 컴퓨터로 만든 영상을 집어넣어서 셜록의 죽음이 가져다줄 충격을 줄여서는 안 된다는 게 공통된 생각이었고요. 게다가 벌건 대낮에 촬영할 예정이었으니, CG로 처리했다는 게 확연히 드러났을 겁니다. 그렇다면…그걸 꼭 '더 샤드'에서 할 필요가 있을까요?

그와 거의 비슷한 시기에 에피소드에 필요한 몇몇 장면들을 찍기 위해 바츠 병원에 갔었죠. 그런데 이곳이 다른 어느 곳보다 낙하하는 데 좋다는 걸 알게 됐어요. 높이도 적당했고 옥상에 접근하기 쉽도록 계단이 놓여 있어 촬영 장소로는 그만이었죠. 아래쪽에 옥상으로 올라가는 계단이 있어서 누군가가 2미터 정도 되는 높이를 뛰어내리는 스턴트를 할 수 있게 된 겁니다. 난 셜록이 가장자리에서 서 있는 모습을 머릿속에 그리며 건물 꼭대기를 열심히 올려보다가 모퉁이를 돌아 나오는 이층 버스에 치일 뻔도 했습니다. 야외촬영을 담당하는 친구 하나가 황급히 날 잡아끌었고, 난 그 버스가 완전히 사라질 때까지 지켜보고 있었죠. 주차장 가운데에 앰뷸런스 대기소가 있는데 건물이 아주 낮아서, 버스들이 돌아가는 로터리를 만들고 있는 정원용 공구 창고 정도의 높이밖에 되지 않았어요. 내가 쳐다보는 각도와 건물의 크기 때문에 버스가 로터리를 돌아 나와 정류장에 정차하면 이 낮은 건물에 완전히 가려버렸죠.

마치 착시현상 같았어요. 그리고 이 창고가 이층 버스를 숨기기에 충분할 정도로 크다는 걸 알았고, 그걸 깨닫는 순간, 우리가 생각한 마술 같은 속임수를 발휘할 천재일우의 기회를 얻었다는 걸 알게 된 겁니다.

* 런던의 최고층 빌딩

감독

감독인 토비 헤인즈가 시리즈 2의 클라이맥스를 위해 준비한 것에는
바츠의 답사 사진과 상세한 스토리보드가 포함되어 있다.

사진 1) 이 사진은 바깥에 앰뷸런스 대기소가 있는 바츠의 외관을 보여준다.
메모: 앰뷸런스 대기소는 일층짜리 건물이긴 하지만, 바츠의 일층과 이층 절반을 가려버린다….

사진 2) 이층 버스를 숨길 수 있을 정도로 충분히 높다. 이 사진들은 동시에 찍힌 것이다.

Scene:
Shot:
Notes:
1
. BEN
POV
베네딕트의
시점

Scene:
Shot:
Notes:
7
BEN
DROPS HIS
PHONE
AND BEGIN
TO JUMP
베네딕트가 휴대폰을
떨어뜨리고 뛰어내리려고 한다

Scene:
Shot:
Notes:
2
BEN
PROFILE.
ON MOBILE
LOOKING
DOWN
휴대폰을 들고 아래를
내려다보는 베네딕트의
옆모습

Scene:
Shot:
Notes:
8
TRACKING
IN.
BEN
MAKES THE
LEAP
베네딕트를 따라가며 훌쩍
뛰는 모습을 잡고

Scene:
Shot:
Notes:
3
JOHN
ON HIS
MOBILE
LOOKING
UP.
휴대폰을 들고 위를
올려다보는 존

Scene:
Shot:
Notes:
9
BEN
DROPPING
베네딕트가
떨어지고 있다

Scene:
Shot:
Notes:
4
BEN
ON HIS
MOBILE
LOOKING
DOWN
휴대폰을 들고 아래를
내려다보는 베네딕트

Scene:
Shot:
Notes:
10
WOMAN
WITH A
PUSHCHAIR
SCREAMING
WITNESSES
THE
FALL
유모차를 밀고 있는 여자가 추락을
목격하고 비명을 지른다

Scene:
Shot:
Notes:
5
BEHIND
SILHOUETTE
SLOW
MOVE IN
실루엣 뒤편에서
서서히 들어간다

Scene:
Shot:
Notes:
11
C/U
JOHN
MOVING
WITH HIM
AS HE
RUNS
장면 전환, 달려가는 존을
따라가며 카메라 이동

Scene:
Shot:
Notes:
6
JOHN
CLOSER
존을 가까이
잡는다

Scene:
Shot:
Notes:
12
JOHN'S
POV
존의 시점

따라서 수와 스티븐과 마크와 스티브에게 바츠를 활용하자고 설득했죠. 그리고 그 아이디어를 밀어붙이기 위해 많은 걸 준비했는데, 그들이 생각보다 훨씬 더 마음을 터놓고 귀를 기울여줘서 입에 침이 마르도록 떠들 필요가 없었습니다."

두어 주일 후, 토비와 팀원들은 녹화를 위해 바츠에 집결했다.

"우린 오전에 스턴트 작업을 마치고, 오후에 여덟 페이지에 이르는 셜록과 모리아티의 대화를 찍을 예정이었어요. 하지만 비 때문에 결국 옥상에서의 대화 전부를 예정된 촬영 날짜에서 빼야만 했죠."

"날씨가 정말 좋지 않았습니다." 앤드류 스콧의 회상이다. "촬영 자체가 불가능했지만, 리허설하는 셈치고 몇몇 장면을 간신히 찍었습니다. 그건 베네딕트와 내

가 그 장면이 어떻게 되어야 할지를 재조정할 기회를 갖게 된다는 의미였어요. 이건 도일의 원작에서 그 유명한 폭포 장면에 바탕을 둔 마지막 결전이고, 원작과는 사뭇 다른 수많은 요소들을 가지고 헤쳐나간 겁니다. 물론 스릴러적인 요소가 있고, 셜록이 어떻게 곤경을 벗어나는지에 관한 미스터리도 있지만, 한편으로 용서하는 마음도 있는 장면이었습니다. 우리가 두 번째로 촬영했을 때 아름답게 떨어지는 햇살을 맞으며 악수를 나눴던 그 순간이 참 좋았습니다. 아마도 그게 가장 아름다운 장면이 아니었을까요?"

(가까운 친구인 리처드 브룩이 모든 걸 말하다)
키티 라일리의 독점 취재

슈퍼 탐정인 셜록 홈스가 그룹 동경하는 수많은 팬들을 충격에 빠뜨릴 폭로를 통해 사기꾼임이 오늘 밝혀졌다. 실직 중인 배우 리처드 브룩은 자신이 홈스가 평균 이상의 '추리

능력을 가지고 있다는 걸 영국 국민들이 믿도록 속일 목적으로 홈스에게 고용됐다고 (더 선)에게만 독점적으로 밝혔다. 홈스를 수십 년 동안 알고 지냈고 최근까지 가장 가까운 친구로 여겨졌던 브룩은 처음에는 돈이 절실해서 그 일을 맡았지만, 나중에는….

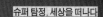

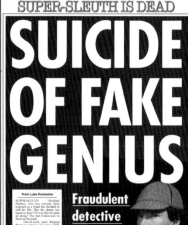

BOFFIN SHERLOCK SOLVES COLD CASE

Amateur sleuth Sherlock Holmes — famous for his amazing powers of deduction — has done it again!

놀라운 추리력으로 유명한 아마추어 탐정 셜록 홈스가 또다시 해내다!

By Luke Rumbelow

Amateur sleuth Sherlock Holmes — famous for his amazing powers of deduction — has done it again!

Boffin Sherlock has solved a case that has Metropolitan police baffled for nearly thirty years. The case concerning dangerous madman Peter Ricoletti — top of Scotland Yard's 'Most wanted' list – a killer who has remained at large despite an investigation spanning two continents…

과학자 셜록이 장기 미제사건을 해결하다

슈퍼 탐정, 세상을 떠나다
SUPER-SLEUTH IS DEAD

SUICIDE OF FAKE GENIUS

Fraudulent detective takes his own life

From Luke Rumbelow

SUPER-SLEUTH Sherlock Holmes, who has recently been exposed as a fraud has decided to end his life. Was the shame too much to bear? Or was this his plan all along? The Sun Endeavours to find out the truth.

Out-of-work actor Richard Brook revealed exclusively to THE SUN that he was hired by Holmes in an elaborate deception to fool the British public into believing Holmes had above-average detective skills.

"He had the whole 'Moriarty' cover cooked up from the beginning, and invented all the crimes," said Brook. "All I had to do as hours my lines."

가짜 천재의 자살
사기꾼 탐정, 자살하다

셜록: 충격적인 진실
SHERLOCK: THE SHOCKING TRUTH

(Close Friend Richard Brook Tells All)

EXCLUSIVE 독점 기사

Exclusive From Kitty Riley

SUPER-SLEUTH Sherlock Holmes has today been exposed as a fraud in a revelation that will shock his new found base of adoring fans.

Out-of-work actor Richard Brook revealed exclusively to THE SUN that he was hired by Holmes in an elaborate deception to fool the British public into believing Holmes had

above-average 'detective skills'. Brook, who has known Holmes for decades and until recently considered him to be a close friend, said he was at first desperate for the money, but later found he had no

System 0283646

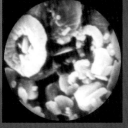

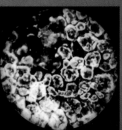

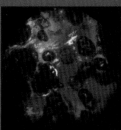

| 2A 270587 | | | | CERTIFIED COPY of an ENTRY OF BIRTH Pursuant to the Births and Deaths Registration Act, 1953 | | | | | Provided by authority of cf | B t E 1 |

Registration District — Cambridge
Birth in the Sub-district of — Cambridgeshire — in the — County of Cambridgeshire and Isle of Ely

When and where born	Name, if any	Sex	Name, and surname of father	Name, surname and maiden surname of mother	Occupation of father	Signature, description and residence of informant	When registered	Signature of registrar	Name entered after registration
Eleventh November 1975 Evelyn Nursing Home Cambridge	Richard Brook	Boy	Patrick Brook	Mary Brook formerly BAKER of 112 Gilbert Road Cambridge	Teacher	Patrick Father 219 Sandy Road Cambridge	Twenty first November 1975	E.T. Cooper	

I, E.T. Cooper, Registrar of Births and Deaths for the Sub-district of Cambridgeshire, in the County of Cambridgeshire (not Isle of Ely) do certify that this is a true copy of the entry 2A 270587 in the Register of Births for the said Sub-district, and that such Register is now legally in my custody.

WITNESS MY HAND this 21st day of November, 1975.

〈라이헨바흐 폭포〉를 위해서 미술팀은 터너의 걸작으로부터 신문과 현미경 슬라이드 등 모든 것을 만들어냈을 뿐만 아니라, 야외촬영 영상을 컴퓨터 화면의 CCTV 디스플레이로 변환하는 데 도움을 줬고, 모리아티가 변장한 또 다른 리처드 브룩이 존재한다는 걸 입증하는 문서를 위조하기도 했다.

런던의 세인트 바츠 병원. 아주 중대한 앰뷸런스 대기소(맨 위)와 옥상(바로 위).
피를 칠하는 장면(아래 왼쪽)과 마지막 장면을 논의하는 베네딕트 컴버배치와 앤드류 스콧(아래 오른쪽).

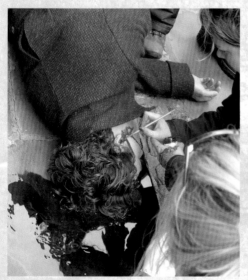

이전의 셜록 홈스였던 더글러스 윌머와 디오게네스 클럽에서 함께한 마크 게이티스(위 오른쪽).
뉴포트에 위치한 세인트 울로스 공동묘지 야외촬영장에서의 베네딕트 컴버배치와 토비 헤인즈 감독(아래 왼쪽).

8

셜록 홈스를 믿는다

열성적인 시청자들, 시각효과, 그리고 행복한 귀환···

"베이커 가로 돌아가라, 셜록 홈스"

"모든 시리즈는 연속 모험물이라 베네딕트 컴버배치의 입장에서는 여간 성가신 게 아니었을 겁니다." 수 버츄가 말한다.

"베네딕트가 이제 머리를 깎을 수 있겠다고 생각할 때마다 우린 정확히 2년 전에 끝났던 바로 그 부분에서부터 모든 것을 다시 시작해야 하니 말이죠."

"즉 전국적으로 화제가 되는 뭔가가 됐다는 뜻이죠." 베네딕트가 미소 지으며 말한다. "'즉시 바로 보기'의 일부가 된다는 게 기뻤어요. 시리즈의 결말이 거의 2년 동안이나 사람들의 마음을 붙잡아놓았다는 사실은 그만큼 작가들이 힘이 있다는 걸 보여주는 증거죠. 사람들은 내게 2년 동안 내내 '당신은 어떻게 살아났느냐?'고 질문을 퍼부어댔습니다. 셜록이 죽어버린 지금 시리즈는 어떻게 진행될 것인지, 유령의 영역으로 들어가는 것인지 물었던 기자도 한 명 있었죠. 따라서 대부분의 사람들은 내가 어떻게 살아나는지를 모르는 게 분명합니다!"

"우린 시리즈 2의 '대단한 세 개의 이야기'를 성공적

으로 마친 겁니다." 마크 게이티스의 말이다. "그러다 보니 세 번째 시리즈를 위한 진행 과정이 두드러져 보이지 않았겠죠. 두 번째 시리즈만큼 수월하지는 않았지만 그래도 모든 게 착착 준비되고 있었어요. 여느 때와 마찬가지로 여러 아이디어를 주고받으며 들떠 있었습니다. 우린 도일의 원작 중 가장 좋아하는 것 중 하나인 《찰스 오거스터스 밀버턴The Adventure of Charles Augustus Milverton》을 오랫동안 논의해왔는데, 밀버턴이 현대판으로 변화하는 데 아주 용이한 인물로 생각됐기 때문이었죠. 협박의 귀재가 완전히 사라진 적은 유사 이래 단 한 번도 없었고, 비록 오늘날에는 가장하고 있긴 하겠지만 그래도 어딘가 도사리고 있을 게 분명하잖아요? 따라서 우린 시리즈 3를 밀버턴이 클라이맥스가 되도록 끌고 나가면서 앞의 에피소드 두 편에 그에 관한 단서들을 뿌려놓기로 결정했죠. 스티븐이 언제나 밀버턴을 갈망했기 때문에 일단 그걸로 3편이 결정되는 순간, '그렇다면 내가 서막을 열어야겠군'이라고 말했습니다.

그리고 우리가 해야 할 첫 과제는 바로 셜록을 되살려내는 것이었죠. 모든 사람들은 도일의 원작인 《빈집The Empty House》이 셜록 홈스를 되살려내기 위한 변명에 불과했다는 데 의견의 일치를 보이고 있고, 어떤 면에서는 불가피하긴 했지만 도일보다도 훨씬 더 많은 걸 설명해야 하는 골치 아픈 문제가 남아 있었어요. 우린 셜록이 병원 옥상에서 떨어진 게 이처럼 국제적인 대화 주제가 되고, 이처럼 놀라운 이론들이 등장하리라고는 전혀 예상하지 못했던 터라 깜짝 놀라고 말았습니다. 유튜브에 이러한 이론들을 설명하는 비디오들이 넘쳐났거든요.

셜록 시리즈 3 · 빈 영구차

23 내부. 레스토랑. 밤. 23

존

2년이야! 2년이라구! 난… 네가… (목이 멘다) 죽었다고 생각했
단 말이야! 그래서 슬퍼하다 죽는 줄 알았다고. 그런데 어떻게?
어떻게 그렇게 할 수 있었지? 어떻게??

셜록은 주방에서 요리를 내놓는 창구를 통해 쌓여 있는 음식물을 보고
는 뭔가를 움켜쥔다.

셜록

배가 너무 고파서 이러나 보군. 칩 어때? 칩을 좀 먹으라구!

존은 음식물을 손으로 쳐서 날린다.

셜록

칩이 싫어?

존이 손아귀에 힘을 더 준다.

셜록(앞에서 계속)

잠깐! 기다려! 네가 후회할 일을 저지르기 전에… 한 가지만! 한
가지만 물어보게 해줘!

셜록 시리즈 3 · 빈 영구차

8 외부. 산비탈. 낮. 8

숨이 턱 막힐 정도로 아름다운 눈으로 덮인 산봉우리. 암벽 안쪽으로
들어앉은 건 사원이다. '기도 깃발'이 바람에 펄럭인다.

화면 설명: 티베트.

장면 전환: 9

9 내부. 사원. 낮.

머리를 박박 깎고 붉은 가사袈裟를 걸친 스님들이 한 줄로 쭉 늘어서 염
불을 하고 있다. 분위기는 평온하고 향내가 짙다.

장면 전환:

그림자를 따라 천천히 움직이는 주지 스님이 방 안으로 들어설 때 그
의 맨발을 클로즈업. 주지 스님이 기원을 하며 머리를 깊숙이 조아리는
스님들 앞에 서서 걷는다.

주지 스님이 손을 내밀어 스님들의 머리에 각각 살며시 축복을 내린다.
그 손이 줄 맨 끝에 있는 스님의 머리에 이르렀을 때….

팍!

…그 스님의 머리를 세게 내리쳐서 대리석 바닥에 처박힌다! 그 스님
은 고통을 이기지 못하고 비명을 내지르며 올려다본다. 그리고 자신의
가사 속에서 거대한 매그넘 44 권총을 뽑아든다! 하지만 주지 스님은
정확하게 얼굴을 발로 걷어차서 그자를 판석 위로 날려버린다.

메모: 〈빈 영구차〉의 초고에 들어 있던 이 장면은 2013년 크리스마스이브에 방송된,
시리즈 3의 이전을 다룬 속편인 〈생일 축하해 Many Happy Returns〉에 채택되었다.

그게 어느 정도 충격을 가져다줄 것이라는 건 알았
지만, 이처럼 하나의 현상이 되리라고는 예상 못했던
겁니다. 따라서 셜록이 어떻게 그 죽음의 상황을 벗어
나게 됐는지를 처음 2, 3분 동안에 간단히 말하고 넘어
갈 수 없다는 건 분명해진 것이죠. 단순한 재미를 위해
선정됐던 이전의 숨 막히는 순간들과는 달라야 했습니
다. 우린 정말 어처구니없는 가짜 시작을 만들려는 생
각을 가지고 있었죠. 사람들이 입을 딱 벌리는 소리가
들릴 정도로 말도 안 되는 설명을 하다가 제때에 손을
써서 그게 앤더슨의 가설에 불과했다는 것을 발견하도
록 하자는 것이었어요. 그런 생각을 가지고 있었기에
가설도 다양하게 늘어놓을 수 있었어요.

그 모든 가짜 시작을 만들고, 그것들이 등장하는 간

격을 얼마만큼 떨어뜨려둘지, 존이 얼마나 오랫동안 그 장면을 곱씹도록 뇌두고, 언제 모든 사람들이 그 두 사람이 다시 함께 있기를 바랄지를 고민하며 즐거운 시간을 보냈어요. 꽤 괜찮은 긴장감이죠 시청자가 무엇을 원하는지 알고 있기 때문이기도 하지만, 동시에 원하는 걸 주지 못하는 상황 만큼은 바라지 않기 때문이기도 하고요.

난 도일의 원작이면서 '설명이 되어 있지 않은 이야기들' 중 가장 유명한《수마트라 섬의 거대 쥐》를 머릿속에 떠올리면서, 사실은 거대 쥐를 등장시키지 않고도 해낼 수 있는 방법을 찾아낸다면 아주 재미있을 거라고 생각했어요. 그래서 바로 그런 생각이 어떤 큰일이 벌어지면 런던을 떠나버릴 테러 징조의 표식이 되

는 사람들을 만들어낸 겁니다. 그리고 난 지하철에 푹 빠져 있어서 지하철에 관한 작품을 항상 하고 싶어 했었습니다….

〈빈 영구차〉의 플롯은 사실 맥거핀*이었어요. 따라서 셜록을 되살려냈을 뿐만 아니라, 스티븐과 내가 매우 강하게 불만을 품고 있는 것들, 특히 원작 소설에서 닥터 왓슨이 홈스의 귀환을 너무 쉽게 받아들인 일을 다루기 위한 장치였죠. 우린 항상 닥터 왓슨이 소설 속에 진실을 숨겼을지도 모른다고 생각했죠. 사실은 닥터 왓슨이 정신을 잃었고 홈스가 정신을 차리도록 했을 거라고요!"

"시청자 여러분은 자신의 가장 절친한 친구를 애도하는 사내의 진정한 감정에 푹 빠져들었을 겁니다." 베

---

* 전체 줄거리에는 영향을 주지 않으면서 의도적으로 관객의 시선을 유도하여 혼란과 의문을 불러일으키는 일종의 속임수

네딕트의 말이다. "지금까지 봐왔던 가장 뛰어난 연기 중 하나였으니까요. 혼자라는 걸 감당하기 위해 고군분투하는 사내의 억제된 감정을 절묘하게 표현하며 그 묘지에 서 있는 마틴 프리먼은 사실 놀라움 그 자체였습니다."

〈셜록〉에 대한 사람들의 관심은 시리즈 3의 촬영이 시작될 쯤 거의 절정에 달했다.

"인터넷에는 시리즈 3에 대한 글들이 정말 많이 올라와 있었어요." 조나단 아리스의 언급이다. "베이커 가의 집 외관을 촬영할 때, 난 고워 가의 야외촬영장으로 걸어가고 있었죠. 그런데 그곳에 여러 개의 방호 울타리가 놓여 있고, 수천 명의 사람들이 우릴 지켜보고 있는 겁니다. 그게 어떤 면에서는 두렵기도 했습니다."

"고워 가는 정말 주눅이 들 정도였어요." 스크린의 안과 밖에서 마틴 프리먼의 부인인 아만다 애빙턴도 조나단의 의견에 동의한다. "그곳에는 항상 어린 소녀들이 포함된 수많은 팬들이 기다리며 지켜보고 있었으니까요.

　난 시리즈 2가 촬영되고 있을 때 그곳을 자주 방문 했었고, 나 자신이 시리즈3의 일원이라는 게 너무나도 감격스러워서 믿기 힘들 정도였어요. 이건 마치 비틀 스에 열광하는 것과 흡사했죠. 베네딕트와 마틴이 촬 영 현장에 나타나면 비틀스를 맞이하는 것 같았어요. 물론 충분히 이해할 수 있었어요. 나도 자라면서 스타 에 푹 빠지곤 했고 직접 만나지 못해 울음을 터뜨렸으 니까요."

　팬들에게 습격당한 곳은 노스 고워 가만이 아니었

아만다 애빙턴 Amanda Abbington　　　1974년 2월, 런던 북부 출생

TV에서의 역할(선별)

2014	〈셜록〉 메리 모스턴 역
2013	〈미스터 셀프리지 Mr Selfridge〉 미스 마들 역
2012	〈빙 휴먼〉 골다 역
2011~2013	〈살인의 역사〉 형사 루이스 먼로 역
2010	〈매리드 싱글 아더 Married Single Other〉 뱁스 역
2009	〈싸이코빌〉 캐롤라인 역
2008	〈할리 가 Harley Street〉 수지 린 역
	〈애거서 크리스티의 푸아로〉 미스 블레이크 역
	〈커밍 업〉 딸 역
2007	〈솔드 Sold〉 조 역
2007	〈닥터 마틴 Doc Martin〉 이소벨 역
	〈더 빌〉 레이첼 인스 역
2007~2008	〈당신이 떠난 후 After You've Gone〉 쇼반 케이시 역
2006	〈부즈 크루즈III The Booze Cruise III〉 레오니 역
2005	〈부즈 크루즈II〉 레오니 역
	〈탈선 Derailed〉 케리 호더 역
	〈로빈슨 가족〉 폴리 역
2005~2007	〈맨 스트로크 우먼 Man Stroke Woman〉 다양한 역
2004	〈교사들 Teachers〉 사라 역
	〈버나드의 회중시계 Bernard's Watch〉 소니아 역

연극에서의 역할(선별)

2004	〈러브 미 투나잇 Love Me Tonight〉
2002	〈사파리 파티 The Safari Party〉
	〈썸싱 블루 Something Blue〉

"존과 셜록과 사랑에 빠진 한 무리의 골수 팬들이 있어요." 시리즈 3 내내 메리 모스턴 역을 맡았던 아만다 애빙턴의 말이다. "그들은 지극정성으로 〈셜록〉 시리즈를, 그리고 존과 셜록을 보호하려고 하죠. 골수팬들은 셜록과 존이 함께 있기를 원하기 때문에 매우 조심스럽게 발을 내디뎌야 했어요. 메리는 존과 셜록 사이에 끼어들 여지가 전혀 없는 인물이지만, 두 사람 사이에 없어서는 안 될 존재가 되어갑니다.

메리는 원작에서는 오랫동안 등장하지 않아요. 아주 일찍 세상을 떠나니까요. 그리고 메리는 아주 온순하고, 닥터 왓슨에게 충실한 아내죠. 〈셜록〉에서의 메리는 존에게 충실하고 그를 사랑하지만, 좀 더 대담하고, 독립적인, 강한 인물입니다. 그녀는 시리즈 3의 시작 부분에서 존과 셜록의 관계를 회복하는 데 촉매 역할을 하죠. 존이 셜록과 다시 친구가 되고 싶은 마음에 고통스러워할 때 그걸 알아차리고 두 사람을 다시 엮어주려고 하지만, 존은 완강하게 거부합니다."

수 버츄와 마크 게이티스 두 사람이 아만다와 이전에 두어 번 함께 일한 적이 있다고 마틴 프리먼은 회상한다. "시리즈 2가 진행되는 동안, 그 두 사람이 메리 모스턴 역으로 누굴 캐스팅하는 게 좋겠느냐고

내게 물었을 때 난 아만다를 언급했죠. 내 말을 들은 마크는 이렇게 말했고요. '아, 그래! 그게 바로 우리가 생각했던 거야.' 존과 셜록 사이의 관계는 〈셜록〉에 아주 중요한 요소이고, 또 단단히 결합되어 있기 때문에 그 균형을 깨지 않을 누군가를 투입할 필요가 있었던 겁니다. 새로운 캐릭터를 만들자는 것이 아니라, 이미 확고하게 성립되어 자신만의 독자성을 가지고 있는 것

을 보완해줄 누군가를 들이자는 것이었어요. 대본과 아만다의 연기가 결합하여 그 모든 걸 성취하게 되죠.

아만다는 이미 일정한 궤도에 오른 프로그램에 합류하는 게 상당히 부담스러웠지만, 〈셜록〉을 엄청나게 좋아하는 팬이었기 때문에 흥분되기도 한 모양입니다. 아만다에게는 약간 신경이 쓰이는 일이었겠지만, 우리는 수년 동안 함께 일한 적이 없었기

때문에 내게는 색다른 경험이었습니다. 그리고 베네딕트와의 관계도 아만다와 난 다를 수밖에 없었고요. 하지만 아만다는 아주 적절한 선택이었다고 생각합니다."

수마트라 로드의 장면들을 찍기 위한 세트장의 무대인, 지금은 폐기된 런던 알드위치 지하철역.
하지만 설록과 존이 가상의 역으로 접근하는 장면은 웨스트민스터와 채링 크로스 지하철역에서 촬영됐다.
지하철 열차 자체의 세트장은 카디프의 어퍼 보트에 있는 스튜디오에 지어졌다.

원작의 홈스와 〈셜록〉의 홈스

아서 코난 도일 경의
《라이게이트의 지주들 The Reigate Squires》에서 발췌

그것은 내 친구 홈스가 1887년 봄에 엄청난 기력을 쏟아부은 결과로 초래된 과로로부터 건강이 완전히 회복되기 좀 전의 일이었다. 네덜란드-수마트라 회사 사건과 모페르튀 남작의 거대한 음모 사건의 모든 내용은 대중의 기억 속에 생생히 살아 있고 정치와 경제에 아주 긴밀히 관련되어 있는 터라 이런 단편 연재물에 적합한 소재는 아니다.

마크 게이티스의
〈빈 영구차〉에서 발췌

마이크로프트
꽤나 바빴나 보군.

홈스
(어깨를 으쓱하며) 모리아티의 조직이었거든. 그걸 해체하는 데 2년이 걸렸지.

마이크로프트
아주 자신만만한데 그래?

셜록
세르비아 세력이 퍼즐의 마지막 조각이었어.

마이크로프트
그래, 모페르튀 남작 사건에도 깊이 관여했더구나. 대단한 음모였는데.

셜록
엄청났지.

마이크로프트
어쨌든, 넌 이제 안전하다.

다. 이번에는 손에 땀을 쥐게 했던 마지막 장면의 뒤를 잇기 위해 출연자들을 비롯한 팀원들이 셜록이 '죽은' 장소로 되돌아올 것이라는 걸 모든 사람들이 알고 있었다.

"세인트 바츠는 야외촬영장소로 아주 유명한 곳입니다."베네딕트의 지적이다. "매일 엄청나게 많은 차량이 오가고, 주말에도 마찬가지죠. 그리고 꽤 많은 수의 바와 레스토랑이 근처에 있어서 항상 수많은 사람들로 북적거립니다. 〈셜록〉을 '생방송으로 시청하는 사람들'을 포함시키기 전부터요. 그게 재미있기는 했지만… 스티븐과 수, 마크는 군중을 통제하는 데 큰 어려움을 겪었을 겁니다. '가두극장'은 우리가 〈셜록〉을 찍는 날이면 일상이 됐죠. 하지만 팬 여러분을 홀대하지 않으려고 최선을 다했습니다. 그들은 자신들이 TV에서 즐겨 보는 드라마의 제작 장면을 보려고 몰려든 것이니까요."

"촬영을 준비하기 위해 바츠로 돌아갔을 때." 수가 밝히는 말이다. "시리즈 2의 클라이맥스가 가져다준 영향력을 절감했습니다. '셜록은 살아 있다!'라든가 '난 셜록을 굳게 믿는다!'라는 문구가 낙서되어 있고, 그런 문구가 적힌 스티커들이 공중전화박스에 덕지덕지 붙어 있었어요. 즉, 2년 전 〈라이헨바흐 폭포〉를 찍었을 때와 똑같은 야외촬영장을 만들기 위해 그것들을 깨끗이 치워야 한다는 의미였죠."

셜록이 자살한 것처럼 보이는 마술 같은 트릭에 접근하는 데에도 촬영 후에 덧붙이는 속임수가 약간 필요했다. 이 작업은 '밀크'에서 진행했는데, 이 시각효과 회사는 앞서 두 개의 시리즈를 담당했던 팀원의 상당수가 모여 새로이 설립한 회사였다.

"시리즈 2의 끝부분에서 셜록이 뛰어내리는 장면을 찍었을 때." 장 클로드 디구아라의 회상이다. "우리가 한 일이라고는 색을 칠해 와이어를 보이지 않게 하는 것 정도였어요. 2년 후에 수가 전화를 걸어 동일한 장면에 번지 점프 줄을 설치하는 데 비용이 얼마나 들 것인지를 묻더군요. 그 말을 듣고 속으로 생각했죠. '아주 끝내주겠는데!' 관계자들만 참석한 가운데 영사실에서 그 장면을 봤는데 사람들이 번지점프 줄을 보는 순간, 얼굴에 실망하는 표정이 역력하더군요. 사람들의 눈길을 다른 곳으로 돌리는, 탁월한 선택이었던 겁니다."

번지점프 줄을 이용한 '해결책'은 이 시리즈를 통틀어 루이즈 브릴리가 가장 좋아하는 순간들 중 하나가됐다. "베네딕트가 창문을 깨고 날아 들어와서 내 입술에 쪽 소리가 나도록 키스를 했어요. 슬로모션으로 키스하는 장면을 찍은 건데, 정말이지 끔찍했어요. 서너 번을 반복해서 찍어야 했는데, 매번 정말 싫었다니까요." 루이즈는 자신의 농담에 폭소를 터뜨렸다.

외부. 바츠 병원. 낮.
셜록이 인도로 떨어진다.
양팔을 풍차 날개처럼 휘두르는데
그러다가 갑자기 허리에 부착된
번지점프 줄 때문에
위로 확 끌어올려진다!
존은 **정신을 잃은** 채 도로 위에
여전히 널브러져 있다.

장면 전환:
내부. 바츠 병원. 낮.
와장창!! 셜록이
번지점프 줄에 매달린 채 창문을
박살내며 안으로 뛰어든다.
몰리 후퍼가 안쪽에서 그를 기다리고
있다. 셜록은 제임스 본드처럼
태연한 표정으로 줄을 떼어내고
몰리의 입술에 **키스하고는**
반대편의 복도로 **어슬렁어슬렁**
사라진다.

원작의 홈스와 〈셜록〉의 홈스

아서 코난 도일 경의
《빈집》에서 발췌

(…) 서재로 들어온 지 5분도 채 되지 않았을 때, 하녀가 들어와 손님이 왔다고 알려줬다. 손님은 놀랍게도 묘한 분위기의 노인인 서적 수집가였다. 노인은 앙상하고 쭈글쭈글한 얼굴을 백발 사이로 드러내 보이며 최소한 열두 권은 되어 보이는 소중한 책을 겨드랑이에 힘겹게 끼고 있었다.

"내가 찾아와서 놀란 모양이구려." 노인이 기묘하게 꺽꺽거리는 소리로 말했다.

난 그렇다고 시인했다.

(…) "난 선생의 이웃이라오. 처치 가 모퉁이에 작은 책방을 차려놓고 있으니까. 이렇게 만나게 되어 반갑소이다. 보아하니 선생께서도 책을 수집하시는 모양이군. 여기《영국의 조류》와 카툴루스의 시집, 그리고 《성전聖戰》이 있는데, 모두 싸게 드리리다. 이 다섯 권만 더 있으면 책장 두 번째 선반의 빈 칸이 딱 채워질 것 같은데, 빈자리가 어수선해 보이지 않소?"

난 고개를 돌려 뒤쪽에 있는 책장을 봤다. 그런 다음 다시 앞을 보자 셜록 홈스가 서재의 테이블 맞은편에 서서 날 향해 미소 짓고 있었다.

마크 게이티스의
〈빈 영구차〉에서 발췌

존은 소변 샘플이 들어 있는 용기를 들어 보인다.

존
걱정하실 것 없습니다. 시간이… (의심하는 표정으로) 시간이 지나면 나아집니다.

스지코라 씨라는 노인이 존의 맞은편에 앉아 있다. 털모자를 쓰고, 텁수룩한 흰 수염에, 시커먼 선글라스에, 외국인 억양이 강하다.

존
들어보니, 경미한 감염 같으니까요. 닥터 베너가 원래 주치의죠?

스지코라 씨
맞아요. 그분이 쭉 돌봐주셨죠. 난 처치 가의 모퉁이에서 작은 상점을 운영하고 있어요. 잡지와 DVD를 다루죠. 의사 선생이 좋아하실 만한 귀염둥이들을 몇 개 가져왔는데…?

존은 노인을 물끄러미 쳐다본다. 시커먼 선글라스에, 턱수염이….

스지코라 씨(앞에서 계속)
〈나무 숭배자들〉, 이거 걸작이에요. 아주 야하죠.
〈영국 계집애들〉… 이것도 같은 종류고요.

존
(경계하며) 아니, 마음만 받겠습니다.

스지코라 씨
〈성전〉이라는 건데 제목은 좀 밋밋하지만, 내용은 끝내줍니다. 웬 수녀가 구멍이란 구멍에는 모두….

갑자기 존이 스지코라 씨에게 달려들며 털모자를 벗긴다.

존
망할 자식!

스지코라 씨
뭐요?

존
원하는 게 뭐야? 날 괴롭히려고 왔어?

존은 노인의 턱수염을 잡아당긴다.

스지코라 씨
아야! 그게 대체 무슨 말이오? 살려줘요!

수염을 다시 잡아당긴다.

존
이따위 수염을 붙였다고 내가 못 알아볼 것 같아?

존은 노인의 시커먼 선글라스를 잡아 뺀다.

스지코라 씨
(큰 소리로 외친다) 살려줘요! 이 사람이 미쳤어요!

존
그리고 이것 알아? 변장까지도 엉성하다는 걸! 이건 대체 어디에서 났어? 빌어먹을….

존은 노인의 눈을 들여다본다. 그러고는 얼굴이 일그러진다.

존(앞에서 계속)
장난감… 가게에서?

오, 맙소사.

번지점프 줄로 주의를 돌리도록 만든 것은 〈빈 영구차〉에서 제시된 여러 가능성 중 하나로, 〈라이헨바흐 폭포〉 이후 수개월 동안 팬들과 비평가들이 쏟아낸 수많은 추측들에 일부 영감을 받은 것이었다. 시리즈를 계속 시청해온 사람들은 지금까지 쭉 레스트레이드의 법의학자로 일해온 필립 앤더슨을 긍정적으로 받아들였다.

"앤더슨은 자살로 보이는 셜록의 죽음 이후 정말 많이 변했어요." 조나단 아리스의 지적이다. "그는 자신이 셜록의 죽음에 일부 책임이 있다고 극심한 죄책감을 느끼고는 셜록이 살아 있다고 자신을 납득시키려고 합니다. 그러고는 자신과 같은 마음인 사람들을 모아 클럽을 만들고, 함께 모여 자살이 어떻게 위장됐는지에 관해서 미친 것처럼 보이는 이론들을 논의하죠. 그 클럽

은 '빈 영구차'라고 불리고, 엄청난 대중의 반응에 마크와 스티븐이 대응하는 아주 영리한 방법이었어요. 인터넷은 그 자살이 어떻게 위장됐는지에 관한 가설들로 꽉차 있었고, 그들 중 일부의 사람들이 모여 인터넷에서와 똑같이 논의하는 모습을 보여주다니 재미있었습니다."

"그건 마치 성지 같았죠"

팬들과 언론과 일반 대중들이 보여준 관심의 수준과 강도가 하츠우드와 BBC로 하여금 시리즈의 재개를 촉진하기 위한 혁신적인 전략을 강구하도록 재촉했다. 2013년 11월 29일 금요일에 영구차 한 대가 런던을 헤집고 돌아다녔을 때 〈빈 영구차〉의 방송 날짜가 밝혀졌다. 관 위에 덮인 꽃들이 '셜록 01 01 14'라는 글

원작의 홈스와 〈셜록〉의 홈스

아서 코난 도일 경의
《빈집》에서 발췌

"...우린 폭포의 낭떠러지 끝에서 함께 비틀거렸네. 하지만 난 일본식 레슬링인 바리츠를 약간 익혀두고 있었지. 전에도 몇 번 그 기술을 써서 위험을 모면한 적이 있었거든. 내가 모리아티의 손에서 빠져나오는 순간…"

아서 코난 도일 경의
《글로리아 스콧 호 The Adventure of Gloria Scott》에서 발췌

"...그러다가 문득 수수께끼의 열쇠를 찾아냈다네. 첫 단어부터 시작해서 매 세 번째 단어를 읽으면 트레버 노인을 절망에 빠뜨렸던 내용이 된다는 걸 알았지."

아서 코난 도일 경의
《서식스의 뱀파이어 The Adventure of Sussex Vampire》에서 발췌

"마틸다 브릭스는 젊은 여인의 이름이 아닐세, 왓슨." 홈스가 회상에 잠긴 목소리로 말했다. "그건 수마트라의 거대한 쥐와 관련된 배인데, 그건 아직 세상 사람들에게 알릴 수 없는 이야기네."

아서 코난 도일 경의
《마지막 사건》에서 발췌

...내가 지금 홈스의 경력을 뚜렷하게 밝힐 수밖에 없는 것은, 내가 지금까지 아는 한 가장 뛰어나고 현명한 사람이라고 내 가슴속에 영원히 남게 될 홈스를 공격함으로써 홈스에 대한 기억을 깨끗이 지워버리려고 애쓰는 못된 무리들이 있기 때문이다.

마크 게이티스의
〈빈 영구차〉에서 발췌

셜록 (목소리로만)

일단 모리아티를 옥상으로 불러낼 수만 있다면 열세 가지의 상황이 벌어질 수 있다고 계산했지. 난 가능하면 절대 죽고 싶지 않았어. 첫 번째 시나리오는 세탁물 가방을 가득 채운 채 주차되어 있는 병원 밴 위로 몸을 던지는 것이었는데, 불가능했어. 각도가 너무 가팔랐거든. 두 번째로, 일본식 레슬링인…

마크 게이티스의
〈빈 영구차〉에서 발췌

메리

누군가가 내게 이걸 보냈어요. 처음에는 그저 성경 구절 같아 스팸 문자라고 생각했는데, 아니더라고요. 띄어 읽어야 하는 암호였어요.

셜록에게 카메라: 약간 놀란 표정을 지으며 휴대폰을 들여다본다.

셜록

(고개를 끄덕이며) 첫 단어부터 시작해서 매 세 번째 단어를 읽는 거로군요.

마크 게이티스의
〈빈 영구차〉에서 발췌

하워드

수마트라 로드라고요, 홈스 씨? 수마트라 로드라고 하셨죠? 거기에 뭔가가 있어요! 예전에 들었던 기억이 난다고요!

마크 게이티스의
〈빈 영구차〉에서 발췌

존

하지만 난 더 좋은 친구가 필요 없었어. 네가 최고였으니까. 내가 아는 한, 가장 뛰어나고... 가장 현명한 사람이었어.

자로 표현되어 있었고, 차창에는 시리즈가 재개된다는
공식 해시태그*인 #셜록은살아있다#SherlockLives 스티
커가 붙어 있었다.

　이 해시태그는 〈닥터 후〉 50주년 특별편이 방송된
직후에 내보낸 티저 예고편에서 지난 토요일에 공표된
것이었다. 온라인은 이미 들끓고 있었고, 〈셜록〉은 트
위터를 휩쓸어버리기 직전이었다…

　11월 23일 토요일 밤에는 31,898건의 트윗에서
#셜록은살아있다가 언급됐고, 다음 날에는 18,867건
이 추가됐다. 11월 29일에는 낮 동안에만 58,989건으
로 그 수치가 다시 치솟았고, 마크 게이티스가 올린 하
나의 트윗만도 6,099번이나 리트윗되었다. BBC1도
이 일에 끼어들어 그 금요일 하루 종일 TV 채널의 트
위터 이름을 '#셜록은살아있다'로 바꾸었다.

　새해 첫날 〈셜록〉이 방송되는 동안 #셜록은살아있
다가 98,533번이나 인용되었다. 하지만 이건 대기록
의 작은 시작에 불과했다. 〈빈 영구차〉가 86분 동안 방
송되는 동안 이 작품에 대한 트윗이 369,682건이나 올
라왔다. 에피소드가 시작됐을 때는 분당 7,744건의 트
윗으로 정점을 찍었고, 평균 분당 2,046트윗을 기록했
다. 소셜미디어 분석기관인 세컨드싱크SecondSync는
〈셜록〉이 이전에 달성했던 모든 것을 뛰어넘는 엄청난
반응을 불러 일으켰다면서 이렇게 기록했다.

Mark Gatiss ✔
@Markgatiss

　　　　　　　　　　　　　　　　　　　Follow

Sherlock Holmes, consulting detective. Much missed by
friends & family. In *living* memory. Jan 1st 2014!
#SherlockLives

자문 탐정. 셜록 홈스. 친구와 가족들이 많이 그리워하고 있어요.
사람들의 기억 속에 *살아있죠*. 2014년 1월 1일에!
#셜록은살아있다

9:44 AM - 29 Nov 2013

6,875 RETWEETS　3,735 FAVORITES

"시리즈 3의 첫 번째 에피소드를 시리즈 2의 첫 번
째 에피소드와 트위터 통계로 비교해보면 2년간의 공
백 기간에 〈셜록〉이 얼마나 멀리까지 나아갔는지 쉽사
리 증명됩니다. 시리즈 3의 첫 번째 에피소드가 발생시
킨 총량은 시리즈 2의 첫 번째 에피소드가 발생시킨 총
량의 거의 여섯 배에 달하죠. 〈벨그레이비어 스캔들〉은
총 61,948건의 트윗이 있었고, 에피소드가 시작됐을
때 분당 1,347건으로 정점을 찍었습니다. 그 에피소드
는 평균 분당 370건만 유지했는데, 〈빈 영구차〉의 평균
분당 2,046건에 비하면 확실히 차이가 나죠."

---

* SNS에서 '#' 뒤에 특정 단어를 넣어 연관된 글, 사진을 모아서 볼 수 있는 기능이다

마크 게이티스의 〈빈 영구차〉 대본을 위한 특별한 시각효과

"우린 대본을 받으면 시각효과가 필요한 장면이라고 생각되는 것을 골라냅니다." '밀크'의 장 클로드 디구아라의 설명이다. "그런 다음 제작자와 감독과 마주앉아 어떤 유형의 효과를 원하는지, 에피소드 전반에 걸쳐 어느 정도의 특수효과를 원하고 비용은 얼마나 드는지에 대해 상세하게 논의합니다."

"그 시점에서 불가피하게 합리화라는 문제가 발생하죠." '밀크'의 CEO인 윌 코헨이 말을 받는다. "수는 시리즈 전체를 위해서 일정한 액수의 돈을 따로 떼어놓을 겁니다. 하지만 이건 실제상황인 데다 순간 순간 상당히 유동적으로 흘러가죠. 제작자들은 돈을 이곳저곳으로 돌리는 데 도가 튼 사람들이고, 한쪽에서 절약한 돈은 다른 곳에 사용될 수 있는 겁니다. 감독과 촬영감독과 미술 총감독은 어떤 것이 불가피하게 필요하며, 어떤 것이 사치에 불과한 것인지 확인할 것이고요. 몇몇은 단순화할 수도 있고, 또 없애버릴 수도 있죠. 촬영에 들어가기 전에 예산이 확정되지만 촬영이 진행되는 동안에 상황이 변화할 수도 있고, 편집 과정 중에 다듬어질 수도 있습니다. 그런 경우에는 감독과 편집자가 우릴 찾아와서 편집한 에피소드를 함께 보면서 자신들이 원하는 게 정확히 무엇인지를 설명하죠. 우린 몇 장면이 필요한지를 계산하기 위해 확정된 편집본이 나오기를 최대한, 마지막 순간까지 기다립니다. 잘려나갈 것들이 잘려나갈 때까지 일을 하지 않는 거죠. 하지만 사실대로 말하자면, 모든 사람들이 보고 만족할 때까지 필름을 잘라내는 작업이 확정되지 않습니다."

'밀크'가 작업해야 할 부분이 확정되면

장 클로드는 관련된 장면들이 촬영되고 있는 야외촬영장과 스튜디오 세트장을 방문한다. "난 보통 혼자서 그곳들을 찾아갑니다. 하루에 고작 한두 개의 장면만 얻는 편이라서 주변에서 줄곧 어슬렁거려야 하죠. 그러면서 디지털 환경에서 그 장면을 복제할 수 있도록 필요한 모든 정보를 얻죠. 예를 들어, 총탄이 날아가는 장면이라면 어디에서 그 충격이 시작되고, 그 총탄이 어디에서 총구를 떠나고, 어디에 충격을 주는지 등등 말입니다.

〈빈 영구차〉를 찍을 때 제작진은 지하철 객차의 복제품을 가지고 있었는데, 촬영이 끝난 다음에 팔 생각인 것 같았어요. 하지만 특수효과 감독인 대니 하그리브스와 난 이 객차를 슬로모션으로 폭파시켜 거대하고 사실적인 불덩이가 열차를 휩쓸고 달리게 하겠다고 강경하게 밀고 나갔죠. 객차의 이곳저곳이 약간 그슬리긴 하겠지만 완전히 망가뜨리려는 것은 아니라면서 수를 설득했습니다. 결국 수는 그렇게 하자고 했고, 우린 열 개에서 스무 개쯤 되는 불덩어리를 그 객차에 쏘아붙였죠. 다행히 아무것도 부서지지 않았지만, 객차가 시커멓게 되는 건 어쩔 수 없더군요!"

〈셜록〉의 시각효과는 윌 코헨에게 조연 역할을 해주었다. "우리가 하는 일이라는 게 곧 대부분은 〈셜록〉의 이야기 진행을 돕는 것이죠. 매트 페인팅*과 휴대폰에 그래픽 작업을 하는 등의 세부 작업이었으니까요. 우린 TV 작품에서 스토리텔링 서술 기법의 한계를 뛰어넘는 감독들과 함께 일한 것인데, 그 팀의 일원이 된 것만으로도 자랑스러워할 일이었습니다. 〈셜록〉은 영국에서 진행되는 가장 정교한 TV 드라마 중 하나였으니까요."

장 클로드도 그 말에 동의한다. "〈셜록〉을 제작할 때 제한 같은 건 없었어요. 제작진이 투입한 새로운 기법부터 슬로모션 기법, 사용하는 렌즈 유형까지… 그저 놀랍기만 했습니다."

"그러한 실험은 편집에서도 계속 됐죠." 윌이 결론을 내린다. "눈부시도록 뛰어난 대본과 놀라운 연기가 〈셜록〉을 특별하게 만들었지만, 조금씩 힘을 더한 이 모든 소소한 작업이 〈셜록〉을 여느 TV 드라마들과는 아주 다른 작품으로 만든 겁니다. 만약 작업에 참여하지 못했다면 정말로 질투가 났을 겁니다. 시리즈 4가 제작될 때 그런 감정이 들지 않도록 수의 부름을 받을 수 있을까요?"

특수효과 감독인 대니 하그리브스로서는 지하철 장면이야말로 특별한 뭔가를 시도할 절호의 기회였다. "아웰 존스가 지하철 객차에 놀랍도록 멋진 인테리어를 해냈고, 연기자들이 제 역할을 하도록 하면서 모든 장면을 찍었습니다. 그런 후에 '플레이

트 샷'을 찍었어요. 셜록이 객차의 왼편에 앉아 있는 장면이었죠. 우린 카메라를 고정시켰습니다. 즉, 모든 측정을 마치고 카메라를 알맞은 장소에 설치했다는 의미이죠. 다음 날, 팀원들과 화재전문팀을 데리고, 초당 750프레임을 찍는 '팬텀'이라 불리는 고성능 카메라를 가져왔어요. 어떠한 불길이라도 고속으로 찍으면 아주 충격적으로 보입니다. 프로판 우퍼라고 불리는 압력용기는 공기로 제어되는 고속작동밸브가 달린 압축 실린더죠. 화재조절기의 버튼을 눌러 원하는 속도로 밸브를 개방하면 지하철 객차의 바닥에 설치된 발화기의 불꽃으로 프로판을 발사하게 됩니다. 미리 시험했던 압력으로 가스가 팽창하도록 분사하면 놀라운 오렌지색 불덩이가 만들어집니다. 우린 압력용기를 한 번에 2, 3미터씩 이동하면서 매번 동일한 효과가 나타나도록 여러 번 작업했습니다. 그 결과, 객차 내부를 훑고 지나가는 커다란 불덩이를 만들어냈죠. 물론, 컴

퓨터 작업을 통해서도 불을 만들어낼 수도 있지만, 주변 환경에 불덩이가 반응하도록 하고 싶었습니다. 불길이 좌석과 유리창을 타고 오르다가 빙 돌아 나올 때 종이 몇 장을 바람에 날리고 그걸 슬로모션으로 찍으면… 그런 건 CG로 도저히 만들어낼 수 없어요! 그렇게 해서 객차 내부를 굴러다니는 불덩이를 만들어냈고, 편집 과정에서 그 불덩이가 환기구를 타고 올라가 영국 국회의 사당을 폭파시키는 CG 효과와 결합시킨 겁니다. 여러분은 하나의 커다란 효과를 만들어내기 위해 두 개의 효과가 합쳐지는 걸 보신 겁니다!"

* 배경을 그려 합성하는 기술

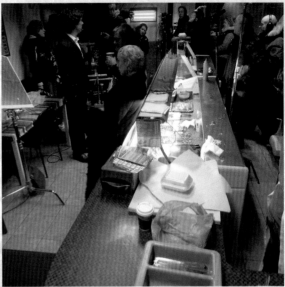

셜록은 '어둠침침하고, 호화롭고, 값이 비싼' 레스토랑인 '더 리유니언*'에서 존을 놀라게 한다.
레스토랑의 외관은 런던의 베이커 가에서 가까운 메릴본 로드에서 찍었지만, 내부에서의 촬영은 첼트넘에 있는 '더 대퍼딜**'에서 이루어졌다.

* 재회 ** 수선화

미술팀은 실제 지하철 객차를 포함한 다양한 세트장과 소품들을 공급했고,
분장팀은 베네딕트 컴버배치의 얼굴과 똑같은 마스크를 만들어냈다….

〈빈 영구차〉는 스티븐과 마크가 대본을 쓰고 2013년 크리스마스이브에 온라인으로 공개한 7분짜리 미니 에피소드인 〈생일 축하해〉의 뒤를 이었다. 그와 동시에 〈분홍색 연구〉에서 치료사의 지시로 시작했던 '닥터 존 H. 왓슨의 개인 블로그'가 되살아났다. 〈잔혹한 게임〉과 〈벨그레이비어 스캔들〉을 포함한 몇몇 에피소드에서 언급되고 슬쩍슬쩍 보였던 그 블로그는 www.johnwatsonblog.co.uk에서 접근할 수 있는

데, 내용들은 모두 조셉 리드스터가 작성한 것이다.

"〈셜록〉 시리즈가 처음 시작됐을 때 수 버츄와 스티븐 모팻, 그리고 마크 게이티스와 만나라는 전화를 받았어요." 조의 기억이다. "당시 여러 작가들에 의해 다수의 에피소드들이 진행될 예정이었고, 그들은 내가 〈토치우드〉와 〈더 사라 제인 어드벤처〉의 대본을 썼다는 걸 알고 있었어요. 또한 〈셜록〉에 참여하리라는 것과 〈닥터 후〉와 〈토치우드〉에서 가공의 웹사이트를 작성했다는 것을 알고 있었기 때문에 〈셜록〉을 위해서도

THE PERSONAL BLOG OF 닥터 존 H. 왓슨의 개인 블로그
Dr. John H. Watson

10월 5일

생일 축하해

그렇게 해서, 그렉이 요전 날 우리 집을 찾아왔다. 그는 셜록의 소유물을 한 아름 안고 왔는데 정말 허접한 것들뿐이었다. 셜록이 누구였고 무엇이었는지를 근접하게라도 보여줄 수 있는 게 하나도 없었다. 사물이 그런 일을 할 수 없다. 물질적인 것들은 아무리 해도 불가능하다. 우리의 소유물은, 사진과 가구와 책들은 … 우리의 진실한 정체는 아니다. 우리가 여러 해 동안 모아온 것에 불과할 뿐 그것들은 아무런 의미가 없다.

그런데 이 DVD가 있었다. 셜록이 내 생일날 저녁식사에서 전할 축하 메시지를 녹화해놓은 것이었다. 우린 무리를 지어 소호에 있는 레스토랑으로 갔다. 정말로 굉장한 곳이었다. 모든 사람들이 그곳에 있었다. 마이크, 해리, 그렉, 허드슨 부인뿐만 아니라 유력한 용의자들까지. 셜록을 제외하고. 셜록은 '바쁘다'는 핑계로 오지 않았다. 하지만 그는 바쁘지 않았고, 그저 … 셜록도 때로는 어울리려고 애를 쓰긴 했다. 하지만 그는 신경을 끌 수 없고, 휴식을 취할 수 없었다. 셜록은 그저 사람들과 싸우기만 하는 것 같다.

그런데 이 DVD는… 셜록의 다른 면을 보여줬다. 그가 예의 면에선 빵점이라는 건 사실이다. 그는 오만했다. 다른 사람의 입장 같은 건 전혀 생각하지 못했다. 하지만 난 셜록이 얼마나 재미있는 사람이 될 수 있는지를 까맣게 잊고 있었다. 그는 정말 매력적이었다. 정말… 인간적이었다. 대부분의 사람들이 셜록이야말로 자신들이 아는 한 가장 비인간적인 사람이라고 말할 것이기 때문에 괴상하게 들릴지도 모른다. 하지만 셜록은 비인간적인 사람이 아니다. 그는 좋은 사람이 가져야 할 모든 것을 갖추고 있었다. 그는 다른 사람들의 감정을 상하게 하지 않으려고 거짓말을 하기보다는 자신이 생각하는 바를 진솔하게 털어놨을 뿐이다. 우리도 모두 그처럼 해야 하지 않을까? 우리도 좀 더 솔직해져야 하지 않을까? 비록 셜록이 그 생일날 저녁식사에 참석하지 않은 게 좋은 일이었을지도 모를지언정….

이제 스스로에게 정직해지자. 그동안은 좋은 시절을 떠올리기 위해서 이 블로그를 유지할 작정이었다. 그게 건강한 방법이라는 것도 알지만, 무슨 소용이 있겠는가? 내게는 변화가 필요하다. 모든 것을 뒤에 남겨두고 떠나야 한다.

날 믿지 않는 사람들이 보내온 의견들을 삭제하는 일에도 질려버렸다. 누가 이 모든 게 거짓말이라고 생각하는가. 난 이게 사실이라는 걸 분명하게 알고 있다. 이 모든 게 사실이었다는 걸 알고 있는 수많은 사람들이 저 밖에 있다. 그들은 셜록을 정말로 믿고 있었다.

난 누군가를 찾아냈다. 그 사람에게 집중하고 싶다.

따라서 이게 나의 마지막 블로그가 될 것이다.

셜록, 네가 어디에 있든 간에 넌 망할 자식이다. 건배.

존

💬 댓글 금지

MYCROFT
No choice. The PM insisted we go to
code red. Have there been any more?
ANThe... sir.

삭제 장면

22 내부. 스포츠센터. 밤   22

러닝머신 위를 쿵쾅거리며 열심히 뛰고 있는, 운동화 신은 두 발을 가깝게 잡는다. 쭉 끌어당겨 보니… 마이크로프트이다! 회색 트레이닝복을 입고 얼굴이 벌게진 채 헐떡거리는 모습은 이전엔 한 번도 본 적이 없었다.

마이크로프트는 고급 스포츠센터 안에 있는데, 이용객은 그뿐이다. TV에서는 뉴스가 흘러나오고 있다. 기사의 제목은 '테러 위협 수준, 적색'이다.

마이크로프트는 마지막으로 전력 질주를 하고는 숨을 헐떡거리며 러닝머신이 서서히 멈추도록 놔둔다. 그러곤 러닝머신에서 내려서서 얼굴을 수건으로 훔친다. 트레이닝복 상의를 슬쩍 들어 올리고 허리선을 확인하려는 듯 배를 탁탁 두드린다. 아주 만족한 표정이다. 누군가가 목청을 가다듬는다. 마이크로프트는 나쁜 짓을 하다 들킨 것처럼 얼른 주위를 둘러본다. 앤시어가 마닐라 파일을 들고 그곳에 서 있다. 그녀는 눈길을 TV 쪽으로 돌리고 있다.

마이크로프트

선택의 여지가 없어. 수상께서 적색 경보를 내리라고 강경하게 주장하셨으니까. 그밖에 다른 지시는?

앤시어

똑같은 내용뿐입니다.

마이크로프트

'기억하고 또 기억하라.'

그는 곰곰이 생각한다.

마이크로프트

그리고 그… 다른 일은?

앤시어

좋지 않은 것 같아 걱정이 됩니다.

앤시어는 그에게 파일을 넘긴다. 파일에는 '극비For Your Eyes Only'라는 스탬프가 찍혀 있다. 그는 파일을 연다.

앤시어

이제 그 어느 것도 그들을 저지할 수 없습니다.

마이크로프트는 파일의 내용을 읽는다.

마이크로프트

오, 맙소사.

메모: 〈빈 영구차〉의 초고에 있었던 이 장면은 시리즈 3의 두 번째 에피소드인 〈세 사람의 서명 The Sign of Three〉에 사용되기 위해 나중에 수정 후 퇴고되었다.

같은 일을 해달라고 요청해왔습니다.

우린 시리즈를 보완하는 부분을 만들고 싶었죠. 시리즈를 시청한 사람들이 존의 블로그를 찾아가서 읽도록요. 좀 더 발전된 형태로 만들고 싶었습니다. 창작을 하는 작가로서 에피소드에 나온 내용을 그대로 반복하고 싶진 않았거든요. 이 같은 과정 끝에 여러분은 수많은 추가 내용과 존의 누이인 해리가 술을 마시는지의 여부와 같은 진행 중인 줄거리와 관련된 코멘트를 볼 수 있게 된 겁니다. 그것들은 여러분이 시리즈를 이해하기 위해 읽어야 하는 내용은 아니지만 대신 시리즈에 풍성한 색채를 더해줍니다.

> **셜록**
> 그럼 사람들이 **정말로**
> 그 블로그를 읽는 거로군.
>
> **존**
> 자넨 우리의 **의뢰인들**이
> 어디에서 온다고 생각하나?
>
> **셜록**
> 내가 웹사이트를 운영하고 있어서….

셜록의 '추론의 과학'이라는 사이트와 몰리 후퍼의 일기가 있고, 〈잔혹한 게임〉에서 살해된 TV 인기 미용 명사 코니 프린스를 위한 사이트도 한 개 만들었죠. 단한 번으로 끝나긴 했지만, 재미가 쏠쏠했습니다. 시리즈 2부터는 존의 블로그에만 집중해야 한다고 결정했죠. 사람들을 하나의 사이트로 불러 모으는 게 더 낫다는 판단에서였습니다. 〈셜록〉에서 존의 블로그가 그들을 유명하게 만들기 때문에 그걸 따르는 게 타당했죠. 셜록의 사이트는 이제 TV 시리즈에서 일어난 일들을 연결시켜야 할 필요가 있을 때만 업데이트되고 있어요.

대본의 초고를 받으면 그것에 대해서 BBC의 쌍방향 픽션 프로듀서인 조 피어스, 수, 가끔은 스티븐과 의견을 나눕니다. 전편의 숨 막히는 결말에서 어떻게 나아갈 것인지, 앞으로 어떤 상황이 전개될지를 누설하지 않으면서 이야기를 보충할 방법이 있는지 등을요. 시리즈3이 진행되기 전에 여러 일들을 해치웠습니다. 존이 셜록은 죽었지만 블로그에 올릴 기회가 없었던 사건들이 아직도 많이 있다고 말하는 식으로요. 우린 비디오들도 삽입하기 시작했죠. 〈셜록〉 내에서 사용될 수 있는 뉴스 보도와 'BBC 브랙퍼스트' 같은 뉴스 프로그램들을요.

우린 계획을 세우고 컨펌도 받았지만, 문제가 있었습니다. 예를 들면, 결혼식에서 셜록이 말했던 모든 사건들에 대해서, 에피소드를 시청하려는 사람들에게 결말을 미리 누설하고 싶지 않았지만, 결혼식 이전에 어떤 형태로든 블로그에 올라갈 필요가 있었단 말입니다. 존이 자신의 블로그를 쓰는 장면이 있으므로 그걸 반영해야 했죠. 시리즈에서 어떤 모습으로 나올지까지도 고려했습니다.

일단 계획이 승인되면 초고를 BBC와 수, 스티븐, 마크의 의견이 첨부된 하츠우드의 피드백을 받기 위해 발송합니다. 초고를 두세 번 고치고, 그걸 넘겨주면 누군가 똑똑한 사람들이 온라인에 올려놓는 거죠. 난 페이스북과 트위터를 사용할 수 있는 정도여서 그저 글을 쓰거나 때때로 일부 사진에 설명을 붙이기도 하는데, 특히 한꺼번에 글을 많이 올려야 설명이 가능한 것에 주로 사용하고 있어요. 문자와 함께 올릴 사진을 찾으려고 노력하기도 합니다. '오리엔트 익스프레스' 식당에서의 살인 장면에서 셜록이 수집한 증거물들은 내가 올려놓은 것이었죠. 그건 사실 여동생의 열여덟 번째 생일에 찍은 것들 중에서 내 모습이 찍힌 사진 몇 장과 영수증 같은 것들이었어요. 욕실에 죽어 있는 시신이 찍힌 사진도 한 장 있는데, 시신은 사실 나였습니다.

난 주로 단편소설을 씁니다. 처음에는 셜록 홈스의 소설을 각색했지만, 시리즈에서 어떻게 사용될지는 전혀 모르죠. 그리고 제작진이 미래의 에피소드에 사용할 수 있다는 판단 때문인지 나의 제안에 대해서 아무런 말도 하지 않은 적이 두어 번 있었고요. 사실, 〈세 사람의 서명〉에 인용됐기 때문에 끝내버린 블로그 포스트도 한 개 있었습니다…."

6월 17일

'오리엔트 익스프레스' 레스토랑에서의 살인

셜록은 가장 단순한 사실들로 사건을 해결했다.

11월 7일

빈 영구차

음.
아, 그래.
뉴스를 보게 될 걸세.

오늘의 주제는 뭔가요?
최근에 가장 유행하는 해시태그인 #셜록은살아있다.

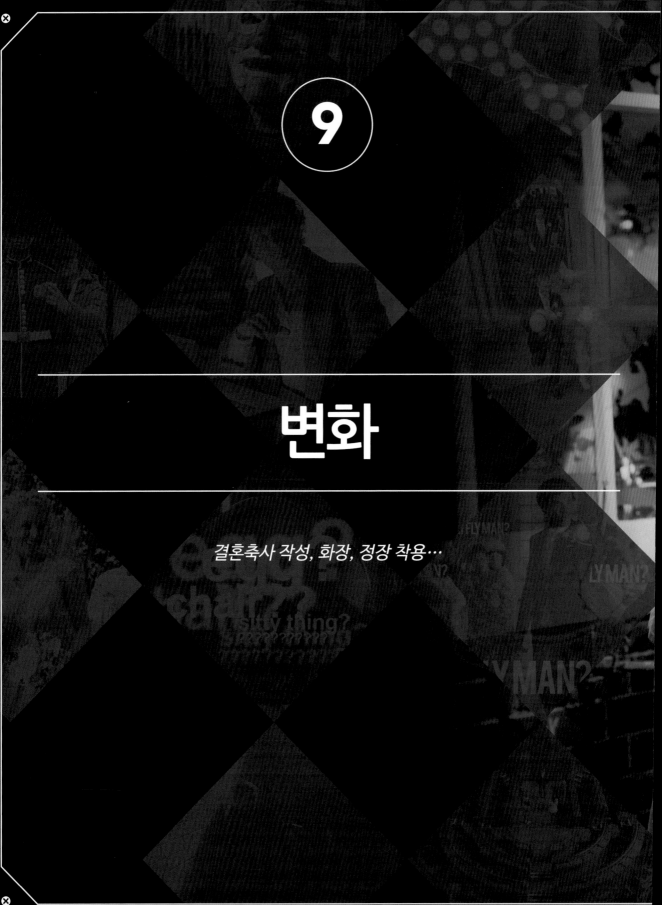

9

변화

결혼축사 작성, 화장, 정장 착용…

"지금까지 해왔던 일들 중에서 가장 힘들었어요"

"〈세 사람의 서명〉은 좀 특이한 에피소드입니다." 스티브 톰슨이 선언한다. "매 시리즈가 세 편으로만 구성되기 때문이죠. 첫 에피소드는 쾅 터뜨리고 피날레는 큰 사건으로 장식하기 때문에 중간에 들어갈 만한 걸 찾는 게 너무나 힘들었습니다.

스티븐과 마크는 정말로 깜짝 놀랄 일을 할 수 있다고 말했고, 온갖 종류의 정신 나간 것 같은 아이디어들을 떠들어대다가 결국에는 결혼으로 하자는 것과 아주 드러내놓고 코미디를 선보이자는 결정을 내렸어요. 막상 결정하고 보니 너무 막 나가는 것 같아 혹시 누가 대놓고 비웃을까 잠시 동안 걱정이 되더라고요. 스티븐과 마크는 셜록이 하는 신랑 들러리의 축사에 관해 수많은 아이디어들을 받고 있었어요. 우린 아무런 부담 없이 점심식사를 즐기며 신랑의 결혼식 전날 밤 파티와 축사에 대해 이야기를 나눴죠…'.

"도입부터 왓슨 부인을 소개하기로 결정했어요." 마크 게이티스의 회상이다. "우린 도일이 결혼 시기를 잘못 잡았다고 생각했죠. 왓슨을 두 번째 소설에서 결혼시켜놓고, 대부분의 모험들을 그전의 가상적인 총각 시절에 벌인 것으로 해뒀으니까요. 그래서 〈셜록〉의 세 번째 시리즈야말로 존을 결혼시키기에 완벽한 시기라고 본 겁니다. 그건 존이 가장 친한 친구의 죽음이 가져다준 슬픔을 거의 극복하고, 막 새 삶을 시작하려는 참이었던 데다가 셜록이 되돌아와 모든 걸 다시 엉망으로 만들기에 최적의 시기였으니까요. 따라서 존이 곧 결혼하겠다는 결정을 내림으로써 두 번째 에피소드에서 해야 할 가장 명백한 일이 바로 결혼식이 됐죠.

그건 대화를 나누던 중 아주 우연하게 나온 것이었어요. 스티븐 모팻이 자신이 어렸을 때 닥터 왓슨이 결혼한다는 걸 처음 읽고서는 분명히 홈스가 신랑 들러리였을 테고, 또 들러리의 축사 중 가장 괴상했을 거라는 생각이 퍼뜩 들더라는 겁니다. 그 말에 우린 박장대소했지만, 정말 그랬을 거라는 생각이 들더군요. 이걸 에피소드 전체의 골격으로 사용하자는 아이디어가(그리고 재미있는 총각 시절 이야기가 해결되지 않은 사건으로 밝혀졌다가 끝에 가서는 해결된다는 아이디어가) 매우 독창적이고, 매우 자극적일 것으로 보였던 겁니다.

> 몰리
> 그렉… 그 사람이 **축사**를 할 거예요!
> 침묵이 흐른다.
>
> 몰리(앞에서 계속)
> 사람들 앞에서요. 거기에는 **진짜 사람들**이 있을 거고, 정말로 그의 말에 **귀를 기울일** 거라고요.

존과 셜록의 런던 펍 순례는 모두 카디프에서 촬영됐다. 세인트 메리 가에 있는 '키티 플린스'에서 시작해, 밀 레인으로 이동하여 '카누'에서 촬영이 이뤄졌다.
마지막 두 곳의 연회장도 밀 레인에 있었는데, '소다바'와 바로 그 옆에 있는 '디 애틱'이었다.

우린 스티브 톰슨에게 두 번째 에피소드를 의뢰했지만, 예상했던 것보다 훨씬 복잡해져서 세 사람이 힘을 합쳐 쓰는 걸로 결정을 내렸습니다. 네러티브는 계속되어야 하되, 중심을 잡을 필요가 있었습니다. 시리즈에서 가장 중요한 일은 발전이 있는 것이라고 항상 이야기하곤 했죠. 존이 셜록의 추론에 감탄만 하는 위치에 둘 수는 없는 겁니다. 존이 셜록의 추론에 놀라기는 하지만 자신이 바보처럼 보일까 봐 셜록에게 그렇다는 걸 말하려 하지 않으므로, 그걸 표현할 수 있는 새로운 방법을 찾아야 했습니다.

마찬가지로, 셜록 자신도 진보하는 새로운 방법을 찾아야 했고요. 셜록은 좀 더 인간적이 되고 있다는 점에서 피노키오를 닮았어요. 피노키오가 사람이 되진 못할지라도 변화해야 합니다. 그렇지 않으면 차갑게 식은 고기 젤리처럼 의미 없이 굳어지겠죠. 셜록이 자신만의 약간 어설프면서 고성능의 방식으로, 무척 소중히 여기지만 어떻게 표현해야 할지 알지 못하는 모습을 보여주고 싶었던 겁니다. 따라서 셜록은 지금껏

들어보지 못한, 모욕적이고 불편한 축사를 하지만 그걸 또 멋지게 만회하는 모습을 보입니다. '왜 내가 너의 가장 좋은 친구인지를 모르겠어. 사실, 네가 알게 된 것들 때문에 이제는 내가 아니잖아.' 이 말이 약간 위험한 발언이라는 건 알고 있었지만, 세 번째 에피소드에 포함된 사건들이 정말 무시무시해질 것이기 때문에 셜록이 다소 부드러워졌다고 생각하게 만들고 싶었습니다."

베네딕트 컴버배치는 축사를 촬영하는 닷새 동안 원맨쇼를 하는 것 같은 느낌이었다고 털어놓았다. "음, 닷새처럼 느껴진 건 맞아요. 그걸 촬영하는 데 정말 많은 시간을 들였으니까요. 하지만 실제로는 이틀이었어요. 그건 이제껏 해왔던 추리 중에서 가장 거대하고 끝없는 것이었죠. 내게는 훌륭한 청중들이 있었고, 내가 대본 열두 페이지 분량의 대사를 머릿속에 밀어 넣고 있는 동안에 그들 모두 즐거워했죠. 아주 영광스럽고도 재미있는 에피소드였습니다."

"이 에피소드를 찍는 게 정말 재미있었어요." 아만다

존
셜록, 이 친구야, 난 열여덟 가지나
되는 서로 다른 **향수** 냄새를 맡았다구.
게다가 맛이 똑같은 **케이크**를 아홉
조각이나 맛봤고. 난 신부 들러리들이
보라색 옷을 입었으면 해.

셜록
라일락색이지.

셜록 시리즈 3
세 사람의 서명

20 **내부. 베이커 가 221B. 낮.**
20

셜록
아, 마이크 스탬포드를 말하는 거야? 좋은 사람이지,
그 친구가 이 모든 걸 다 해봤는지는….

존
마이크가 괜찮긴 하지만, 최고의 친구는 아니야.

셜록
…네 어머니는?

존
돌아가셨고, 여자잖아.

셜록
돌아가셨다고? 난 네 어머니가 아니라 누군가의 어머니를
말한 건데?

존
셜록, 이건 내 인생에서 가장 중대하고 가장 중요한 날이란
말이야.

셜록 시리즈 3
세 사람의 서명

50 **외부. 공원. 낮**
50

존
난 안 그래.

셜록
당연히 넌 안 그러겠지. 넌 그 사람을 높게 보고 있어.
예전엔 너의 가장 좋은 친구였겠지… 그 사람이 어떻든
간에 왜 계속 연락하고 지내지 않는 거야?

존
그 사람이 연락을 안 해. 말하자면 긴 이야기인데, 그 사람은
그곳에서 아주 악몽 같은 시간을 보냈어.

셜록
훈장을 받았겠군, 그렇지? 그 사람은 전쟁 영웅이야.

셜록 시리즈 3
세 사람의 서명

64 **내부. 바. 밤**
64

술에 크게 취한 셜록이 바짝 약이 오른 깡패와 주점에서 한창 싸우고
있다. 셜록은 깡패의 후드 티를 가리키며 소리를 지른다.

셜록
내 말 똑똑히 들어. 네 녀석… 후드에 있는 건 말보로
라이트의 재야!

깡패
난 라이트를 피워본 적이 없어. 그건 계집애들이나
피우는 거잖아!

셜록
(목소리를 한층 더 높이며) 난 담뱃재를 알고 있단 말이야!
감히 그걸 따지고 들어!

원작의 홈스와 〈셜록〉의 홈스

아서 코난 도일 경의
《찰스 오거스터스 밀버턴》에서 발췌

홈스와 난 춥고 서리가 내린 어느 겨울 저녁에 평소처럼 산책을 나갔다가 6시쯤 집에 돌아왔다. 홈스가 램프를 켜자 그 불빛이 테이블 위에 놓여 있던 명함에 쏟아졌다. 홈스는 명함을 힐끗 보더니 역겹다는 듯 바닥에 내팽개쳤다. 난 바닥에 떨어진 명함을 집어 들고 읽어봤다.

찰스 오거스터스 밀버턴,

애플도어 타워스,

햄스테드.

중개인.

"이 사람이 누군가?" 내가 물었다.

"런던 최고의 악질이지." 홈스는 의자에 앉아 벽난로 쪽으로 발을 쭉 뻗으며 대답했다. "뒷면에 남긴 말이라도 있나?"

난 명함을 뒤집어서 소리 내어 읽었다.

"6시 30분에 방문하겠음. C.A.M."

스티브 톰슨, 마크 게이티스, 스티븐 모팻의
〈세 사람의 서명〉에서 발췌

셜록은 전보 한 뭉치를 들고 어떤 감정이나 따스함을 드러내지 않고 그것들을 읽는다. 그에게는 상당히 고통스러운 일이다.

셜록(앞에서 계속)
'존과 메리에게. 두 사람의 특별한 날을 진심으로 축하해. 사랑과…(내가 정말로 이런 말까지 해야 해?)… 터질 듯한 포옹을 담아. 스텔라와 테드가.'

존과 메리는 전보의 내용을 즐긴다.

셜록(앞에서 계속)
(다른 전보를 집어 들며) '자네와 함께할 수 없어 정말 미안하네… 마이크 스탬포드…'
(또 다른 전보) '정말 사랑한다…'

그것까지 읽고 셜록의 목소리가 흔들린다.

존

그리고?

셜록

(할 수 없다는 듯 계속 읽는다) '…귀염둥이, 한 아름의 사랑과 한 무더기의 행운을 캠Cam이 보낸다. 네 가족이 이 모습을 봤어야 했는데.'

감동해서 고개를 돌리는 메리를 카메라가 잠깐 잡는다. 존이 메리의 손을 꼭 움켜쥔다.

애빙턴도 동의한다. "소시오패스인 셜록이 결혼식 준비에 말려들면서, 그는 모든 걸, 극히 사소한 점까지 세세히 챙겨서 하려고 결심하죠. 그러다가 신랑 들러리의 축사가 아름답게 시작하고, 그러나 해결되지 않은 사건들이 그의 머릿속을 스치고, 그 사건들에 대한 생각이 축사에 초를 치다가 누가 죽게 될 것인지를 밝혀냄으로써 엄청난 클라이맥스로 치닫습니다. 그리고 연설이 끝남과 동시에 셜록과 존은 그 자리에 앉아 있기보다는 즉시 달려 나가며 행동으로 옮깁니다. 메리도 그들의 뒤를 따르고요. 그 행동이 다음 에피소드에서 밝혀지는 그녀의 비밀들을 짜 맞추는 데 도움이 되죠."

_____ "좋았어, 이젠 전쟁이다!" _____

며칠씩 계속되는 결혼식 피로연 장면을 찍기 위해 정규 출연자들은 물론이고 평상시보다 훨씬 많은 조연진이 복장을 갖추고 메이크업한 과정도 재미있다. "이 에피소드를 만드는 건 마치 〈사랑의 블랙홀 Groundhog Day〉 같았어요." 〈셜록〉에서 메이크업과 헤어 디자이너를 담당했던 클레어 프리처드 존스가 폭소를 터뜨리며 말한다. "며칠씩이나 촬영이 계속됐는데, 모든 하객들과 주인공들이 매일 똑같이 보여야 하니까요. 그리고 그 장면을 다 찍을 때까지 출연자들의 얼굴이 타거나 피부색이 변하지 않도록 선크림을 바르는 것도 잊지 말아야 했죠."

클레어는 〈빙 휴먼〉, 〈닥터 후〉, 〈게팅 온 Getting On〉, 〈토치우드〉 같은 시리즈의 작업을 마친 후에 〈분홍색 연구〉의 파일럿 버전을 위해 〈셜록〉에 참여했다. "그런 유형의 드라마에서 일을 하다 보면 일단의 프로듀서들과 대본 작가들이 우리와 우리가 하는 일을 알게 됩니다. 난 우연히 〈셜록〉의 제작을 알게 됐고, 전화를 걸어 관심이 있다는 걸 알렸어요. 그때가 카디프에서 면접을 진행했던 마지막 날 오후였지만, 날 불러줘서 만날 수 있었습니다. 그러고는 그날 저녁에 전화해서 팀에 참여하는 걸 환영한다고 하더군요. 난 파일럿과 시리즈 1을 담당했고, 시리즈 2는 다른 일로 참여하지 못했지만, 시리즈 3에서는 다시 함께할 수 있었죠."

여느 때와 마찬가지로 각 대본의 초고로 작업이 시작됐다. "각각의 등장인물들에게 필요한 것들을 파악하는 건 항상 대본과 수 버츄 및 감독과의 대화에서 시작됩니다. 초고를 받으면, 등장인물들 각각의 배경을 찾고 그들이 어떻게 보여야 하는지에 관한 노트를 만들어 등장인물들의 전반적인 형태를 구상합니다. 인물들의 라이프 스타일과 그들이 살고 있는 환경을 고려하면서 등장인물을 발전시켜야 하니까 중요한 일이에요. 그런 다음에 모든 부서가 자신들의 아이디어를 쏟아내는 '톤 미팅 tone meeting'에 참석합니다. 물론 모든 사람들의 상상이 다를 수밖에 없어요. 테이블에 둘러앉은 사람들이 서로 다른 아이디어들을 끝까지 주장할 수도 있고요. 그 일이 끝나면 이번에는 출연진들과 만나게 되는데, 그들도 나름대로의 아이디어를 가지고 있죠. 마지막으로는 그것들을 모두 취합하는 겁니다.

완벽한 이미지를 구축하기 위해서는 의상 담당부서와 협력하는 게 중요합니다. 하나의 등장인물을 믿을 만하게 만들기 위해서는 머리와 분장과 의상이 서로 보완해주어야 하니까요. '톤 미팅' 단계 이후에는 감독과 의상 디자이너와 함께하는 분야별 회의를 하게 되고, 등장인물들의 모든 것을 도드라지게 보이게 하고 우리가 동일한 것을 추구하는지를 확실하게 하기 위해 대본 한 페이지 한 페이지를 검토하게 됩니다. 물론 출연자들과 만날 때까지는 그들의 겉모습과 관련하여 얼굴색이라든가 문신, 가발, 머리카락 색깔 등등을 바꿔야 할지 혹은 더해야 할지를 모르는 겁니다. 예를 들어, 베네딕트 컴버배치가 캐스팅됐을 당시에는 적갈색의 짧은 머리카락이었던 터라 뭔가 수를 써야 했죠. 제작진은 베네딕트가 바이런의 우울한 작품과 같은 분위기가 나기를 원했어요. 마크와 스티븐은 그러한 시적인 이미지여야 한다는 입장이 아주 확고했습니다. 그리고 마크는 셜록이 어둠 속에서 도시를 활보하는 '밤의 사내'여야 한다는 점을 강조했고요. 그래서 창백한 안색과 검은색의 머리카락을 원했어요. 사실 베네딕트는 시리즈 1에 나올 때보다 파일럿에서 훨씬 더 창백했죠."

"〈셜록〉은 우릴 한계까지 밀어붙이고, 거기에서 조금 더 나아갔습니다." 클레어의 이야기가 계속된다. "우린 아이디어를 강조하지만 감독들은 항상 좀 더 많은 걸 보여달라고 하고 모든 옵션을 살펴주길 요구합니

〈세 사람의 서명〉에 나오는 은행털이의 사전 제작을 위해 '잉글랜드 은행'에서 정찰하는 모습을 기록한 사진들.
그 후에 계속해서 은행털이에 사용될 장소를 촬영하는 동안 찍은 사진.

이번에는 셜록이 '하루살이 사내'의 유령 거주지 중 하나에서 단서를 찾기 위해 살펴보는 장면.

웰링턴 병영*의 내부는 카디프의 캐세이 파크에 있는 글러모건 빌딩에서 촬영됐고,
샤워기와 피는 프랙티컬이펙트팀이 제공했다.

* 왕궁경호 병력이 머무는 병영

웨스터민스터의 버드케이지 워크에 있는 웰링턴 병영 자체가 본모습대로 에피소드에 등장한다. 미술 총감독인 아웰 윈 존스가 야외촬영장에 나가 있었는데,
모여 있는 파파라치들을 당혹스럽게 하려고 근위보병연대원으로 분장한 베네딕트의 사진을 찍고 있다.
버드케이지 워크의 병영 맞은편에 있는 벤치는 기술팀이 설치한 것이었다.

아서 코난 도일 경의
《네 사람의 서명》에서 발췌

"음, 이렇게 우리의 드라마가 끝이 나는군." 난 의자에 앉아 홈스와 조용히 담배를 피운 후에 말을 꺼냈다. "아무래도 이번 사건이 자네의 수사 방법을 연구할 수 있는 마지막 기회인 것 같네. 영광스럽게도 모스턴 양이 내 청혼을 받아줬거든."

홈스는 몹시 낙담했는지 않는 소리를 냈다.

"그렇게 되지 않을까 걱정했지." 홈스가 말했다. "진심으로 축하한다는 말은 못 하겠네."

난 속이 약간 상해서 물었다. "내 선택이 못마땅한 이유라도 있나?"

"전혀 그렇지 않아. 난 모스턴 양이 내가 만났던 여자들 중 가장 매력적인 젊은 여성이고, 우리가 해왔던 일에도 많은 도움이 되지 않을까 생각하네. 그쪽에 결정적인 재능을 지니고 있거든. 자신의 아버지가 남긴 수많은 서류 중에서 아그라 성의 설계도를 잘 보관하고 있었던 걸 보면. 하지만 사랑은 감정적인 것이고, 감정적인 것은 모두 내가 가장 중요하게 여기는 냉철한 이성에 방해가 된단 말일세. 난 판단력을 흐리게 하지 않기 위해 절대 결혼 같은 건 안 할 생각이네."

"난 나의 판단이 그런 시련을 겪고도 살아남으리라고 믿네." 난 큰 소리로 웃으며 자신 있게 말했다.

스티브 톰슨, 마크 게이티스, 스티븐 모팻의
《세 사람의 서명》에서 발췌

셜록

난 너를 축하할 수 없을 것 같아, 존. 모든 감정은, 그중에서도 사랑은 내가 가장 중요하게 여기는 순수하고도 냉철한 이성과 반대되기 때문이지. 결혼이란 내가 심사숙고해본 바로는 병들고 도덕적으로 타락한 이 세상에서 그릇되고, 겉만 번드르르하고, 비합리적이며, 감상적인 모든 것들에 대한 찬사와 다를 바 없어.

다. 예를 들면 〈분홍색 연구〉에서 폴 맥기건은 마룻바닥에 'Rache'라는 글자를 긁어놓은 피살자의 손을 극도로 클로즈업해달라고 요구했죠. 그래서 인조손톱을 달아주고, 그 손톱 아래쪽에 나뭇조각이 살짝 갈라져 있도록 만들었어요. 시청자들이 사소한 세부적인 사항까지 알아봐주길 바라면서요.

메인팀에는 세 명이 있어요. 난 베네딕트를 담당했고, 사라 애스틀리 휴즈가 마틴을, 그리고 에이미 라일리가 아만다 애빙턴을 담당했죠. 그리고 하객 연기자들은 스케줄의 요구사항에 맞춰서 우리 세 명이 분배했습니다. 다행히도 시리즈 3의 각 에피소드마다 수습 직원들이 한 명씩 할당됐는데, 그게 엄청나게 도움이 됐어요. 각각의 에피소드는 엄청나게 손이 많이 갔습니다. 단 두 명이 등장하는 장면에서도 거의 쉴 틈이 없었죠. 예를 들면 〈분홍색 연구〉에서 베네딕트와 택시기사로 등장하는 필 데이비스가 함께하는 일곱 페이지짜리 장면이 있는데, 이틀이나 걸려서 촬영됐습니다. 두 사람이 워낙 열연하는 바람에 최종 편집에서 그들의 머리카락이 제자리에 있는지를 끊임없이 확인해야만 했어요. 시리즈 3의 마지막 에피소드인 〈마지막 서약His Last Vow〉에서는 베네딕트의 모습이 워낙 다양해서 그의 건강과 죽음의 서로 다른 단계의 사진들을 벽에 붙여놓아야 했다니까요!

우린 통상적으로 카메라가 녹화를 시작하기 한 시간 30분 전에 야외촬영장이나 스튜디오에 나가 있으므로 복장을 갖추고 메이크업을 하는 데 한 시간 정도가 허용되는 편이죠. 그렇게 하루 열두 시간 동안 촬영하고, 연기자들에게 뜨거운 물수건을 제공하는 15분간의 클렌징 타임으로 하루 일과가 끝납니다. 하지만 분장하는 데 시간을 더 잡아먹는 경우가 더러 생기게 되지요.

〈세 사람의 서명〉에서 숄토 소령의 불에 덴 자국과 상처들이 그렇습니다. 대본에는 소령의 옆얼굴에 길게 상처 하나가 있다고만 언급되어 있었는데, 막상 촬영이 시작됐을 때는 그가 부상을 많이 당했기 때문에 작은 상처 여러 개가 모여 더 큰 흉터가 있을 거라는 생각이 든 겁니다. 숄토 소령 역을 한 앨리스테어 페트리는 7일 연속 촬영을 하게 됐던 터라 그 분장을 여러 번 반

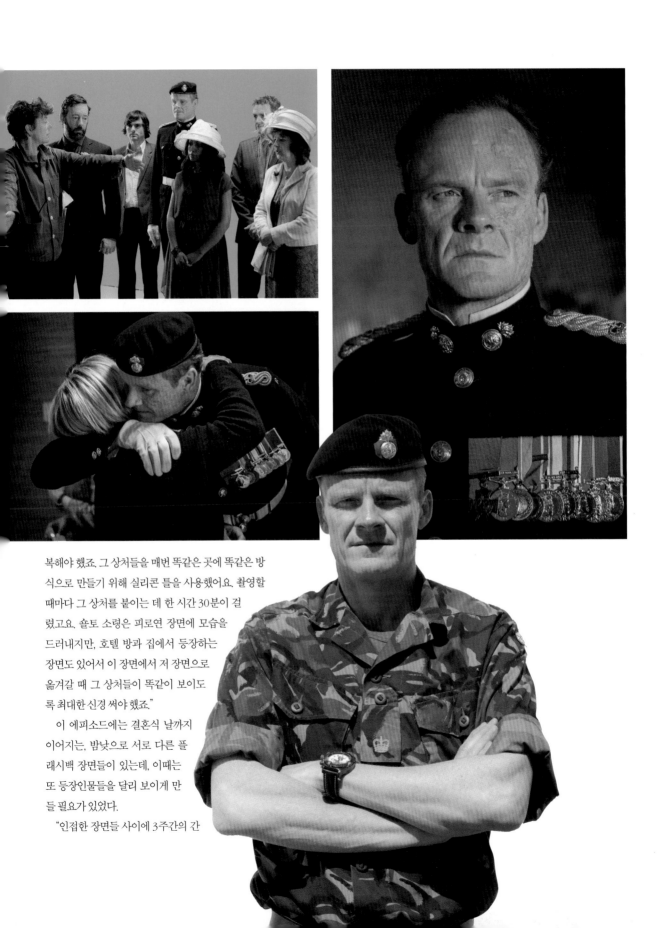

복해야 했죠. 그 상처들을 매번 똑같은 곳에 똑같은 방식으로 만들기 위해 실리콘 틀을 사용했어요. 촬영할 때마다 그 상처를 붙이는 데 한 시간 30분이 걸렸고요. 숄토 소령은 피로연 장면에 모습을 드러내지만, 호텔 방과 집에서 등장하는 장면도 있어서 이 장면에서 저 장면으로 옮겨갈 때 그 상처들이 똑같이 보이도록 최대한 신경 써야 했죠."

이 에피소드에는 결혼식 날까지 이어지는, 밤낮으로 서로 다른 플래시백 장면들이 있는데, 이때는 또 등장인물들을 달리 보이게 만들 필요가 있었다.

"인접한 장면들 사이에 3주간의 간

원작의 홈스와 〈셜록〉의 홈스

아서 코난 도일 경의
《신랑의 정체 A Case of Identity》에서 발췌

홈스가 의자에서 일어나 벌어진 커튼 사이로 런던의 우중충한 잿빛 거리를 내려다봤다. 홈스의 어깨 너머로 체구가 큰 여자가 길 맞은편에 서 있는 모습이 보였다. 여자는 두터운 털목도리를 목에 두르고, 구불거리는 커다란 붉은 깃털로 장식된 챙이 넓은 모자를 쓰고 있었다. 모자는 요염한 데번셔 공작부인이 유행시킨 형태로 한쪽 귀를 덮을 듯이 비스듬히 기울어져 있었다.

그 여자는 이렇듯 화려한 차림을 한 채 안절부절 망설이는 태도로 우리의 창문을 연신 힐끔힐끔 올려다봤다. 몸이 앞뒤로 흔들거리고, 손가락으로는 장갑의 단추를 만지작거렸다. 그러더니 갑자기 풍덩하고 제방을 박차고 물에 뛰어든 수영선수처럼 서둘러 길을 건넜다. 그리고 날카로운 현관벨 소리가 귀에 울렸다.

"저런 증상들을 이전에도 본 적이 있네." 홈스가 벽난로 안으로 담배를 던지며 말했다. "길에서 왔다 갔다 하는 건 항상 애정 문제라고 보면 되지. 조언을 구하고 싶지만 너무나 은밀한 문제라서 남에게 털어놔도 되는지 망설여지는 걸세. 하지만 이 정도로도 그게 정작 어떤 문제인지 구분할 수 있지. 남자에게 심하게 학대를 받았다면 더 이상 주저하지 않네. 보통은 현관벨 줄이 끊어져라 잡아당기는 편이고, 저 여자도 사랑 문제 때문에 찾아온 건 맞는데, 화가 났다기보다는 당혹하거나 슬퍼하는 것 같단 말일세. 어쨌든 직접 찾아왔으니 의문이 곧 풀리겠지."

스티브 톰슨, 마크 게이티스, 스티븐 모팻의
〈세 사람의 서명〉에서 발췌

셜록이 자신의 의자에 앉아 있고, 존은 창가에 서서 거리를 내려다보고 있다.

존
저 여자가 막 현관벨을 울리려고 하고 있어. 아니, 마음을 바꿨나 봐. 벨을 누르려다가 돌아서는군. 몇 걸음 걷다가 다시 돌아오는데….

셜록
저 여자는 의뢰인인데, 꽤나 짜증나게 하는군. 저런 증상들을 이전에도 본 적이 있어.

존
으응?

셜록
길에서 주저하는 건 항상 사랑 문제라고.

격이 있다고 쳐요." 클레어의 설명이다. "일단 촬영 대본을 받으면, 각각의 등장인물들에 대한 콘티 분류*를 합니다. 모든 연기자들이 등장하는 장면을 뽑아내고, 그 장면에 맞는 메이크업과 헤어에 필요한 정보를 표시하죠. 어떤 장면에 어떻게 메이크업해야 하는지 등등을요. 촬영일 하루 전에 콜 시트**를 받으면 각각의 연기자들이 등장하는 장면마다 필요한 사항들을 덧붙이게 되죠. 〈세 사람의 서명〉을 찍을 때는 원래의 팀과 함께 일할 일곱 명의 헤어 및 분장 전문가가 추가로 필요했어요."

> **셜록**
> 그리고 존이 대단하다는 걸 아직
> 충분히 말하지 못했습니다.
> 그저 **수박 겉핥기**만 한 겁니다.
> 난 **심도**와 **복잡성**에 대해서 밤새
> 떠들어댈 수도 있습니다.
> 존의… 스웨터에 대해서요.

스티븐 모팻은 셜록 홈스에게 '촬영 의상'을 입히는 것 자체가 실수라고 보고 있다. "셜록은 촬영 의상을 입지 않아요. 다른 사람들처럼 옷을 입는 거죠. 원작 소설들을 들여다보더라도 그는 아주 드물게, 심지어 대부분의 영화에서조차도 인버네스케이프***와 사냥모자 차림으로 돌아다니죠. 대부분은 그 시대의 맵시 있는 옷을 입을 뿐입니다. 셜록에게는 약간의 허영심이 있어서 옷을 차려입는 경향이 있고, 그 점에서는 자신이 무엇을 하고 있는지 잘 알고 있는 셈이죠. 셜록은 전문가로 보이기를 열망하고, 따라서 그에 걸맞은 맵시 있는 옷을 입고, 그게 얼마만큼 좋게 보이는지를 알고 있을 정도로 허영기가 있는 겁니다. 우린 그저 현대에 맞게 잘 어울리는 옷을 셜록에게 입히고 커다란 코트와 스카프로 영웅의 느낌이 나게 해주는 것으로 충분했죠. 그렇게 해서 셜록은 한자리에 모인 사람들 가운데서 우두머리 수컷이 된 겁니다."

의상 디자이너인 사라 아서도 동의한다. "셜록은 옷차림에 연연하는 사람이 아니었어요. 일에 연연하는

---

* 장면 번호, 캐스트, 장비, 소품 등 그날 촬영에 필요한 모든 상세
 정보의 목록
** 영화 촬영 기간 중에 스태프와 연기자에게 미리 건네주는 다음
 날의 예정표
*** 소매 대신 망토가 달린 남자용 외투

사람이고, 따라서 셜록이 입는 것은 그의 성격에 딱 맞아 떨어져야 했죠. 그러다 보니 그의 모습은 세 개의 시리즈를 거치는 동안에도 전혀 변한 게 없었던 겁니다."

사라는 1990년에 TV의 의상 담당으로 일하기 시작했는데, 그녀의 의상 디자이너로서의 역할은 1990년대 말인 〈경찰과 창녀 The Cops and Bad Girls〉를 필두로 〈축구선수의 아내들 Footballer's Wives〉, 〈미스트리스 Mistresses〉, 〈홀비 블루〉를 거쳐 〈헌티드 Hunted〉, 〈사랑과 결혼 Love & Marriage〉에 이름을 올렸고, 가장 최근에는 〈24 시즌9: Live Another Day〉에서 활약했다. "〈셜록〉 시리즈에 대한 제작 허락이 떨어졌을 때, 그들은 내게 시간이 나는지 물어왔어요. 내가 카디프에 살고 있었고, 그들이 웨일스의 스태프를 원했기 때문이었죠. 난 수 버츄를 만나러 갔고, 함께 일하자는 의뢰를 받았어요. 수는 열심히 관여하는 편이었고, 마크 게이

티스와 스티븐도 마찬가지였죠. 그들은 눈으로 직접 봐야 만족하는 사람들이라서 언제나 세트장에 나와 있었어요. 난 대본을 받아들자 그들을 비롯해 감독과 미팅을 하고 몇 가지 아이디어를 구상했죠. 그런 다음 주연들과 만났는데, 요구사항이 분명했어요. 그건 진정으로 헌신적인 사람들의 방대한 협력이었어요.

내겐 의상책임자 한 명과 조수 한 명, 수습직원 한 명이 딸려 있으니 아주 작은 팀이죠. 난 게스트 연기자와 엑스트라들을 포함한 모든 출연자들의 의상을 한 벌씩 준비합니다. 촬영에 들어갈 쯤에는 주연들의 의상을 이미 다 맞춰놨기 때문에, 그 외의 출연자들 의상에 집중할 수 있죠. 촬영 당일에 그 사람들에게 옷을 입히는 것이므로 그때까지 누구에게 옷을 입힐지, 그들이 어떻게 보일지 전혀 모르는 겁니다. 난 어떠한 요구라도 만족시킬 수 있게끔 상당히 많은 의상들을 가지고 다

님니다. 조연들은 상황에 맞는 의상을 입도록 요청받지만, 그게 항상 잘 맞는 것은 아니니까요.

가장 어려웠던 일 중 하나는, 세인트 바츠에서 벌어지는 시리즈 3의 시작 부분에 필요한 것을 시리즈 2의 마지막 부분에서 끌어내는 작업과 각자의 옷을 입고 있는 일단의 엑스트라를 다루는 것이었어요. 2년이나 지난 다음에요. 그건 정말이지 힘들었어요. 하지만 곧 무슨 일이 벌어질지를 미리 알고 있으면 보통은 만사 OK입니다. 난 일주일 전에 필요한 것을 모두 챙기고 촬영 전날에 다 세팅해놓기 때문에 돌발 상황에 대처할 시간을 벌 수 있죠. 물품마다 모두 장면 번호를 붙여두고, 변화에 필요한 것들도 다 똑같이 처리합니다.

촬영이 개시되기 한 시간, 때로는 그보다 더 일찍 현장으로 나갑니다. 조감독들이 모든 스케줄을 조정하죠. 난 연기자들이 의상을 입은 채 한 시간 동안 분장하면서 앉아 있는 게 싫어서 일단 분장하고 난 다음 의상을 입도록 하고 있어요. 연기자들이 분주해지겠지만 그거야 다 촬영이 잘되게 하려는 의도이고, 체계적인 연기자라면 아무런 문제없이 잘 해냅니다. 난 엄청나게 많은 의상들을 가져가서 그중의 상당 부분을 사용하고, 필요한 장면에서 바꿔 입게도 하고 의상 자체를 수선하기도 하지요. 베네딕트와 마틴에게는 그럴 일이 별로 없었지만, 수많은 다른 연기자들에게는 그렇게

해야 했어요. 베네딕트의 허름한 옷차림은 내가 가지고 있는 옷들에서 나온 것이었죠. 특이한 넥타이라든가 손수건, 양복 조끼, 슬리퍼 같은 것들은 직접 만들었고, 아이린 애들러를 위해서는 전신 드레스의 일부와 보다 섹시한 옷가지 몇 점을 만들었고요. 하지만 대부분의 의상은 따로 구매합니다.

셜록의 기다란 코트는 파일럿에서 의상을 담당했던 레이 홀먼에게서 물려받았어요. 그대로 사용한 건 그게 유일했죠. 새로운 코트를 만들려고 했지만, 제작을 진행하는 동안 원하는 모양이 나오지 않았어요. 옷이 상했을 경우에 대체하고 스턴트맨에게도 입혀야 해서 그 코트를 세 벌 가지고 있는데, 아주 매력적인 코트입니다.

베네딕트의 몸매가 늘씬해서 그 선을 그대로 살려주고 싶었고, 모든 것들이 그 목적에 맞도록 선택됐죠. 베네딕트에게 처음 입혀본 양복이 제대로 맞아떨어졌어요. 베네딕트도 그렇고, 나도 그렇게 생각했죠. 즉시 가봉에 들어갔고, 다른 사람들도 보자마자 만족하더라고요. 아주 간단하게 해결된 과정 중 하나였죠. 우린 베네딕트의 키와 체형에 어울리는 옷이 필요해서 스펜서 하트 양복과 돌체앤가바나 셔츠를 이용했는데, 선이 스트레이트로 날씬하게 빠진 데다가 셔츠는 그의 호리호리한 몸에 딱 들어맞았고요. 그 옷들은 셜록의 역할을 위해 맨 처음 입어본 옷이었죠. 베네딕트는 스턴트를 직접 하겠다고 강하게 주장해서 입고 있는 옷들을 상당히 많이 망가뜨립니다. 결국 각각 다른 옷들을 세 벌씩 구입하고, 재킷은 한 벌씩 더 구입했어요.

맨 처음에 신은 신발은 입생로랑이었고, 이어 '포스테'를 사용하다가 나중에는 'TK 막스'를 사용했죠. 셜록이 런던을 하도 많이 돌아다녀서 밑창을 훨씬 두꺼운 것으로 바꿔 달았습니다. 뒷굽은 아주 낮은 걸 달았는데, 베네딕트가 마틴보다 키가 훨씬 컸기 때문입니다.

마틴이 맡은 역할인 존은 전직 군인이긴 하지만 생활환경을 바꿨기 때문에 셜록에 비해 약간 더 캐주얼하게 보이도록 했죠. 존은 보통 고전적인 '로크' 구두에 체크무늬 셔츠, 유니클로 청바지(이건 사실 마틴의 제안에 따른 것이었어요), 새끼줄 무늬의 니트 스웨터 차림입니다. 우린 니트웨어를 약간 달리 봤어요. 극히 고급

스럽지도 우아하지도 않지만, 결이나 줄이 들어가거나 가장자리를 약간 장식하면 꽤나 괜찮지 않을까 하고요. 난 존이 구식이고, 약간 가정적인 사람으로 보이게 하고 싶었지 유행에 뒤진 사람처럼 보이게 하고 싶진 않았습니다."

> 카메라가 **패배한** 모습의
> 존을 잡는다. 그는 짐을 풀어주고
> 천천히 옆걸음질 친다.
> 레이저 광선이 다시 존의 몸 위로
> 돌아간다. 짐이 양복의 주름을 **편다**.
>
> 짐
> 쯧, 이거 **프라다**인데.

〈잔혹한 게임〉의 클라이맥스에서 모리아티의 등장을 묘사하는 마크 게이티스의 대본에서는 모리아티의 옷이 프라다 제품일 것을 명시하고 있지만, 사라는 그것 대신 비비안 웨스트우드 제품을 선택했다. "그 옷의 재단이 앤드류에게 완벽하게 맞아떨어졌고, 색상이 아주 특이했어요. 라운드 칼라의 스펜서 하트 셔츠와 이 양복을 입히고 알렉산더 맥퀸 넥타이를 매게 하니 앤드류를 아주 사악하게 보이게 하더라고요.

아만다 애빙턴이 시리즈 3에 등장하게 됐을 때, 우린 그 캐릭터가 의문에 싸인 과거를 가지고 있다는 걸 알고 있었기에 그런 점을 의상에 반영시킬 필요가 있었죠. 난 그녀가 '집에 있는 엄마'처럼 보이도록, 말하자면 정직하지 못한 것과는 아무런 관련이 없어 보이도록 만들었어요. 메리의 웨딩드레스는, 아만다가 지닌 현대적인 여성으로서의 특징을 거스르지 않고 그대로 반영하길 원했죠. 그래서 현대적인 드레스와 고풍스러운 레이스를 살펴본 겁니다."

결혼식과 피로연의 장면들이 며칠에 걸쳐 촬영됐기 때문에 웨딩드레스 자체가 문제가 됐다. "결혼을 하고 하루 종일 웨딩드레스 차림으로 지내본 사람은 다음 날 그 드레스가 어떻게 보이는지를 알 겁니다! 하지만 여분의 드레스를 사들일 예산이 없었어요. 상상이 갈 겁니다. 아만다는 그 드레스를 9일 가량 입어야 했고,

'블릿 타임*' 색종이

TV 제작에서만 작은 색종이 조각들을 던지는 것이 특수효과의 일환으로 실행된다.
존과 메리의 결혼식에서 사용된 색종이 조각들은 대니 하그리브스와 '리얼 SFX' 팀의 노력으로 뿌려졌다.

* 360도 회전쇼트와 초고속 카메라를 이용해 촬영한 장면을 디지털로 과장되게 구현한 특수 시각효과

그 고풍스러운 레이스는 상상하기 힘들 정도로 섬세했으니까요. 그런데 아만다가 춤을 추고, 계단을 달려 올라가는 등의 온갖 액션이 있었죠. 난 매일 촬영이 끝난 후에 떨어진 곳들을 바느질했고, 아침마다 아만다에게 드레스를 입혀보고 손질했어요. 하루 열두 시간씩 계속해서 9일간이나 드레스의 원형을 잃지 않도록 해달라는 건 무리한 주문이었지만, 그 주문은 제대로 실행됐죠. 눈에 드러나지 않도록 드레스를 계속 고쳐야 했지만, 레이스가 많이 준비되어 있어서 가능했습니다."

연속성을 확보하기 위한 사진들은 촬영을 진행해가는 과정에서 아주 중요한 부분이고, 분장팀에서도 꼭 필요로 하는 것들이다. "촬영하는 내내 모든 게스트 연기자들과 엑스트라들을 다뤄야 할 뿐만 아니라." 사라의 지적이다. "에피소드 전반에 걸쳐 플래시백 장면들이 엄청 많아서 출연자들이 상황에 맞게 변화해야 했어요. 하지만 내가 지금까지 등장한 의상들을 다 가지고 있고 연기자들이 다시 사용할 수 있었기에 문제가 없었습니다. 베네딕트와 마틴도 당연히 결혼식에 입을 예복이 필요했어요. 어떤 시점에서 마틴에게 군복을 입히려고 준비했는데, 존 왓슨이 전역해서 불가하다는 말을 듣게 됐죠. 그래서 안전하게 가려고 마틴에게도 결혼 예복을 입히기로 결정했습니다."

사라는 자신이 참여한 〈셜록〉 시리즈 중에서 〈세 사람의 서명〉을 최고의 에피소드로 간주한다. "난 트위터에서 의상에 관한, 드레스와 다른 옷들의 모든 것을 알고 싶다는 질문을 엄청나게 많이 받았어요." 하지만 그다음에 이어지는 에피소드로 인해 사라가 더 주목을 받는다. 2014년에 사라와 의상 감독 세리 월포드가 〈마지막 서약〉으로 에미상 미니 시리즈, 영화, 특집 드라마 부문 의상상에 지명된 것이다. "우리에겐 무척이나 매끈하고 값비싼 양복 차림의 강력한 인물인 마그누센과 노숙자처럼 차려입었던 셜록과 이제 결혼하고 한발 나아간 존이 있었어요…."

WEDDING ALBUM

John & Mary

10

용의 굴

효과 작업 제작, 그리고 화면에 문자 띄우기…

KISS ME ?

"이건 영화에서 나오는 것과는 달라요"

"우리에게 결혼식 에피소드는 상당히 가벼운 일이었어요. 근위병이 샤워실에서 칼에 찔리긴 했지만, 실제 샤워실이 아니라서 물과 수증기, 그리고 흐르는 피까지… 모두 만들어낸 것이었죠. 결혼식 때 뿌린 색종이 조각들도 우리가 제공한 것이었습니다….

찻잔에서 불쑥 솟아났던 가짜 눈알도 만들었죠… 그러고는 시리즈 3의 마지막 에피소드를 작업했는데, 정말 어마어마하게 힘든 일이었습니다."

여기에서 '우리'란 카디프와 맨체스터에 근거지를 두고 대니 하그리브스가 이끄는 프랙티컬이펙트 회사인 '리얼 SFX'이다. 대니는 〈더 사라 제인 어드벤처〉, 〈마법사 대 외계인Wizards vs. Aliens〉, 〈다빈치의 악마들Da Vinci's Demons〉, 〈닥터 후〉와 다른 많은 작품들에서 특수효과 감독을 지낸 베테랑이다. "〈닥터 후〉의 작업을 마치고 〈셜록〉에 참여했어요. 우연히도 회사를 차릴 구상을 하고 있을 때와 시기가 맞아떨어졌고, 미술감독을 맡고 있던 에드워드 토머스와 아윌 윈 존스가 〈셜록〉 파일럿을 함께 해보자는 요청이 있어서였죠. 그런 다음, 〈셜록〉 시리즈 1에 다시 돌아와서 아윌

과 함께 일하며 정말이지 강력한 협력관계를 형성했고요. 그러니 난 초창기부터 참여해서 이 시리즈가 어떻게 보일 것인가를 작업하는 데 일조한 셈입니다.

다들 알다시피 각 부문의 담당자들은 대본의 초고를 받으면 얼른 읽어서 어떤 장면이 벌어지는지를 밝혀내려고 안간힘을 씁니다. 셜록이 시리즈 2 마지막에 어떻게 살아남는지를 모르는 상황에서도 그 대본을 확보하는 것만으로도 항상 흥분이 되죠. 대본을 샅샅이 훑어보고 효과 작업이 필요한 부분을 부각시킵니다. 총알 자국, 불, 내리는 비 등 프랙티컬이펙트가 필요한 것들을 찾아내고 '톤 미팅'에 참가합니다. 각 부문의 책임자들이 스티븐과 마크, 수와 서너 시간 동안 테이블에 둘러앉아 상의하는 거죠. 스티븐과 마크, 수는 대본에 있는 아이디어들이 생생하게 살아나도록 우릴 올바

리얼 SFX팀이 셜록의 사격에 필요한 장비를 설치하는 모습.

21 내부. 바츠의 연구실 — 새벽   21

몰리

깨끗하냐고요?

몰리가 셜록 쪽으로 돌아선다.

몰리

당신은 내가 저 사람들에게 뭐라고 말하길 바라나요?

셜록이 몰리를 똑바로 쳐다본다.

셜록

당신이 말해줘야겠다고 느끼는 것이라면 뭐든지.

몰리

아, 알겠어요! 당신이 커다란 검은 눈으로 날 빤히 쳐다보면서
아주 묵직한 목소리로 말하니 당신을 위해 거짓말을 해야
하나 보군요.

몰리는 대뜸 셜록의 뺨을 후려친다. 그리고 다시. 또다시. 셜록은 아무런
반응을 보이지 않으며 그냥 제자리에 서 있다.

몰리

신이 주신 아름다운 재능을 어떻게 감히 저버릴 수 있죠?
그리고 당신 친구들의 사랑을 어찌 감히 배반할 수 있느냐고요?
얼른 미안하다고 말해요.

21 내부. 바츠의 연구실 — 새벽   21

위긴스

그 사람 셔츠인가요?

셜록은 재빨리 위긴스를 돌아본다.

셜록

...뭐라고 했지?

위긴스

셔츠 때문에 자전거를 탄다는 걸 알게 된 거냐고요.
미안해요, 그냥 내버려둘 걸 그랬네요.

셜록

뭘 한다는 거야?

위긴스

자랑질이요.

셜록

(이제 재미있어 하는 표정을 지으며) 자랑질이라고??

위긴스

당신이 누군지를 알았으니까요. 당신이 온 첫날에 알아
봤다고요. 난 그 블로그를 항상 읽고 있었어요. 최근에는
글이 많이 올라오지 않아 은퇴한 게 아닌가 하고 생각
했더랬죠.

셜록

그 밴드가 해산됐거든. 셔츠에 대해서 더 말해볼래?

위긴스

음, 주름 때문이잖아요? 앞쪽에 주름이 두 줄로 길게 나
있어요. 최근에 접혀서 생긴 것이지만 아주 새로운 건
아니죠. (존을 바라보며) 당신은 오늘 밤에 아주 급하게
옷을 차려입었을 텐데, 그렇다면 모든 옷들이 그런 형태로
간직되어 있겠죠? 그런데 왜 그럴까? 그건 당신이 매일
아침 자전거로 출근하고, 도착하면 샤워한 후에 가져간
옷으로 갈아입어서겠죠. 당신은 셔츠를 언제든지 쌀 수
있도록 접어서 보관하고 있다고요.

른 방향으로 이끄는 역할을 하고요.

그 단계에서 컴퓨터로 생성되는 효과를 만드는 '밀크'와 실체가 있는 효과를 만드는 나 사이에 우호적인 경쟁 관계가 형성됩니다. 하지만 내가 할 수 없는 특정한 일이 있는가 하면, 그들이 할 수 없는 특정한 일도 있죠. 우린 긴밀히 협력해서 작업했고, 함께 BAFTA를 수상했어요. 난 항상 좋은 효과를 내기 위해 투쟁합니다. 제작자들과 제작팀장들은 제작이 지연될 수 있다는 것 때문에 걱정할 수는 있죠. 하지만 이를 악물고 끝까지 싸웁니다.

보통 '톤 미팅'이 있고 3주 후부터 촬영을 시작하기 때문에 대본을 다 이해하고 원하는 효과를 만들어낼 시간이 너무 부족하죠. 게다가 시리즈가 중반에 접어들면 훨씬 더 바빠집니다. 내게는 그런 걸 걱정할 시간이 없기 때문에 그런 대로 잘 굴러가는 편이죠. 이렇게 말할 수 있는 건, 세트장에 나가기 전에 실험해보는 시간을 많이 갖고 어떤 효과를 내는지 숙지하고 있어서입니다. 〈셜록〉은 특수효과를 많이 사용하는 작품은 아니지만, 시청자들이 특수효과라고 인식하지 못할 수도 있는 여러 가지 요소들(분위기라든지 화재 같은,

아외촬영장에서 작업하는 대니 하그리브스.

생생하게 표현해야 할 것들)이 있죠. 그러한 것들은 〈셜록〉이 생생하게 보이도록 '밀크'와 내가 불어넣은 질감인 겁니다. 폭발의 경우, 폭발만을 전적으로 다루는 것이 아니라 마치 실제인 것처럼 보이는 것들을 집어넣는 것에 관한 모든 것이라 할 수 있죠.

예를 들어 세트장이 아외촬영장처럼 보이기 위한 설정으로, 배경에 뭔가 창문을 스쳐 지나가는 느낌을 주려고, 221B의 내부를 표현한 웨일스에 있는 스튜디오 세트장의 창밖에 비나 눈이 내리도록 하는 경우

가 자주 있어요. 떨어지는 눈송이를 스튜디오의 창밖에 배치함으로써 내부로 장면을 전환할 때 실제로 눈이 떨어지는 것처럼 보이고 안과 밖이 하나로 연결된 것처럼 보이도록 하죠. 혹은 셜록의 주방 실험실에서 실제처럼 보이는, 김을 내뿜거나 부글거리거나 요리 중인 뭔가를 볼 수도 있고요."

대니는 시리즈 3의 첫 번째 에피소드인 〈빈 영구차〉를 작업하는 동안, 〈마지막 서약〉에도 등장하게 되었다. "마틴 프리먼이 모닥불에 갇혔을 때 그 불길의 바깥쪽을 만들어야 했어요. 마틴이 들어가 있지 않았지만, 베네딕트 컴버배치가 모닥불 안으로 손을 뻗으려고 불길을 헤집고 있었어요. 이 장면은 야외촬영으로 진행됐죠. 그런 다음, 마틴을 모닥불 안에 넣어야 했는데 그건 스튜디오에서 진행됐어요. 베네딕트와 마틴은 둘 다 자신이 직접 연기하길 원했고, 나를 비롯한 제작자

들을 많이 걱정시켰죠. 우리는 두 배우의 안전에도 책임이 있으니까요.

시리즈 2에서 베네딕트와 함께한 효과는, 〈벨그레이비어 스캔들〉의 장면 중 그의 뒤에서 침대가 벌떡 일어서다가 장면이 전환되며 베이커 가의 침대에 누워 있는 것이었어요. 〈마지막 서약〉에서 셜록이 총격을 받았을 때 바로 그 효과가 재현됐죠. 우린 베네딕트가 뒤로 넘어지는 또 다른 장비를 설치해서 〈스캔들〉에서 일어났던 일이 메아리치도록 했어요. 아주 교묘한 장면이었죠.

조금의 주저 없이, 얼굴의
근육 하나도 실룩거리지 않고
메리는 권총을 발사한다.
소음권총에서는 아주 작은 재채기
같은 소리만 들리고,
이제 무시무시한 **정적이 울려 퍼진다.**
셜록은 다시 걸음을 멈추고,
꼼짝도 하지 않고 제자리에 서 있다.
어떤 생각이 문득 떠오르는 것처럼
이마를 **찌푸린다.** 약간 **놀란 듯한**
표정이다. 뭔가를 파악하려고
애쓰는 것처럼 머리를 한쪽으로
갸웃하고 있다.

메리
미안해요, 셜록. 정말로요.

셜록은 이제 자신의 셔츠 앞자락을
내려다본다. **핏자국**이 그의 가슴에서
피어나고 있다.

26 내부. 베이커 가 221B — 아침

앤더슨

미안, 셜록, 이게 다 널 위해서야.

벤지

(앤더슨에게) 아, 그 사람이지? 키가 좀 더 크다고 했잖아?
(셜록에게) 저 친구는 왕팬이에요.

셜록

이 사람들은 누구야? 내 플랫에서 뭣들 하고 있는 거지?
내가 아는 사람들이야?

벤지

이 사람이 사진 같은 기억력을 가지고 있다고 했잖아.

셜록

삭제했소만.

벤지

그래요? 그게 현명하죠.

셜록

당신이 그렇게 생각해주니 기쁘고, 곧 하나를 더 삭제할
생각이오.

마이크로프트가 존을 거느리고 들어선다.

마이크로프트

너의 작은 팬클럽 회원들 중 몇 명이다. 정중하게 모시라고.
이들은 전적으로 믿을 수 있고, 네가 플랫이라고 부르는
이 독극물 쓰레기통조차도 기꺼이 수색해줄 사람이니까.
넌 요즘 꽤나 유명인사야, 셜록. 남들의 시선이 있으니
마약에 습관적으로 의지할 수 없단 말이야.

27 내부. 베이커 가 221B — 낮

셜록

전세계의 어느 곳에서나 민감하고 위험한 정보들이 저장되어
있는 거대한 보고寶庫가 있지. 비밀과 스캔들이 잔뜩 들어 있는
알렉산드라 도서관이야. 그리고 그 정보들은 단 한 가지도 컴
퓨터에 저장되어 있지 않아. 녀석은 컴퓨터가 해킹될 수 있다는
걸 알 정도로 영악하지. 따라서 그건 출력된 형태로 그 집 지하
실의 금고에 들어 있어. 그게 그곳에 있는 한, 자네가 이제까지
만났던 어떤 사람의 개인적 자유도 환상에 불과할 뿐이라구.

존

우리가 찾아가서 만나려고 하는 이가 바로 그 작자야?

셜록

두 시간 후에 녀석의 사무실에서 만나기로 약속을 잡았어.
네 생각은?

존

우선 네가 마약을 다시 하는 것으로 되돌아간 게 이상하다고
생각하고 있어.

셜록

물론 그것에는 분명한 이유가 있지.

문에서 노크 소리가 들리자 허드슨 부인이 고개를 재빨리 돌린다.

허드슨 부인

현관벨 소리였는데 못 들었니?

29 내부. 베이커 가 221B — 낮

마그누센

그나저나 편지 내용이 아주 재미있어.

마그누센이 문 쪽으로 향한다.

셜록

나와 협상할 의도가 없었다면, 당신은 왜 이곳에 온 겁니까?

마그누센

네가 셜록 홈스이고, 유명하잖아? 흥미가 생겼거든.

셜록

무엇에요?

마그누센

바로 너에게. 난 탐정을 거느린 적이 없었어.

그러고는 마그누센이 밖으로 나간다. 그의 부하들이 뒤를 따른다.
카메라가 존을 잡는다. 넌더리가 난다는 표정이고, 터져 나오는
화를 간신히 억누르고 있다.

존

맙소사!

셜록

우리의 관계는 당신 보스의 사무실로 침입하기 위한 계략이
었을 뿐이라고. 그냥은 당장 그만 만나자고 할 테지만, 여자
에 관한 전문가인 네가 있으니까, 뭐.

존

그녀가 크게 상심할 텐데….

셜록

음, 우린 갈라설 거야. 그게 극히 정상적인 반응이겠지.

존

셜록!

셜록

걱정은 그만해…. 일단 일이 이렇게 되면 그녀는 날 절대로
좋게 생각할 리 없어. 마그누센이 이 일로 그녀를 해고할 게
분명하니까.

엘리베이터의 차임이 울리자 셜록은 반갑다는 듯 얼른 밖으로
나간다. 얼이 빠진 표정의 존이 그의 뒤를 따른다.

아편 소굴은 카디프의 부트 가에서 촬영했다(맨 왼쪽). 마그누센의 런던 사무소로 사용된 야외촬영장(위 사진들).

첫 번째 도전은, 감독인 닉 허란이 요구한 아주 정밀한 총알구멍이었어요. 셜록 자신이 맞았다는 걸 믿지 못하는 순간을 나타내듯 피는 흐르지 않고 셔츠가 뻥 뚫려야 한다고 했죠. 시청자들은 셜록이 방탄조끼를 입고 있어서 여전히 살아 있고, 그대로 버티고 서 있다는 생각이 들 겁니다. 그러다가 우리가 제공한 피가 흘러나오는 것이죠. '밀크'가 총알구멍 주변을 컴퓨터를 이용하여 밀리미터 단위로 피를 칠했을 거라고 믿으면서도 준비했던 겁니다.

닉은 베네딕트의 안전을 보장할 수 있는, 축이 달린

몰리

그러니까 뒤로 쓰러져요.
중력이 유리하게 작용해줄 거예요.
이제 쓰러져요.

방 전체가 **기울어진다.**
셜록의 무릎이 꺾이기 시작한다.
짜증이 날 정도의 **슬로모션**으로
셜록이 뒤쪽으로 넘어지기 시작한다.

장치를 뒤로 하고 넘어지길 원했어요. 원래는 셜록의 수트 안에 들어가는 장치를 만들려고 했는데, 그게 어떨지는 여러분도 상상할 수 있을 겁니다. 셜록이 그 장치를 벗고 싶을 때마다 양복 전체를 다 벗어야 하는 모습을요. 따라서 그의 재킷 안에 들어가는, 눈에 띄지 않는 장치를 고안했습니다. 베네딕트의 스케줄이 워낙 빡빡했던 터라 그와 함께할 시간이 거의 없었어요. 결국 베네딕트의 트레일러로 가서 몸 치수를 재고, 등의 윤곽을 떠서 장치에 그대로 반영했죠. 그랬는데도 딱 맞지가 않은 겁니다! 현장에서 재빨리 고쳐야 했어요. 난 기계보다는 손으로 만들기를 좋아합니다. 우린 장치를 바닥에 고정시키고, 세트장 반대편 비계에 연결된 번지점프 줄을 연결한 뒤, 그 장치와 베네딕트를 볼 수 있는 위치에 자리를 잡았죠. 베네딕트를 떨어뜨려서는 안 된다는 엄청난 압박을 받으면서요. 이제 스타가 된 그의 몸값은 수백만 파운드를 웃도니까요! 우린 연결된 모든 장면을 두 번 해냈죠. 솔직하게 말하면, 이제까지 했던 효과 중에서 가장 어려운 순간이었고, 정말 멋진 장면이었죠. 내가 그 장면의 일부였다는 사실이 자랑스럽기만 합니다."

"그 여자는 레이디
___ 스몰우드가 아니야, 홈스 씨" ___

홈스를 공격한 사람은 물론 존의 아내인 메리 왓슨이다. "그녀는 암살자예요." 아만다 애빙턴의 말이다. "CIA와 극히 미심쩍은 여러 조직을 위해 일했죠. 그녀는 돈을 받고 사람들을 죽였고, 즐기려고 죽인 것이 아니라 그 일을 아주 잘했기 때문에 죽인 겁니다. 그녀는 그 사실을 존에게 숨겼고, 이제 새로운 신분을 얻은 터라 자신의 비밀 또한 묻혔다고 생각했죠."

베네딕트 컴버배치에게 흥미로운 건, 셜록이 얼마나 지속적으로 메리를 지지해줬느냐 하는 점이다. "셜록은 메리가 존에게 얼마나 좋은 사람인지, 또 과거에 있었던 수많은 어둠을 넘어서 존을 사랑한다는 걸 알게 되었죠. 셜록은 메리가 자신의 신분을 감추려고 했던 모든 일이 존에 대한 사랑을 지키기 위한 것이라는 걸 알았고요. 그래서 존이 배신만을 볼 수 있는 곳에서 셜록은 희생을 볼 수 있는 것이죠. 존은 시리즈 3이 진행되는 동안 지옥 같은 상황을 맛보게 됩니다. 가장 좋은 친구가 되살아났고, 자신은 암살자와 결혼하니까요. 그건 존이 시리즈 3에 걸쳐 반드시 지나야 하는 여정과도 같습니다."

〈마지막 서약〉의 끝에 이르렀을 때 새로운 발전의

셜록 시리즈 3 　　　　　　　　　　　　　　　　　　　마지막 서약

82 <u>내부. 셜록의 개인 병실 — 밤</u>　　　　　　　　82

존
아무도 몰라... 런던에서 셜록을 어떻게 찾느냐고! 제장할.

레스트레이드와 의료진이 들어온다.

의사
환자는 모르핀을 맞았습니다.

레스트레이드
예, 그 사람이 으레 하는 일이죠.

존과 메리가 서로의 얼굴을 쳐다본다.

존
그럼 셜록이 거짓말을 했던 것이로군.

메리
거짓말이라니?

존
셜록은 누가 자기를 쐈는지 모른다고 했는데, 실제로는
알고 있었어.

메리
그런데 왜?

존
셜록 홈스가 나간 것은 단 한 가지 이유 때문이야. 사냥을
나간 거라고.

바싹 얼어버린 메리의 얼굴을 카메라가 잡는다. 이어 존의 얼굴을 잡는다.

셜록 시리즈 3 　　　　　　　　　　　　　　　　　　　마지막 서약

97 <u>내부. 베이커 가 221B — 밤</u>　　　　　　　　97

메리
왜 날 도와주는 거죠?

셜록
당신이 내 생명을 구해줬기 때문에요.

존
...뭐라고? 잘 못 들었는데, 뭐라고?

셜록
(기침을 하고 헐떡거린다) 적어도 지금까지는 그래요.

현관벨이 울린다.

셜록
(큰 소리로) 허드슨 부인, 그만 엿듣고 얼른 문이나 열어줘요.

허드슨 부인
왜 네가 직접 열어주지 않고?

셜록
그거야 가만히 누워 있어야 하는데 무리하게 몸을 쓴 데다 담배를
두 갑이나 피워서 악화된 내상으로 죽어가고 있기 때문이죠.

허드슨 부인
언제는 안 그랬니!

부인이 문 밖에서 멀어진다.

셜록
마그누센과 함께 있는 당신과 마주쳤을 때, 당신에겐 문제가 있었
어요.

단계에 도달한 주인공은 존 왓슨만이 아니다. 루이즈
브릴리는 세 개의 시리즈를 통해 시청자들을 놀라게
했다고 생각한다. "몰리를 처음 만났을 때, 그녀는 너무
나 소심했고, 자신이 보내는 사랑에 전혀 반응을 보이
지 않는 누군가를 사랑하고, 기꺼이 모든 부탁을 들어
주곤 하죠. 하지만 그녀는 다른 장점들도 가지고 있습
니다. 점잖고, 친절하고, 변함없고, 충성심 강하고, 조용
히 직관력을 발휘하는 그런 여자죠. 그녀의 자신감이
세 개의 시리즈를 지나는 동안 쌓여왔고, 따라서 시리
즈3의 끝에 와서 그녀가 아주 놀라운 방식으로 행동할
수 있었다고 봅니다."

어쩌면 존이 아편 소굴에 있는 셜록을 발견한 것에 대한 그녀의 반응이 가장 놀라운 것이었다.

"따귀를 때리는 척만 할 수 있는 카메라 앵글도 분명히 있어요." 루이즈는 미소를 지으며 말한다. "그리고 정말로 따귀를 때려야 할 카메라 앵글도 있고요. 바로 이런 앵글에서 좀 두렵긴 했지만 베네딕트의 뺨을 두어 번 때렸죠. 실제로는 스무 대는 때려야 했던 것인데, 두어 대로 끝났으니 나쁜 편은 아니었어요. 스턴트를 조금 해봤는데 정말 기분이 좋았어요."

"난 고통스러워"

〈마지막 서약〉은 셜록의 배경이 이전보다 훨씬 많이 드러나는, 홈스 가족의 이야기이기도 하다. "마이크로프트와 셜록의 관계는 상당히 흥미롭죠." 수 버츄의 말이다. "형제간의 라이벌 의식이 있어, 각자가 상대방보다 더 똑똑하다고 주장하는 겁니다. 둘은 아주 오랫동안 상대방의 존재를 못 견디게 싫어했는데, 그러다가 마이크로프트가 셜록을 마음속 깊이 걱정하게 된 것이죠. 우린 마이크로프트가 말썽쟁이 동생을 돌보기 위해 어디까지 가는지를 보게 됩니다. 시리즈 3은 마이크로프트가 셜록을 구출하기 위해 비밀리에 세르비아로 가는 것으로 시작해 셜록을 곧장 영국으로 돌려놓는 것으로 끝이 나죠. 심지어 〈마지막 서약〉에서는 셜록이 죽으면 자신의 심장이 터져버릴 것이라는 점까지 인정하게 되고요."

셜록의 **어머니**가 문 밖으로
얼굴을 내민다.

셜록의 어머니
너희 **담배 피우고** 있니?

두 사람은 재빨리 담배를 **감춘다.**

마이크로프트   셜록
아니요!   형이 피웠어요.

아서 코난 도일 경의
〈입술이 뒤틀린 남자 The Man with the Twisted Lip〉에서 발췌

(···) 안쪽 구석에는 석탄이 벌겋게 타고 있는 작은 화로가 놓여 있고, 그 옆에는 나무로 된 삼발이 의자 위에 키가 크고 여윈 노인이 앉아 있었다. 노인은 팔꿈치를 무릎에 올리고 두 주먹으로 턱을 괸 채 화롯불을 멍하니 바라보고 있었다.

안으로 들어서자, 얼굴빛이 누르스름한 말레이시아인 종업원이 파이프와 마약을 냉큼 챙겨오더니 빈 침상으로 날 안내하려고 했다. "고맙긴 하지만, 여기에 약을 빨려고 온 게 아닐세." 내가 말했다. "아이자 휘트너라는 내 친구가 여기에 있는데, 그 친구와 이야기를 하고 싶네."

내 오른쪽에서 부스럭거리는 소리가 나더니 누군가가 깜짝 놀랐는지 신음소리를 냈다. 어둠 속을 가만히 들여다보니 창백한 안색에 수척하고 텁수룩한 몰골의 아이자 휘트니가 날 쳐다보고 있었다. "맙소사! 왓슨 아닌가." 아이자가 말했다.

(···) 난 양쪽으로 침상이 즐비하게 늘어선 좁은 통로를 걸어갔다. 감각을 마비시키는 마약의 지독한 연기를 마시지 않으려고 숨을 참으며 지배인을 찾아 두리번거렸다. 화로 옆에 앉아 있던 키가 큰 노인의 옆을 지나치는데, 누군가가 내 옷자락을 잡아당기며 낮은 목소리로 속삭였다. "날 지나쳐간 후에 돌아봐주게." 그 말이 내 귀에 또렷하게 들렸다. 난 아래를 슬쩍 내려다봤다. 내 곁에 있는 노인에게서만 그런 말이 흘러나올 수 있었다. 하지만 노인은 여전히 약에 흠

빡 취해 있었다. 몹시 마른 몸매에, 얼굴에는 주름이 자글자글하고, 나이를 먹어 그런지 등은 구부정했다. 순전히 나른한 탓에 손가락 사이로 흘러내리기라도 한 것처럼 아편이 든 파이프는 무릎 사이에서 대롱거리며 매달려 있었다. 난 두 걸음을 더 걸어간 다음 뒤를 돌아봤다. 깜짝 놀라 비명이 터져 나오려는 것을 간신히 억눌렀다. 노인은 나만이 자신을 볼 수 있도록 등을 돌리고 있었다. 어느덧 노인의 몸은 꼿꼿하게 펴지고, 주름살은 사라졌으며, 흐리멍덩하던 눈은 예리하게 반짝거렸다. 깜짝 놀라는 내 모습을 보고 씩 웃으며 화롯불 가에 앉아 있는 이는 다름 아닌 셜록 홈스였다. 그는 내게 가까이 오라는 신호를 슬쩍 보냈고, 그와 동시에 사람들을 향해 다시 얼굴을 반쯤 돌렸는데, 순식간에 움직임이 부자연스럽고 입술이 늘어진 노망난 노인네의 모습으로 되돌아가 있었다.

스티븐 모팻의
〈마지막 서약〉에서 발췌

내부. 폐허가 된 집. 위층 층계참, 그리고 새벽.
위층 층계참에서 존은 여러 개의 방들을 둘러보며 큰 소리로 이름을 부른다.

존
아이작? 아이작 휘트니?

존이 어두침침하고 악취가 심한 방들에서 늘어져 있는 사람들을 둘러본다. 그들 중 한 명이 일어나 앉으려고 안간힘을 쓴다···.

존
아이작?

존이 그에게 다가간다. 아이작은 10대 후반인데··· 마약에 찌들고 엄청나게 비참한 모습이다.

아이작
누구세요?

존이 쪼그려 앉는다.

존
안녕, 아이작.

아이작
닥터 왓슨이세요? 제가 어디에 있는 거죠?

존
지구의 쓰레기들과 함께 우주의 시궁창에 있다.

아이작
저 때문에 오신 건가요?

존
내가 여기에 있는 쓰레기들을 많이 알고 있는 것 같니?

아이작 바로 뒤쪽에 있는 형체가 부스럭거리며 일어나 앉는다. 셜록 홈스이다. 그는 흐릿한 눈으로 존을 쳐다본다.

셜록
아, 안녕, 존. 네가 올 줄은 몰랐는데.

존은 이게 대체 무슨 일이냐는 표정으로 그저 멍하니 바라본다.

셜록
나도 찾으려고 온 거야?

아서 코난 도일 경의
《네 사람의 서명》에서 발췌

거칠게 말하는 날 보고 홈스가 씩 웃으며 말했다. "어쩌면 자네 말이 맞을지도 몰라, 왓슨. 나도 코카인이 몸에 좋지 않은 영향을 미칠 것이라고 생각하네. 하지만 정신을 엄청나게 자극하고 맑게 해준다는 걸 발견한 이상, 부작용쯤이야 사소한 문제일 뿐이지."

"하지만 생각을 좀 해보게!" 난 진심으로 충고했다. "그 대가를 따져보란 말이야! 자네 말대로 코카인 때문에 뇌가 자극을 받고 흥분할 수는 있지만, 그건 많은 세포들이 변형을 일으키고 어쩌면 돌이킬 수 없는 손상을 남길 수도 있는 병적이고 소름 끼치는 과정이란 말일세. 자네도 어떠한 부작용이 닥쳐오는지를 잘 알고 있을걸? 이익과 손해를 따져보면 전혀 수지가 맞지 않는 일이라고. 덧없는 쾌락을 좇았고 타고난 엄청난 재능을 잃을 수도 있는 것을 왜 하는 건가? 난 지금 자네의 동료로서만이 아니라 자네의 몸 상태를 진단할 수 있는 의사로서도 말하고 있다는 걸 명심하게."

아서 코난 도일 경의
《찰스 오거스터스 밀버턴》에서 발췌

"왓슨, 동물원에서 뱀들 앞에 서면 몸이 움츠러들고 소름이 끼치지 않나? 살벌한 눈에 사악하고 납작한 얼굴을 하고 속에는 독을 품은 채 스르르 기어가는 그 미끄러운 생명체 말일세. 밀버턴이란 놈에게서 받은 인상이 바로 그렇다네. 내가 탐정 생활을 하면서 다뤘던 살인범이 50명은 되지만, 그중에 최악인 자도 지금 이 녀석만큼 혐오감을 주지는 않았어. 그런데도 이 녀석과 해결해야 할 일이 있단 말일세. …사실 밀버턴은 내가 초대해서 오는 거라네."

스티븐 모팻의
〈마지막 서약〉에서 발췌

존

어때요? 셜록은 깨끗한가요?

셜록은 아무 말도 하지 않고 벽에 기대어 서서 그들의 모습을 지켜본다.

몰리

깨끗하냐고요?

몰리가 셜록 쪽으로 돌아선다. 그녀는 대뜸 셜록의 뺨을 후려친다. 그리고 다시. 또다시. 셜록은 아무런 반응을 보이지 않으며 그냥 제자리에 서 있다.

몰리

신이 주신 아름다운 재능을 어떻게 감히 저버릴 수 있죠? 그리고 당신 친구들의 사랑을 어찌 감히 배반할 수 있느냐고요? 얼른 미안하다고 말해요.

스티븐 모팻의
〈마지막 서약〉에서 발췌

셜록

오케이, 그럼 마그누센이군. 마그누센은 상어 같은 놈이지. 그렇게밖에 설명할 수 없어. 런던 수족관에 있는 상어 탱크 앞에 가본 적이 있지, 존? 유리에 바짝 붙어 서서 본 적은? 납작하고 미끈거리는 얼굴, 죽어 있는 듯한 눈. 녀석이 바로 그렇다구. 난 수많은 살인범과 사이코패스, 테러리스트, 연쇄 살인범들을 다뤄봤는데, 그들 중 어느 누구도 찰스 오거스터스 마그누센처럼 내 뱃속을 뒤틀리게 하진 않았어.

아서 코난 도일 경의
《찰스 오거스터스 밀버턴》에서 발췌

"내가 결혼에는 어울리지 않는다고 생각하겠지, 왓슨?"

"그거야 당연하지!"

"그럼 내가 약혼했다는 말을 들으면 흥미가 좀 생기겠군."

"이 친구야! 정말 축하…."

"밀버턴의 가정부와 말일세."

"맙소사, 홈스!"

"난 정보가 필요했네, 왓슨."

"이번에 너무 멀리 간 것 아닌가?"

"반드시 필요한 단계였네. 난 에스코트라는 이름의, 성공가도를 달리는 배관공이야. 밀버턴의 가정부와 매일 밤 산책하면서 이야기를 나눴다네. 맙소사, 그 수다라니! 어쨌거나 내가 원하는 건 다 얻었어. 밀버턴의 집을 손바닥 들여다보듯이 알게 됐단 말일세!"

"하지만 그 여자는 어떡하고, 홈스?"

홈스는 어깨를 으쓱해 보였다. "그건 어쩔 수 없어, 친애하는 왓슨. 이렇게 판돈이 클 때는 갖고 있는 패를 최대한 사용해야만 하네. 하지만 내가 등을 돌리는 순간 칼로 푹 찌를 것 같은, 날 죽어라고 미워하는 사랑의 경쟁자가 있다는 게 정말 다행이지 뭔가."

스티븐 모팻의
《마지막 서약》에서 발췌

존
…그럼 빌어먹을 사무실에 침입하려고 청혼했단 말이야?

셜록
그래, 운이 좋았던지 그녀를 너의 결혼식에서 만나게 됐어… 그러니 네게도 공이 있는 셈이지.

존
맙소사, 셜록. 그녀는 널 사랑한다고!

셜록
그래, 내가 말했던 것처럼 인간은 실수를 해.

셜록이 버튼을 누르자 엘리베이터 문이 스르르 닫힌다.
올라가는 엘리베이터 안에서.

존
하지만 재닌이잖아. 대체 어떻게 할 건데?

셜록
그녀와 결혼하지 않는 건 확실하겠지. 더 이상 진행이 될 리 없으니까.

존
그녀에게는 뭐라고 말할 건데?

셜록
우리의 관계는 당신 보스의 사무실로 침입하기 위한 계략이었을 뿐이라고. 그냥은 당장 그만 만나자고 할 테지만, 여자에 관한 전문가인 네가 있으니까, 뭐.

존
그녀가 크게 상심할 텐데….

셜록
음, 우린 갈라설 거야. 그게 극히 정상적인 반응이겠지.

존
셜록!

셜록
걱정은 그만해… 일단 일이 이렇게 되면 그녀는 날 절대로 좋게 생각할 리 없지. 마그누센이 이 일로 그녀를 해고할 게 분명하니까.

아서 코난 도일 경의
〈제2의 얼룩 The Second Stain〉에서 발췌

홈스가 탐정 활동을 계속하는 한, 성공한 기록들은 그에게 실용적인 가치가 있었다. 하지만 런던에서 완전히 물러나 서식스 다운스에서 연구와 양봉에 몰두하게 된 이후로 이런저런 이름이 나도는 게 싫어진 홈스는 이 문제에 대해서는 자신이 원하는 대로 따라주기를 요청했다.

스티븐 모팻의
〈마지막 서약〉에서 발췌

셜록

물론이지. 어디에 있는 오두막을 구입한 거야?

재닌

서식스 다운스요.

셜록

멋지군.

재닌

바다 풍경이 끝내줘요. 벌집이 몇 개 있던데 그건 없애버릴 거예요.

아서 코난 도일 경의
〈그의 마지막 인사 His Last Bow〉에서 발췌

"...왓슨, 자네도 다시 군 복무를 하러 가야 하는 걸로 알고 있으니, 런던으로 함께 가도 상관없겠지. 이렇게 테라스에 서서 나와 조용하게 대화를 나눌 수 있는 것도 마지막이 될지 모르겠군."

두 친구는 자신들의 포로가 묶인 줄을 풀기 위해 헛된 노력을 하고 있는 동안, 다시 한 번 지난날들을 회상하며 잠시 친밀한 대화를 나눴다. 홈스는 자동차로 돌아오면서 달빛이 비치는 바다를 가리키며 뭔가 생각이 떠오르는 듯 머리를 저었다.

"동풍이 불어오고 있네, 왓슨."

"그럴 것 같지는 않아, 홈스. 날씨가 아주 따뜻하잖나."

"자넨 정말 사람이 좋아, 왓슨! 이 변화무쌍한 시대에도 여전히 한결같군. 그래도 동풍은 불어오고 있네. 영국에는 한 번도 불어온 적이 없는 그런 바람이. 아주 차고 모진 바람이 될 걸세, 왓슨. 그리고 수많은 영국인들이 그 바람 앞에서 쓰러질 것이고. 하지만 그것도 다름 아닌 신의 뜻이겠지. 그러니 폭풍이 잦아들면 더 깨끗하고 더 살기 좋은 더욱 강한 나라가 햇살을 받으며 펼쳐져 있을 걸세. 시동을 걸게나, 왓슨. 이제 출발할 시간이야. 500파운드짜리 수표가 있는데 얼른 현금으로 바꿔야겠어. 발행인이 지불 정지를 요청할지도 모르거든."

스티븐 모팻의
〈마지막 서약〉에서 발췌

존

게임은 끝났어.

셜록

게임이 끝나는 법은 없어, 존. 하지만 이제 새로운 선수들이 생겨나겠지. 그건 문제없어. 결국 동풍이 우릴 모두 데려갈 테니까.

존

뭐라고?

셜록

내가 어렸을 때 형이 해주곤 했던 이야기야. 동풍은 지나가는 자리에 놓인 모든 것들을 황폐화시켜버리는 무서운 힘이 있다고 했지. 지구에서 가치 없는 것들을 찾아내서 쓸어버린다고. 그게 바로 나였대.

(⋯) 메리

그런데 (모리아티가) 어떻게 돌아올 수 있느냐고?

뒤쪽에서 소음이 커진다. 비행기 한 대가 다가오고 있다. 존이 위를 쳐다본다. 그리고 미소 짓기 시작한다.

존

만약 녀석이 돌아온 것이라면 따뜻하게 차려입는 게 좋을 거야.

메리가 무슨 소리냐는 표정으로 존을 바라본다. 그러고는 존의 시선을 따라 위를 쳐다본다. 그리고 그게 공중에 있었다! 셜록을 태운 비행기가 돌아오는 중이다.

존

동풍이 불어오는군.

이제 존과 메리가 지켜보는 가운데 비행기가 착륙한다….

"내 어머니와 아버지가 부모님 역할을 하셨는데, 정말 대단했어요." 베네딕트의 말이다. "내가 두 분의 아들이라서 하는 농담이 아닙니다. 두 분은 정말 연기력이 뛰어나고, 가공의 인물들로서 어떻게 자리를 잡아야 하는지도 잘 알고 계셨죠. 이건 가족 지향적인 드라마였어요. 마틴의 아내인 아만다는 극중에서도 존의 아내 역할을 하고 있죠. 그리고 수와 스티븐의 아들인 루이스는 어린 시절의 셜록으로 나오는데, 연기력이 대단했고요. 난 이 드라마가 모든 식구들이 함께 앉아 지켜보는 가족적인 프로그램이었으면 하고 항상 바라고 있죠. 기술적인 면에 능숙한 어린 시청자들에게는 거대한 인터넷 망을 내보이며 따라오라고 말을 걸고, 그와 동시에 부모님과 조부모님들께는 이 사랑스러운 인물들이 TV로 되돌아와서 존경과 사랑을 다해 연기함으로써 스릴을 느끼게 했으면 하는 겁니다. 그리고 그 모든 것이 드라마에서 연기하는 우리에게 자연스럽게 녹아드는 것이죠. 따라서 연기자들과 함께 연기하는 사람들이 가족이기 때문에 다 친숙해서 정말로 실제와 똑같은 연기를 할 수 있는 것입니다."

_____ "여기에 용들이 있다" _____

시리즈 3에서는 〈셜록〉의 가장 끔찍한 악당 중 한 명인 찰스 오거스터스 마그누센을 소개한다. 〈빈 영구차〉에서 처음으로 슬쩍 모습을 보였다가 〈마지막 서약〉의 첫 장부터 화면을 지배한다.

라스 미켈슨은 자신이 연기하는 인물이 셜록과 맞먹는 지적인 소시오패스라고 생각한다. "마그누센은 아주 사악하고, 감정이 없으며, 약점이 없습니다. 정말 끔찍한 인간이죠. 절대로 상대하고 싶지 않은 악당인데, 그건 그의 뒤에 막강한 힘이 있기 때문입니다.

마그누센은 언론계의 거물이고, 에피소드를 통해서

어머니, 아버지와 함께 있는 베네딕트 컴버배치. 자신의 아내인 아만다와 함께 있는 마틴 프리먼. 어린 셜록으로 출연한, 수 버츄와 스티븐 모팻의 아들 루이스.

증거? 내가 왜 증거가 필요하지? 난 신문사 사장이야, 이 **멍청아**. 증명할 필요가 없단 말이지. 그냥 **프린트**만 하면 된다고.

마그누센의 애플도어로 사용된 매력적인 글로스터셔 세트장의 안과 밖.

마그누센의 기억의 궁전은 스튜디오에 만들어지고 꾸며졌는데, 모든 물품은 구입하거나 특별 제작됐다.

라스 미켈슨 　1964년 5월 6일, 덴마크 글라드삭스 출생

영화에서의 역할(선별)

TV에서의 역할(선별)

그가 사람들의 비밀을 쥐고 있다는 걸 알게 됩니다. 마그누센은 사람들을 지켜보고 그들의 약점을 파악하는 걸 즐기죠. 그는 사람들의 모든 것을 기록한 파일들의 보관소를 자신의 집 금고에 넣어두고 있는 것 같아요. 애플도어를 위해 만든 그 집은 정말 믿을 수 없을 정도 였죠. 007에 나오는 악당이나 살고 있을 법한 그런 집이었다니까요! 모든 촬영을 끝낼 때까지 그곳에 며칠 더 머물렀으면 좋았겠다는 생각도 듭니다. 하지만 사실 마그누센은 셜록의 것과 똑같은 기억의 궁전을 가지고 있죠. 바로 그런 이유 때문에 마그누센이 셜록과 비슷해지는 것이고요. 따라서 난 위협적이지 않은 사람으로 연기하기로 정했습니다. 그건 마그누센이 펼치는 위협이 항상 그곳에 존재하고, 많은 사람들의 입에 오르내리지만, 그와 같은 사람들은 사실 자신의 세력을 사용하지 않으려고 하기 때문이죠. 너무나 강력한 힘을 가지고 있어서 목소리를 높일 필요조차도 없는 겁니다. 그는 그저 사람들에게 모든 것을 다 알고 있다고, 작은 비밀들을 알고 있다는 말만 합니다. 그리고 그걸로 다 되는 거죠. 그래서 마그누센을 아주 침착하게 연기하려고 애썼어요. 때론 너무 침착하게 연기한 탓에 열기를 높이기 위해 장면을 다시 찍어야 할 때도 있었죠! 이 역할은 영어로 연기한 첫 번째 작품이라서 꽤나 힘들었습니다. 게다가 최고의 대본을 가지고 최고의 연기자들과 함께 작품을 하는 것이라서 엉망으로 만들고 싶지 않았거든요.

이런 대본은 난생처음이었습니다. 그 대본은 너무나 기발했고, 시청자들을 깜빡 속일 정도로 좋았죠. 처음부터, 질문이 계속되는 동안에 마그누센의 안경을 통해 실내에 있는 적수들에 관한 모든 정보들이 떠오르는 걸 보게 됩니다. 따라서 모든 사람들이, 시청자들만이 아니라 셜록까지 마그누센이 일종의 컴퓨터나 장비를 착용하고 있다고 잘못 믿게 되죠. 그리고 바로 그런 점이 대단한 것이고, 셜록으로 하여금 마그누센을 꿰뚫어보지 못하게 만드는 요인이 된 겁니다.

수 버츄가 나의 에이전트와 접촉하여 〈셜록〉에 출연하는 문제로 만나자는 요청을 했을 때, 난 막 런던 동부에서의 촬영을 끝낸 참이었어요.

난 그 시리즈를 한 편도 본 적이 없었고, 시간도 없는

편이라서 이렇게 말했죠. '아니, 난 그 여자를 만날 수 없으니 만나고 싶으면 그 여자가 직접 오라고 하세요.' 그런데 우리 업계에서는 이렇게 일이 되는 게 아니란 말입니다! 하지만 수는 그렇게 했고, 우리가 대화를 마친 다음에 대본 일부와 에피소드 몇 편을 보내왔더 군요. 깜짝 놀라는 한편, 정말로 〈셜록〉에 출연하고 싶 어졌습니다."

마그누센의 시점.
동그란 모양의 반짝거리는
안경이 추켜올려지고,
이제 안경을 통해 본다.
헤드업 디스플레이다.
마그누센의 시야를 가로질러
문자가 흐른다. 셜록의 문자표시기
처럼 생겼지만, 전자적으로
발생된 것으로 보인다.
안경에 3D로 표시된다.
커서가 가비의 얼굴 주위에서
떨고 있다. 안면인식 소프트웨어이다.
이제 그의 이름이 얼굴 옆의
위치에서 **깜빡거린다.**

존 가비
로크웰 남부 지역 하원의원
간통죄 (파일 참조)
알코올 의존증에서 회복
선호하는 섹스: 정상
재정 상태: 부채 41퍼센트 (파일 참조)
지위: **중요하지 않음.**
이 아래쪽에 붉은 글씨로
(따라서 확 눈에 띈다.)
압력을 가할 수 있는 요소:
장애인인 딸 (파일 참조)

"마그누센은 현실세계에 있고, 그의 세력은 현실적 인 사람들과 현실적인 사람들의 비극 위에 자리 잡고 있죠. 그는 어둠 속에서 수작을 부리고 현실 생활에 모 습을 드러낼 수 없어 항상 숨어 지내야 하는 모리아티 와는 차원이 다른 슈퍼 악당입니다. 모리아티와 닮은 부분이라는 건 슈퍼 악당이라는 점 정도겠죠. 셜록 홈 스와 맞서려면 이 정도는 되어야 하지 않을까요?"

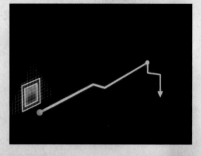

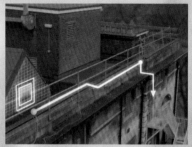

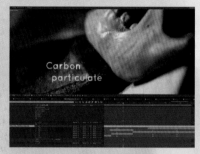

그래픽은 〈셜록〉의 스타일을 살리는 데 엄청나게 중요한 역할을 담당하고 있다. "예를 들면, 이제 다른 프로그램들에서도 무척이나 많이 사용되고 있는 문자 메시지를 화면에 띄우는 방법을 재발견한 것처럼 보입니다!" 수 버츄의 말이다. "폴 맥기건이 〈잔혹한 게임〉을 찍을 때, 자신은 휴대폰을 클로즈업하는 장면을 몇 십 번이고 찍고 싶지 않다고 했죠. 그래봤자 지루하기만 하니까 자신은 다른 방법으로 화면에 띄우겠다고 했어요. 난 그때 스티븐의 말을 기억하고 있죠. 그는 폴의 말이 별로라고 생각했지만, 편집실을 지나가다가 폴과 찰리 필립스가 문자를 가지고 노는 모습(시험 삼아 뒤쪽 벽에 문자를 띄워놓고 우리가 앞으로 움직이면 글자 크기가 작아지고, 휴대폰이 움직임에 따라 글자들도 움직이게 만드는 등등)을 보고는 아주 그럴싸하다고 생각하게 된 겁니다. 그 시점에서 스티븐은 여전히 〈분홍색 연구〉의 대본을 집필하고 있는 중이어서 세세한 그래픽을 지정하며 '분홍색 여인'이 등장하는 장면을 쓸 수 있었죠. 따라서 시리즈 1에서 수많은 그래픽이 찰리의 Avid*에서 기본적으로 이뤄졌고, 그런 후에 온라인 단계에서 고치거나 아름답게 만들어야 했어요. 바로 거기에서 피터 앤더슨이 등장했습니다."

피터 앤더슨 스튜디오는 시리즈에 필요한 수많은 화면상의 문자들을 제공하기 위해 BBC 웨일스와 하츠우드에 의해 고용된 그래픽 디자인 회사이다. 수는 처음에 시리즈의 타이틀 장면을 맡기려고 피터와 접촉했고, "슬쩍 지나가는 말로 드라마의 내용에도 약간의 그래픽이 필요할 것이라고 언급했죠. '거절하지 않고 맡아준다면…' 물론 약간이 아닌 훨씬 큰 것으로 드러났고요! 시청자들에게 셜록의 머릿속에 30초 동안 있는 느낌을 주길 원했던 타이틀이 만들어짐으로써 〈셜록〉의 시작 부분을 본 시청자들은 셜록이 되는 초대를 받은 셈입니다. 셜록은 사람들이 마치 작은 벌레라도 되는 것처럼 보는데, 그러다가 갑자기 셜록만이 감지하고 다른 사람들은 할 수 없는 극히 세밀한 곳으로 뛰어들게 됩니다. 그건 재킷에 붙은 머리카락이나 핏방울일 수도 있는데, 하지만 그것들이 확대경으로 들여다보는 듯한 결론으로 인도하는 것이죠. 그건 사물을 보는 다른 방식입니다. 드라마는 '셜록은 세상을 다르게 보고 있고, 여러분은 이것의 일부가 되도록 초청된 것입니다'라고 말하면서 시작되죠.

그 활자체는 1916년에 런던 지하철을 위해 디자인된 '언더그라운드 P22'입니다. 이 활자는 런던에서 역사를 가지고 있는 절제된 활자이고, 바로 그런 이유 때문에 선택된 것이죠. 하지만 활자 자체가 사실 구식의 타이프라이터에 바탕을 둔 암호입니다. 타이프라이터의 헤드를 떼어내면 각 활자가 각기 다른 자국을 만들어내고, 그 자국들은 비밀들을 부호화할 수 있는 범위 내에서 하나의 어휘인 것이죠…. 우린 그런 식으로까지는 사용하지 않았지만, 그 활자가 처음 만들어질 때부터 그런 기능이 포

* 방송용 동영상 편집 프로그램

함되어 있었던 겁니다.

그래픽과 관련하여 제작진은 대본을 보여주며 물었죠. '이 장면들을 보며 이것들이 생생하게 살아날 수 있는 방법을 고안해낼 수 있나요?' 우린 장면이 어떻게 보일지, 활자체는 어떤 것을 사용할지를 작업했죠… 그러다 보니 앞으로 일어날 수 있는 다른 일들과 맞닥뜨리게 된 겁니다. 〈눈 먼 은행가〉에서 셜록이 중국 문자에 대해서 생각하는 장면이 있는데, 우린 감독인 에이라스 린과 만나서 그 장면의 그래픽을 어떻게 이전의 에피소드와 이어지게 할 수 있는지 논의했습니다. 그렇게 해서 셜록이 머리를 굴리며 생각에 잠기면 벽에 그려진 3D 상징들이 셜록과 함께 움직이게 된 겁니다. 그 단계에 이르렀을 때, 우린 그래픽도 스토리 요소 중 하나가 될 수 있다는 철학을 갖게 됐어요.

시리즈 3에 도달하게 되면, 셜록이 처음으로 메리를 만나 셜록이 메리를 평가하는 과정 내내 '거짓말쟁이'라는 단어가 그녀의 주변을 떠도는 수많은 단어들 속에 숨어 있다가 〈마지막 서약〉에서는 그녀의 주변에 달라붙어 있는 단어들 속에서 튀어나옵니다. 하나의 에피소드가 다른 것과 하나가 되는 아름다운 순간이죠. 작가들은 그녀가 '거짓말쟁이'가 된다는 힌트를 슬쩍 줬고 그걸 다른 추론들 속에 숨겨뒀다가 셜록이 자신의 추리가 전적으로 옳다는 걸 발견하는 세 번째 에피소드에서 결론을 짓게 만들죠… 지속적인 생각이 이어진다는 걸 보여주는 정말 간단하면서도 멋진 사례였어요.

시리즈 3에서는 활자가 무엇을 할 수 있는지를 보여주기 위해 전력을 기울인 순간들이 많이 있었죠. 먼지라든가 열기 등을 이용해서 좀 더 견고하게 한 걸음 더 나아갈 수 있도록 노력한 겁니다. 먼지 속에서 글자들이 나타나고 극히 상징적인 층 위에 놓이도록 함으로써 이전보다 훨씬 더 분명하게 보이게 된 것이죠.

우리에겐 특정한 지시도 없고, 아무런 효과도 첨부되지 않고, 아주 낮은 해상도의 mp4 형식의 장면들이 이메일로 보내졌어요. 우린 그것을 가지고 '이건 이렇게 보일 겁니다' 하는 애니메이션을 만들어 여러 번 테스트한 결과를 감독에게 보냅니다. 모든 사람들이 좋다고 하면 그 모양의 문자를 보내게 되고, 그게 온라인 편집 과정에 업로딩되어 합성되는 것이죠. 우린 제작진의 요구에 딱 들어맞는 레이어layer를 보내고 그들은 그걸 그대로 반영합니다.

난 〈셜록〉이 TV의 역사를 바꿔놓은 기념비적인 작품이라고 생각합니다. 대본을 보면서 상상했던 것들을 생생하게 살릴 수 있었습니다. 창의성을 자유롭게 발휘할 수 있었죠. 작가들과 감독들과 편집자들의 비전이 조합되어 모든 것들이 시작됐고, 우린 그러한 사고 과정의 일원이 되는 특혜를 누렸습니다."

"유령처럼 희미한 미소"

한 시리즈가 진행되는 동안 셜록이 조금씩 더 인간다워지고, 살인자가 될 때 클라이맥스를 이룬다. "그건 아주 큰일이었죠." 마크 게이티스의 말이다. "어느 누구도 홈스를 범인 취급한 사람이 없었기에 이 일에 대해서 수많은 논의를 했어요. 셜록이 법률 위에 서겠다고 마음먹으며 범죄에 가까운 일들을 많이 저지르고, 범죄자들이 도망치도록 내버려둔 적은 있지만요."

셜록이 마그누센을 사살하는 장면은, 홈스가 밀버턴의 살인범이 도망치도록 내버려두는 《찰스 오거스터스 밀버턴》의 마지막 장면과 축을 같이한다. "그 마지막 장면은 정말 잔혹하죠." 마크의 지적이다. "살인을 한 여자가 밀버턴의 얼굴을 구두 뒤축으로 짓이기거든요. 셜록은 마그누센을 '살해'했다기보다는 해충을 박멸했다고 생각합니다. 마그누센은 셜록이 증오하는 유일한 사람이었을 겁니다. 셜록은 마그누센이 상징하는 모든 것들을 미워하니까요. 그리고 바로 그게 세상이 제대로 돌아가게 하는 방법이죠. 이 에피소드 전체를 통틀어 가장 소름이 돋았던 부분은 마그누센이 영국을 배양 접시라고 부르고, 이 접시에서 제대로 먹히면 실제의 국가에서도 써먹을 것이라고 말하는 부분이었습니다."

〈마지막 서약〉은 끝맺는 부분으로 인해 또다시 트위터 폭풍을 불러 일으켰다. 해시태그 #날보고싶었어 didyoumissme와 #모리아티가살아있다 MoriatyLives가 하나의 트렌드가 됐다. 모리아티가 다시 등장한 충격이 모리아티와 연기자 앤드류 스콧을 74,447번이나 언급하도록 만들었다. 그렇다면 모리아티는 어떻게 되살아날 수 있었을까?

"전혀 모릅니다." 앤드류는 이렇게 주장한다. "난 모리아티가 항상 그곳에 있다는 아이디어를 정말 좋아합니다. 그가 스크린에 등장하든 하지 않든, 살아 있든 죽어 있든 그는 항상 그곳에 있죠. 하지만 난 진실을 말하고 있습니다. 전혀 모른다고요."

마크 게이티스는 알고 있다. "2015년 1월에 특별 에피소드를 촬영합니다. 그 후에 세 편의 에피소드로 된 또 다른 시리즈를 찍을 거고요. 스티븐과 특별 에피소드의 대본을 쓰고 있고, 그리고 현재 상황을 알아보기 위해 2014년 8월 말에 다시 모였습니다. 이번에도 해외… 그러니까 로스앤젤레스에서였습니다! (몬테카를로는 살짝 싫증이 났다고나 할까요!) 그건 정말, 특별했죠. 내가 말할 수 있는 건 그게 답니다."

과거에는 스티븐과 마크가 세 개의 단어로 앞으로 있을 시리즈들의 내용에 대한 단서를 제공했다. 시리즈 2의 단어는 '여자', '사냥개', '폭포'였다. 시리즈 3은 '파이프', '슬리퍼', '침대'(마크의 트위터에 따르면) 혹은 '쥐', '결혼', '서약'(스티븐이 2012 MGEIFF*에서 연설하던 도중에 언급했다)이다. …그러한 전통을 되살려서 다음의 네 번째 모험에 대한 단서를 준다면? "한 개의 단어는 확실하게 드릴 수 있어요." 마크는 살짝 미소 지으며 말한다. "유령처럼…."

* 에든버러 국제 TV 페스티벌

기억의 궁전

유용한 것들로 채우기

〈분홍색 연구〉 (오리지널 버전)

방영 날짜: 2009년 1월 12일~2월 1일
방영 종료 (DVD 발매: 2010년 8월 30일)
시간: 55분 14초

Writer ....STEVEN MOFFAT
Producer .... SUE VERTUE
Director................................COKY GIEDROYC
Executive Producers ....BERYL VERTUE,
STEVEN MOFFAT,
MARK GATISS

CAST
Sherlock Holmes... BENEDICT CUMBERBATCH
Dr John Watson ....MARTIN FREEMAN
Inspector Lestrade ....RUPERT GRAVES
Mrs Hudson .... UNA STUBBS
Dr Anderson ....JONATHAN ARIS
Molly Hooper............................ LOO BREALEY
Sally Donovan ....ZAWE ASHTON
Angelo ....JOSEPH LONG
Mike Stamford ....DAVID NELLIST
Ella..TANYA MOODIE
Cabbie.....................................JAMES HARPER
and
The Taxi Driver ....PHIL DAVIS

CREW
BBC Production Executive...........JULIE SCOTT
Line Producer ....KATHY NETTLESHIP

Director of Photography ....MATT GRAY
Production Designer..........EDWARD THOMAS
Series Designer...............ARWEL WYN JONES
Editor.......................................NICK ARTHURS
Casting Director .. KATE RHODES JAMES CDG
Costume Designer.....................RAY HOLMAN
Make-up Designer...
CLAIRE PRITCHARD-JONES
Sound Recordist ....BRIAN MILLIKEN
Music ....DAVID ARNOLD,
MICHAEL PRICE
1st Assistant Director ....PAUL JUDGES
2nd Assistant Director....................LISA MARSH
3rd Assistant Director ....DAVID CHALSTREY
Floor Runners ....LOWRI DENMAN,
RUSSELL TURNER
Location Managers .... PAUL DAVIES,
GARETH SKELDING,
RUSSELL TURNER
Production Co-ordinator......KATE THORNTON
Production Secretary ....KEVIN PROCTOR
Production Runner...................HARRY BUNCH
Production Accountant...........JENNINE BAKER
Continuity ....NON ELERI HUGHES
Focus Puller ....MARTIN PAYNE

Clapper Loader........................RACHEL CLARK
Grip ....DAN INMAN
Boom Operator ....BRADLEY KENDRICK
Gaffer..PAUL JARVIS
Best Boy...LLYR EVANS
Standby Art Director.......CIARAN THOMPSON
Standby Props ....JOHN JONES,
JULIA CHALLIS
Standby Carpenter ....PAUL JONES
Property Master ....MATTHEW IRELAND
Properties ....JAYNE DAVIES,
IAN DAVIES
Set Decorator ....JOELLE RUMBELOW
Construction Manager... MATT HYWEL DAVIES
Costume Supervisor ... CHARLOTTE MITCHELL
Costume Assistant ....SARA MORGAN
Make-up Artist ....SARAH ASTLEY-HUGHES
Online Editor ....SIMON O'CONNOR
Colourist ....KEVIN HORSEWOOD
Supervising Sound FX Editor STEVE GRIFFITHS
Dialogue Editor ....PETE GATES
ADR Editor..........................KALLIS SHAMARIS
Recording Mixer ....HOWARD BARGROFF
VFX Supervisor ....CHRIS MORTIMER
Titles .... PETER ANDERSON STUDIO

시리즈 1

의병제대하여 아프가니스탄에서 귀국한 전직 군의관 존 왓슨은 마음 터놓을 친구도 없는 외로운 사람이다. 자신의 세대에서 지적으로 가장 뛰어난 셜록 홈스도 외로운 사람이다. 2010년의 런던, 모든 소설 중에서 가장 뛰어나고 가장 길게 이어지는 우정이 이제 막 새롭게 시작되려고 한다. 가장 유명한 탐정과 이해하기 어려운 미스터리와 스릴 넘치는 모험, 가장 치명적인 적들이 안개 속에서 모습을 드러낸다. 셜록 홈스는 언제나 현대적인 사람으로, 늙어가는 건 그가 살고 있는 세상이었다. 이제 그가 당연하다는 듯이 되돌아온다. 신랄하고, 현대적이며, 까다롭고, 위험스러운 특성을 그대로 보유한 채. 레스트레이드 경위는 스코틀랜드 지역 내에서는 가장 뛰어난 형사이지만, 셜록이라는 괴상한 젊은이만큼은 뛰어나지 않다는 것을 잘 알고 있다.

촬영: 2010년 1월 11일~4월 18일   추가 촬영: 2010년 4월 19일~23일

수상 내역

BAFTA TV 어워즈
드라마 시리즈 상
조연상 (마틴 프리먼)

BAFTA TV 크래프트 어워즈
편집상: 픽션 부문 (찰리 필립스)

BAFTA 웨일스 어워즈
감독상: 픽션 부문 (에이라스 린)
촬영감독상: 픽션 부문 (스티브 로스)
미술감독상 (아웰 윈 존스)
분장상 (클레어 프리처드 존스)
TV 드라마 상

밴프BANFF 월드 TV 어워즈
현재 방영 중인 시리즈 상
최우수 시리즈 상

브로드캐스트 어워즈
최우수 드라마 시리즈 상

브로드캐스팅 프레스 어워즈
남우주연상 (베네딕트 컴버배치)

크라임 스릴러 어워즈
남우주연상 (베네딕트 컴버배치)
TV 대거상

MGEITF
올해의 채널 어워즈
최우수 지상파 프로그램 상

피버디 어워즈
엔터테인먼트 상

유럽상 Prix Europa
TV 픽션 최우수 에피소드 상
올해의 시리즈 상 (분홍색 연구)

로열 TV 소사이어티 프로그램 어워즈
최우수 드라마 시리즈 상

로열 TV 소사이어티 크래프트 앤드 디자인 어워즈
오리지널 타이틀 음악상
(데이비드 아널드와 마이클 프라이스)
테이프 앤드 필름 편집상 (찰리 필립스)
효과: 화질개선상 (케빈 호스우드)

새털라이트 어워즈
최우수 미니 시리즈 상

TV 비평가 협회상 TV 크리틱스 어소시에이션 어워즈
영화, 미니 시리즈, 특별편 부문 업적상

텔레비주얼 불독 어워즈
최우수 드라마 시리즈 상
최우수 편집상 (찰리 필립스와 말리 에반스)

TV 초이스 어워즈
최우수 뉴 드라마 상

〈분홍색 연구〉

시간: 88분 6초

BBC 첫 방영   2010년 7월 25일 일요일   저녁 9:00~10:30

시청자: 923만

Writer.....................................STEVEN MOFFAT
Producer ....SUE VERTUE
Director.................................PAUL McGUIGAN
Executive Producers ....BERYL VERTUE,
STEVEN MOFFAT,
MARK GATISS
Executive Producer for Masterpiece.................
REBECCA EATON
Executive Producer for BBC ... BETHAN JONES

CAST
Sherlock Holmes... BENEDICT CUMBERBATCH
Dr John Watson ....MARTIN FREEMAN
DI Lestrade ....RUPERT GRAVES
Mrs Hudson ....UNA STUBBS
Molly Hooper.......................LOUISE BREALEY
Sgt Sally Donovan............VINETTE ROBINSON
Ella..TANYA MOODIE
Helen ....SIOBHÁN HEWLETT
Sir Jeffrey Patterson ....
WILLIAM SCOTT-MASSON
Margaret Patterson................VICTORIA WICKS
Gary ....SEAN YOUNG
Jimmy ....JAMES DUNCAN
Political Aides ....RUTH EVERETT,
SYRUS LOWE
Beth Davenport ....KATY MAW
Reporters ....BEN GREEN,
PRADEEP JAY,
IMOGEN SLAUGHTER
Mike Stamford ....DAVID NELLIST
Jennifer Wilson...
LOUISE BRECKON-RICHARDS
Anderson ....JONATHAN ARIS
Anthea ....LISA McALLISTER
Angelo .... STANLEY TOWNSEND
Taxi Passenger ....PETER BROOKE
and
Jeff..PHIL DAVIS

CREW
Line Producer .... KATHY NETTLESHIP
Editor.................................. CHARLIE PHILLIPS
Production Designer........ ARWEL WYN JONES
Director of Photography.............STEVE LAWES
Music ....DAVID ARNOLD, MICHAEL PRICE
Casting Director .. KATE RHODES JAMES CDG

Costume Designer...................SARAH ARTHUR
Make-up Designer ....
CLAIRE PRITCHARD-JONES
Sound Recordist ....RICHARD DYER
1st Assistant Director ....TOBY FORD
2nd Assistant Director................PAUL MORRIS
3rd Assistant Director ....BARRY PHILLIPS
Location Managers ....IWAN ROBERTS,
PETER TULLO
Script Supervisor..............LLINOS WYN JONES
Production Co-ordinator.............CERI HUGHES
Production Secretary ....JANINE H JONES
Production Runner...................HARRY BUNCH
Production Accountant.....ELIZABETH WALKER
Stunt Co-ordinator....................LEE SHEWARD
Stunts................................JAMES EMBREE,
MARCUS SHAKESHEFF, PAUL HEASMAN
Focus Puller ....JAMES SCOTT
Clapper Loader....................CHRIS WILLIAMS
Camera Assistant..................CLARE CONNOR
Grip ....DAN INMAN
Assistant Grip ....STEVE SMITH
Gaffer .... LLYR EVANS
Best Boy.................................JOHN TRUCKLE
Electricians.............................GAWAIN NASH,
BEN PURCELL, CLIVE JOHNSON
Boom Operator ....JOHN HAGENSTEDE
Sound Assistant .... GLYN HAMER
Assistant Editor..........................LEE BHOGAL
Art Director.......................DAFYDD SHURMER
Standby Art Director...............NICK WILLIAMS
Special Effects Supervisor..................................
DANNY HARGREAVES
Production Buyer ....LIZZI WILSON
Property Master ....NICK THOMAS
Properties ....DEWI THOMAS,
JULIA CHALLIS
Costume Supervisor ....CERI WALFORD
Wardrobe Assistant................LOUISE MARTIN
Make-up Artists ....SARAH ASTLEY-HUGHES,
EMMA COWEN
Post-Production Supervisor ....SAM LUCAS
Dubbing Mixer.......................ALAN SNELLING
Sound Effects Editor.................JEREMY CHILD
Supervising Sound Editor ....DOUG SINCLAIR
Colourist ....KEVIN HORSEWOOD
Online Editor ....SCOTT HINCHCLIFFE

VFX Supervisor ....JAMES ETHERINGTON
Titles and Graphic Design...................................
PETER ANDERSON STUDIO

ADDITIONAL CREW
Assistant Co-ordinator......................JO HEALY
Rushes Runners.............. WAYNE HUMPHREYS,
DELMI THOMAS
Casting Associate ....JANE ANDERSON
Floor Runners ....JENNY MORGAN,
LLOYD GLANVILLE
Assistant Accountant ....TORI KEAST
Set Decorator ....JOELLE RUMBELOW
Storyboard Artist ....JAMES ILES
Standby Chippie ....PAUL JONES
Construction Chargehand ....MARK PAINTER
Trainee Carpenter................JOSEPH PAINTER
Chargehand...........................CHARLIE MALIK
Dressing Properties ....MATT IRELAND,
RHYS JONES, JAYNE DAVIES
2nd Camera Operator ....MARK MILSOME
2nd Camera Focus Puller..........JAMES SCOTT
2nd Camera Clapper Loader ....LYDIA HALL,
ELLIOT HALE,
JESSICA GREENE
Costume Trainee ....SHERALEE HAMER
Post-Production ....PEPPER POST
Post-Production Sound......................................
BANG POST PRODUCTION
Rigger .... BRYAN GRIFFITHS
Genny Operators ....SHAUN PRICE
Unit Managers ....BECCY JONES,
TOM STOURTON
VFX ....THE MILL
VFX Co-ordinator....................KAMILA OSTRA
BBC Publicity ....GERALDINE JEFFERS
BBC Picture Publicity ....ROB FULLER
Hartswood Publicity.................ANYA NOAKES
Photographer ....COLIN HUTTON
Unit Drivers ...... COLIN KIDDELL, ROB DAVIES,
ROB McKENNA
Minibus Drivers....................NIGEL VENABLES,
RAY ROBINSON
Health and Safety Adviser ....JASON CURTIS
Unit Nurses .... RUTH GIBBS, JOHN GIBBS
Facilities....................ANDY DIXON FACILITIES
Caterers .... CELTIC FILM CATERERS

〈눈 먼 은행가〉

시간: 88분 27초

BBC 첫 방영　2010년 8월 1일 일요일　저녁 9:00~10:30

시청자: 807만

Writer .... STEVE THOMPSON
Producer .... SUE VERTUE
Director .... EUROS LYN
Executive Producers .... BERYL VERTUE,
.... STEVEN MOFFAT,
.... MARK GATISS
Executive Producer for Masterpiece.................
.... REBECCA EATON
Executive Producer for BBC ... BETHAN JONES

CAST

Sherlock Holmes... BENEDICT CUMBERBATCH
Dr John Watson .... MARTIN FREEMAN
Mrs Hudson .... UNA STUBBS
Sarah .... ZOE TELFORD
Molly Hooper .... LOUISE BREALEY
Soo Lin Yao .... GEMMA CHAN
Andy Galbraith .... AL WEAVER
Seb Wilkes .... BERTIE CARVEL
Eddie Van Coon .... DAN PERCIVAL
DI Dimmock .... PAUL CHEQUER
Brian Lukis .... HOWARD COGGINS
Museum Director .... JANICE ACQUAH
Raz .... JACK BENCE
Community Officer .... JOHN MACMILLAN
Amanda .... OLIVIA POULET
Shopkeeper .... JACQUI CHAN
Opera Singer .... SARAH LAM
Surgery Receptionist .... GILLIAN ELISA
Box Office Manager .... STEFAN PEJIC
German Tourist .... PHILIP BENJAMIN

CREW

Line Producer .... KATHY NETTLESHIP
Editor .... MALI EVANS
Production Designer .... ARWEL WYN JONES
Director of Photography .... STEVE LAWES
Music .... DAVID ARNOLD, MICHAEL PRICE
Casting Director .. KATE RHODES JAMES CDG
Costume Designer .... SARAH ARTHUR
Make-up Designer ....
.... CLAIRE PRITCHARD-JONES
Sound Recordist .... RICHARD DYER
1st Assistant Director .... NIGE WATSON
2nd Assistant Director .... BEN HOWARD
3rd Assistant Director .... BARRY PHILLIPS
Location Managers .... PETER TULLO,

NICKY JAMES
Script Supervisor .... LLINOS WYN JONES
Production Co-ordinator .... CERI HUGHES
Production Secretary .... JANINE H JONES
Production Runner .... HARRY BUNCH
Production Accountant ..... ELIZABETH WALKER
Stunt Co-ordinators .... LEE SHEWARD,
MARC CASS,
ANDREAS PETRIDES
Stunts .... JAMES EMBREE,
MARCUS SHAKESHEFF,
NRINDER DHUDWAR,
WILLIE RAMSAY,
MARK ARCHER
Camera Operator .... MARK MILSOME
Focus Pullers .... MARTIN SCANLAN,
JAMES SCOTT
Clapper Loaders .... EMMA FRIEND,
CHRIS WILLIAMS
Camera Assistant .... CLARE CONNOR
Grip .... DAN INMAN
Assistant Grip .... STEVE SMITH
Gaffer .... LLYR EVANS
Best Boy .... PAUL JARVIS
Electricians .... GAWAIN NASH,
BEN PURCELL
.... CLIVE JOHNSON
Boom Operator .... JOHN HAGENSTEDE
Sound Assistant .... GLYN HAMER
Assistant Editor .... LEE BHOGAL
Art Director .... DAFYDD SHURMER
Standby Art Director .... TOM PEARCE
Special Effects Supervisor ....
.... DANNY HARGREAVES
Production Buyer .... SUE JACKSON POTTER
Property Master .... NICK THOMAS
Properties .... DEWI THOMAS,
JULIA CHALLIS
Costume Supervisor .... CERI WALFORD
Wardrobe Assistant .... LOUISE MARTIN
Make-up Artists .... SARAH ASTLEY-HUGHES,
AMY RILEY
Post-Production Supervisor .... SAM LUCAS
Dubbing Mixer .... ALAN SNELLING
Sound Effects Editor .... JEREMY CHILD
Colourist .... KEVIN HORSEWOOD
Online Editor .... SCOTT HINCHCLIFFE

Titles and Graphic Design ....
PETER ANDERSON STUDIO

ADDITIONAL CREW

Assistant Co-ordinator .... JO HEALY
Rushes Runners .... WAYNE HUMPHREYS,
DELMI THOMAS
Casting Associate .... JANE ANDERSON
Floor Runners .... JENNY MORGAN,
LLOYD GLANVILLE
Assistant Accountant .... TORI KEAST
Set Decorator .... JOELLE RUMBELOW
Storyboard Artist .... JAMES ILES
Standby Chippie .... PAUL JONES
Construction Chargehand .... MARK PAINTER
Trainee Carpenter .... JOSEPH PAINTER
Chargehand .... CHARLIE MALIK
Dressing Properties .... MATT IRELAND,
RHYS JONES,
JAYNE DAVIES
2nd Camera Focus Puller .... JAMES SCOTT
2nd Camera Clapper Loader .... LYDIA HALL
Costume Trainee .... SHERALEE HAMER
Post-Production .... PEPPER POST
Post-Production Sound ....
BANG POST PRODUCTION
Supervising Sound Editor .... DOUG SINCLAIR
Rigger .... BRYAN GRIFFITHS
Genny Operators .... SHAUN PRICE
Unit Managers .... BECCY JONES,
TOM STOURTON
VFX .... THE MILL
VFX Supervisor .... JAMES ETHERINGTON
VFX Co-ordinator .... KAMILA OSTRA
BBC Publicity .... GERALDINE JEFFERS
BBC Picture Publicity .... ROB FULLER
Hartswood Publicity .... ANYA NOAKES
Photographer .... COLIN HUTTON
Unit Drivers ...... COLIN KIDDELL, ROB DAVIES,
ROB McKENNA
Minibus Drivers .... NIGEL VENABLES,
RAY ROBINSON
Health and Safety Adviser .... JASON CURTIS
Unit Nurses .... RUTH GIBBS,
JOHN GIBBS
Facilities .... ANDY DIXON FACILITIES
Caterers .... CELTIC FILM CATERERS

〈잔혹한 게임〉

시간: 89분 20초

BBC 첫 방영   2010년 8월 8일 일요일   저녁 9:00~10:30

시청자: 918만

Writer.............................MARK GATISS
Producer .... SUE VERTUE
Director................................ PAUL McGUIGAN
Executive Producers ....BERYL VERTUE,
　　　　　　　　　　　　STEVEN MOFFAT,
　　　　　　　　　　　　MARK GATISS
Executive Producer for Masterpiece.................
　　　　　　　　　　　　REBECCA EATON
Executive Producer for BBC ... BETHAN JONES

CAST

Sherlock Holmes... BENEDICT CUMBERBATCH
Dr John Watson ....MARTIN FREEMAN
DI Lestrade ....RUPERT GRAVES
Mrs Hudson .... UNA STUBBS
Sarah.. ZOE TELFORD
Molly Hooper........................LOUISE BREALEY
Jim .... ANDREW SCOTT
Sgt Sally Donovan...........VINETTE ROBINSON
Bezza .... MATTHEW NEEDHAM
Tube Guard...................... KEMAL SYLVESTER
Alan West .... SAN SHELLA
Crying Woman.................. DEBORAH MOORE
Lucy ....LAUREN CRACE
Scared Man.......................... NICHOLAS GADD
Mrs Monkford ....CAROLINE TROWBRIDGE
Mr Ewart .... PAUL ALBERTSON
Blind Lady ....RITA DAVIES
Connie Prince ....DI BOTCHER
Kenny Prince ....JOHN SESSIONS
Raoul.................................. STEFANO BRASCHI
Homeless Girl .... JEANY SPARK
Julie .... ALISON LINTOTT
Miss Wenceslas....................HAYDN GWYNNE
Joe .... DOUG ALLEN
Golem.. JOHN LEBAR
Professor Cairns...................... LYNN FARLEIGH

CREW

Line Producer .... KATHY NETTLESHIP
Editor................................. CHARLIE PHILLIPS
Production Designer........ ARWEL WYN JONES
Director of Photography.............STEVE LAWES
Music ....DAVID ARNOLD, MICHAEL PRICE
Casting Director .. KATE RHODES JAMES CDG
Costume Designer...................SARAH ARTHUR
Make-up Designer ....

CLAIRE PRITCHARD-JONES
Sound Recordist ....RICHARD DYER
1st Assistant Director ....TOBY FORD
2nd Assistant Director...............BEN HOWARD
3rd Assistant Director ....BARRY PHILLIPS
Location Managers .... PAUL DAVIES,
　　　　　　　　　　　　PETER TULLO
Script Supervisor..............LLINOS WYN JONES
Production Co-ordinator............CERI HUGHES
Assistant Co-ordinator.......................JO HEALY
Production Runner....................HARRY BUNCH
Production Accountant.....ELIZABETH WALKER
Stunt Co-ordinator....................LEE SHEWARD
Stunts................................ JASON HUNJAN,
　　　　　　　　　　　　JAMES EMBREE,
　　　　　　　　　　MARCUS SHAKESHEFF
Focus Puller ....MARTIN SCANLAN
Clapper Loader......................... EMMA FRIEND
Camera Assistant....................CLARE CONNOR
Grip .... DAN INMAN
Assistant Grip ....STEVE SMITH
Gaffer.. LLYR EVANS
Electricians.............................. GAWAIN NASH,
　　　　BEN PURCELL, CLIVE JOHNSON
Boom Operator .... JOHN HAGENSTEDE
Sound Assistant .... GLYN HAMER
Assistant Editor............................LEE BHOGAL
Art Director......................DAFYDD SHURMER
Standby Art Director...............NICK WILLIAMS
Special Effects Supervisor...................................
　　　　　　　　　DANNY HARGREAVES
Production Buyer .... SUE JACKSON POTTER
Property Master ....NICK THOMAS
Properties ....DEWI THOMAS,
　　　　　　　　　　　　JULIA CHALLIS
Costume Supervisor ....CERI WALFORD
Wardrobe Assistant.................LOUISE MARTIN
Make-up Artists ....SARAH ASTLEY-HUGHES,
　　　　　　　　　　　　AMY RILEY
Post-Production Supervisor .... SAM LUCAS
Dubbing Mixer....................ALAN SNELLING
Sound Effects Editor................ JEREMY CHILD
Supervising Sound Editor ....DOUG SINCLAIR
Colourist ....KEVIN HORSEWOOD
VFX Supervisor .... JAMES ETHERINGTON
Titles and Graphic Design ....
　　　　　　　　　PETER ANDERSON STUDIO

ADDITIONAL CREW

Rushes Runners.............. WAYNE HUMPHREYS,
　　　　　　　　　　　　DELMI THOMAS
Casting Associate ....JANE ANDERSON
Floor Runners .... JENNY MORGAN,
　　　　　　　　　　　　LLOYD GLANVILLE
Assistant Accountant .... TORI KEAST
Set Decorator ....JOELLE RUMBELOW
Storyboard Artist ....JAMES ILES
Standby Chippie ....PAUL JONES
Construction Chargehand ......MARK PAINTER
Trainee Carpenter................JOSEPH PAINTER
Chargehand............................CHARLIE MALIK
Dressing Properties ....MATT IRELAND,
　　　　　　　　　　　　RHYS JONES,
　　　　　　　　　　　　JAYNE DAVIES
2nd Camera Operator ....MARK MILSOME
2nd Camera Focus Puller...........JAMES SCOTT
2nd Camera Clapper Loader ....LYDIA HALL,
　　　　　　　　　　　　ELLIOT HALE,
　　　　　　　　　　　JESSICA GREENE
Costume Trainee ....SHERALEE HAMER
Post-Production ....PEPPER POST
Post-Production Sound.....................................
　　　　　　　　BANG POST PRODUCTION
Best Boys ....JOHN TRUCKLE,
　　　　　　PAUL JARVIS, SAM KITE,
　　　　　　　　　　　　CHRIS DAVIES
Rigger .... BRYAN GRIFFITHS
Genny Operator ....SHAUN PRICE
Unit Managers ....BECCY JONES,
　　　　　　　　　　　　TOM STOURTON
VFX ....THE MILL
VFX Co-ordinator....................KAMILA OSTRA
Online Editor ....SCOTT HINCHCLIFFE
BBC Publicity .... GERALDINE JEFFERS
BBC Picture Publicity ....ROB FULLER
Hartswood Publicity...................ANYA NOAKES
Photographer ....COLIN HUTTON
Unit Drivers ....COLIN KIDDELL,
　　　　　　ROB DAVIES, ROB McKENNA
Minibus Drivers....................NIGEL VENABLES,
　　　　　　　　　　　　RAY ROBINSON
Health and Safety Adviser ....JASON CURTIS
Unit Nurses .... RUTH GIBBS, JOHN GIBBS
Facilities....................ANDY DIXON FACILITIES
Caterers .... CELTIC FILM CATERERS

시리즈 2

하츠우드 필름에게 많은 상을 안겨준, 베네딕트 컴버배치와 마틴 프리먼 주연의 〈셜록〉이 각각 90분짜리 에피소드 〈벨그레이비어 스캔들〉, 〈배스커빌의 사냥개들〉, 〈라이헨바흐 폭포〉로 이뤄진 두 번째 시리즈로 열렬히 기다리던 시청자들을 만나기 위해 BBC로 돌아온다. 첫 번째 에피소드는 2012년 1월 1일에 BBC1에서 방송됐다.

촬영: 2011년 5월 16일~8월 19일   추가 촬영: 2011년 8월 22일~24일

수상 내역

BAFTA 웨일스 어워즈
분장상 (마이니어 존스 루이스)
미술감독상 (아웰 윈 존스)

BAFTA TV 어워즈
남우조연상 (앤드류 스콧)
특별상 (스티븐 모팻)

BAFTA TV 크래프트 어워즈
편집상: 픽션 부문 (찰리 필립스)
음악상: 픽션 부문 (하워드 바그로프, 제레미 차일드,
        존 무니, 더그 싱클레어)
작가상 (스티븐 모팻)

브리티시 판타지 어워즈
최우수 TV 상

브로드캐스팅 프레스 길드 어워즈
남우주연상 (베네딕트 컴버배치)

크라임 스릴러 어워즈
TV 대거상
남우주연 대거 상 (베네딕트 컴버배치)
남우조연 대거 상 (마틴 프리먼)

크리틱스 초이스 TV 어워즈
최우수 영화, 미니 시리즈 상
남우주연상 (베네딕트 컴버배치)

에드거 어워즈
최우수 TV 에피소드 텔레플레이 상 (스티븐 모팻)

페스티벌 폴라 드 코냑 어워즈
Festival Polar de Cognac Awards
최우수 국제 시리즈 폴라상

프리샛 Freesat 어워즈
올해의 엔터테인먼트 쇼 상

골드 더비 TV 어워즈
영화/미니 시리즈 부문 남우주연상 (베네딕트 컴버배치)
영화/미니 시리즈 부문 남우조연상 (마틴 프리먼)

아이리시 필름 앤드 TV 아카데미 어워즈
남우조연상: TV 부문 (앤드류 스콧)

MGEITF 올해의 채널 어워즈
올해의 지상파 프로그램상
The Network And Ones To Watch Programme
Choice 상

내셔널 TV 어워즈
최우수 TV 탐정상 (베네딕트 컴버배치)

**팬 아메리칸 어소시에이션 오브 필름 &
TV 저널리스트스 PAAFTJ 어워즈**
최우수 미니 시리즈/TV 영화상
최우수 미니 시리즈/TV 영화 캐스팅 상
최우수 미니 시리즈/TV 영화 각본상
(스티븐 모팻, 스티브 톰슨, 마크 게이티스)

로열 TV 소사이어티 프로그램 어워즈
최우수 드라마 시리즈 상
최우수 작가상: 드라마 부문 (스티븐 모팻)

새털라이트 어워즈
미니 시리즈/TV 영화 부문 남우주연상
(베네딕트 컴버배치)

서울 드라마 어워즈
최우수 미니 시리즈 우수작품 상 (Silver Bird Prize)

사우스 뱅크 스카이 아츠 어워즈
최우수 TV 드라마 상

텔레비주얼 불독 어워즈
드라마 시리즈 상
음악상

토털 필름 핫리스트 어워즈
가장 핫한 TV 쇼 상

TV.com 어워즈
최우수 드라마 시리즈 상
남우주연상 (베네딕트 컴버배치)

버진 미디어 어워즈
TV 부문 올해의 순간상
TV 부문 남우주연상 (베네딕트 컴버배치)

〈벨그레이비어 스캔들〉

시간: 89분 35초

BBC 첫 방영   2012년 1월 1일 일요일   저녁 8:30~10:30

시청자: 1,066만

Writer.......................................STEVEN MOFFAT
Producer .... SUE VERTUE
Director................................ PAUL McGUIGAN
Executive Producers ....MARK GATISS,
STEVEN MOFFAT,
BERYL VERTUE
Executive Producer for Masterpiece.................
....REBECCA EATON
Executive Producer for BBC ... BETHAN JONES

CAST
Sherlock Holmes... BENEDICT CUMBERBATCH
Dr John Watson ....MARTIN FREEMAN
Mrs Hudson .... UNA STUBBS
DI Lestrade ....RUPERT GRAVES
Mycroft Holmes .... MARK GATISS
Jim Moriarty..........................ANDREW SCOTT
Molly Hooper.......................LOUISE BREALEY
DI Carter ....DANNY WEBB
The Equerry ....ANDREW HAVILL
Neilson....................................TODD BOYCE
Jeanette..................................OONA CHAPLIN
Timid Man .... RICHARD CUNNINGHAM
Married Woman.................ROSEMARY SMITH
Businessman........................... SIMON THORP
Geeky Young Man ....ANTHONY COZENS
Creepy Guy...........................MUNIR KHAIRDIN
Phil...................................NATHAN HARMER
Young Policeman .... LUKE NEWBERRY
Plummer ....DARRELL LAS QUEVAS
Kate ....ROSALIND HALSTEAD
Archer .... PETER PEDRERO
Little Girls ....HONOR KNEAFSEY
....ILANA KNEAFSEY
Beautiful Woman ....THOMASIN RAND
and
Irene Adler...................................LARA PULVER

CREW
Line Producer ....CHARLOTTE ASHBY
Editor................................... CHARLIE PHILLIPS
Production Designer........ARWEL WYN JONES
Director of Photography.......FABIAN WAGNER
Music ....DAVID ARNOLD,
MICHAEL PRICE
Casting Director ....
KATE RHODES JAMES CDG
Costume Designer...................SARAH ARTHUR
Make-up and Hair Designer.............................
MEINIR JONES-LEWIS
Sound Recordist ....JOHN MOONEY
1st Assistant Director ....FRANCESCO REIDY
2nd Assistant Director..... JAMES DeHAVILAND
3rd Assistant Director ....
HEDDI-JOY TAYLOR-WELCH

Location Managers ....GARETH SKELDING,
PETER TULLO
Production Accountant.....ELIZABETH WALKER
Script Supervisor..............NON ELERI HUGHES
Production Manager.........................BEN HOLT
Production Co-ordinator........SIÂN WARRILOW
Unit Managers ....RHYS GRIFFITHS,
RICHARD LONERGAN,
GERAINT WILLIAMS
Production Runner............. SANDRA COSFELD
Stunt Co-ordinator..................GARETH MILNE
Stunts....................................MARK ARCHER,
PAUL KULIK
Camera Operator ....MARK MILSOME
Focus Pullers.........................JAMIE PHILLIPS,
LEO HOLBA
Clapper Loaders .... LEIGHTON SPENCE,
SVETLANA MIKO
Camera Trainee ....ED DUNNING
Grip .... DAI HOPKINS
Assistant Grip .... OWEN CHARNLEY
Gaffer ....JON BEST
Best Boy..JP JUDGE
Electricians ....STEVE WORSLEY,
STEVE SLOCOMBE,
ED MONAGHAN
Sound Maintenance Engineer ....
STUART McCUTCHEON
Sound Assistant ....ABDUL ABMOUD
Assistant Editor...................BECKY TROTMAN
Supervising Art Director ....DAFYDD SHURMER
Standby Art Director...
JULIA BRYSON-CHALLIS
Special Effects Supervisor...................................
DANNY HARGREAVES
Production Buyer ....BLAANID MADDRELL
Property Master .... PHILL SHELLARD
Properties ....DEWI THOMAS,
JACKSON POPE
Costume Supervisor ....CERI WALFORD
Costume Assistants .... KELLY WILLIAMS,
DOMINIQUE ARTHUR
Make-up and Hair Artists ....
HANNAH PROVERBS,
LOUISE COLES
Post-Production Supervisor .... SAM LUCAS
Dubbing Mixer..............HOWARD BARGROFF
Sound Effects Editor .... JEREMY CHILD
Supervising Sound Editor ....DOUG SINCLAIR
Colourist ....KEVIN HORSEWOOD
Online Editors................SCOTT HINCHCLIFFE,
BARRIE PEASE
Plane Graphics................. STEPHEN HOLLAND
VFX Supervisor ....JEAN-CLAUDE DEGUARA
Titles .... PETER ANDERSON STUDIO

ADDITIONAL CREW
Production Trainees .... CHRISTINE WADE,
BRENNIG HAYDEN (via Media Academy Wales)
Casting Assistant .... JASON HALL
2nd Assistant Editor........... STEVEN WALTHAM
Floor Runner ....DANIELLE RICHARDS
Assistant Director Trainee ..... CLARA BENNETT
(via Media Academy Wales)
Assistant Accountant ....SINEAD GOGARTY
Set Decorator ....JOELLE RUMBELOW
Graphic Artists ....LUKE RUMBELOW,
DALE JORDAN JOHNSON
Art Department Assistant ... REBECCA BROWN
Graphic Trainee ....CAMILLA BLAIR
Standby Carpenter ....PAUL JONES
Standby Rigger ....KEITH FREEMAN
Construction Managers ....MARK PAINTER,
SCOTT FISHER
Chargehand Painter.................STEVEN FUDGE
Scenic Painter ....JOHN WHALLEY
Carpenter ....CHRISTOPHER DANIELS
Construction Trainees ....JOSEPH PAINTER,
CHRISTOPHER STEVENS
Chargehand.............................CHARLIE MALIK
Prop Hands ....RHYS JONES
Dressing Properties ....PHILLIP JONES
Camera Trainees ....MEGAN TALBOT,
STEPHEN FIELDING
(via Media Academy Wales)
Make-up and Hair Trainees............. LISA PUGH,
SASKIA BANNISTER
Post-Production ....PRIME FOCUS
Post-Production Sound ....
BANG POST PRODUCTION
Location Trainees..........CHANELLE SAMWAYS,
MELODY LOUISE BRAIN
(via Media Academy Wales)
VFX ....THE MILL
BBC Publicity .... GERALDINE JEFFERS
Hartswood Publicity..................ANYA NOAKES
Stills Photographer ....COLIN HUTTON
Unit Drivers ....COLIN KIDDELL,
JULIAN CHAPMAN,
PAUL DAVIES,
GRAHAM HUXTABLE
Minibus Driver ....NIGEL VENABLES
London Transport Captain.......SIMON BARKER
Rushes Runner ....GARETH WEBB
Health and Safety Advisers ....
ANN GODDARD c/o SAFON,
RHYS BEVAN c/o SAFON,
DAVE SUTCLIFFE
Unit Nurse...................................GLYN EVANS
Facilities....................ANDY DIXON FACILITIES
Caterers .... ABBEY CATERING

〈배스커빌의 사냥개들〉

시간: 88분 22초

BBC 첫 방영   2012년 1월 8일 일요일   저녁 8:30~10:30

시청자: 1,027만

Writer..MARK GATISS
Producer ....SUE VERTUE
Director................................. PAUL McGUIGAN
Executive Producers .... MARK GATISS
STEVEN MOFFAT,
BERYL VERTUE,
SUE VERTUE
Executive Producer for Masterpiece.................
REBECCA EATON
Executive Producer for BBC ... BETHAN JONES

CAST
Sherlock Holmes... BENEDICT CUMBERBATCH
Dr John Watson ....MARTIN FREEMAN
Mrs Hudson .... UNA STUBBS
DI Lestrade ....RUPERT GRAVES
Mycroft Holmes .... MARK GATISS
Jim Moriarty..........................ANDREW SCOTT
Henry Knight...........................RUSSELL TOVEY
Dr Stapleton .... AMELIA BULLMORE
Dr Frankland ....CLIVE MANTLE
Major Barrymore.............SIMON PAISLEY DAY
Dr Mortimer ....SASHA BEHAR
Corporal Lyons ....WILL SHARPE
Fletcher.................................STEPHEN WIGHT
Gary ....GORDON KENNEDY
Billy .... KEVIN TRAINOR
Grace ....ROSALIND KNIGHT
Young Henry ....SAM JONES
Presenter ....CHIPO CHUNG

CREW
Line Producer ....CHARLOTTE ASHBY
Editor.................................. CHARLIE PHILLIPS
Production Designer........ ARWEL WYN JONES
Director of Photography ....FABIAN WAGNER
Music .... DAVID ARNOLD, MICHAEL PRICE
Casting Director .. KATE RHODES JAMES CDG
Costume Designer.................SARAH ARTHUR
Make-up and Hair Designer................................
PAMELA HADDOCK
Sound Recordist ....JOHN MOONEY
1st Assistant Director .... PETER BENNETT
2nd Assistant Director..... JAMES DeHAVILAND
3rd Assistant Director ....
HEDDI-JOY TAYLOR-WELCH
Location Manager..............GARETH SKELDING
Production Accountant.....ELIZABETH WALKER
Script Supervisor..............NON ELERI HUGHES
Production Manager........................BEN HOLT
Production Co-ordinator........SIÂN WARRILOW

Unit Managers ....RHYS GRIFFITHS,
GERAINT WILLIAMS
Production Runner............. SANDRA COSFELD
Stunt Co-ordinators ....LEE SHEWARD,
LÉON ROGERS
Stunts..ROB JARMAN,
MARCUS SHAKESHEFF,
RICHARD BRADSHAW
Camera Operator ....MARK MILSOME
Focus Pullers...... JAMIE PHILLIPS, LEO HOLBA
Clapper Loaders .... LEIGHTON SPENCE,
SVETLANA MIKO
Camera Trainee ....ED DUNNING
Grip ....DAI HOPKINS
Assistant Grip ....OWEN CHARNLEY
Gaffer... JON BEST
Best Boy.................................STEVE McGRAIL
Electricians.......................................JP JUDGE,
STEVE WORSLEY,
STEVE SLOCOMBE
Sound Maintenance Engineer ....
STUART McCUTCHEON
Sound Assistant .... ABDUL ABMOUD
Assistant Editor.................... BECKY TROTMAN
Supervising Art Director ....DAFYDD SHURMER
Standby Art Director.............ALEX MERCHANT
Special Effects Supervisor...................................
DANNY HARGREAVES
Production Buyer ....BLAANID MADDRELL
Property Master ....PHILL SHELLARD
Properties ....DEWI THOMAS,
JACKSON POPE
Costume Supervisor ....CERI WALFORD
Costume Assistants ....KELLY WILLIAMS,
DOMINIQUE ARTHUR
Make-up and Hair Artists ....
HANNAH PROVERBS, LOUISE COLES
Post-Production Supervisor .... SAM LUCAS
Dubbing Mixer..............HOWARD BARGROFF
Sound Effects Editor ....JEREMY CHILD
Supervising Sound Editor ....DOUG SINCLAIR
Colourist ....KEVIN HORSEWOOD
Online Editors...............SCOTT HINCHCLIFFE,
BARRIE PEASE
VFX Supervisor ....JEAN-CLAUDE DEGUARA
Titles .... PETER ANDERSON STUDIO

ADDITIONAL CREW
Production Trainees .... CHRISTINE WADE,
BRENNIG HAYDEN
(via Media Academy Wales)

Casting Assistant ....JASON HALL
2nd Assistant Editor........... STEVEN WALTHAM
Floor Runner ....DANIELLE RICHARDS
Assistant Director Trainee ..... CLARA BENNETT
(via Media Academy Wales)
Assistant Accountant ....SINEAD GOGARTY
Set Decorator ....JOELLE RUMBELOW
Graphic Artists .... LUKE RUMBELOW,
DALE JORDAN JOHNSON
Art Department Assistant ... REBECCA BROWN
Graphic Trainee ....CAMILLA BLAIR
Standby Carpenter ....PAUL JONES
Standby Rigger.....................KEITH FREEMAN
Construction Managers ....MARK PAINTER,
SCOTT FISHER
Chargehand Painter................STEVEN FUDGE
Scenic Painter ....JOHN WHALLEY
Carpenter .... CHRISTOPHER DANIELS
Construction Trainees ....JOSEPH PAINTER,
CHRISTOPHER STEVENS
Chargehand.............................CHARLIE MALIK
Prop Hands....................................RHYS JONES
Dressing Properties ....PHILLIP JONES
Camera Trainees...................MEGAN TALBOT,
STEPHEN FIELDING
(via Media Academy Wales)
Make-up and Hair Trainees.............LISA PUGH,
SASKIA BANNISTER
Post-Production ....PRIME FOCUS
Post-Production Sound.......................................
BANG POST PRODUCTION
Location Trainees..........CHANELLE SAMWAYS,
MELODY LOUISE BRAIN
(via Media Academy Wales)
VFX ....THE MILL
BBC Publicity .... GERALDINE JEFFERS
Hartswood Publicity..................ANYA NOAKES
Stills Photographer ....COLIN HUTTON
Unit Drivers ....COLIN KIDDELL,
JULIAN CHAPMAN,
PAUL DAVIES,
GRAHAM HUXTABLE
Minibus Driver ....NIGEL VENABLES
Rushes Runner ....GARETH WEBB
Health and Safety Advisers ....
ANN GODDARD c/o SAFON,
RHYS BEVAN c/o SAFON,
DAVE SUTCLIFFE
Unit Nurse.....................................GLYN EVANS
Facilities...................ANDY DIXON FACILITIES
Caterers .... ABBEY CATERING

〈라이헨바흐 폭포〉

시간: 88분 27초

BBC 첫 방영   2012년 1월 15일 일요일   저녁 8:30~10:00

시청자: 978만

Writer.................................STEVE THOMPSON
Producer ....ELAINE CAMERON
Director.......................................TOBY HAYNES
Executive Producers ....MARK GATISS,
STEVEN MOFFAT,
BERYL VERTUE,
SUE VERTUE
Executive Producer for Masterpiece.................
REBECCA EATON
Executive Producer for BBC ... BETHAN JONES

CAST
Sherlock Holmes... BENEDICT CUMBERBATCH
Dr John Watson.................MARTIN FREEMAN
Mrs Hudson ....UNA STUBBS
DI Lestrade ....RUPERT GRAVES
Mycroft Holmes ....MARK GATISS
Jim Moriarty..........................ANDREW SCOTT
Molly Hooper.......................LOUISE BREALEY
Kitty Riley ....KATHERINE PARKINSON
Sgt Sally Donovan...........VINETTE ROBINSON
Anderson ....JONATHAN ARIS
Ella...TANYA MOODIE
Chief Superintendent ....TONY PITTS
Prosecuting Barrister ....JAYE GRIFFITHS
Defence Barrister........................IAN HALLARD
Judge .... MALCOLM RENNIE
Claudie Bruhl.........................SYDNEY WADE
Max Bruhl .... EDWARD HOLTOM
Bank Director.........................PAUL LEONARD
Prison Governor.........CHRISTOPHER HUNTER
Prison Warder ....TONY WAY
Miss Mackenzie.................LORRAINE HILTON
Reporter 1.......SAMANTHA-HOLLY BENNETT
Reporter 2..............................PETER BASHAM
Reporter 3............................REBECCA NOBLE
Gallery Director ....ROBERT BENFIELD
Clerk of the Court............IFAN HUW DAFYDD
Father ....MICHAEL MUELLER
Assassin ....PANO MASTI
Diogenes Gent .... DOUGLAS WILMER

CREW
Line Producer ....CHARLOTTE ASHBY
Editor... TIM PORTER
Production Designer........ARWEL WYN JONES
Director of Photography........FABIAN WAGNER
Music ....DAVID ARNOLD, MICHAEL PRICE
Casting Director .. KATE RHODES JAMES CDG
Costume Designer...................SARAH ARTHUR
Make-up and Hair Designer.............................
PAMELA HADDOCK
Sound Recordist ....JOHN MOONEY
1st Assistant Director ....DAN MUMFORD
2nd Assistant Director..... JAMES DeHAVILAND
3rd Assistant Director ....
HEDDI-JOY TAYLOR-WELCH

Location Managers ....GARETH SKELDING,
PETER TULLO
Production Accountant.....ELIZABETH WALKER
Script Supervisor..............NON ELERI HUGHES
Production Manager........................BEN HOLT
Production Co-ordinator........SIÂN WARRILOW
Unit Managers ....RHYS GRIFFITHS,
RICHARD LONERGAN,
GERAINT WILLIAMS
Production Runner............ SANDRA COSFELD
Stunt Co-ordinator....................LEE SHEWARD
Stunts.......................................RAY DE-HAAN,
ROB JARMAN,
MARCUS SHAKESHEFF,
JORDI CASARES,
SÉON ROGERS,
ANDREAS PETRIDES,
MATTHEW STIRLING,
PAUL HEASMAN,
TOM RODGERS
Camera Operator ....MARK MILSOME
Focus Pullers.......................... JAMIE PHILLIPS,
LEO HOLBA
Clapper Loaders .... LEIGHTON SPENCE
....SVETLANA MIKO
Camera Trainee ....ED DUNNING
Grip .... DAI HOPKINS
Assistant Grip ....OWEN CHARNLEY
Gaffer ....JON BEST
Best Boy...JP JUDGE
Electricians.............................STEVE WORSLEY,
STEVE SLOCOMBE,
ED MONAGHAN
Sound Maintenance Engineer ....
STUART McCUTCHEON
Sound Assistant ....ABDUL ABMOUD
Assistant Editor....................BECKY TROTMAN
Art Director........................DAFYDD SHURMER
Standby Art Director.......CIARAN THOMPSON
Special Effects Supervisor.................................
DANNY HARGREAVES
Production Buyer ....BLAANID MADDRELL
Property Master ....PAUL AITKEN
Properties ....DEWI THOMAS,
JACKSON POPE
Costume Supervisor ....CERI WALFORD
Costume Assistants ....KELLY WILLIAMS,
DOMINIQUE ARTHUR
Make-up and Hair Artists ....
HANNAH PROVERBS, LOUISE COLES
Post-Production Supervisor ....SAM LUCAS
Dubbing Mixer...............HOWARD BARGROFF
Sound Effects Editor.................JEREMY CHILD
Supervising Sound Editor ....DOUG SINCLAIR
Colourist ....KEVIN HORSEWOOD
Online Editors...............SCOTT HINCHCLIFFE,
BARRIE PEASE

VFX Supervisor ....JEAN-CLAUDE DEGUARA
Titles.................... PETER ANDERSON STUDIO

ADDITIONAL CREW
Production Trainees .... CHRISTINE WADE,
BRENNIG HAYDEN (via Media Academy Wales)
Casting Assistant .... JASON HALL
2nd Assistant Editor........... STEVEN WALTHAM
Floor Runner...................DANIELLE RICHARDS
Assistant Director Trainee..... CLARA BENNETT
(via Media Academy Wales)
Assistant Accountant ....SINEAD GOGARTY
Set Decorator ....JOELLE RUMBELOW
Graphic Artists ....LUKE RUMBELOW,
DALE JORDAN JOHNSON
Art Department Assistant ... REBECCA BROWN
Graphic Trainee ....CAMILLA BLAIR
Standby Carpenter ....PAUL JONES
Standby Rigger ....KEITH FREEMAN
Construction Managers ....MARK PAINTER,
SCOTT FISHER
Chargehand Painter................STEVEN FUDGE
Scenic Painter ....JOHN WHALLEY
Carpenter ....CHRISTOPHER DANIELS
Construction Trainees ....JOSEPH PAINTER,
CHRISTOPHER STEVENS
Chargehand.............................CHARLIE MALIK
Prop Hands.................................RHYS JONES
Dressing Properties ....PHILLIP JONES
Camera Trainees....................MEGAN TALBOT,
STEPHEN FIELDING
(via Media Academy Wales)
Make-up and Hair Trainees.............. LISA PUGH,
SASKIA BANNISTER
Post-Production ....PRIME FOCUS
Post-Production Sound.....................................
BANG POST PRODUCTION
Location Trainees..........CHANELLE SAMWAYS,
MELODY LOUISE BRAIN
(via Media Academy Wales)
VFX ....THE MILL
BBC Publicity .... GERALDINE JEFFERS
Hartswood Publicity..................ANYA NOAKES
Stills Photographer ....COLIN HUTTON
Unit Drivers ....COLIN KIDDELL,
JULIAN CHAPMAN,
PAUL DAVIES,
GRAHAM HUXTABLE
Minibus Driver ....NIGEL VENABLES
Rushes Runner ....GARETH WEBB
Health and Safety Advisers.............................
ANN GODDARD c/o SAFON,
RHYS BEVAN c/o SAFON,
DAVE SUTCLIFFE
Unit Nurse.....................................GLYN EVANS
Facilities....................ANDY DIXON FACILITIES
Caterers .... ABBEY CATERING

시리즈 3

촬영: 2013년 3월 18일~5월 23일 & 7월 29일~9월 1일

〈라이헨바흐 폭포〉에서 충격적인 사건들을 겪고 난 2년 후, 닥터 존 왓슨은 열심히 살아가고 있다. 새로운 지평과 로맨스가 아름다운 여인 메리 모스턴이라는 형태로 찾아든다. 그런데 셜록 홈스가 무덤에서 막 기지개를 펴고 있다. 그리고 그게 셜록의 가장 친한 친구인 존 왓슨이 무엇보다도 원하는 일이긴 했지만, '소원을 빌 때는 조심하라'는 케이스가 될 가능성도 농후했다.

완전히 새로운 세 편의 모험에서 셜록과 존은 런던의 거리 아래쪽에 묻힌, 해석 불가능한 미스터리와 눈에 보이는 광경과는 사뭇 다른 결혼식과 직면하고, 마침내 불쾌하고 끔찍한 협박자인 찰스 오거스터스 마그누센과 마주한다.

신비하게 사라진 남자는 누구인가? 폐쇄된 실내에서 왕실 경비병은 어떻게 피를 흘리며 죽었을까?

그리고 새로운 친구들의 소중한 모든 것을 산산조각 내겠다고 위협하는 비밀은 무엇인가?

셜록은 되돌아왔지만, 과연 모든 것이 예전과 똑같을까?

수상 내역

프라임타임 에미 어워즈 Primetime Emmy Awards
미니 시리즈 부문 작가상 (스티븐 모팻)
미니 시리즈 부문 남우주연상 (베네딕트 컴버배치)
미니 시리즈 부문 남우조연상 (마틴 프리먼)
미니 시리즈 부문 촬영상 (네빌 키드)
작곡상 (데이비드 아널드와 마이클 프라이스)
미니 시리즈 부문 사진편집상 (얀 마일스)
미니 시리즈, 영화, 특별편 부문 편곡상 (더그 싱클레어,
스튜어트 매코원, 존 조이스, 폴 맥패든, 윌리엄 에버렛,
슈 하딩)

TV 초이스 어워즈
최우수 드라마 상
남우주연상 (베네딕트 컴버배치)

노미네이트 내역

크리틱스 초이스 TV 어워즈
최우수 영화상
영화/미니 시리즈 부문 남우주연상 (베네딕트 컴버배치)
영화/미니 시리즈 부문 남우조연상 (마틴 프리먼)
영화/미니 시리즈 부문 여우조연상 (아만다 애빙턴)

프리샛 어워즈
최우수 영국 TV 프로그램/시리즈 상
최우수 TV 드라마 상

몬테카를로 어워즈
최우수 TV 영화상
남우주연상 (베네딕트 컴버배치)

NME New Musical Express **어워즈**
최우수 TV 쇼 상

크라임 스릴러 어워즈
TV 대거상
남우주연 대거 상 (베네딕트 컴버배치)
남우조연 대거 상 (마크 게이티스)
여우조연 대거 상 (아만다 애빙턴)

〈빈 영구차〉

시간: 86분 29초
BBC 첫 방영 2014년 1월 1일 수요일 저녁 9:00~10:30
시청자: 1,272만

Writer..MARK GATISS
Producer ....SUE VERTUE
Director...............................JEREMY LOVERING
Executive Producers ....MARK GATISS,
STEVEN MOFFAT,
BERYL VERTUE
Executive Producer for Masterpiece.................
REBECCA EATON
Commissioning Editor for BBC.........................
BETHAN JONES

CAST
Sherlock Holmes... BENEDICT CUMBERBATCH
Dr John Watson ....MARTIN FREEMAN
Mrs Hudson .... UNA STUBBS
DI Lestrade ....RUPERT GRAVES
Mycroft Holmes ....MARK GATISS
Jim Moriarty...........................ANDREW SCOTT
Molly Hooper........................LOUISE BREALEY
Mary Morstan..............AMANDA ABBINGTON
Anderson ....JONATHAN ARIS
Howard Shilcott ....DAVID FYNN
Laura...................................SHARON ROONEY
Torturer .... TOMI MAY
Bonfire Dad ....RICK WARDEN
Zoe ....TRIXIEBELLE HARROWELL
Reporter 1.............................LACE AKPOJARO
Reporter 2................................. JIM CONWAY
Reporter 3.....................NICOLE ARUMUGAM
Mr Szikora .... DAVID GANT
Mr Harcourt ....ROBIN SEBASTIAN
Tom...ED BIRCH
Anthea ....LISA McALLISTER
Mum ....WANDA VENTHAM
Dad.................................TIMOTHY CARLTON
As himself ....DERREN BROWN

CREW
Line Producer ....DIANA BARTON
Editor..................................CHARLIE PHILLIPS
Production Designer........ ARWEL WYN JONES
Director of Photography.............STEVE LAWES
Music .... DAVID ARNOLD, MICHAEL PRICE
Casting Director .. KATE RHODES JAMES CDG
Costume Designer..................SARAH ARTHUR
Make-up and Hair Designer.............................
CLAIRE PRITCHARD-JONES
Sound Recordist ....JOHN MOONEY
1st Assistant Director .... TONI STAPLES
2nd Assistant Director.............. MARK TURNER

3rd Assistant Director ....DAISY CATON-JONES
Floor Runners ....PATRICK WAGGETT,
CHRIS THOMAS
Location Managers ..BEN MANGHAM (London),
MIDGE FERGUSON
Production Accountant..NUALA ALEN-BUCKLEY
Assistant Accountant ....TIM ORLIK
Script Supervisor....................LINDSAY GRANT
Casting Associate ....DANIEL EDWARDS
Production Manager.............CLAIRE HILDRED
Production Secretary ....ROBERT PRICE
Unit Managers ....DAVID GUNKLE (London),
IESTYN HAMPSON-JONES
Location Assistants ....MATTHEW FRAME,
SANTIAGO PLACER (London)
Production Runner ....LLIO FFLUR
Stunt Co-ordinator............... NEIL FINNIGHAN
Stunt Performers...............WILL WILLOUGHBY,
KIM McGARRITY,
GARY HOPTROUGH,
CHRIS NEWTON,
TOM RODGERS
Camera Operator ....MARK MILSOME
Focus Pullers.................................LEO HOLBA,
HARRY BOWERS
Clapper Loaders ....EMMA EDWARDS,
PHOEBE ARNSTEIN
Camera Trainee ....EVELINA NORGREN
Grip .... ROBIN STONE – episode 1
Assistant Grip ....BEN MOSELEY
Gaffer....................................TONY WILCOCK
Best Boy.. LEE MARTIN
Electricians........................STEVE WORSLEY,
....WESLEY SMITH
Electrician/Board Operator ... GARETH BROUGH
Boom Operator ....BRADLEY KENDRICK
Sound Assistant ....LEE SHARP
Assistant Editor... CARMEN SANCHEZ ROBERTS
2nd Assistant Editor................GARETH MABEY
Supervising Art Director ....DAFYDD SHURMER
Set Decorator .... HANNAH NICHOLSON
Standby Art Director .. JULIA BRYSON-CHALLIS
Production Buyer ....BLAANID MADDRELL
Graphic Artist......................SAMANTHA CLIFF
Art Department Assistant ....MAIR JONES
Property Master ....NICK THOMAS
Property Chargehand ....CHARLIE MALIK
Properties ....DEWI THOMAS,
MARK RUNCHMAN,
RHYS JONES

Construction Manager..............MARK PAINTER
Chargehand Painter................STEVEN FUDGE
Standby Carpenter .... BEN MILTON
Standby Rigger.....................KEITH FREEMAN
Special Effects ....REAL SFX
Costume Supervisor ....CERI WALFORD
Costume Assistant.................KELLY WILLIAMS
Make-up and Hair Artists ....
SARAH ASTLEY-HUGHES,
AMY RILEY
Post-Production Supervisor ....SAM LUCAS
Dubbing Mixer..............HOWARD BARGROFF
Supervising Sound Editor DOUGLAS SINCLAIR
Sound Effects Editors ......STUART McCOWAN,
JON JOYCE
Dialogue Editor ....PAUL McFADDEN
Colourist ....KEVIN HORSEWOOD
Online Editor ....SCOTT HINCHCLIFFE
VFX .... MILK
Titles.................... PETER ANDERSON STUDIO

ADDITIONAL CREW
Additional Content Writer .....JOSEPH LIDSTER
Art Department Work Experience ....
JULIA JONES
Construction Apprentice ......JOSEPH PAINTER
Camera Work Experience ....
VERONICA KESZTHELYI,
HANNAH JONES
Costume Trainee .... HANNAH MONKLEY
Make-up Trainee...................REBECCA AVERY
Post-Production ....PRIME FOCUS
Post-Production Sound ....
BANG POST PRODUCTION
VFX Supervisors ....ROBIN WILLOTT,
ROBBIE FRASER
BBC Publicity ....RUTH NEUGEBAUER
Hartswood Publicity..................IAN JOHNSON
Stills Photographers...........ROBERT VIGLASKY,
OLLIE UPTON
Unit Drivers ....JULIAN CHAPMAN,
COLIN KIDDELL,
KYLE DAVIES
Minibuses .... HERITAGE TRAVEL
Health and Safety Adviser ...CLEM LENEGHAN
Unit Medics.......................... GAVIN HEWSON,
GARRY MARRIOTT,
CERI EBBS
Facilities...................ANDY DIXON FACILITIES
Caterers ....ABADIA

〈세 사람의 서명〉

시간: 86분 6초

BBC 첫 방영   2014년 1월 5일 일요일   저녁 8:30~10:00

시청자: 1,057만

Writers ....STEVE THOMPSON,
　　MARK GATISS AND STEVEN MOFFAT
Series Producer............................ SUE VERTUE
Producer ....SUSIE LIGGAT
Director...............................COLM McCARTHY
Executive Producers ....MARK GATISS,
　　STEVEN MOFFAT,
　　BERYL VERTUE
Executive Producer for Masterpiece................
　　REBECCA EATON
Commissioning Editor for BBC.......................
　　BETHAN JONES

CAST
Sherlock Holmes... BENEDICT CUMBERBATCH
Dr John Watson ....MARTIN FREEMAN
Mrs Hudson .... UNA STUBBS
DI Lestrade ....RUPERT GRAVES
Mycroft Holmes ....MARK GATISS
Molly Hooper.......................LOUISE BREALEY
Mary Morstan..............AMANDA ABBINGTON
Sgt Sally Donovan............VINETTE ROBINSON
Irene Adler...................................LARA PULVER
James Sholto .... ALISTAIR PETRIE
Tessa ....ALICE LOWE
Janine ....YASMINE AKRAM
David ....OLIVER LANSLEY
Tom..ED BIRCH
Photographer ....JALAAL HARTLEY
Page Boy ....ADAM GREAVES-NEAL
Mum .... HELEN BRADBURY
Bainbridge.............................ALFRED ENOCH
Duty Sergeant....................... TIM CHIPPING
Major Reed......................................WILL KEEN
Gail..RITU ARYA
Charlotte................................GEORGINA RICH
Robyn .... WENDY WASON
Vicky .... DEBBIE CHAZEN
Landlord ....NICHOLAS ASBURY

CREW
Line Producer ....DIANA BARTON
Editor..MARK DAVIS
Production Designer........ ARWEL WYN JONES
Director of Photography.............STEVE LAWES
Music ....DAVID ARNOLD, MICHAEL PRICE
Casting Director .. KATE RHODES JAMES CDG
Costume Designer..................SARAH ARTHUR
Make-up and Hair Designer.............................
　　CLAIRE PRITCHARD-JONES
Sound Recordist ....JOHN MOONEY
1st Assistant Director.......MATTHEW HANSON

2nd Assistant Director..........REBECCA CALLAS
3rd Assistant Director .... SARAH LAWRENCE
Floor Runners ....PATRICK WAGGETT,
　　CHRIS THOMAS
Location Managers ....
　　BEN MANGHAM (London), ANDY ELIOT
Production Accountants ....
　　NUALA ALEN-BUCKLEY
Assistant Accountants.......................TIM ORLIK
Script Supervisor...................LINDSAY GRANT
Casting Associates..............DANIEL EDWARDS
Production Manager.............CLAIRE HILDRED
Production Secretary ....ROBERT PRICE
Unit Managers ....DAVID GUNKLE (London)
　　IESTYN HAMPSON-JONES
Location Assistants ....MATTHEW FRAME,
　　HAYLEY KASPERCZYK (London)
Production Runner ....LLIO FFLUR
Stunt Co-ordinator..................GORDON SEED
Stunt Performers...............WILL WILLOUGHBY,
　　KIM McGARRITY,
　　GARY HOPTROUGH,
　　CHRIS NEWTON,
　　TOM RODGERS
Camera Operator ....MARK MILSOME
Focus Pullers.................................LEO HOLBA,
　　HARRY BOWERS
Clapper Loaders ....EMMA EDWARDS,
　　PHOEBE ARNSTEIN
Camera Trainee ....EVELINA NORGREN
Grip ....JIM PHILPOTT
Assistant Grip ....CHARLIE WYLDECK
Gaffer.................................TONY WILCOCK
Best Boy.. LEE MARTIN
Electricians.. STEVE WORSLEY, WESLEY SMITH
Electrician/Board Operator .GARETH BROUGH
Boom Operator ....BRADLEY KENDRICK
Sound Assistant ....LEE SHARP
Assistant Editors .... GARETH MABEY,
　　BECKY TROTMAN,
　　SHANE WOODS
Supervising Art Director ....DAFYDD SHURMER
Set Decorator ....HANNAH NICHOLSON
Standby Art Directors ...... NANDIE NARISHKIN
Production Buyer ....BLAANID MADDRELL
Graphic Artist...........................SAMUEL DAVIS
Property Master ....NICK THOMAS
Property Chargehand ....CHARLIE MALIK
Properties ....DEWI THOMAS,
　　MARK RUNCHMAN,
　　IFAN RAMAGE
Construction Manager..............MARK PAINTER

Chargehand Painter.................STEVEN FUDGE
Construction Apprentice ......JOSEPH PAINTER
Standby Carpenters.................... BEN MILTON,
　　MARK GOODHALL
Standby Riggers ....BRENDAN FITZGERALD
Special Effects .... REAL SFX
Costume Supervisor ....CERI WALFORD
Costume Assistants ....KELLY WILLIAMS,
　　CLAIRE MITCHELL
Make-up and Hair Artists ....
　　SARAH ASTLEY-HUGHES,
　　AMY RILEY
Post-Production Supervisor ....SAM LUCAS
Dubbing Mixer..............HOWARD BARGROFF
Supervising Sound Editor DOUGLAS SINCLAIR
Sound Effects Editors ......STUART McCOWAN,
　　JON JOYCE
Foley Mixer .... WILL EVERETT
Dialogue Editor ....PAUL McFADDEN
Colourist ....KEVIN HORSEWOOD
Online Editor ....SCOTT HINCHCLIFFE
VFX Supervisors .... ROBIN WILLOTT,
　　ROBBIE FRASER
Titles .... PETER ANDERSON STUDIO

ADDITIONAL CREW
Additional Content Writer .....JOSEPH LIDSTER
Art Department Assistant ....MAIR JONES
Art Department Work ExperienceJULIA JONES
Camera Work Experience ....
　　VERONICA KESZTHELYI,
　　HANNAH JONES
Costume Trainee ....RUTH PHELAN
Make-up Trainee......................... SOPHIE BEBB
Post-Production ....PRIME FOCUS
Post-Production Sound....................................
　　BANG POST PRODUCTION
VFX ....MILK
BBC Publicity .... RUTH NEUGEBAUER
Hartswood Publicity..................IAN JOHNSON
Stills Photographers...........ROBERT VIGLASKY,
　　OLLIE UPTON
Unit Drivers ....JULIAN CHAPMAN,
　　COLIN KIDDELL,
　　KYLE DAVIES
Minibuses .... HERITAGE TRAVEL
Health and Safety Adviser ...CLEM LENEGHAN
Unit Medics..........................GAVIN HEWSON,
　　GARRY MARRIOTT,
　　CERI EBBS
Facilities....................ANDY DIXON FACILITIES
Caterers ....ABADIA

〈마지막 서약〉

시간: 89분 9초

BBC 첫 방영 2014년 1월 12일 일요일 저녁 8:30~10:00

시청자: 1,138만

Writer.....................................STEVEN MOFFAT
Producer .... SUE VERTUE
Director.......................................NICK HURRAN
Executive Producers ....MARK GATISS,
STEVEN MOFFAT,
BERYL VERTUE
Executive Producer for Masterpiece.................
REBECCA EATON
Commissioning Editor for BBC.......................
BETHAN JONES

CAST
Sherlock Holmes... BENEDICT CUMBERBATCH
Dr John Watson ....MARTIN FREEMAN
Mrs Hudson .... UNA STUBBS
DI Lestrade ....RUPERT GRAVES
Mycroft Holmes .... MARK GATISS
Jim Moriarty.........................ANDREW SCOTT
Molly Hooper.......................LOUISE BREALEY
Mary Morstan.............AMANDA ABBINGTON
Anderson ....JONATHAN ARIS
Lady Smallwood ....LINDSAY DUNCAN
Janine .... YASMINE AKRAM
Bill Wiggins.............................. TOM BROOKE
Mum .... WANDA VENTHAM
Dad ....TIMOTHY CARLTON
Isaac Whitney..........................CALVIN DEMBA
John Garvie .... TIM WALLERS
Chauffeur.................................. GLEN DAVIES
Kate Whitney ....BRIGID ZENGENI
Security Man....................MATTHEW WILSON
Little Sherlock ....LOUIS MOFFAT
Medic.................................DAVID NEWMAN
Sir Edwin..................................SIMON KUNZ
Benji.....................KATHERINE JAKEWAYS
Club Waiter........................... WILL ASHCROFT
Security Guard ....GED FORREST
Surgeon ....JAMIE JARVIS
and
Charles Magnussen .... LARS MIKKELSEN

CREW
Line Producer ....DIANA BARTON
Editor...YAN MILES
Production Designer........ARWEL WYN JONES
Director of Photography.............NEVILLE KIDD
Music ....DAVID ARNOLD, MICHAEL PRICE
Casting Director ....JULIA DUFF CDG
Costume Designer..................SARAH ARTHUR
Make-up and Hair Designer............................
CLAIRE PRITCHARD-JONES
Sound Recordist ....JOHN MOONEY
1st Assistant Director .... SARAH DAVIES

2nd Assistant Director.......... HARDEY SPEIGHT
3rd Assistant Directors...........RACHEL STACEY,
CHARLIE CURRAN
Floor Runners ....PATRICK WAGGETT,
CHRIS THOMAS, LUCY ROPER
Location Managers ....
BEN MANGHAM (London), TOBY ELIOT
Production Accountant...............DAVID JONES
Assistant Accountant ....SPENCER PAWSON
Script Supervisor....................LINDSAY GRANT
Casting Associates...........GRACE BROWNING
Production Manager ....CLAIRE HILDRED
Production Secretary ....ROBERT PRICE
Unit Managers ....DAVID GUNKLE (London),
JAKE SAINSBURY
Location Assistants ....MATTHEW RISEBROW,
DARAGH COGHLAN (London)
Production Runner.........................LLIO FFLUR
Stunt Co-ordinators ....DEAN FORSTER
Stunt Performers...............WILL WILLOUGHBY,
KIM McGARRITY,
GARY HOPTROUGH,
CHRIS NEWTON,
TOM RODGERS
Camera Operators......................JOE RUSSELL
Focus Pullers....................THOMAS WILLIAMS,
JOHN HARPER
Clapper Loaders ....DAN NIGHTINGALE,
PETER LOWDEN
Camera Trainee ....SAMUEL GRANT
Grip .... GARY NORMAN
Assistant Grip ....OWEN CHARNLEY
Gaffer................................MARK HUTCHINGS
Best Boy.......................STEPHEN SLOCOMBE
Electricians.......................ANDY GARDINER,
BOB MILTON,
GAFIN RILEY,
GARETH SHELDON
Electrician/Board Operator ....GAFIN RILEY
Boom Operators........STUART McCUTCHEON
Sound Assistant ....LEE SHARP
Assistant Editor......................GARETH MABEY
Supervising Art Director ....DAFYDD SHURMER
Set Decorator ....HANNAH NICHOLSON
Standby Art Director........NANDIE NARISHKIN
Production Buyer ....BLAANID MADDRELL
Graphic Artist.......................CHRISTINA TOM
Property Master ....CHARLIE MALIK
Property Chargehand ....MIKE PARKER
Properties ....CHRIS BUTCHER,
NICHOLAS JOHNSTON,
STUART RANKMORE
Construction Manager.............MARK PAINTER

Chargehand Painter.................STEVEN FUDGE
Construction Apprentice ......JOSEPH PAINTER
Standby Carpenter ....MARK GOODHALL
Standby Riggers ....MICK LORD,
DAVID WHEELER
Special Effects .... REAL SFX
Costume Supervisor ....CERI WALFORD
Costume Assistants ....KATHRYN BLIGHT
Make-up and Hair Artists ....
SARAH ASTLEY-HUGHES,
AMY RILEY
Post-Production Supervisor ....SAM LUCAS
Dubbing Mixer..............HOWARD BARGROFF
Supervising Sound Editor DOUGLAS SINCLAIR
Sound Effects Editors ......STUART McCOWAN,
JON JOYCE
Foley Mixer ....WILL EVERETT
Dialogue Editor ....PAUL McFADDEN
Colourist ....KEVIN HORSEWOOD
Online Editor ....SCOTT HINCHCLIFFE
VFX Supervisors ....ROBIN WILLOTT,
ROBBIE FRASER
Titles .... PETER ANDERSON STUDIO

ADDITIONAL CREW
Additional Content Writer .....JOSEPH LIDSTER
Art Department Assistant .... ELIN STONE
Art Department Work Experience ....
JULIA JONES
Camera Work Experience.................................
VERONICA KESZTHELYI,
HANNAH JONES
Costume Trainee ....SAMUEL CLARK
Make-up Trainee............DANNY MARIE ELIAS
2nd Assistant Editors ....JOEL SKINNER
Post-Production ....PRIME FOCUS
Post-Production Sound.....................................
BANG POST PRODUCTION
VFX ....MILK
BBC Publicity ....RUTH NEUGEBAUER
Hartswood Publicity ....IAN JOHNSON
Stills Photographers...........ROBERT VIGLASKY,
OLLIE UPTON
Unit Drivers ....JULIAN CHAPMAN,
COLIN KIDDELL,
KYLE DAVIES
Minibuses ....HERITAGE TRAVEL
Health and Safety Adviser ...CLEM LENEGHAN
Unit Medics..........................GAVIN HEWSON,
GARRY MARRIOTT,
CERI EBBS
Facilities....................ANDY DIXON FACILITIES
Caterers ....ABADIA

영원한 사랑을 담아
맨디에게 바칩니다.

감사의 말

〈셜록〉은 수년 전에 카디프행 기차에서 시작되어 수십, 수백 명의 사람들에게 퍼져나가 수많은 사람들의 힘으로 태어난 결과물입니다. 출판업자의 반짝거리는 눈에는 그들이 실제로 어떻게 그 일을 해냈는지를 파헤치는 것조차도 대박일 것으로 보였죠. 그 결과로 나타난 이 책은 철저하고 상세하며, 광범위하고, 나의 희망사항이지만, 〈셜록〉의 재미있는 부분이 많이 반영되어 있습니다. 하지만 이 책이 모든 것을 다 포함하고 있는 것은 아닙니다. 그건 이 일과 관련하여 앞으로 여섯 권의 책을 더 써야 하고, 2015년 1월에 촬영이 시작될 특별편과 그 뒤를 이을 네 번째 시리즈의 근처에도 가기 전이기 때문입니다….

〈셜록〉처럼 일대 센세이션을 불러일으킨 작품을 이와 같은 한 권의 책으로 묶는 과정 자체가 저주에 가까울 정도로 어려웠는데, 그건 이 시리즈를 만드는 데 참여한 능력자들 모두가 갑자기 큰 인기를 누리게 되어 그들과 대화를 나누는 기회를 잡는 것이 아예 불가능해졌기 때문입니다. 몇몇 사람들은 시간을 전혀 낼 수 없었고, 따라서 지난 2년 동안 방대한 인터뷰 영상을 축적해놓았다가 사용할 수 있도록 해준 하츠우드 필름에 심심한 감사의 말을 전합니다. 하지만 놀라운 창의력을 발휘한 사람들의 상당수가 맡은 바 책임을 다한 일에 대해 말할 기회를 가졌습니다. 이 점과 관련해서 BBC 북스와 BBC 웨일스, 하츠우드가 언제나 그랬던 것처럼 엄청난 도움이 돼줬습니다. 그리고 이 드라마의 주변에 있었던 몇몇 사람들은 영감을 발휘해서 이 책을 쓰는 데 접근할 수 있는 방법을 찾아냈고, 나로 하여금 그들의 생각을 자유롭게 훔칠 수 있도록 허락해줬고, 혹은 무척이나 필요한 지원과 도움을 제공해줬습니다. 그분들에게 감사를 표하고 싶습니다. 특히 도움을 많이 주신 분들의 이름은 아래와 같습니다.

아만다 애빙턴, 가이 애덤스, 피터 앤더슨, 조나단 아리스, 데이비드 아널드, 사라 아서, 루이즈 브릴리, 맷 클린치, 윌 코헨, 올리버 크로퍼드, 베네딕트 컴버배치, 장 클로드 디구아라, 앨버트 디페트릴로, 제니 드류, 케이트 폭스, 마틴 프리먼, 리지 게이스퍼드, 마크 게이티스, 제임스 고스, 대니 하그리브스, 토비 헤인즈, 아웰 윈 존스, 조셉 리드스터, 니콜라 마르샹, 폴 맥기건, 조 미드포드, 라스 미켈슨, 스티븐 모팻, 찰리 필립스, 마이클 프라이스, 클레어 프리처드 존스, 라라 펄버, 앤드류 스콧, 레이첼 스톤, 스티브 톰슨, 그리고 수 버츄.

가장 중요한 것은 리처드 앳킨슨이 평소와 마찬가지로 숨이 턱 막힐 정도로 멋진 디자인을 해줘서 투박하게 될 뻔한 문서를 320페이지짜리 호화로운 책으로 변모시켜주었다는 사실입니다. 리처드와 함께 이름을 올리게 되어 대단히 영광입니다.

스티브 트라이브

사진판권

BBC Books would like to thank the following for providing photographs and for permission to reproduce copyright material. While every effort has been made to trace and acknowledge all copyright holders, we would like to apologise should there have been any errors or omissions. All images © BBC, except:

p.11, p.13 (top left), p.14 (top), p.33, p.52 (bottom), p.56, pp.58–9, p.60, pp.62–3, p.65 (centre left, top right, bottom right), p.66 (bottom left), pp.76–7, p.83, p.88 (top right), pp.92–3, p.119 (bottom), pp.110-111 (except *Being Human*, *Doctor Who*, *Wind in the Willows*), pp.120–3, p.128 (bottom), pp.132–3, p.150, pp.154–7, p.167, pp.168–9, p.177, p.178 (top, bottom left), p.179, p.191, pp.198–9, pp.202–3, p.207, pp.208–9, pp.210–11, pp.216–17, pp.218–19, pp.220–1, pp.224–5, p.227, p.229, p.231, pp.234–5, pp.236–7, p.249, pp.252–3, pp.254–5, p.257 (top left, bottom left), pp.268–9, p.271, p.275, p.278, pp.280–1, p.283, pp.292–3, pp.294–5, p.306 © Hartswood Films and courtesy Hartswood Films and Arwel Wyn Jones

p.14 (bottom left), p.15, p.16, p.19 (top left), p.20 (bottom), p.21 (top left, bottom left), p.22 (top), p.28, pp.42–3, pp.48–9 (except *The Office*), p.112, p.138, p.139, p.146 (top), p.149 (except *EastEnders*), p.153 (except *Doctor Who*), p.197, pp.222–3, p.296 (except *Sherlock*) © Rex

p.17 (insets), p.18 (top), p.21 (top right, bottom right) © Getty

p.18 (bottom right), p.65, p.109, p.176 (bottom left, bottom right), p.178 (bottom right) © Mark Gatiss

p.146 (*Delicious*) © Zoe Midford

pp.174–5, pp.232–3 © Milk

pp.204–6 © Toby Haynes

p.231 (top left, bottom left) © SecondSync

p.274, p.277 (bottom) © Danny Hargreaves / Real SFX

pp.300 © Peter Anderson Studio

p.315 © Beryl Vertue